Après avoir décroché un diplôme en sciences politiques et histoire, **Sandy Williams** a envisagé de faire du droit. Fort heureusement elle s'est vite rendu compte qu'écrire des romans était bien plus passionnant que les études de cas. Après un séjour prolongé à Londres avec son mari, elle vit à présent au Texas où elle écrit à plein temps et travaille occasionnellement dans des bibliothèques locales. *La Diseuse d'ombres* est son premier roman publié.

Du même auteur, chez Milady :

Sidhe :
1. *La Diseuse d'ombres*
2. *Éclats de chaos*

www.milady.fr

Sandy Williams

Éclats de chaos

Sidhe – 2

Traduit de l'anglais (États-Unis) par Clémentine Curie

Milady

Milady est un label des éditions Bragelonne

Titre original : *The Shattered Dark*

Carte : Adam F. Watkins

ISBN : 978-2-8112-0924-7

Bragelonne – Milady
60-62, rue d'Hauteville – 75010 Paris

E-mail : info@milady.fr
Site Internet : www.milady.fr

À Maman. Merci d'avoir toujours cru en moi,
surtout dans mes moments de doute.

Remerciements

On dit souvent que le deuxième livre est plus difficile à écrire que le premier. C'est d'autant plus vrai quand on a des jumeaux quelques mois avant la date butoir. Ce livre n'aurait pas vu le jour sans certaines personnes géniales.

Ma mère, qui a fait la navette entre Houston et Dallas un nombre incalculable de fois. Merci d'avoir surveillé les garçons pour que je puisse travailler. Ma reconnaissance va également à mon mari, qui a gardé les bébés tous les soirs et tous les week-ends pendant des mois, et à ma grand-mère qui m'a empêchée de devenir folle les jours où j'étais seule à la maison et que je devais jongler entre les enfants et mon livre à terminer. Je n'y serais pas arrivée sans vos sacrifices et votre soutien !

Je dois aussi tirer mon chapeau à Rissa Westerfield, qui s'est si bien occupée de mes garçons. Aucun de nous n'aurait survécu sans toi !

Toute ma gratitude à mes bêta-lecteurs, Shelli Richard et Renee Sweet. Renee, tes commentaires sont toujours judicieux et ne manquent jamais de me faire rire. Merci infiniment d'avoir mis un peu de plomb dans la tête de McKenzie !

À mon agente, Joanna Volpe… waouh ! Tu trouves toujours les mots justes quand je suis au bord de la panique. Merci pour tes conseils et tes nombreuses relectures de dernière minute ! Au passage, un grand

merci à l'illustrateur, Adam Watkins, qui a enduré mes nombreux e-mails de modification pour finir par créer une superbe carte du Royaume.
Et à Kat Sherbo, mon éditrice : merci d'être si compréhensive pendant que j'apprends à être à la fois maman et écrivain. Ta patience m'a permis de donner le meilleur de moi-même pour ce livre.
Et enfin, j'embrasse fort mes garçons qui m'aiment toujours malgré les heures que j'ai passées à pianoter sur mon ordinateur. Vos sourires illuminent mes journées, même les plus sombres !

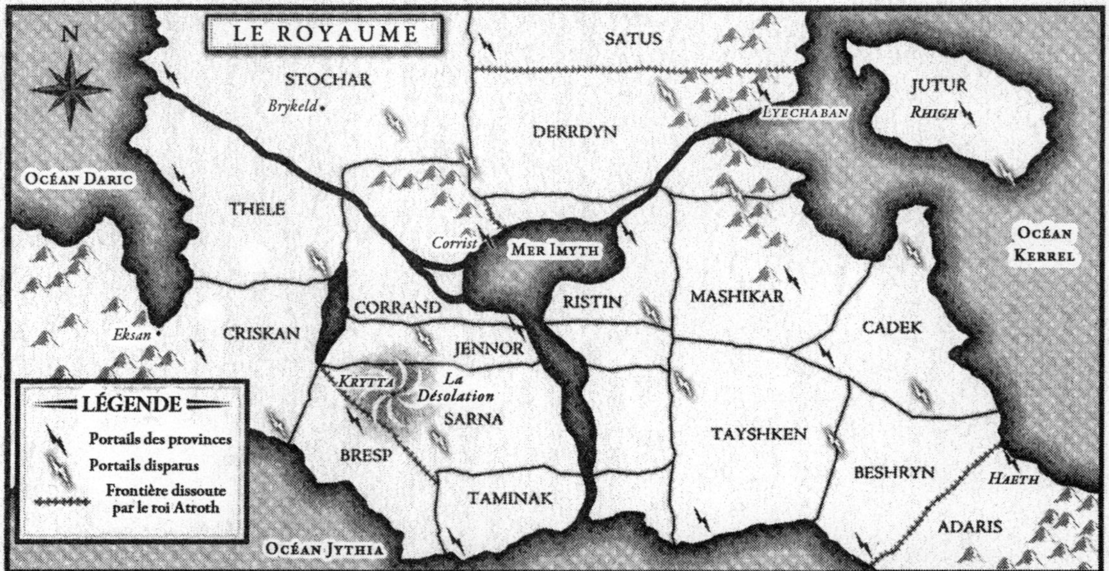
LE ROYAUME
N
STOCHAR
Brykeld
SATUS
DERRDYN
JUTUR
RHIGH
LYECHABAN
OCÉAN DARIC
THELE
Corrist
MER IMYTH
OCÉAN
KERREL
CORRAND
RISTIN
MASHIKAR
Eksan
CRISKAN
JENNOR
CADEK
KRYTTA
La
Désolation
SARNA
TAYSHKEN
BRESP
BESHRYN
HAETH
TAMINAK
ADARIS
OCÉAN JYTHIA
LÉGENDE
Portails des provinces
Portails disparus
Frontière dissoute
par le roi Atroth

Chapitre premier

Je dispose de quinze minutes pour récupérer les affaires dont j'ai besoin à l'appartement où j'ai vécu pendant sept ans. Le plus triste, c'est que c'est amplement suffisant. À l'exception d'une unique peinture abstraite, il n'y a rien aux murs ; quant au canapé et à la table basse, ils sont d'occasion, comme on pourrait s'y attendre dans l'appartement d'une étudiante. Je n'ai jamais eu l'intention de rester ici. Avant, je m'imaginais qu'à la fin de mes études je trouverais un vrai travail et un appartement plus sympa… bref, que ma vie s'améliorerait. Mais avec la guerre, la plupart des projets tombent à l'eau.

Au lieu d'allumer la lumière, je relève les stores par égard pour mes gardes, deux faes nommés Trev et Nalst. Ils m'accompagnent par mesure de précaution, même s'il y a très peu de risques que les faes du roi survivants choisissent ce moment précis pour débarquer. Nous occupons le palais d'Argent depuis deux semaines. Ils ont largement eu le temps de venir fouiller chez moi, mais toutes mes affaires sont là où je les avais laissées. Selon toute probabilité, ils n'ont pas la moindre idée de l'endroit où j'habite. Quand je travaillais pour le roi, mon identité était l'un des secrets les mieux gardés du Royaume, et les rares individus qui connaissaient mon nom sont morts depuis ou travaillent comme moi avec les faes rebelles.

— Dépêche-toi, ordonne Trev.

Un éclair bleu fuse dans son cou et disparaît sous son armure en *jaedric*. Les éclats de chaos des faes s'emballent quand il y a de la technologie humaine dans les parages, mais ce n'est pas pour ça que Trev est nerveux. Pour empêcher les ennemis de la rébellion de reprendre le palais, chaque combattant compte. Lui et Nalst doivent regagner le Royaume au plus vite.

Ils patientent dans le salon pendant que je me rends dans ma chambre. Je sors une valise de mon placard, y jette mon jean préféré et quelques tee-shirts, puis tends la main vers l'étagère au-dessus de la tringle pour prendre un carnet de croquis relié de cuir. Des lectures d'ombres griffonnées noircissent la moitié des pages. Mes gribouillis ressemblent davantage aux dessins d'un fou qu'à des cartes, mais si je les montre à un fae et prononce le nom du lieu à voix haute, il ou elle sera capable de se rendre à l'endroit tracé. C'est à cause de ce talent et de mon don de double vue qu'on m'a entraînée dans les guerres du Royaume. Peu d'humains peuvent voir les faes ; moins encore peuvent lire leurs ombres.

Ce carnet de croquis, c'est celui dont je me servais toujours quand je lisais les ombres pour les faes du roi, mais je ne l'avais pas sur moi lorsque les rebelles m'ont enlevée sur mon campus il y a un peu plus d'un mois. Normalement je n'aurais pas dû en avoir besoin puisque j'étais censée avoir ma journée de libre.

Contente de l'avoir récupéré, je le jette dans la valise. J'aime l'aspect usé du cuir, et la longue sangle qui me permet de le porter en bandoulière le rend plus pratique qu'un carnet normal. Avec le tournant qu'a pris la guerre du Royaume ces derniers temps, ce petit confort n'est pas de trop. Je cours plus vite les mains libres.

Je laisse la valise ouverte et vais à mon bureau pour prendre mon portefeuille dans le tiroir du milieu. Il y a même de l'argent à l'intérieur. Seize dollars, pour être exacte. C'est sans doute plus que ce que j'ai sur mon compte en banque. Quand le roi était encore en vie, il me versait une petite indemnité mensuelle pour traquer les criminels. Bon nombre de ces faes étaient réellement abjects… mais, comme je l'ai découvert récemment, ce n'était pas le cas de tous.

Je vérifie que mon permis de conduire et ma carte de Sécurité sociale se trouvent bien dans le portefeuille. C'est surtout pour ça que je suis revenue. Toutes ces années où j'ai été au service du roi, ma vie humaine n'a cessé de m'échapper. J'ai perdu mes amis, ma famille et mes chances de décrocher un diplôme universitaire, tout ça parce que je faisais passer mon travail pour les faes en premier. Ça ne peut pas continuer comme ça. Je repars de zéro, et cette fois j'ai la ferme intention de trouver un équilibre entre ma vie humaine et ma vie auprès des faes. Mon permis et ma carte de Sécurité sociale vont m'y aider. J'ai répondu à une offre d'emploi à Las Vegas sur Internet, et je dois apporter mes pièces d'identité au patron, Brad Jenkins, pour compléter l'entretien d'embauche.

Une part de moi n'en revient pas que je m'installe durablement à Las Vegas – la ville est trop tape-à-l'œil à mon goût –, mais c'est pourtant bien là-bas que je partage une suite avec un autre humain doué de double vue, qui lui s'y plaît. Je suppose que je n'ai pas à me plaindre. Jenkins doit être le seul éditeur au monde prêt à donner sa chance à une étudiante qui a planté ses études.

Je glisse le portefeuille dans la poche arrière de mon pantalon, puis prends un album photos sur une étagère. Je ne l'ouvre pas, comme la plupart du temps. Il contient des photos d'une autre vie, celle que je menais avant d'être mêlée aux guerres du Royaume. Je n'ai eu aucun contact avec mes parents depuis mes dix-sept ans. Je n'avais pas prévu que ça se passe comme ça. Je comptais retourner chez moi à la fin de mes études. J'avais besoin de ce diplôme pour leur prouver que je n'étais ni délurée ni irresponsable, ni aucune des nombreuses autres choses qu'ils m'ont accusée d'être, mais je pourrai aussi atteindre mon but avec un travail. Si tout se passe bien, je trouverai peut-être enfin le courage de les appeler.

J'ai envie de les appeler. Ils me manquent, eux et la vie confortable et sécurisante qu'ils m'offraient.

Après avoir calé l'album dans la valise, j'ajoute mon ordinateur portable et son câble d'alimentation. Trev et Nalst le prendront très mal s'ils voient ces appareils technologiques, mais la batterie de l'ordinateur est complètement à plat. Ça ne devrait pas tellement perturber leur magie, en tout cas pas au point de les empêcher de me ramener à Las Vegas.

Je referme la valise, qui est loin d'être pleine. Alors que j'examine de nouveau ma chambre avec le sentiment que je devrais avoir davantage de souvenirs à emporter avec moi, je tombe en arrêt devant la petite boîte en bois ouverte sur mon bureau. Comme c'est rare que je porte des bijoux, la boîte n'en contient guère. Il n'y a qu'un mince collier en or, un bracelet de perles élastique, quelques autres bricoles et…

Je retiens mon souffle. Là, soigneusement enroulée au fond de la boîte, se trouve une amulette. Elle est composée d'onyx et d'*audrin*, une pierre couleur de fumée semblable à du quartz et qu'on ne trouve que dans le Royaume. Les faes portaient autrefois des amulettes tressées dans leurs cheveux, mais cette tradition ne perdure que chez les familles les plus illustres. Celle-ci appartenait à Kyol. Il me l'a offerte après m'avoir embrassée et serrée dans ses bras, le jour où le roi l'a nommé maître d'armes. À l'époque, ni lui ni moi n'aurions pu prédire qu'il allait un jour tuer ce même roi.

Je ferais mieux de la laisser là. Ce que Kyol et moi avons vécu ensemble me manque, mais j'ai pris la décision de le quitter. J'ai choisi de tenter ma chance avec quelqu'un qui a tout risqué pour être avec moi. Pour être honnête, Aren aussi me manque.

J'ai des picotements dans le ventre. Difficile de dire si c'est de l'inquiétude ou du désir. Il s'est écoulé presque une semaine depuis la dernière fois que j'ai vu Aren. Il était en vie à ce moment-là, mais on peut mourir en un claquement de doigts. Lui, Kyol et tous les faes qui soutiennent la rébellion n'ont pas eu une seconde de répit depuis la prise du palais d'Argent. Quelqu'un est en train de fédérer les faes du roi qui subsistent – les survivants, comme on les appelle –, et si l'on ne découvre pas rapidement de qui il s'agit, ils vont reprendre le dessus.

Je récupère l'amulette. Je n'ai jamais vu Kyol la porter, mais c'est un bijou de famille. Le moins que je puisse faire, c'est la lui rendre.

Je la glisse dans ma poche, puis prends ma valise et la tire derrière moi jusqu'au salon.

— Je suis prête, dis-je aux faes.

Trev triture un bout de *jaedric* qui se décolle de son armure. C'est une écorce dont les faes arrachent de longues bandes de l'arbre *jaedric* pour en appliquer plusieurs épaisseurs sur une coque moulée. L'ancien fae de la Cour a gardé la même cuirasse sombre, presque brune et bien huilée, avec un arbre *abira* à treize branches gravé devant et derrière. En comparaison, celles des rebelles sont décolorées, banales et globalement plutôt grossières. Mais elles remplissent leur office, c'est ce qui compte.

Trev lâche le bout de *jaedric* et hoche la tête. Un éclat de chaos fuse en travers de son nez et un muscle tressaute dans sa joue, accentuant ses traits anguleux. Les faes ne sentent les éclairs que s'ils touchent un humain, mais je suis certaine qu'il a vu l'étincelle bleue. Il resserre à peine la main sur la garde de son épée, et des ridules se forment aux coins de ses yeux lorsqu'il les étrécit. On donnerait la vingtaine à Trev, mais les gens vieillissent plus lentement dans le Royaume que sur Terre ; ce n'est pas évident de deviner l'âge exact d'un fae. Ces minuscules rides sur son visage par ailleurs lisse me donnent un indice, et je parierais qu'il a au moins cinquante ans.

Il se dirige vers la porte. Je lui emboîte le pas, mais m'arrête en voyant la pile de courrier sur la table de la cuisine. La première lettre vient de mon université. Je ne résiste pas à la tentation de l'ouvrir, même si je suis convaincue de ne pas avoir envie de lire ce qui y est écrit. Arrivée à la ligne « Nous avons le regret de vous informer », j'interromps ma lecture et fronce les sourcils.

Pas parce que j'ai planté mes études. Les rebelles m'ont trouvée alors que je passais mon tout dernier examen de fin d'année, et à ce moment-là je pensais que c'étaient eux les méchants. Vu que je suis sortie en courant de ma salle de littérature anglaise pour éviter qu'ils me tuent ou me capturent – alors que j'avais déjà échoué deux fois à cet examen –, ça ne m'étonne pas du tout qu'on m'ait renvoyée.

Ce qui me surprend, c'est que je ne sais pas comment cette lettre et toutes les autres se sont retrouvées ici. Personne n'a la clé de ma boîte aux lettres et de mon appartement à part Paige, ma seule amie humaine, celle qui supporte mes absences fréquentes et mon comportement étrange. Quand je travaillais pour le roi, il m'arrivait souvent de lui poser des lapins, et je suis partie plus d'une fois en plein milieu d'une conversation. J'ai dû inventer toutes sortes d'excuses alambiquées pour me justifier, mais Paige s'est toujours contentée de hausser les épaules ou de me jeter un regard dans lequel perçait l'ombre d'un doute… et puis, elle laissait tomber.

Sauf que cette fois, je crois que je suis allée trop loin, même pour elle. Ça fait une semaine que j'appelle Paige tous les deux jours pour m'excuser de m'être volatilisée au mariage de sa sœur, mais elle ne répond pas au téléphone. Si elle m'en veut à ce point, je la vois mal venir ici s'occuper de mes affaires.

C'est pourtant la seule explication. J'étale le courrier et cherche une note ou une lettre de sa part. Rien. Alors que je m'apprête à aller décrocher mon téléphone pour l'appeler une fois de plus, j'aperçois un sac à main posé sur une chaise à moitié tirée. Quand je le prends, une vibration me parcourt le bras.

—McKenzie ? lance Trev.

J'ai soudain la chair de poule. Ce sac, c'est celui de Paige, et…

Et merde !

—J'ai rompu un charme.

Je laisse tomber le sac comme s'il m'avait brûlée. Cette vibration, c'était plus que de la simple chair de poule ; c'était un piège magique qui va alerter le fae qui l'a créé.

Je fais volte-face et m'élance vers la porte d'entrée. Je n'ai pas besoin de donner de plus amples explications à Trev et Nalst. Ils savent aussi bien que moi que c'est un survivant qui a dû créer ce charme.

— Vas-y, ordonne Trev.

Nalst hoche la tête, et une bande verticale de lumière blanche déchire le vide à côté de lui. Il s'avance à l'intérieur et disparaît.

Non sans effort, j'arrache mon regard des ombres que la fissure laisse derrière elle. Seuls les diseurs d'ombres comme moi peuvent voir ces images résiduelles mouvantes, mais je n'ai pas besoin de tracer leurs courbes sinueuses pour savoir où Nalst est parti cette fois. Même si les survivants sont censés ignorer où j'habite, nous avons prévu un plan B. Nalst va revenir avec des renforts du Royaume.

Mais on ne va pas rester plantés là à les attendre.

Trev dégaine son épée tandis que j'ouvre la porte. Je me précipite dehors la première, tourne à droite et traverse en courant la passerelle en béton qui mène à la cage d'escalier.

Mon appartement est au deuxième étage. Sans prêter attention à mon cœur qui bat la chamade, je me concentre sur les marches que je dévale quatre à quatre. Trev reste à côté de moi en suivant mon rythme, alors qu'il pourrait se déplacer deux fois plus vite ou simplement ouvrir une fissure pour se rendre au parking. Je parviens à aller jusqu'en bas sans qu'aucun survivant n'apparaisse. Peut-être commencent-ils à se disperser, et qu'aucun d'eux ne se tenait prêt à venir ici. Peut-être que le fae qui a créé le charme est mort. Peut-être qu'ils…

Des rais de lumière fendent le vide à ma gauche. Je lâche un juron, tourne à l'angle du bâtiment…

Et fonce dans un homme. Il a beau faire une bonne tête de plus que moi et être particulièrement obèse, je le percute assez violemment pour qu'il chancelle et s'effondre sur l'une des voitures garées à l'extérieur de mon immeuble. Il est humain. Les trois êtres qui se matérialisent autour de nous ne le sont pas.

— McKenzie, dit l'homme.

C'est à peine si je l'entends, car les deux faes les plus proches se jettent sur Trev. Il dévie l'épée du premier survivant avec la sienne, puis ouvre une fissure pour échapper à l'attaque du second.

Un autre fae – une femme – nous observe, moi et l'humain que j'identifie enfin comme étant le gérant de l'immeuble en remarquant son bloc-notes. Il est tout ce qui empêche la survivante de me tuer ou de me capturer. Même si j'ignore combien de temps ça va durer. Avant, les faes du roi se mettaient en quatre pour passer inaperçus, mais il y a de ça moins d'un mois, ils ont lancé une offensive au beau milieu d'un quartier à la périphérie de Vancouver, sans se soucier des humains qui y vivaient ni de leurs propriétés. Celle-ci pourrait décider que les dommages collatéraux sont un mal nécessaire.

Des dommages collatéraux. C'est comme ça qu'a fini Paige ?

— Tu as encore du retard sur le paiement de ton loyer, dit le gérant, sans se douter qu'une femme lui tourne autour en brandissant son épée.

Sans le don de double vue, il ne peut voir les faes que s'ils souhaitent être vus.

— Où est Paige ?

À ma question, la fae hésite. Elle se concentre sur le gérant lorsqu'il suit mon regard. Tandis qu'il scrute le parking à la recherche de quelque chose qu'il ne peut ni entendre ni voir, je m'empare de son bloc-notes, me retourne et le jette à la tête du fae plus petit qui s'en est pris à Trev.

Je touche en plein dans le mille, et Trev manie suffisamment bien l'épée pour tourner ma diversion à son avantage. Il trouve la faille dans la cuirasse du survivant et plonge sa lame entre les côtes de son ennemi. Le survivant pousse un cri, puis disparaît dans une fissure. J'ignore s'il a survécu à sa blessure ou non.

— Tu te crois où ? (Le gérant m'empoigne le bras.) J'ai déjà laissé passer trois retards cette année.

— Désolée, dis-je, surveillant la fae derrière lui.

La voyant se diriger vers nous, je profite de ce que le gérant me retienne par le bras pour l'obliger à s'éloigner.

— Il faut qu'on s'en aille.

— Il faut que tu paies ton loyer.

La fae lève son épée.

— Bouge ! je m'écrie.

Cette fois, je donne un coup d'épaule au gérant pour tenter de l'écarter de la trajectoire de la lame.

— J'appelle les flics…

La fae fracasse la garde de son épée contre sa tempe. Il s'effondre et m'entraîne dans sa chute, mais me relâche lorsqu'il heurte le sol. Je suis déstabilisée, mais libre.

À l'approche de la fae, je me relève en hâte. Jetant un rapide coup d'œil par-dessus mon épaule, je constate que Trev est toujours aux prises avec le plus grand des deux survivants. Je ne suis pas armée. S'ils voulaient ma mort, je serais fichue pour de bon. Puisque je suis toujours en vie, j'ai peut-être une chance… et je crois avoir trouvé le moyen de gagner du temps. Elle a assommé le gérant, et même si ça ne me plaît pas du tout qu'il se soit retrouvé mêlé à ça, ça signifie probablement qu'elle n'a pas envie d'attirer l'attention d'humains normaux.

Avant qu'elle ait pu m'atteindre, je donne un coup de talon dans la voiture la plus proche. Son alarme nous assourdit la seconde suivante. Elle est si forte qu'elle me surprend alors que j'y étais préparée, et la fae s'arrête net. Elle revient sur ses pas et regarde la voiture comme si elle s'attendait à ce qu'elle l'attaque.

Je me jette sur le capot et me laisse tomber de l'autre côté, puis détale au fond du parking avant qu'elle se rende compte que l'alarme n'est pas une technologie assez puissante pour perturber sa magie. Alors que je me rapproche de l'immeuble à l'autre bout, je sens ma peau me picoter.

Une fissure s'ouvre sur ma gauche. Trev. Au moment où il s'avance à côté de moi, deux autres rais de lumière vive déchirent l'atmosphère, nous prenant au piège. Le survivant que Trev n'a pas tué s'avance vers nous, son épée brandie couverte de sang. Derrière nous, je repère la femme qui essaie d'évaluer si elle peut réussir à m'atteindre avant que Trev intervienne.

Je regarde Trev et vois du sang gicler de l'interstice entre la partie inférieure de sa cuirasse et l'armure en *jaedric* qui protège sa cuisse droite. Merde.

— Fiche le camp d'ici, lui dis-je.

Il va se vider de son sang si un fae guérisseur ne l'aide pas rapidement.

Il secoue la tête et, d'un pas mal assuré, vient se placer entre moi et le survivant qui se rapproche. Un bref instant, j'envisage de les laisser m'emmener. Trev pourrait s'échapper par une fissure, et ce serait le moyen le plus rapide et le plus simple pour moi de retrouver Paige. Le problème, c'est que rien ne prouve qu'elle soit encore en vie.

Ma gorge se noue, mais je ravale mon inquiétude pour mon amie et fais face à la femme. Lorsqu'elle brandit son épée, je dis :

— Ce parking est blindé de technologie. Tout est enregistré. Si tu me forces à te suivre, le monde entier le verra.

Il se peut que je dise vrai. Je suis sûre que le parking est équipé de quelques caméras de surveillance, mais je n'ai aucune idée de leur nombre ou de leur emplacement.

— On ne verra que toi, dit-elle.

Ouais, moi en train de me débattre et de crier tandis que des mains invisibles me traînent à travers le parking. Les gens seraient plus susceptibles de me taxer de folle que d'émettre l'hypothèse que les faes existent, mais c'est un détail qu'elle n'a pas besoin de savoir. Alors que je commence à lui faire remarquer que ça aurait l'air louche, une demi-douzaine de fissures apparaissent autour de nous.

Des rebelles. Nalst est revenu avec d'autres faes équipés d'armures grossières en *jaedric.* La femme constate dans quel camp ils sont au même moment que moi. Elle ouvre une fissure à son tour et s'y engouffre avant que Nalst, le rebelle le plus proche, ait pu l'attaquer. Le survivant qui se bat contre Trev n'a pas cette chance. Il ne parvient pas à s'éclipser avant que Trev le tue.

— Les ombres, dit Trev d'une voix forcée. Lis-les.

Comme les faes morts n'ont pas disparu dans une fissure mais dans l'éther – l'au-delà des faes –, leurs âmes d'ombre blanches et brumeuses ne me révèlent rien, mais les ombres que la femme a laissées derrière elle commencent à prendre forme. Je me focalise sur elles, prise de l'envie irrépressible de dessiner une rangée de… maisons ? Ou de devantures ? Tant que je n'ai pas esquissé les ombres, je ne peux être certaine de ce dont il s'agit ni d'où la fae est allée. Elles ne se concrétisent vraiment que lorsque je les couche sur le papier. Tout ce que je sais, c'est qu'elle s'est rendue dans le Royaume. Quelque part au nord, peut-être.

— Il me faut un…

Mon carnet de croquis. Il est dans la valise que j'ai abandonnée dans mon salon, mais, même si je pouvais retourner le chercher sans danger, je ne garderais pas les ombres en mémoire assez longtemps pour réussir à les cartographier.

— On n'a pas le temps, dit Nalst en s'avançant à mon côté. Les survivants vont revenir avec des renforts. *Vas-y*, ajoute-t-il en fae à l'intention de Trev.

Trev hoche la tête puis s'échappe par une fissure, tandis que les rebelles que Nalst a amenés avec lui se positionnent autour de moi. Je ne reconnais aucun d'eux, mais ce n'est pas surprenant. Il y a un mois, j'étais la prisonnière des rebelles. Ils n'ont pas vraiment pris la peine de faire les présentations.

— Le portail le plus proche est à dix minutes d'ici, j'informe Nalst.

Ce n'est qu'en passant par un portail que je peux emprunter une fissure avec un fae et survivre au voyage. Il s'agit de trouées dans l'atmosphère, toujours situées sur l'eau, qui permettent aux faes de pénétrer l'Entre-Deux avec un humain ou tout objet qu'ils ne peuvent pas transporter eux-mêmes. Comme la magie grâce à laquelle ils les créaient s'est perdue, nous avons toujours dû nous contenter de ceux qui existent déjà.

Je mettrais vingt minutes à atteindre le portail en marchant, mais c'est au pas de course que je rejoins la section nord de ma résidence. S'il n'a pas en sa possession une pierre d'ancrage marquée du lieu où il veut se rendre, ou s'il ne s'y est jamais rendu auparavant, un fae ne peut ressortir d'une fissure qu'à un endroit situé dans son champ de vision. De là où je suis, je vois encore mon appartement. Il faut que je fiche le camp de ce parking avant qu'une nouvelle vague de survivants ne déferle.

Je ne suis plus qu'à quelques foulées de l'allée qui sépare les bâtiments quand je sens des fissures se matérialiser. La seconde suivante, alors que je viens de m'engouffrer dans le passage étroit, je les entends s'ouvrir. J'ignore s'ils m'ont vue, mais je suis certaine qu'ils ont repéré les rebelles. Je force sur mes jambes.

Au moment où j'atteins l'arrière de l'immeuble, des déchirements sonores et des éclairs s'élèvent derrière moi.

— Va au portail ! ordonne Nalst.

La haie haute et fournie qui délimite la propriété m'oblige à couper à droite. Je la longe en courant. Les rebelles restent sur leurs positions, à l'intersection des allées ; c'est là que les survivants devront se trouver pour réussir à m'apercevoir. S'ils arrivent jusque-là, ils seront en mesure de réapparaître à côté de moi.

Alors que je cours à perdre haleine et dépasse un autre passage entre deux bâtiments, une bande de lumière blanche fend l'atmosphère juste devant moi. En plus de me barrer l'issue, elle est si proche que je manque de m'y précipiter. Je perds l'équilibre en voulant la contourner, mais ne parviens pas à éviter le fae qui ressort dans ce monde.

D'instinct, je lève les poings et vise son visage, puis je reconnais Aren. Même si mon cœur s'emballe à la vue de ses yeux argentés et de ses cheveux en bataille, je suis tentée de porter le coup. Sa fissure aurait pu me tuer.

Il intercepte mon poing et me plaque contre lui pour m'attirer dans le passage étroit entre les immeubles.

— Tu as oublié quelque chose, *nalkin-shom*, dit-il avant que j'aie pu l'incendier pour avoir ouvert sa fissure si près de moi.

J'ai oublié quelque chose ?

— Ma valise ? Ce n'est vraiment pas import...

Il me pousse dans l'allée.

— Je t'ai donné une arme.

Je lui jette un regard noir par-dessus mon épaule. Même si nous sommes cachés entre deux grands immeubles, le soleil qui brille juste au-dessus de nos têtes jette des reflets dorés sur ses cheveux châtain clair. Ils ne lui arrivent pas tout à fait au niveau de l'armure en *jaedric* qui protège ses épaules, mais je ne pourrais pas m'empêcher de toucher les légères boucles qu'ils forment aux extrémités si on avait plus de temps.

— Tu m'as donné une épée, Aren. Où est-ce que je suis censée la cacher ?

Il peut parcourir ce monde autant qu'il lui plaît avec son épée au côté, mais moi pas. Même le plus puissant illusionniste fae ne peut pas rendre un humain invisible.

— Tu aurais dû demander une dague, en ce cas, dit-il, s'arrêtant juste avant que l'on atteigne la façade de l'immeuble.

— Mon appartement aurait dû être sûr.

— Chut.

Il pose un doigt sur mes lèvres et me plaque contre le mur en briques de l'immeuble. Bien entendu, c'est le moment que choisissent les *edarratae*, les éclats de chaos, pour se manifester. Un éclair bleu passe de son doigt à mes lèvres. Je prends une brusque inspiration, réaction involontaire à la sensation de chaleur enivrante qui se diffuse dans mon cou, me touche au plus profond de mon être et me noue l'estomac. J'ai beau essayer de cacher l'effet que ça me fait, ça n'échappe pas à Aren.

Un infime sourire joue au coin de ses lèvres. Il y a un mois, ce sourire m'aurait mise hors de moi. Mais à présent… je reconnais l'étincelle dans ses yeux argentés. Il ne me veut pas simplement parce que je peux aider les rebelles à garder le palais d'Argent ; il me veut parce qu'il est tombé amoureux de moi.

Et ce en moins de deux mois. C'est fou si l'on considère que l'on était ennemis la majorité du temps.

Il me prend la main et me retient tandis qu'il jette un coup d'œil prudent à l'angle du bâtiment.

— Le portail le plus proche est dans l'autre direction, je chuchote.

— Les survivants le savent, eux aussi, dit-il. (Puis il passe le bras autour de ma taille et m'attire plus près.) Tu vois quelque chose ?

Comme seul un humain doué de double vue peut démasquer les faes qui recourent à l'illusion, je scrute le parking, à l'affût de quelqu'un qu'Aren pourrait ne pas voir. Une voiture fait lentement le tour de la résidence, sans doute pour trouver un appartement spécifique – les numéros sur les façades des immeubles sont minuscules –, mais ça joue en notre faveur puisque, apparemment, les survivants ne veulent pas créer de scandale. Tant qu'Aren restera invisible aux yeux des humains normaux, le conducteur ne devrait rien remarquer d'inhabituel.

— La voie est libre, dis-je.

Je regarde par-dessus mon épaule pour m'assurer qu'il n'y a pas de survivants en vue. Je les entends se battre quelque part dans l'allée du fond, mais les rebelles font sans doute le nécessaire pour occuper les anciens faes du roi assez longtemps pour que je puisse m'enfuir.

Aren décroche une dague de sa ceinture. Puis, soutenant mon regard, il me la tend et dit :

— Ne pars plus jamais sans arme.

Ça devrait être interdit d'avoir des yeux pareils. Il y a de quoi se perdre dans ses iris argentés, parsemés de touches de lumière et cerclés de gris plus sombre. Les yeux d'un fae passent du clair au foncé selon ses émotions ; ceux d'Aren ont adopté une couleur acier qui reflète sa détermination. Il attend de moi que je me serve de cette dague si on me menace.

Je referme la main sur la garde de l'arme. J'ai déjà tué. Ce n'était pas volontaire – je voulais repousser le fae qui m'attaquait, pas l'éventrer –, et j'espère ne plus jamais devoir recommencer.

Aren tire son épée, puis nous quittons l'étroit passage. La voiture qui erre sur le parking entame une nouvelle ronde. Nous dépassons une rangée de véhicules garés, et alors que nous avons presque atteint la suivante ma peau se met à me picoter. Des fissures, quatre au total, s'ouvrent sur notre gauche. Aren lâche un juron et s'éclipse dans son propre rai de lumière, juste au moment où une flèche fend l'air en sifflant. Elle s'évanouit au contact de sa fissure, et avant que j'aie eu le temps de me baisser, de m'enfuir ou d'élaborer un nouveau plan, Aren réapparaît à mon côté.

Il plonge derrière moi. Le fracas des épées qui s'entrechoquent résonne à mes oreilles. Un cri m'informe qu'Aren a tué ou blessé un survivant, mais je ne me détourne pas des deux faes qui se trouvent devant moi. Ils se rapprochent.

Je tire ma dague de son fourreau. Elle paraît minuscule comparée aux épées des faes, mais je n'ai que ça.

Le fae de gauche disparaît. Je fais volte-face, consciente qu'il va ressurgir derrière moi, et donne un coup de dague dans le vide. Le survivant se tient juste assez loin pour éviter mon attaque. Il m'empoigne le bras avant que j'aie pu abattre ma lame de nouveau.

J'étouffe un cri lorsqu'il enfonce les doigts entre les tendons de mon poignet pour m'obliger à lâcher la dague. Je résiste et tente d'orienter la pointe vers lui, mais il est dix fois plus fort que moi et il me fait mal.

Il brandit son épée et profère une menace en fae.

Du coin de l'œil, je vois Aren charger. Le survivant le remarque lui aussi, mais pas assez vite. Aren se rue sur nous et nous éjecte dans le parking.

Dans le parking, et sur la trajectoire de la voiture qui se rapproche.

Je jurerais que le conducteur accélère. Il nous percute de plein fouet, et je suis projetée sur le capot avec le survivant. La douleur me vrille la cuisse, puis se diffuse dans mes côtes et mon bras droit tandis que le ciel se met à tourner au-dessus de ma tête.

Il tourne toujours quand le conducteur fait hurler les freins. Je me retrouve soudain étendue sur le bitume devant la voiture. J'essaie de me redresser à quatre pattes, mais Aren est déjà là et me hisse sur mes jambes. Il ouvre la portière de la voiture et me pousse sur le siège passager. Je tombe maladroitement à l'intérieur et lève la tête à temps pour voir un survivant surgir d'une fissure derrière Aren, qui vient de claquer la portière.

— Attention ! je hurle, mais le survivant abat déjà son épée.

Chapitre 2

L'épée s'écrase sur la voiture, faisant voler ma vitre en éclats et entamant l'encadrement de la portière. Je me couvre le visage des bras pour me protéger les yeux des bris de verre.

— Accroche-toi ! me dit-on depuis le siège conducteur tandis que les roues de la voiture crissent.

Je regarde Shane – l'humain au volant – au moment où il braque, et valse contre la portière endommagée. La voiture prend un virage abrupt à gauche, et nous sortons du parking pour rejoindre la route.

Je saisis la poignée au-dessus de la portière, le cœur battant à tout rompre.

— Il a ouvert une fissure ?

Shane hoche la tête et redresse le volant.

— Juste après qu'il s'est baissé. Ce fou furieux a plongé tête la première dans la lumière.

Le vent cingle mon côté de la voiture, soufflant de minuscules échardes de verre sur moi et m'emmêlant les cheveux. Je les repousse de mon visage et les maintiens en queue-de-cheval tandis que j'essaie de respirer plus calmement.

— Tiens, dit Shane en prenant un élastique rose passé autour du levier de vitesses et en me le tendant.

J'observe l'élastique une seconde, puis jette un regard noir à Shane.

— Tu as volé cette voiture.

— Tu comptes te tenir les cheveux jusqu'au portail, ou tu préfères te servir de ça ? dit-il sans une once de regret dans la voix.

J'imagine que ça ne devrait pas me surprendre. Ça ne lui pose aucun problème d'accepter l'argent que les faes nous donnent – de l'argent volé aux banques américaines – pour payer ses factures, alors pourquoi aurait-il des scrupules à voler une voiture ?

Je prends l'élastique.

— C'était l'idée d'Aren, dit Shane en posant la main droite sur le levier de vitesses.

Les manches de son tee-shirt sont remontées, révélant la longue cicatrice blanche et plissée sur son avant-bras. Elle est pire que toutes les miennes réunies. Il refuse de dire comment il l'a eue, mais je suis certaine que ça a un rapport avec un fae.

— Tu devrais me remercier.

Je détourne les yeux de son bras et lui lance un regard sceptique.

— Te remercier ? Tu m'as percutée avec une voiture.

— Je t'ai sauvé la vie, me fait-il remarquer.

Je lève les yeux au ciel, mais ne proteste pas. Je ne connais pas bien Shane, même si nous partageons la même chambre depuis deux semaines. Il n'est pas un diseur d'ombres comme moi, mais il a lui aussi travaillé pour le roi Atroth, se servant de son don de double vue pour percer à jour les illusions des faes. Je l'ai rencontré il y a quelques semaines à peine, juste après que les rebelles m'ont rendue à la Cour en échange d'un des leurs. J'ai passé une nuit agitée dans son manoir, avant de retourner dans le Royaume et de voir mon existence chamboulée. C'est à ce moment-là que j'ai cessé d'être la prisonnière des rebelles et que j'ai commencé à avoir de sérieux doutes au sujet du travail que j'effectuais pour le roi.

— Tu viens du palais ? je demande à Shane.

Il n'était pas là quand je suis partie de notre suite à Las Vegas. Pour qu'il arrive ici si vite, il devait être avec les rebelles.

— Ouais, dit-il en ralentissant. J'ai parlé à Lena.

Lena, fille de Zarrak. C'est elle qui mène la rébellion et a revendiqué le trône d'argent à la mort du roi Atroth. Alors que chacune d'entre nous rêvait que l'autre meure il n'y a pas si longtemps, je ne songe plus qu'à la garder en vie à présent. Elle est mon meilleur espoir de mettre un terme à cette guerre sans y sacrifier mes amis.

Parfois j'ai encore du mal à croire que Lena et moi travaillons ensemble.

— Tu as enfin accepté de nous aider ? je demande.

Shane accélère et hausse les épaules.

— Je commençais à m'ennuyer.

Je parviens à garder mes réflexions pour moi, mais il s'en faut de peu. S'il ne rallie la rébellion que par goût de l'aventure, rien ne l'empêchera de changer de camp si la situation au palais d'Argent continue à se dégrader. Je suis sûre que les survivants l'accueilleraient à bras ouverts. Les autres humains qui travaillaient pour le roi les aident déjà ; Lena et les rebelles n'ont pas fait assez vite pour les retrouver. Si Shane est avec nous, c'est uniquement parce qu'il se trouvait au palais d'Argent quand on l'a assiégé. Lena l'a ensuite installé à l'hôtel avec moi parce qu'elle s'imaginait que je pourrais avoir une bonne influence sur lui, comme si ma loyauté était une sorte de rhume que j'allais lui transmettre.

Il s'engage sur une voie de desserte, et j'essaie de me détendre. Je suis hors de danger pour l'instant. Mon rythme cardiaque ne ralentit pas pour autant, et je crois savoir pourquoi. Avec toutes ces péripéties pour sauver ma peau, je suis parvenue à occulter l'inquiétude qui me rongeait. Je ne peux pas continuer plus longtemps. Les survivants tiennent Paige.

Le sac de mon amie était piégé. Les rebelles sont venus inspecter mon appartement avant que Trev et Nalst ne m'y emmènent ; si les survivants avaient placé un charme aux endroits habituels – sur une porte ou dans un couloir –, Trev et Nalst l'auraient trouvé, mais ils n'ont pas fouillé dans mes tiroirs ni retourné chaque objet chez moi. Ils n'avaient aucune raison de toucher au sac de Paige. C'était malin de la part des survivants de placer le charme là.

Je glisse une mèche de cheveux qui s'est échappée de ma queue-de-cheval derrière mon oreille tandis que je regarde par la vitre brisée. Nous arrivons à l'embranchement qui mène à mon université. Mon ancienne université, à présent qu'ils m'ont virée. Bon sang, je veux toujours ce diplôme. Je veux un boulot normal, et pouvoir vivre sans devoir m'inquiéter qu'on me tue, moi ou les gens auxquels je tiens.

Je me pince l'arête du nez pour tenter d'évacuer un peu la pression accumulée. Y a-t-il la moindre chance que je me trompe au sujet de Paige ? Peu de gens de la Cour du roi connaissaient mon nom ou l'endroit où je vivais sur Terre. Les survivants ne devraient rien savoir de Paige. Peut-être qu'elle a oublié son sac chez moi et que les faes ont cru qu'il était à moi ?

— Ne prends pas l'autoroute, dis-je soudain en me saisissant du volant pour empêcher Shane de s'engager sur la bretelle d'accès.

— Hé ! (Il repousse ma main et reste sur sa voie.) On doit retrouver Aren au portail situé au nord de la ville.

— On va d'abord passer chez mon amie. Ça ne prendra qu'une minute.

Je dois m'assurer que Paige est réellement partie.

À mon grand étonnement, il ne discute pas. Nous avons beau être à la périphérie de Houston, la circulation est atroce. Impossible de mettre moins d'une minute à dépasser une intersection. Mais Shane suit mes indications, et nous nous arrêtons une demi-heure plus tard devant une maison de ville coincée dans une rangée d'habitations mitoyennes qui présentent toutes les mêmes volets blancs, les mêmes petits balcons et les mêmes perrons minuscules. Seule la couleur des portes varie. Celle de Paige est rose. Je dis à Shane d'attendre dans la voiture et m'extirpe du siège passager.

Mes muscles ne se détendent qu'au bout de plusieurs pas. Ils sont endoloris depuis la lutte à mon appartement, et ma jambe droite me lance sous mon jean quand je m'appuie dessus. Rien de cassé, en revanche ; je dois simplement avoir un bel hématome sur la cuisse.

L'angoisse me noue le ventre quand j'atteins la porte rose de Paige.

— Pourvu qu'elle soit là, je chuchote en frappant.

Après avoir attendu quelques minutes sans obtenir de réponse, je m'avance dans le parterre de fleurs à droite du perron et jette un coup d'œil par la fenêtre. Je ne vois qu'une petite portion du salon par l'interstice entre les rideaux, mais le peu que je discerne n'augure rien de bon.

Des bouts de verre, et de petites choses bleues éparpillées au sol. Je mets une seconde à comprendre qu'il s'agit de centaines de minuscules billes bleues qui, j'imagine, sont tombées du bocal de Paige. Elle a un poisson nommé Phil, ou Max, à moins que ce ne soit Johnny. Vu qu'elle a du mal à les garder en vie, je perds le fil.

— Ton amie n'est pas chez elle ? me demande Shane du perron, pas de la voiture où je lui avais demandé d'attendre.

— Les survivants l'ont emmenée, dis-je.

Shane fronce les sourcils.

— Pardon ?

Je sors du parterre de fleurs, prise de nausée. Comme les faes n'appartiennent pas à ce monde, il leur suffit d'une pensée pour se rendre visibles ou invisibles. Seuls les humains doués de double vue peuvent les voir en permanence ; le reste du monde ignore tout de leur existence. Paige ne se serait doutée de rien. J'ignore comment elle a réagi si des faes invisibles se sont emparés d'elle. Elle a pu se dire qu'elle était prise dans un cauchemar, qu'elle perdait la tête ou encore qu'elle était possédée. Mais les survivants décideront peut-être de se révéler, et de lui expliquer qui ils sont et ce qui se passe.

Ou peut-être se contenteront-ils de la tuer.

Non, me dis-je, rejetant cette pensée. Elle a plus de valeur vivante. S'ils la gardent en vie, ils pourront négocier un échange.

— Son sac à main était dans mon appartement, dis-je à Shane. (J'essaie de tourner la poignée de la porte d'entrée. Bien entendu, je n'y arrive pas.) J'ai brisé un charme en le prenant. C'est pour ça que les survivants ont débarqué.

— Mmm, dit-il.

Il pince les lèvres, mais je ne perçois ni inquiétude ni sympathie dans son expression. Je serre les dents pour m'abstenir de tout commentaire. Lors de notre première rencontre, il m'avait donné l'impression d'être un peu égocentrique. Ça se confirme.

Je m'éloigne de la porte et balaie la rue du regard. Une voiture passe de temps en temps, mais il n'y a personne dehors. Je devrais pouvoir entrer par effraction chez Paige sans qu'on me surprenne.

Je ramasse l'une des pierres qui bordent le parterre de fleurs.

— Tu sais, dit Shane, si les survivants tiennent ton amie, il y a de fortes chances qu'ils sachent où elle habite.

— Tu as peur qu'ils débarquent ? (Je soupèse la pierre.) Pourquoi donc ? Il te suffirait de changer de camp. Je suis sûre qu'ils te paieraient ce que tu veux.

— Aïe, dit-il, sur un ton sincèrement offensé.

Je lui ai fait de la peine ? Tant pis. Il ne s'implique dans cette guerre que parce qu'on le paie. Ça ne devrait pas être une question d'argent. Nos actes ont de graves conséquences, dont je n'ai pris conscience qu'il y a un mois. Quand je travaillais pour le roi, je pensais que la Cour capturait la plupart des faes que je traquais. Ce n'était pas le cas. C'était plus simple de les tuer que de se donner la peine de les garder prisonniers. Si j'avais su que mes lectures d'ombres allaient engendrer toute cette violence, je ne me serais pas impliquée à ce point dans les guerres du roi. Les souffrances que j'ai causées sont telles qu'il m'est intolérable d'y penser.

Pour me tirer de ces sinistres considérations, j'inspecte de nouveau la rue. Nous sommes en semaine. La plupart des gens doivent sans doute être partis travailler, mais je scrute soigneusement les fenêtres des maisons les plus proches. J'ai du mal à voir à l'intérieur avec le soleil qui tape sur les vitres.

— Donne. (Shane me prend la pierre des mains.) À force de rester plantée là, tu vas finir par te faire remarquer.

Il jette la pierre sur la fenêtre de Paige.

— Et oui, poursuit-il, j'ai mis un moment à me décider, mais ça ne veut pas dire que je n'en ai rien à foutre.

Il empoigne le rideau du salon, l'arrache de la tringle et s'en sert pour faire tomber le verre qui reste et déblayer le rebord de la fenêtre.

— Je vais ouvrir la porte.

Il grimpe à l'intérieur. C'est malin, je m'en veux maintenant. Ça n'a pas été facile pour moi de changer de camp ; il n'y a pas de raison que ça le soit pour lui. Je ne m'excuse pas pour autant quand il ouvre la porte. Si c'est vrai qu'il n'est pas insensible, il devrait le montrer plus souvent.

Dès que j'entre dans l'appartement de Paige, des signes de lutte me sautent aux yeux. En plus du bocal brisé, la console derrière le canapé de Paige est renversée, et on dirait que quelqu'un s'est servi du lampadaire comme d'un projectile. Il est encore branché, mais l'abat-jour est en miettes. Je l'enjambe et me rends dans sa chambre. Elle s'est battue ici aussi, en jetant sa boîte à bijoux sur son agresseur. Son contenu est éparpillé sur le seuil de la porte et dans le couloir, qui est tapissé de bris de verre. Paige s'est bien défendue.

Elle n'aurait pas dû avoir à se défendre. Pas si elle n'avait pas eu de lien avec moi.

— Tu es sûre que les survivants l'ont emmenée ? me lance Shane, resté à l'avant de la maison.

Je me détourne de la chambre et reviens vers lui.

— J'aimerais mieux ne pas l'être, mais ouais. Pourquoi ?

Debout devant le plan de travail de la cuisine, il a les yeux rivés sur un grand saladier jaune.

— Il y a un poisson là-dedans.

Je fronce les sourcils. Arrivée à sa hauteur, je découvre un poisson tropical bleu vif et tout ce qu'il y a de plus frétillant.

— Si les survivants l'ont enlevée, dit Shane, ça semble étrange qu'ils restent dans le coin pour s'occuper de son poisson.

— Peut-être que l'un d'eux aime vraiment les poissons ? dis-je, même si ce qu'il dit est juste.

Ça n'a aucun sens.

J'inspecte le salon et la cuisine. Je ne sais pas ce que je cherche au juste – des indices, je suppose –, mais il n'y a rien de plus ici que des meubles renversés et un bocal en mille morceaux. J'aurais peut-être dû fouiller le sac de Paige avant de le laisser tomber par terre. Les survivants auraient pu laisser une demande de rançon à l'intérieur.

— On ferait mieux d'y aller, dit Shane. (Il a trouvé une petite boîte de granulés pour poisson et en verse un peu dans le saladier.) Aren nous attend.

Je ne dis rien ; je continue d'observer l'appartement de Paige.

Il repose la boîte et me regarde.

— Les rebelles t'aideront à la retrouver, dit-il avec douceur, comme s'il essayait de me rassurer.

Peut-être, oui. Mais ces deux dernières semaines ont été rudes. Nous avons pris le contrôle du palais, et Lena a revendiqué le trône, mais convaincre les hauts nobles – les faes qui gouvernent les treize provinces du Royaume – que sa lignée est assez pure pour la rendre digne d'être leur reine est tout sauf évident. Sans compter que les hauts nobles hésitent à rompre avec la tradition en permettant à une femme de monter sur le trône d'argent. Ils ont reporté leur vote à plus tard, sans doute dans l'espoir qu'un meilleur parti se présente.

La migraine que j'avais déjà en arrivant ici décuple tandis que je me dirige vers la porte. L'ajournement du vote ne serait pas dramatique si les survivants n'en profitaient pas pour tourner le climat d'indécision à leur avantage. Ils lancent des attaques sur le mur d'enceinte du palais presque tous les jours, et nous avons la quasi-certitude qu'ils encouragent les protestations et les débuts d'émeutes qui se déclarent dans tout le Royaume. Si l'on arrivait seulement à découvrir qui les fédère et qu'on arrêtait, tuait ou concluait un marché avec lui ou elle, Lena et les rebelles pourraient peut-être souffler un peu. Ils en ont besoin. Comme nous tous.

Pour des gens qui vivent en moyenne un siècle et demi, les faes sont incroyablement impatients. C'est ce qui arrive quand on est capable de voyager de ville en ville, ou même d'un monde à l'autre en l'espace de quelques secondes. Le trajet de mon appartement à la périphérie de la ville aurait dû prendre environ vingt minutes. Avec notre détour, il s'est écoulé près d'une heure.

Aren se jette sur ma portière avant même que la voiture ne soit au point mort. Il ne craint pas autant la technologie humaine que la plupart des faes, mais je suis tout de même surprise qu'il n'ait pas attendu quelques secondes de plus que j'ouvre la portière moi-même. Au contact du véhicule, ses *edarratae* se rebiffent et fusent le long de son bras. Ils étincellent encore quand il me prend par le coude. Il m'examine de la tête aux pieds, sans doute pour repérer d'éventuelles blessures ; n'en trouvant aucune, ou du moins aucune qui soit grave, il se détend visiblement.

— Mes indications t'ont fait tourner en rond ? demande-t-il en regardant Shane, qui coupe le moteur.

— Non, elles étaient étonnamment précises pour un fae.

Il ouvre sa portière et sort.

Je me tourne sur mon siège pour faire face à Aren.

— Les survivants ont enlevé Paige.

Il est appuyé sur un genou, si bien que ses yeux argentés se trouvent au même niveau que les miens.

— Qui ça ?

— Paige, dis-je. Mon amie. Tu l'as rencontrée au mariage.

— Le mariage ?

Il fixe son regard sur ma bouche, et je me rappelle le goût de ses lèvres. C'est au mariage qu'on s'est embrassés pour la première fois. J'aimais toujours Kyol, mais j'étais prise dans le tumulte de mes émotions. Aren me faisait douter de tout – même de ma haine pour lui –, et avant de me rendre à Kyol il m'a laissé un collier de diamants avec la marque d'un lieu. J'aurais pu le trahir avec ce collier. Je ne l'ai pas fait… parce que je commençais à tomber amoureuse de lui.

Et ça continue.

Je me racle la gorge.

— Je dois la retrouver, Aren. Elle n'a pas à être mêlée à cette guerre.

— Tu es sûre qu'ils la tiennent ? demande-t-il en revenant à mes yeux.

— Le charme était sur son sac à main.

Il serre les dents, et je regrette presque d'avoir abordé le sujet. Son rôle dans cette guerre est en train de changer. Avant que les rebelles n'assiègent le palais, il était sans arrêt sur l'offensive. Il avait l'habitude de prendre les faes du roi par surprise en lançant des attaques éclairs sur les entrepôts et sur les portails, indispensables au convoi des marchandises. À présent, Aren essaie d'empêcher les survivants de faire exactement la même chose. Si l'on considère le peu d'hommes qu'il a à sa disposition, il s'en sort bien, mais je ne veux pas ajouter au poids de ses responsabilités.

— Elle ne sait rien à notre sujet ? demande-t-il.

— Non, dis-je.

À moins d'être doués de double vue, peu d'humains savent quoi que ce soit. Depuis des siècles, les faes respectent la règle du secret. Si les humains découvraient leur existence, une guerre ne manquerait pas d'éclater. Tous les humains ne se satisferaient pas de laisser les faes en paix. Certains voudraient les tuer. D'autres les capturer. Ils chercheraient le moyen d'exploiter leur magie. Le roi Atroth a imposé la règle du secret avec la même rigueur que ses prédécesseurs, et dès que les faes décident d'entrer en contact avec un humain capable de les voir, ils usent de précaution.

La plupart d'entre eux, du moins. Mon premier contact avec leur monde n'a rien eu de tendre. Un fae du nom de Thrain m'a enlevée. Il m'a affamée et menacée, exigeant que je me serve de mon don de double vue pour lui désigner les faes qui recouraient à l'illusion. Je me suis exécutée une fois, le premier jour de ma captivité, et il a massacré le fae sous mes yeux.

Aren prend son inspiration. Lorsqu'il relâche son souffle, c'est comme si toutes ses responsabilités s'envolaient. Je sais qu'elles sont toujours là et qu'elles continuent de peser sur sa conscience, mais il les cache derrière son ébauche de sourire et son assurance.

— On la retrouvera, dit-il en me tirant hors de la voiture.

Avec les autres faes, son optimisme est communicatif – je pense que c'est en bonne partie pour ça que les rebelles sont parvenus à prendre le palais –, mais je suis humaine et j'ai cessé de croire aux miracles il y a des années. Paige pourrait être n'importe où dans le Royaume ou sur Terre. Les chances que l'on tombe sur elle par hasard sont quasi nulles.

— Hé, dit Aren en me relevant le menton d'un doigt, je t'ai bien trouvée, non ?

Son sourire en coin transpire la prétention, mais il me rassure. Il le rend aussi incroyablement séduisant, et malgré tous mes soucis j'ai l'estomac qui se noue. Je fais mon possible pour ne pas m'emballer, pour avancer pas à pas dans cette relation, car Dieu sait qu'on ne s'est pas rencontrés sous les meilleurs auspices. Je n'ai pas envie qu'Aren soit une passade, mais j'ai tendance à oublier mes précautions quand il me regarde comme ça, comme si j'étais la seule chose qui existait au monde.

Un éclat de chaos saute sur ma peau et ondule le long de ma mâchoire jusqu'à ma nuque. J'ignore si c'est lui qui se penche vers moi ou moi vers lui, mais nos lèvres se touchent à cet instant-là et…

— Aren.

Ce n'est pas Shane qui a parlé. Je regarde par-dessus l'épaule d'Aren et vois un fae – un illusionniste du nom de Brenth – sortir de la mince lisière d'arbres qui sépare la route d'un champ vide. C'est l'un des soldats de Kyol, un ancien fae de la Cour qui a juré de protéger Lena. Son armure n'est pas grossière comme celle des rebelles. Sur la surface lisse et régulière est gravé un arbre *abira* auquel il a ajouté quatre branches, une pour chaque province que Lena projette de réinstaurer.

— Timing parfait, marmonne Shane, juste avant que Brenth ne dise en fae :

— *Nous étions déjà en retard il y a dix minutes.*

— *Ça ira*, lui répond Aren.

J'imite aussitôt Shane lorsqu'il se dirige vers la lisière des arbres, prise du besoin de marcher pour me débarrasser des picotements qui me parcourent le corps. J'espère que la chaleur ne me monte pas au visage ou, si c'est le cas, que les autres s'imaginent que c'est à cause du soleil radieux qui brille au-dessus de nos têtes.

— Tu es pressée de me quitter ? demande Aren, une pointe d'amusement dans la voix tandis qu'il m'emboîte le pas.

Il sait pertinemment pourquoi je devais m'éloigner.

— C'est l'habitude, je rétorque.

Mais je laisse le plus infime des sourires jouer sur mes lèvres quand je lui jette un regard en biais.

J'ai passé les premières semaines qui ont suivi notre rencontre à essayer de lui échapper. J'ai failli réussir plusieurs fois, mais il refusait de me laisser filer.

Il part d'un petit rire.

— Je promets de ne pas te bander les yeux cette fois.

Me bander les yeux ? Nous dépassons les arbres et nous retrouvons dans le champ de l'autre côté, mais je ne reconnais cet endroit qu'en repérant la petite mare à ma droite. C'est ici qu'il m'a emmenée après m'avoir enlevée sur le campus. Je ne me doutais pas – et les faes de la Cour non plus, surtout – que ce portail se trouvait là, et je croyais…

Je me tourne vers Aren.

—Je croyais que cet endroit était à plusieurs heures de mon appartement.

Il hausse le sourcil.

—Quand tu m'as enlevée, dis-je, on a mis au moins trois heures pour venir ici.

—Ah.

Il pose les yeux sur ma tempe gauche. C'est là qu'il m'a frappée avec le pommeau de sa dague il y a moins de deux mois, pour m'assommer et m'empêcher d'appeler la police.

—On a eu un peu de mal à te faire sortir du campus sans que des humains te voient.

Je ricane. Ouais, le spectacle d'un homme invisible me portant sur son épaule aurait eu de quoi surprendre. Avec les flics qui fouillaient le bâtiment et Kyol qui me cherchait toujours, me sortir de là n'a pas dû être une mince affaire.

Nous atteignons la mare juste après Shane et Brenth. Le portail se borne à une tache floue dans l'atmosphère à gauche du fae. Brenth se place face à elle et puise de l'eau dans sa main, rituel indispensable pour se relier au portail. La fissure s'ouvre graduellement, l'eau se changeant en lumière blanche au fur et à mesure qu'elle coule entre ses doigts. La seconde suivante, un grondement sourd nous signale que la connexion avec l'Entre-Deux s'est établie. Brenth tend une pierre d'ancrage à Shane, puis l'humain s'accroche à l'avant-bras du fae, et ils disparaissent dans la lumière.

Je peine à me détourner des ombres que la fissure laisse derrière elle, mais Aren me prend la main et me conduit à la tache floue au bord de la mare. Il presse une pierre d'ancrage dans ma paume. Il peut s'en passer lorsqu'il se rend à des lieux qu'il a mémorisés, mais si je veux l'accompagner j'en ai besoin. Sans elle, je me perdrais dans l'Entre-Deux.

Aren plonge la main dans la mare et ouvre à son tour une fissure sur le portail. Avant de m'entraîner à l'intérieur, il serre ma main dans la sienne et dit :

— Tu m'as manqué, McKenzie.

Puis il termine le baiser que Brenth a interrompu.

Chapitre 3

Lorsque nous ressortons de la fissure, je suis à bout de souffle. C'est sans doute dû à l'Entre-Deux, mais je mets ça sur le compte d'Aren. Il m'a embrassée jusqu'à ce que ses éclats de chaos se fondent dans ma peau et me fassent tout oublier à part lui. Puis, juste au moment où les éclairs s'intensifiaient au point que j'aurais pu jurer être à deux doigts de perdre le contrôle, il m'a entraînée dans l'Entre-Deux.

L'Entre-Deux glacial.

Passer du chaud au froid de cette façon tenait à la fois du divin et de l'atroce.

Dès que je parviens à me tenir debout sans chanceler, je le fusille du regard. Il me répond par un sourire horripilant.

Ma main est toujours dans la sienne, la pierre d'ancrage pressée entre nos deux paumes. Dans ce monde, les éclairs qui fusent entre nos doigts entremêlés ne sont plus bleus mais blancs, et c'est de moi qu'ils proviennent. Mais ils restent aussi chauds et émoustillants que les siens sur Terre.

Je me dégage avant que les éclairs ne s'intensifient davantage – j'ai déjà bien assez de mal à me retenir de plaquer de nouveau ma bouche contre la sienne –, puis scrute le quartier pavé situé à l'extérieur du mur d'argent de Corrist. Brenth a dû ramener Shane à Las Vegas, car ils ne sont pas là. Il n'y a personne, à vrai dire, et ça me perturbe.

Il y a deux semaines, cet endroit était plein à craquer de faes qui marchandaient et faisaient leurs achats dans les échoppes à ma gauche.

Nous qualifions de « douves » cette zone neutre d'une dizaine de mètres qui sépare les commerces du mur d'argent, même si elle est au même niveau que le reste de la ville et qu'il n'y a pas d'eau. Kyol et les faes de la Cour m'ont transportée ici des centaines de fois au cours des dix dernières années, mais jamais je ne m'y étais sentie si mal à l'aise. Les pierres jaune pâle des échoppes en face du mur prennent d'ordinaire une teinte bleutée la nuit, mais personne n'a allumé les orbes qui surmontent les réverbères, et je suis à peu près certaine que la plupart des bâtiments ont été désertés.

Désertés par les marchands, en tout cas. Les survivants ont investi les bâtiments abandonnés pour s'y mettre à couvert lors de leurs attaques. Certaines échoppes se dressent sur un ou deux étages, et, de là où nous nous trouvons, il n'y a aucun moyen de savoir si un fae se cache sur l'un des toits en tuiles ou derrière des rideaux tirés.

— *Quelques secondes de plus et tu serais mort, Jorreb*, nous lance-t-on en fae depuis le mur d'argent.

— *Je suis donc dans les temps !* rétorque Aren, adressant un sourire à celui qui nous observe depuis l'une des meurtrières au-dessus de la herse baissée.

Je serre les dents. Depuis que les survivants se sont mis à lancer des attaques-surprises sur le mur, Lena a donné l'ordre aux gardes de ne pas attendre d'avoir identifié les faes qui surgissent de fissures pour tirer, sauf à certains endroits désignés comme « sûrs ». Ces emplacements changent toutes les demi-heures. Lena et Kyol ont mis au point un système de rotation, une sorte de code que seules les personnes en qui ils ont toute confiance connaissent.

— *Laisse-nous entrer*, dit Aren.

Nous nous baissons pour passer sous la herse qui se lève. Elle est en argent massif. Ce métal n'empêche pas les faes de se servir de leur magie dans l'enceinte de la ville, mais simplement d'ouvrir des fissures, aussi bien pour venir de l'extérieur que pour se déplacer dans la Cité et le palais. C'est une mesure de sécurité indispensable, bien sûr, même si cela présente aussi un handicap majeur pour les faes, qui ont l'habitude de pouvoir disparaître et réapparaître à leur guise. Mais Aren semble parfaitement à son aise lorsqu'il se rend de l'autre côté.

Deux soldats émergent d'une ouverture dans le mur. Je suppose que d'autres montent la garde à l'intérieur. Le mur fait presque trois mètres d'épaisseur, et il est creux entre les blocs de pierre que recouvre le lourd revêtement en argent. Des escaliers en bois et d'étroites plates-formes permettent aux faes de rester postés à l'intérieur du mur. J'y ai moi aussi monté la garde récemment, pour repérer ceux qui tenteraient de s'infiltrer dans la Cité en recourant à l'illusion.

Je m'enserre de mes bras dans l'espoir de retenir le peu de chaleur qui me reste pendant qu'Aren échange quelques mots avec le plus petit des deux soldats faes. Le plus grand s'avance avec une cuirasse en *jaedric* et une cape. Il les tend à Aren, qui me les apporte. Il m'aide à enfiler la cuirasse par la tête, puis resserre les liens sur les côtés.

Je leur suis plus reconnaissante pour la cape que pour l'armure, et ce n'est pas juste parce que j'ai froid. Les éclats de chaos brillent sur ma peau. Nous supposons que les faes qui sont restés dans la Cité soutiennent Lena ou ont choisi la neutralité, mais ce n'est pas comme si nous avions eu le temps d'interroger tout le monde pour nous en assurer. Sans la cape, les éclairs attireraient trop l'attention ; je ramène les pans sur ma cuirasse et ajuste le capuchon de façon à cacher mon visage.

— Une dernière chose, dit Aren, me présentant un troisième objet que je n'avais pas encore remarqué.

Il prend les deux extrémités de la longue courroie qu'il tient à la main, puis l'enroule autour de ma taille sous la cape.

— Tu penses pouvoir te débrouiller avec celle-ci ?

Je tâte le fourreau en *jaedric* dans mon dos. J'imagine qu'il renferme une dague. Elle fait à peu près la longueur de ma main et est fixée de manière à être presque parallèle au sol.

De la main droite, j'arrive à saisir la garde assez facilement.

— Tu as peur de me confier une épée ? je demande pour le taquiner.

— Ils n'en avaient plus, réplique-t-il avec un petit sourire.

Il ne m'en faut pas davantage pour qu'une sensation de bonheur et de chaleur me submerge. Nos petites chamailleries m'ont manqué.

Nous n'empruntons pas une route directe pour nous rendre au palais. L'un des soldats nous conduit à un passage étroit entre les bâtiments à l'ouest de la *Cavith e'Sidhe*, l'avenue des Descendants. Aren reste à côté de moi, marchant d'un pas nonchalant. Si sa main n'était pas négligemment posée sur la garde de son épée, je supposerais qu'il ne redoute absolument pas qu'on nous attaque. Mais sa main est bien là, et il tient la tête inclinée comme s'il était à l'affût de bruits de pas supplémentaires ou du raclement léger d'une lame tirée de son fourreau.

Mon estomac se noue. Je suis loin d'avoir l'ouïe aussi fine qu'un fae, toutefois je reste moi aussi sur le qui-vive.

De la mousse et des plantes aux fleurs rouges poussent dans les lézardes des murs de pierre de la venelle. Sur Terre, ce serait le signe que ce quartier n'est pas bien entretenu, mais ici dans le Royaume ça ajoute une touche de beauté et d'exotisme au passage sinueux.

C'est dans la Cité que vivent les faes les plus riches et que les hauts nobles ont leurs résidences secondaires, loin de leurs domaines provinciaux. Nous ne tardons pas à passer devant l'une d'elles. Kyol me l'avait déjà indiquée auparavant, m'informant qu'elle appartenait au seigneur Kaeth, l'aîné de Ravir et le haut noble de la province de Beshryn, l'un des faes que nous devons convaincre de soutenir Lena. Les jardins qui entourent sa maison sont toujours verdoyants, bien que l'automne touche à sa fin ici.

Nous tournons à droite, à l'angle d'une haie méticuleusement taillée, puis à gauche lorsque nous débouchons sur l'avenue des Descendants. La lumière bleue des réverbères magiques nous permet de voir les pavés sous nos pieds. Ils sont uniformément plats, sauf aux endroits où les roues de charrettes tirées par des *cirikith* ont usé la pierre et creusé des sillons parallèles. Sortes de stégosaures en plus mince, dotées de sabots et d'un arrière-train de cheval, ces bêtes-là ne sortent pas à cette heure-ci. Quand le soleil se couche, elles sombrent dans une espèce d'hibernation. Il faut alors déployer des efforts considérables pour les maintenir éveillées, et, même si on y parvient, les *cirikith* avancent si lentement que ça n'en vaut pas la peine.

Alors que tout se passe bien jusqu'ici, mes bras se couvrent de chair de poule et ma nuque me picote. Il y a tout un tas d'endroits où les survivants pourraient se cacher sur cette avenue.

— Détends-toi, dit Aren à côté de moi. Ils commenceront d'abord par s'en prendre à moi.

Je resserre les pans de ma cape.

— C'est censé me rassurer ?

— Ça t'aurait rassurée il y a quelques semaines.

Même si mon capuchon est trop remonté pour que je puisse le voir, je devine la lueur amusée dans son regard. C'est tout lui ça, prendre à la légère le fait qu'on veuille le tuer, mais ça ne me plaît pas qu'il soit menacé. J'ai beau essayer de ne pas foncer tête baissée dans cette relation, le perdre m'anéantirait.

L'avenue bifurque à gauche, et je me mets à avoir la chair de poule pour une raison totalement différente. Malgré le nombre de fois que j'ai emprunté cette route, la vue qui s'offre à moi est toujours aussi époustouflante.

Le palais d'Argent tient plus du château de Neushwanstein que de la forteresse imprenable. Il est mal conçu sur le plan défensif, mais pour ce qui est de l'architecture… il est sublime, c'est le mot. Six tourelles en acacia illuminées par la magie des faes se dressent dans le ciel nocturne. Le palais ayant été bâti au pied des montagnes Corrist, les flèches aux pointes d'argent du fond dépassent derrière celles au premier plan. Le *Sidhe Cabred*, le jardin des Ancêtres auquel seule une poignée de faes privilégiés a eu accès sous le règne du roi Atroth, s'accroche aux falaises escarpées qui délimitent le versant sud des montagnes.

Arrivés au bout de l'avenue, nous nous avançons sur la gigantesque esplanade dallée devant la grille principale du palais. Il compte trois entrées, mais celle-ci est la plus impressionnante. La pierre bleu ardoise des murs, importée d'une province du sud-est, forme un contraste saisissant avec la montagne rouge brique.

Nous n'entrons pas par le portail en acacia sculpté – il est immense et met des siècles à s'ouvrir et se refermer – mais par une porte quelconque à sa gauche. Je me détends un peu. Le palais regorge de faes dévoués à Lena. Seuls quelques-uns sont postés dans cette salle, mais quelque part au-dessus de nous, des archers se tiennent prêts à tuer et à donner l'alerte en cas d'attaque des survivants.

Je rejette mon capuchon. Aussitôt, je vois deux faes venir vers nous. Le premier, un soldat rebelle, a la peau luisante de sueur malgré la fraîcheur ambiante. L'autre est l'assistant tiré à quatre épingles du seigneur Kaeth, le haut noble dont nous avons croisé la demeure. À peine nous ont-ils rejoints qu'ils se mettent à parler en même temps. Avec leur accent marqué, je ne parviens pas à comprendre ce qu'ils disent. Je n'ai commencé à apprendre leur langue qu'il y a un peu plus d'un mois et, même si je fais de rapides progrès, j'ai du mal à suivre quand les faes parlent trop vite ou si je suis distraite par autre chose.

Aren lève une main.

— *Pas maintenant.*

Le soldat tient sa langue, puis incline respectueusement la tête avant de s'éloigner.

L'assistant ne se laisse pas congédier si facilement.

— *Dois-je dire au seigneur Kaeth que tu es avec l'humaine ?*

Ça, je comprends, mais je devine à la raideur d'Aren qu'un sens caché m'échappe derrière les paroles du fae ou le ton de sa voix.

— *Tu peux dire au seigneur Kaeth que je suis avec la reine.*

Sa réponse est beaucoup trop calme, mais le fae ne semble pas s'en apercevoir.

— *Ce n'est pas la reine*, dit-il.

Puis, après m'avoir jeté un regard dédaigneux, il tourne les talons et repart.

Aren reste un moment sans quitter des yeux l'assistant du seigneur Kaeth, puis il me prend par le bras et m'entraîne dans un couloir adjacent.

— C'était quoi, cette histoire ?

— Rien, répond-il.

— Aren.

Il me serre la main et continue de marcher.

— Ce n'est rien, McKenzie.

Autant dire que c'est tout l'inverse, et je suis certaine à 99,9 pour cent de savoir quel est le problème. Lena et les rebelles ont certes pris le contrôle du palais, mais ça ne signifie pas que tout le monde dans le Royaume voit soudain d'un bon œil que nos deux espèces se fréquentent. Le roi Atroth a interdit les relations entre humains et faes. C'est ce qui a toujours retenu Kyol, mais ça n'a pas découragé Aren. Lui et les rebelles tolèrent bien mieux les humains que les faes de la Cour. Le problème, c'est que les rebelles ne constituent pas la majorité de la population. La plupart des faes continuent de penser que les humains et la culture humaine nuisent à la magie du Royaume.

Aren me regarde. Il doit se rendre compte que j'ai compris, car il dit :

— Je ne suis pas lui. Je ne ferai pas semblant de ne pas avoir de sentiments pour toi.

« Lui. » Kyol. J'ai passé ces dix dernières années à cacher ce que j'éprouvais pour lui aux faes de la Cour. C'était ridicule de ma part de rester amoureuse si longtemps d'un homme qui accordait plus d'importance au Royaume et aux souhaits de son roi qu'à moi.

Je ne réponds pas à Aren ; je me contente de garder le rythme et d'entrer avec lui dans le jardin de sculptures du palais. Il doit être tard, près de minuit peut-être, car seuls quelques faes sont rassemblés ici. C'est un lieu serein qui m'évoque une version cinématographique d'un forum romain, un bel espace ouvert agrémenté de statues de pierre ciselée et de plantes vert vif où les gens peuvent se retrouver pour converser. Certains faes nous regardent passer avec curiosité. Je vois à leur air qu'ils voudraient qu'on s'arrête, qu'on réponde à leurs questions ou qu'on leur fournisse de quoi alimenter leurs commérages, mais personne ne va jusqu'à nous interpeller.

Les gigantesques portes dorées de la salle du roi sont fermées. À moins que ce ne soit la salle de la reine à présent ? Lena n'a procédé qu'à très peu de changements ces deux dernières semaines. Elle doit attendre que les hauts nobles valident sa lignée et consentent à ce qu'elle reste sur le trône pour que ses décrets puissent être considérés officiels. Même si personne ne sait quand leur vote aura lieu… en admettant que ça arrive.

Un garde, l'un des rebelles de Lena, nous ouvre une porte plus petite qui se fond dans les motifs de la grande. Je suis Aren à l'intérieur, et nous nous avançons côte à côte sur le tapis en peluche bleue. Ce n'est que lorsque Aren jure dans sa barbe que je remarque qu'il n'y a ni soldat ni archer ici. Seulement Lena. Au lieu d'être assise sur le trône au fond de la salle, elle se tient voûtée sur la dernière marche du dais en argent. Il faut batailler en permanence pour que Lena se comporte comme une reine.

Elle se redresse à notre approche, mais ce n'est qu'une faible tentative pour paraître forte et alerte. Son teint d'ordinaire immaculé et radieux est terni par les cernes noirs sous ses yeux, et ses longs cheveux blonds semblent moins soyeux que d'habitude. Elle porte une tunique blanche qui moule son corps mince, et ce que je ne peux décrire que comme la moitié d'une jupe longue nouée autour des hanches. Les muscles déliés de sa cuisse gauche sont visibles, mais toute sa jambe droite est dissimulée sous l'épaisseur de plumes bleues et blanches de sa jupe. Le père de Lena était l'aîné de Zarrak et le haut noble d'Adaris, l'une des provinces que le roi Atroth a dissoutes pour obtenir le trône ; elle a coutume de se vêtir comme une dame de haute naissance, mais je pense ne l'avoir encore jamais vue porter une tenue aussi extravagante et incommode.

— Il n'y a personne ici, dit-elle sur un ton défensif.

— C'est l'autre problème. (Aren s'arrête au pied du dais.) Il devrait y avoir des gens. Où sont tes gardes ?

— Je les ai envoyés au *veligh*.

Son visage est de marbre, comme si elle le mettait au défi de contester sa décision.

À côté de moi, Aren se raidit.

— Les survivants ?

— Évidemment, dit-elle.

Veligh se traduit par « front de mer ». La plupart des bâtiments de la Cité se trouvent au sud et à l'ouest du palais. À l'est, il n'y a ni habitations ni échoppes, juste une bande de terre qui s'étend jusqu'au mur d'argent. De l'autre côté, c'est la mer Imyth. Vu qu'il est particulièrement difficile d'accéder à cette portion du mur et du palais, Lena n'y a posté qu'un nombre restreint de gardes. Il semblerait que les survivants aient décidé d'en profiter.

— Leur nombre augmente au lieu de diminuer, dit Lena, posant un regard vide sur l'une des hautes fenêtres en arc qui percent le mur à gauche du trône.

Mon estomac se noue. On ne peut pas dire que les survivants aient gagné beaucoup de terrain ces deux dernières semaines. Certes, ils ont blessé et tué bon nombre d'entre nous, mais nous leur avons infligé tout autant de pertes. Leurs partisans devraient commencer à les abandonner, d'autant que Lena souhaite instaurer des changements qui bénéficieront à la majeure partie du Royaume. Elle a promis de supprimer les taxes impopulaires et élevées d'Atroth sur les portails, et il n'y aura plus d'exemptions ni de faveurs pour les faes qui lèchent les bottes des nobles… L'expression est de moi, pas de Lena. Les faes n'auront plus à redouter que des soldats débarquent chez eux au moindre soupçon, et ils ne seront plus contraints de déclarer leurs pouvoirs magiques. Honnêtement, je ne comprends pas pourquoi les survivants sont prêts à tuer pour empêcher Lena d'accéder au trône.

— Tu penses qu'ils ont trouvé un autre Descendant ? je demande en retirant ma cape.

Un Descendant dont on puisse retracer la lignée jusqu'aux *Tar Sidhe*, les faes qui gouvernaient le Royaume il y a des siècles, pourrait plus légitimement prétendre au trône que Lena. Dans ce cas-là, je comprendrais peut-être mieux – je dis bien peut-être – le comportement des survivants.

Après la mort du roi, l'archiviste du palais m'a montré la généalogie de Lena. Elle confirmait qu'elle est une Descendante, et qu'elle et son frère Sethan auraient été des hauts nobles si leurs parents n'avaient pas été assassinés et leur province dissoute.

Lena se détourne de la fenêtre, mais, avant qu'elle ait pu ouvrir la bouche, une autre voix répond à ma question.

— S'ils avaient un Descendant, ils en auraient déjà informé les hauts nobles.

C'est Kyol. Sa voix continue de me troubler, et des picotements de nervosité me traversent le corps. Impossible de faire comme si je ne l'avais pas remarqué. Je n'ai pas besoin de me retourner pour savoir où il est ; il me semble que même l'air autour de lui reconnaît son autorité. J'ai du mal à décrire ce que je ressens. Kyol est l'homme que j'ai aimé toute une décennie, et ce que l'on a vécu ensemble ne s'est pas évaporé en une nuit. Je tiens toujours énormément à lui, mais je ne l'ai pas revu depuis deux semaines, en grande partie parce que je l'ai évité. Ou qu'on s'est évités. Je ne veux surtout pas le blesser, et j'ai peur que ce soit ce qui arrive s'il me voit. D'autant plus si je suis avec Aren.

Mais mon malaise sautera aux yeux si je fais comme s'il n'était pas là. Après avoir posé ma cape sur la première marche du dais, je me retourne enfin et le regarde s'avancer vers nous. La sueur plaque sa chevelure sombre sur son front, et il a un peu de terre ou de cendre sur la joue gauche. Une armure en *jaedric* protège ses épaules, son torse, ses avant-bras, ses cuisses et ses mollets, et même s'il est évident qu'il vient d'affronter les survivants, il est presque plus présentable qu'Aren, dont la cuirasse fait piètre figure à côté de la sienne. Aren serait le premier à avoir droit à une armure neuve et huilée s'il le désirait, mais c'est par choix qu'il porte cette cuirasse rafistolée.

Kyol s'arrête à quelques pas de nous et m'adresse un bref hochement de tête. C'est ainsi qu'il m'a toujours saluée devant Atroth et les autres faes de la Cour. Détaché mais respectueux.

—Nous n'avons pas parlé de Sethan aux hauts nobles, dit Aren.

Il a changé de posture. Avant l'arrivée de Kyol, il était agacé à cause de Lena mais détendu. Ce n'est plus le cas. Sa main gauche, jusqu'alors négligemment posée sur la garde de son épée, pend désormais à son côté et il a ouvert la droite, prêt à dégainer sa lame au besoin. Mais ça ne sera pas nécessaire. Kyol a juré de protéger Lena, et jamais il ne chercherait à me faire du mal. Aren le sait. Je crois qu'il n'est pas conscient de sa réaction subtile.

—Nous ne leur avons pas parlé de Sethan parce que nous savions qu'Atroth attaquerait Haeth s'il savait qui nous étions, dit Lena, se référant à la ville où elle et son frère ont grandi.

Sethan était le fae que les rebelles avaient l'intention de mettre sur le trône, mais il a été tué par les faes de la Cour près de Vancouver. S'il était toujours en vie, je soupçonne que la transition à un nouveau régent se passerait beaucoup mieux. Il s'était préparé à être roi ; c'était ce qu'il voulait. Lena, c'est une autre histoire.

—Les gens ne sont peut-être pas convaincus que tu serais différente d'Atroth, dis-je à Lena. Il se peut qu'ils redoutent que tu t'attaques à leurs maisons et à leurs amis comme ils se sont attaqués aux tiens.

Puis j'ajoute avec réticence :

—Ils associent la rébellion à Brykeld.

Le nom de cette ville me laisse un goût de fumée sur la langue. Aren a la réputation d'être le boucher de Brykeld. C'est l'une des dizaines de raisons pour lesquelles je le haïssais quand on s'est rencontrés. En réalité, il n'était pas là quand l'un de ses hommes a donné l'ordre de barricader des familles entières dans leurs maisons et de mettre le feu à la ville, mais la plupart des faes l'ignorent ou n'y croient pas. Je n'y croyais pas moi-même avant d'avoir appris à mieux le connaître et d'avoir vu la douleur dans ses yeux à l'évocation de ce souvenir.

Aren me regarde, le visage fermé. Ça ne lui ressemble pas. Il sait que certaines choses qu'il a faites pour renverser le roi Atroth me dérangent, et je pense qu'il a peur que je ne parvienne pas à tourner la page. J'y travaille. Ce monde n'est pas le mien ; il est plus violent, plus archaïque. D'un côté, je le conçois. De l'autre, rien ne peut justifier qu'on expose des faes à de la technologie jusqu'à ce qu'ils craquent ou deviennent *tor'um*. La perte brutale de leur magie les rend fous. C'est pour ça que la technologie humaine est bannie du Royaume ; si les faes y sont exposés trop longtemps, ils subissent des dommages irréversibles.

Je ne tolérerai pas qu'Aren commette de nouveau de tels actes. C'est l'une des nombreuses raisons pour lesquelles j'essaie de ne pas m'engager trop vite avec lui. Il reste encore des choses dont nous devons parler.

— Peut-être avons-nous affaire à un impur, dit Lena.

Le silence retombe, plus pesant à présent que nous méditons cette éventualité. Nous n'avons pas besoin de ça en ce moment. J'ai traqué de nombreux impurs ces dix dernières années, toujours dans le but de les empêcher de rallier assez de partisans pour renverser le roi. La plupart d'entre eux étaient faciles à capturer. Comme ils ne pouvaient généralement pas prouver qu'ils étaient des Descendants des *Tar Sidhe*, ils ne comptaient jamais de nombreux soutiens loyaux. Mais pour certains impurs, cette absence de preuves n'avait pas d'importance. Par la ruse ou la force brute, ils parvenaient à rassembler assez de partisans pour être dangereux. Thrain, le fae qui m'a trouvée il y a dix ans, recourait largement aux deux méthodes.

Kyol secoue la tête.

— Les survivants ne suivraient pas un impur si facilement. C'est à un fae charismatique et intelligent que nous avons affaire. Je pencherais pour un ancien officier d'Atroth, ou quelqu'un qui gagnait de l'influence. Il cherche un Descendant dont la lignée peut rivaliser avec la tienne, mais il n'en a pas encore trouvé qui soit disposé à s'emparer du trône.

Le mot « encore » n'échappe à personne. Il ne nous reste que peu de temps. J'ignore comment Lena compte s'y prendre pour convaincre les hauts nobles de valider son statut de reine, mais elle va devoir trouver une solution rapidement. J'aimerais en avoir une à lui suggérer, mais les intrigues politiques des faes me dépassent. Sans compter que j'ai un autre problème à ajouter à notre liste.

— Il y a un autre sujet que l'on doit aborder, dis-je. Les survivants ont enlevé Paige.

Du coin de l'œil, je vois Kyol se raidir. Il me regarde, mais je reste focalisée sur Lena et dit :

— Ils ont placé un charme sur son sac à main et l'ont laissé à mon appartement pour que je le trouve. C'est pour ça qu'ils ont débarqué quand j'y étais.

— Et Paige, c'est… ? demande Lena.

— Mon amie. On est allés au mariage de sa sœur.

« Allés », c'est un bien grand mot. On a dû y rester cinq minutes. Aren voulait m'échanger contre Lena – que la Cour avait capturée – dans un lieu public, rempli d'humains.

— J'ai besoin que vous m'aidiez à la retrouver.

Elle me dévisage pendant cinq bonnes secondes avant de se détourner et d'aller s'asseoir sur la dernière marche du dais. Si elle n'avait pas l'air si las, son absence de réaction m'énerverait. Il n'empêche que je dois récupérer Paige.

— Que veux-tu que je fasse ? demande-t-elle. Que je charge une centaine de faes de retourner le Royaume pour une seule humaine ? Faut-il aussi que j'en envoie une centaine d'autres retourner la Terre ?

— Lena, l'interrompt Aren en s'avançant à côté de moi.

— Quoi ? lâche-t-elle sur un ton sec. Les survivants ont attaqué le palais parce qu'ils savaient que je rappellerais des hommes pour la sauver.

Je parviens à inspirer lentement et à compter jusqu'à trois avant de répondre, mais c'est uniquement parce que je sais qu'elle est stressée et qu'elle ne dort pas beaucoup.

— Tu pourrais leur proposer un échange, dis-je. Ils ne l'ont pas enlevée sans raison. Tu pourrais au moins essayer de…

— Et qui devrais-je échanger ? demande-t-elle. Toi ?

Lena et moi n'avons jamais été amies. Nous ne le serons sans doute jamais, et nous nous tolérons plus ou moins bien. Si elle n'avait pas besoin de mon talent de diseuse d'ombres, et moi qu'elle ramène une certaine stabilité au sein du Royaume, nous ne nous adresserions jamais la parole. Mais c'est un fait, nous avons besoin l'une de l'autre. Il faut qu'elle mette fin à cette guerre si je veux pouvoir espérer reprendre une vie humaine à peu près normale.

— Si on doit en arriver là, oui, lui dis-je.

Je sens Aren se tourner vers moi – je me doute qu'il a des réserves à émettre au sujet de cet échange –, mais je ne quitte Lena des yeux que lorsqu'elle se met à regarder quelque chose derrière moi. Jetant un coup d'œil par-dessus mon épaule, je vois Jacia, fille de Srillan, s'avancer vers nous en boitant. C'est une ancienne fae de la Cour, une parmi la petite centaine de personnes que Kyol a convaincues de soutenir Lena. Il se trouve qu'elle est aussi celle avec qui le roi Atroth voulait que Kyol s'unisse. Ça ne s'est jamais concrétisé parce qu'il était amoureux de moi. Je me demande si ce serait possible à présent. C'est une femme forte, et belle avec sa longue tresse noire qui retombe sur son épaule et ses yeux argentés, les plus vifs que j'aie jamais vus.

— *Il nous faut un guérisseur*, dit-elle en fae.

Sa voix est monocorde mais pas tendue, ce qui est surprenant vu la traînée de sang qu'elle laisse derrière elle. L'armure en *jaedric* qui protège sa cuisse gauche n'est plus retenue que par un lacet.

— *Ils se battent encore au veligh ?* demande Lena. (Elle se lève de la marche sur laquelle elle était assise et fusille Kyol du regard.) *Que fais-tu ici ?*

— *Il fallait que je...* (Il marque une pause et me jette un coup d'œil avant de se racler la gorge.) *Il fallait que je sache ce qui se passait ici.*

Traduction : il fallait qu'il sache que j'étais en sécurité.

Comme s'il y pensait après coup, il ajoute :

— *Tu as envoyé tes gardes au veligh. Je suis venu parce que tu ne peux pas rester sans protection.*

— Sur ce point au moins, on est d'accord, marmonne Aren en s'avançant vers Jacia pour examiner sa blessure.

Il détache sa cuirasse, puis glisse une main par le trou dans son pantalon trempé de sang pour refermer l'entaille de sa jambe.

Seuls Aren, Lena et une poignée d'autres faes possèdent le don de guérison. C'est l'une des rares magies menacées d'extinction que j'aimerais voir plus répandue. D'autres, tel le pouvoir de lire dans les pensées ou d'invoquer les ténèbres, sont moins bénéfiques, plus terrifiantes. Le roi et la majeure partie du Royaume pensent que la culture et les créations des humains ont affaibli la magie des faes au fil des générations. Ils accusent les miens d'être responsables de la disparition du pouvoir de créer des portails et d'un certain nombre d'autres magies... alors que je ne suis même pas sûre que ces magies aient existé un jour.

Jacia détache le regard d'Aren et le pose sur moi. J'ignore totalement si elle sait pourquoi Kyol a refusé de s'unir avec elle. Nous avons essayé de cacher ce que nous éprouvions l'un pour l'autre, mais certaines personnes devaient avoir des doutes. D'un autre côté, peut-être est-il fréquent de rejeter une union ? Les faes ressentent la présence de la personne à qui ils sont unis par le biais de liens magiques, et si le couple est bien assorti, ils peuvent utiliser plus de magie sans s'épuiser. L'inconvénient majeur, c'est qu'une union est définitive ; même si le couple se sépare, les liens magiques demeurent. Je suis presque certaine que seule la mort d'un des deux faes permet d'y mettre fin. Ça a de quoi me dissuader de consentir à une union.

— Jacia, dit Lena. *Que se passe-t-il au veligh* ?

Jacia dit qu'ils contrôlent la situation, mais si je comprends bien, les survivants ont failli réussir à briser nos défenses. Une partie du mur d'argent a été endommagée par des flammes lancées par un fae.

Ce fae devait être puissant pour pouvoir manipuler le feu de la sorte. Trev manie assez bien le feu pour lancer des flammes, et Lena sait faire le même genre de choses avec l'air, mais la plupart des faes qui exercent un contrôle sur les éléments ne parviennent qu'à créer des flammèches éphémères ou de petites bourrasques. Ça ne me plaît pas de savoir que des individus aussi puissants soutiennent les survivants.

Une fois qu'Aren a terminé de soigner Jacia, Lena pose d'autres questions à la fae. Ils vont devoir dresser un échafaudage pour soutenir le mur en attendant de pouvoir le rebâtir. Après avoir déterminé qui se verra confier cette tâche, Aren et Lena passent à un autre sujet, puis enchaînent sur un troisième. Alors qu'ils sont lancés dans une discussion au sujet des livres qui recensent les noms des faes et leurs aptitudes magiques, je jette un coup d'œil à Kyol, mais il semble avoir résolu de ne pas regarder dans ma direction.

Je laisse échapper un soupir résigné. J'ai pris l'habitude d'être mise à l'écart comme ça.

Sans un mot, je quitte la salle du trône.

Chapitre 4

Dix années durant, j'ai dissocié ma vie humaine de ma vie de diseuse d'ombres. J'ai laissé mes parents croire que j'étais folle parce qu'il m'était interdit de leur parler des faes, et j'ai frisé le renvoi tout au long de mes études supérieures à cause de mes notes qui ne cessaient de baisser. À l'exception de Paige, je suis restée sans amis du début à la fin. Mais j'avais accepté tout ça. J'acceptais tout, parce qu'il valait mieux que les humains ne sachent rien des faes. Ça aurait mis le Royaume en péril, et je ne voulais embarquer personne d'autre dans leurs guerres.

Mes précautions et mes sacrifices ont été bénéfiques, c'est certain. Mais ils n'ont pas protégé Paige.

— McKenzie.

Je suis surprise d'entendre la voix d'Aren derrière moi, mais je ne ralentis pas. Je tire sur les liens de ma cuirasse tandis que je traverse un couloir qui longe le mur extérieur du palais.

— Hé, dit-il, me barrant le passage pour m'obliger à m'arrêter. Hé. Lena va t'aider.

Je m'esquive et me remets à tirer sur les liens. Ce fichu nœud se resserre.

— Je lui parlerai, dit-il en m'emboîtant le pas.

— Pas la peine.

Aren m'empoigne le bras et me force à me tourner vers lui.

— Elle est épuisée. Sethan lui manque, et les nobles refusent de coopérer sur quoi que ce soit, mais elle t'aidera, McKenzie. Je t'aiderai, moi.

— Lena ne m'aidera pas parce qu'elle n'a pas à le faire.

Je dégage mon bras mais n'essaie pas de le dépasser de nouveau.

— Elle n'a pas à le faire ?

— Non. (Je soupire. Parfois, je déteste être aussi raisonnable.) Elle doit penser à ce qui est le mieux pour les rebelles… pour tout le Royaume, d'ailleurs. Paige n'est qu'une humaine isolée. Ce n'est pas à Lena de régler ce problème, mais à moi.

— McKenzie.

Un avertissement perce dans la voix d'Aren.

— Quoi ?

— N'essaie pas d'aller la récupérer seule, dit-il.

Il avance la main pour m'aider à dénouer les liens de ma cuirasse.

— Ce n'était pas mon intention.

Il soutient mon regard de ses yeux argentés.

— Je connais cet air, *nalkin-shom*. Tu as un plan.

Nalkin-shom. « Magicienne des ombres ». Alors que ce titre devrait m'agacer, je me mets à avoir des picotements dans le ventre. Les faes m'ont surnommée *nalkin-shom* derrière mon dos pendant des années. Je l'ignorais jusqu'à ce qu'Aren m'apprenne que les enfants faes font des cauchemars à mon sujet. Leurs parents leur racontent que personne ne peut échapper à la *nalkin-shom*, et que, s'ils ne sont pas sages, je lirai leurs ombres et les viderai de leur magie. Je continue de penser qu'il exagère. Je suis peut-être la meilleure dans mon domaine – une fois que j'ai lu les ombres d'un fae, il est rare qu'il parvienne à s'échapper –, mais je ne suis pas un monstre.

Aren ne me regarde pas comme si j'étais un monstre. Dans sa bouche, *nalkin-shom* sonne comme un petit nom affectueux.

— Je n'ai pas de plan.

Pas encore, du moins.

Il hausse le sourcil.

— C'est vrai, dis-je, sur un ton un peu défensif peut-être.

Aren se contente de secouer la tête en affichant ce petit rictus en coin qui me mettait hors de moi avant. Ça ne me met plus hors de moi ; ça me charme.

Lorsque les liens de mon armure sont enfin desserrés, Aren m'aide à la retirer par la tête. Mes cheveux s'y accrochent. Aren les dégage avec douceur avant de poser la cuirasse, puis il laisse ma queue-de-cheval lâche glisser de sa main. Ce faisant, il effleure mon cou de ses doigts. C'est un contact bref et involontaire, mais mes *edarratae* réagissent aussitôt. Vu la manière dont Aren me regarde, il est clair qu'il a lui aussi senti la chaleur des éclairs.

— *Jorreb*, dit une voix étonnamment proche de nous.

Les faes ont l'ouïe plus fine que les humains, mais Aren se raidit juste assez pour que je devine qu'il est aussi surpris que moi de la proximité de la fae. Il s'écarte de moi d'un pas pour se tourner vers Jacia.

Elle pose brièvement ses yeux argentés sur moi avant de revenir à Aren.

— *Lena souhaite que la diseuse d'ombres parle à Naito.*

Un muscle tressaute dans la joue d'Aren.

— *Ça ne fait que deux semaines.*

Deux semaines depuis que Kelia, la compagne de Naito, a trouvé la mort. Ma gorge se noue. Kelia était la fae rebelle qui m'a appris à parler leur langue. C'était presque une amie et j'enviais sa relation avec Naito, un humain diseur d'ombres. Malgré des moments difficiles, ils étaient heureux ensemble – et ils allaient bien ensemble –, mais le père de Naito, un homme plein de haine résolu à éradiquer les faes, a tué Kelia le jour où nous avons assiégé le palais. Naito n'a plus été le même depuis.

— *Lena a besoin de lui pour le tour de garde*, dit Jacia. *Et elle a besoin qu'il lise les ombres.*

— Je lui parlerai, dis-je, même si je suis moi aussi d'avis qu'il est trop tôt.

Mais je n'ai pas vu Naito depuis plusieurs jours, et j'ai envie de savoir comment il va.

Aren me regarde. Je crois qu'il est tenté de protester, mais il dit :

— Je dois aider les nôtres à protéger le *veligh*. Je ne sais pas quand je te reverrai.

C'est le souci quand on se lance dans une relation au beau milieu d'une guerre. En comptant aujourd'hui, je n'ai vu Aren que trois fois depuis que j'ai rompu avec Kyol. Pour que ça marche entre nous, j'ai besoin de temps pour apprendre à le connaître. Sauf qu'il est fort possible que le temps vienne à manquer. Malgré la façon dont il se comporte parfois, Aren n'est pas invincible. Et je ne le suis clairement pas non plus.

Je regarde Jacia. Je ne la connais pas du tout. J'ignore ce qu'elle pense des relations entre humains et faes, et si elle irait nous dénoncer à un haut noble si je serrais Aren dans mes bras. C'est ce que j'ai envie de faire. J'ai envie d'oublier nos responsabilités et de m'enfuir avec lui dans un lieu isolé et tranquille où l'on pourrait vivre normalement, se poser pour discuter et… d'autres choses encore.

Aren doit deviner la tournure que prennent mes pensées. Le sourire en coin qu'il m'adresse est à la fois une excuse et une promesse.

— Je viendrai te trouver dès que je le pourrai.

Après son départ avec Jacia, je dois me répéter une bonne dizaine de fois que tout se passera bien et que, oui, je le reverrai. Puis je me mets en quête de Naito. À ma grande surprise, j'ai du mal à le trouver. Un humain à la peau couverte d'éclairs ne passe pas vraiment inaperçu dans ce monde, mais c'est en vain que j'inspecte sa chambre, traverse le jardin de sculptures et passe en revue plusieurs autres endroits où il serait susceptible de se trouver. Je me résous enfin à demander aux faes qui parlent anglais s'ils l'ont vu ; nous sommes convenus qu'il valait mieux que les hauts nobles ne sachent pas que j'ai appris leur langue. Au bout d'une demi-douzaine de réponses négatives, on m'informe que Naito se trouve aux archives royales. Je demande confirmation plus d'une fois, m'imaginant que le fae a dû mal me comprendre. L'accès aux archives est interdit aux humains. En tout cas, il l'était sous le règne d'Atroth. Je finis néanmoins par m'y rendre, car je ne vois pas où chercher d'autre.

— McKenzie.

Kavok me décoche un sourire lorsqu'il ouvre la porte. Je ne peux pas m'empêcher de le lui rendre. J'ai toujours apprécié l'archiviste. Il est si consciencieux qu'il n'a pas quitté le palais lorsque Lena a offert cette possibilité aux faes de la Cour et, quand je travaillais pour le roi, il était l'un des rares faes toujours disposés à me parler. C'est en grande partie dû à sa vive curiosité au sujet des humains. Dès que l'occasion se présentait, il me questionnait sur ma vie et mon monde, et il lui arrivait parfois de me révéler des détails sur le sien.

— Salut, Kavok, dis-je en scrutant les archives derrière lui.

Des casiers sont alignés le long des murs de la vaste salle. Les symboles inscrits sur chacun d'entre eux sont éclairés par la lumière magique des orbes suspendus au plafond. L'association des éclairs bleus et blancs crée une lueur stable et légèrement teintée qui n'endommage pas les documents comme le feraient le soleil ou les lumières artificielles de mon monde. Mais ce n'est pas la seule chose qui préserve les registres ici. Dans une certaine mesure, Kavok peut contrôler le temps qu'il fait. C'est une magie utile et très demandée. En cas de sécheresse, les fermiers se paient les services de faes capables d'influer sur les conditions météorologiques, et l'ancien roi avait l'habitude de faire appel à eux pour obscurcir le ciel quand il pensait que ça donnerait l'avantage aux faes de la Cour lors d'une attaque. Kavok, lui, se sert de son don pour réguler la température dans les archives. Il empêche aussi l'humidité de se former, et d'après ce que j'ai entendu dire, certains documents conservés ici ont l'air de dater d'hier alors qu'ils sont vieux de plusieurs siècles.

— Ça fait plaisir de te voir, dit-il. (Son visage s'éclaire encore.) J'ai trouvé une source plus ancienne.

Je ne vois pas du tout de quoi il parle, mais il se tourne vers le bureau situé juste à gauche de la porte. Du moins, je crois qu'il y a un bureau sous cette montagne de feuilles volantes, d'épais volumes reliés de cuir et de pierres d'ancrage empilées pêle-mêle. Une alcôve entière est réservée au stockage de ces dernières. Les emplacements correspondants, aussi bien pour le Royaume que pour la Terre, sont conservés dans des casiers dans l'éventualité où le roi aurait voulu que des faes se rendent à un endroit où ils n'étaient jamais allés.

Au bout d'une minute à farfouiller dans les piles, Kavok lève la tête.

— Entre, dit-il.

Je passe la porte avec précaution. Aussitôt, je perçois le changement d'atmosphère. L'air est plus sec et plus frais que dans le couloir.

— Je croyais que les humains n'avaient pas le droit de venir ici ?

Il hausse les épaules.

— Nouveau régent, nouvelles règles. Ah, voilà. Il y a mille six cent quatre-vingt-dix ans… années faes, pas humaines. C'est la plus ancienne mention que j'aie trouvée. Ça correspond à…

Il se lance dans la description d'une sorte de pratique agricole, mais je ne l'écoute que d'une oreille car j'essaie de déterminer à quelle source il fait référence. Je ne lui ai pas parlé depuis des mois. Il a peut-être une mémoire infaillible, mais pas moi. Je ne me rappelle même pas le sujet de notre dernière conver…

Oh.

— Tu as trouvé une allusion à un diseur d'ombres ? je demande.

— Oui ! (Il lève les yeux du gigantesque livre posé devant lui et sourit.) Elle est antérieure de trois cent cinquante ans à ce que pensait Faem.

Je crois que Faem était le précédent archiviste. Les yeux argentés de Kavok scintillent presque. Son excitation le fait paraître encore plus jeune qu'il n'en a déjà l'air. S'il était humain, je lui donnerais vingt-cinq ans, ce qui veut dire qu'il frise sans doute les cinquante, un âge encore relativement jeune pour un fae. Il a les cheveux blonds, un peu plus foncés que ceux d'Aren – sans doute parce qu'il vient se cloîtrer ici tous les jours – et juste assez longs pour être fourchus.

En bref, c'est le fae le plus geek que je connaisse. Je m'attends toujours à le voir réajuster des lunettes à monture métallique sur son nez.

— Qu'est-ce que ça dit au sujet du diseur d'ombres ? je demande, interrompant son exposé sur les pratiques agricoles.

— Ah, oui. (Il se racle la gorge.) Ça ne dit pas que c'est le premier diseur d'ombres, et je ne peux pas certifier que ce texte est fiable, mais il semblerait que ses capacités diffèrent peu des tiennes. Les ombres ne lui révélaient que l'endroit où un fae ressortait de l'Entre-Deux, pas celui où il y entrait, et il devait lui aussi dessiner ce qu'il voyait et nommer la ville ou la région la plus proche à voix haute. C'est ensuite que survient une petite divergence.

— Une divergence ?

Je me rapproche de son bureau, mais il referme le livre et se lève.

— Pas par rapport à tes capacités, dit-il. Par rapport aux nôtres. D'après l'auteur, seuls quelques faes étaient capables d'ouvrir une fissure pour se rendre aux lieux cartographiés et nommés par le diseur d'ombres.

Voilà qui est intéressant.

— C'est une aptitude que les faes ont acquis au fil du temps ? je demande.

— L'auteur sous-entend que les faes capables de suivre les cartes avaient plus de, euh… contacts avec les humains.

Kavok évite mon regard.

— Des relations sexuelles ?

Il hausse les épaules, et dit comme pour s'excuser :

— Ce n'est qu'un sous-entendu.

Tous ceux qui sont capables d'ouvrir une fissure peuvent se rendre aux lieux que je dessine, sans exception. Et puisque la plupart des faes aiment autant ne pas toucher les humains du tout s'ils peuvent l'éviter, ça n'a clairement aucun rapport avec le sexe.

— C'est tout ce que j'ai découvert, dit Kavok. J'ai trouvé cette source il y a quelques semaines, mais tu étais… Enfin, tu étais…

— Les choses étaient différentes à ce moment-là, dis-je en réprimant un sourire.

C'est presque mignon, comme un rien le rend nerveux.

— Je cherche Naito.

Il semble reconnaissant de ce changement de sujet.

— Bien sûr. Il est là.

Il m'indique une alcôve à l'écart de la pièce principale.

Une fois qu'il s'est remis à son bureau, je me dirige vers le renfoncement qu'il m'a indiqué. Là, assis à une table jonchée de documents, de livres et de cartons, se trouve Naito.

Absorbé par ce qu'il a sous les yeux, il ne me remarque pas. Il se tient la tête de la main gauche, les doigts crispés sur ses cheveux noirs et le front soucieux. Il porte le même jean et le même tee-shirt blanc que quand je l'ai vu il y a quelques jours, et il est avachi sur sa table. Chose étrange, il a meilleure mine qu'avant. Je n'arrive pas à déterminer ce qui me donne cette impression. Peut-être est-ce l'absence de colère sur son visage. Ou l'intense concentration dans le mouvement de ses yeux qui m'indique qu'il lit. À moins que ce ne soit simplement le fait qu'il n'est pas en train d'exiger qu'on le ramène sur Terre pour qu'il puisse tuer son père.

— Salut, dis-je en arrivant à sa table.

— Salut, répond-il sans lever la tête.

J'attends un moment, puis voyant qu'il ne se détache pas de sa lecture, je tire la chaise en face de lui et m'assois.

Je balaie la table du regard.

— Tu arrives à lire ça ?

Tout est écrit dans un méli-mélo de symboles et de traits. Je parle fae presque couramment maintenant, mais je doute réussir un jour à déchiffrer leur langue écrite, même si je l'étudiais pendant des années.

— Kelia m'apprend, dit Naito.

Je me mordille la lèvre inférieure, incapable d'ignorer le fait qu'il parle toujours d'elle au présent.

— Naito…

— J'en comprends assez pour saisir le sens global, dit-il avec fermeté.

Son regard s'est durci, à présent.

Tout le monde prend Naito avec des pincettes depuis deux semaines. Je n'ai pas envie de le blesser davantage, mais je pense qu'il est temps de le convaincre qu'il ne reverra plus jamais Kelia. Elle est bel et bien partie.

Occultant ma gorge qui me brûle, je déglutis et dis :

— Kelia voudrait…

— Être avec moi, m'interrompt-il de nouveau.

Son ton est inflexible, comme s'il me mettait au défi de prétendre le contraire. Alors que c'est justement ce que je m'apprête à faire, il tourne vers moi le livre qu'il a devant lui.

— *Banek'tan*, dit-il en m'indiquant un fouillis de lignes minuscules.

Ce mot m'est familier – je suis presque certaine qu'il s'agit d'un type de magie –, mais je dis :

— Je ne peux pas lire ça.

Il lève les yeux et soutient mon regard.

— Ça signifie « celui qui ramène les défunts ». Un *banek'tan* peut ramener Kelia.

Vraiment ?

Je regarde le livre, soudain prise de vertige. Un *banek'tan* pourrait réparer tant de choses. Avec l'aide de l'un d'eux, Naito et Kelia seraient de nouveau réunis. Leur histoire aurait une issue heureuse, et nous pourrions ramener à la vie les faes innocents qui se sont retrouvés mêlés à cette guerre : les marchands qui étaient au mauvais endroit au mauvais moment, les familles brûlées vives chez elles à Brykeld, les soldats des deux camps qui ne faisaient qu'obéir aux ordres.

On pourrait ramener le fae que j'ai tué sans le vouloir à Belecha.

On pourrait ressusciter Sethan.

Mais à peine ces espoirs ont-ils pris forme qu'ils s'envolent. Qu'est-ce que je vais m'imaginer ? Si une telle magie existait, Lena aurait déjà essayé de ramener son frère de l'éther. Et quelqu'un aurait essayé de ramener le roi.

Je ferme les yeux tandis qu'une vague de pitié déferle en moi. Elle est teintée de douleur, et je dois me faire violence pour la contenir. Je déglutis pour tenter de dénouer ma gorge à vif, puis, avec précaution, je demande :

— C'est une magie éteinte ?

Le regard de Naito ne faiblit pas. J'ai l'impression qu'il s'attend à lire de la pitié ou du scepticisme sur mon visage, mais après quelques secondes, il décrispe un peu les épaules.

— Ces documents regorgent d'allusions aux *banek'tan*. Et certaines d'entre elles sont récentes. Celui-ci n'a que vingt ans, dit-il en dégageant une feuille de parchemin de l'une des piles. La compagne d'un impur a été tuée. Elle est revenue.

Je me mords l'intérieur de la joue et le regarde prendre un autre document.

—Pareil pour celui-ci, dit-il. Il est un peu plus vieux, mais il y avait des dizaines de témoins. Un fae est mort dans les mines d'argent d'Adaris. Sa compagne est parvenue à le ramener. J'ai trouvé douze histoires semblables sur les cent dernières années. Douze. Elles doivent bien comporter une part de vérité.

Il y a tellement d'espoir dans sa voix que j'ai presque envie de le laisser y croire. Serait-ce vraiment si mal que ça ? Il n'a pas eu aussi bonne mine depuis des semaines. Il a trouvé une raison de vivre, mais ces… ces histoires ne sont rien de plus que ça. Des histoires. Ce sont des rumeurs, des rêves. J'ai envie d'y croire, moi aussi, mais j'ai appris à mes dépens que la vie n'est pas un conte de fées. Les gens ne reviennent pas d'entre les morts.

Non. J'ai eu tort de penser qu'il était trop tôt pour qu'il se remette au travail. Il a besoin de se changer les idées, pas de rester assis là à se documenter sur des rêves qui ne peuvent pas devenir réalité. Ce n'est pas bon pour lui.

—Que sont-ils devenus ? je demande.

Il fronce les sourcils.

—Que veux-tu dire ?

—Ces faes qui sont revenus de l'éther. Où sont-ils, maintenant ?

Il cligne des yeux, puis scrute les pages devant lui.

—Je n'en suis pas sûr.

Je le laisse réfléchir un moment.

—Naito, les *banek'tan* n'existent pas.

Il lève de nouveau la tête, et son visage se durcit.

—Les *ther'rothi* non plus.

Un point pour Naito. Les faes ne sont pas censés pouvoir arpenter l'Entre-Deux, mais Micid en était capable. C'était un fae cruel et pervers au service de l'ancien roi et de son seigneur général, Radath. Au lieu de simplement passer par l'Entre-Deux, cet espace glacé que les faes traversent quand ils ouvrent une fissure, il l'explorait et m'a entraînée avec lui dans une dimension imbriquée au sein de ce monde. Nous étions invisibles aux yeux de tous, mais nous pouvions toujours nous déplacer et interagir avec ce qui nous entourait. Je suppose que je peux comprendre pourquoi Naito s'accroche à cet espoir, mais il tient à si peu de choses. Si on avait un jour ramené un fae de l'éther, il y aurait d'autres preuves que les vagues témoignages de ces documents.

Je prends mon inspiration, puis relâche lentement mon souffle et opte pour un changement peu subtil de sujet.

— Lena peine à assurer la sécurité du palais.

— Mmm, murmure Naito en se calant dans sa chaise et en rapprochant un livre. Elle a besoin de plus de faes pour surveiller les *Sidhe Tol*.

— Ce ne sont pas les *Sidhe Tol* le problème, dis-je.

Pas uniquement. Un *Sidhe Tol* est un type de portail très rare qui a la particularité de permettre à un fae de ressortir dans une zone protégée par de l'argent. Nous savons où sont situés trois d'entre eux, mais le bruit court qu'il en existe davantage. Personne n'a réussi à les trouver, et il y a encore deux semaines seuls le roi et quelques conseillers de confiance connaissaient l'emplacement des trois premiers. Je n'étais pas censée être au courant, mais Kyol m'en a fait emprunter un une fois. J'ai communiqué son emplacement aux rebelles, et ils ont ensuite appris où se trouvaient les deux autres. Ils se sont servis des *Sidhe Tol* pour assiéger le palais. À présent, nous devons y monter la garde pour éviter que les anciens faes de la Cour ne nous rendent la pareille.

— Les survivants lancent des attaques organisées dans l'enceinte même de la ville, dis-je à Naito. Ils ont des illusionnistes avec eux, et tous les humains qui travaillaient pour la Cour. Lena a besoin…

— Pas tous, m'interrompt Naito. Ils ne t'ont pas, toi. Et j'ai entendu dire qu'ils n'ont pas non plus cet autre type, Shane.

Il a donc conscience de certains aspects de la situation au palais. C'est bon signe. Ça veut dire qu'il n'est pas totalement immergé dans ses recherches ici.

— Lena a besoin de ton aide.

— Je suis occupé.

— Naito.

— J'ai dit que j'étais occupé.

Il me jette un regard noir qui, je le sens, m'avertit de ne pas insister davantage.

Dommage, je n'ai pas le choix.

— Et combien de temps penses-tu pouvoir consacrer à tes recherches si on perd le palais ? je demande. Tu crois que les survivants te laisseront rester tranquillement ici ?

Il remue la lèvre inférieure.

— Il faut que tu participes au tour de garde, dis-je. En comptant toi et Shane, nous sommes six à travailler pour Lena. Nous pouvons surveiller toutes les entrées.

Le regard de Naito devient distant et se focalise sur un point derrière moi.

— Ça ne changera rien. On ne peut pas monter la garde indéfiniment. Lena doit éliminer le meneur des survivants. Elle doit passer à l'offensive.

Je peux difficilement le contredire, parce que c'est la vérité. Les autres humains doués de double vue dans le camp des rebelles sont déjà au bord de l'épuisement, moi comprise. On a besoin de souffler, et même si Naito et Shane allégeraient notre charge de travail, ce ne serait qu'une solution temporaire.

Naito regarde toujours derrière moi. Je jette un coup d'œil par-dessus mon épaule, juste au moment où Kyol rejoint notre table.

— J'ai besoin d'un diseur d'ombres, dit-il. Vite.

Je me lève par réflexe, ne remarquant qu'une fois que je suis debout que ce n'est pas sur moi que Kyol se focalise. C'est sur Naito. Naito lui rend son regard, mais il reste six bonnes secondes sans rien dire.

— Je suis occupé.

Il se replonge dans la lecture des documents devant lui.

Je ne sais pas si ça saute aux yeux que Naito fait des recherches – j'ai le sentiment que ça devrait –, mais le visage de Kyol reste impassible, même lorsqu'il se décide enfin à me regarder.

— Tu vas venir ?

C'est une question qu'on me posait rarement quand le roi Atroth était en vie. Les faes partaient toujours du principe que je laisserais tout en plan pour venir les aider, et c'était bien ce qui se passait la plupart du temps. C'est ma faute. J'aurais dû leur tenir tête plus souvent et me réserver davantage de temps pour moi.

— Ouais, je vais y aller, lui dis-je.

Jenkins n'a pas besoin de mon permis de conduire et de ma carte de Sécurité sociale avant vendredi 17 heures, dans deux jours. Ça me laisse largement le temps d'aider Kyol et de rentrer à Las Vegas, et je veux l'aider.

Je me tourne vers Naito.

— Tu vas devoir assurer mon tour de garde.

Il ne lève pas la tête.

— Naito, je répète, d'une voix plus tranchante cette fois.

Je le vois crisper la mâchoire une fois, puis deux. Alors que je commence à croire qu'il compte faire la sourde oreille indéfiniment, il dit enfin :

— C'est bon.

Je vais devoir le croire sur parole, car Kyol se dirige déjà vers la porte. J'ai évité Kyol ces deux dernières semaines uniquement parce que je ne voulais pas le blesser, mais j'ai l'impression que me côtoyer ne le gêne pas le moins du monde. C'est peut-être stupide de ma part de m'imaginer qu'il me veut encore. Si ça se trouve, il a déjà tourné la page.

Je le suis dehors et me mets à trottiner quand je n'arrive plus à suivre le rythme en marchant. En temps normal, Kyol ralentirait pour moi, mais il presse le pas dès qu'il quitte la salle des archives.

— On risque de le perdre si on ne se dépêche pas.

Mon estomac se noue devant l'urgence de la situation. La dernière fois que j'ai lu les ombres avec lui, c'était il y a deux semaines dans le Montana. Ça ne s'est pas bien passé. Beaucoup de faes sont morts en s'emparant du *Sidhe Tol* et en infiltrant le palais d'Argent. Les morts n'ont cessé de se multiplier depuis, et même si j'aimerais croire que les jours les plus sanglants de cette guerre sont derrière nous, mon instinct me dit qu'il n'en est rien. D'autres vies encore seront sacrifiées d'ici à ce que les hauts nobles consentent à ce que Lena soit reine.

Chapitre 5

Ce n'est pas Kyol qui m'emmène hors de Corrist. Il me tend une cape, un carnet de croquis et une pierre d'ancrage marquée, puis laisse Taber, son second, m'escorter à travers le rai de lumière blanche. À peine la fissure sur le portail s'estompe-t-elle que je lâche le bras de Taber, essayant de faire abstraction de la chaleur qui pulse dans ma paume. Notre contact n'a pas l'air de l'avoir dérangé, même si je suis sûre du contraire. La majorité des citoyens du Royaume croient que les humains et la technologie humaine endommagent leur magie. Je soupçonne qu'aucun des trois faes qui m'accompagnent n'a envie de m'approcher de trop près ; ils sont simplement trop professionnels pour le montrer.

Tous sont des anciens faes de la Cour qui répondaient aux ordres de Kyol. J'ai travaillé avec Taber mais pas avec les deux autres, même si j'ai déjà croisé Brayan, le fae grand mais trapu qui se tient à ma gauche. C'était l'un des hommes qui montait la garde devant la réserve où Kyol retenait Naito et Evan, un autre diseur d'ombres, pendant la guerre. Je ne l'ai pas revu depuis, mais me retrouver avec trois anciens faes de la Cour rend cette mission si familière que j'ai presque l'impression que rien n'a changé ces dernières semaines. Enfin, rien à part notre cible. Ce n'est plus Aren que nous recherchons.

— Nous traquons Dyler, fils de Jielan, dit Kyol en nous rejoignant.

Les ombres laissées par sa fissure dissoute se tordent dans le vide derrière lui. Les faes ne peuvent pas les voir. Ils ne sont pas pris du besoin pressant d'esquisser leurs crêtes et leurs vallées. Ils n'ont pas besoin de savoir si le tourbillon minuscule au centre de la brume noire indique que nous sommes sur la rive est ou sur la rive ouest du cours d'eau qui traverse la ville. Moi si, et je serre le carnet de croquis que je tiens à la main. Je regrette de ne pas avoir le carnet à sangle que j'avais mis dans ma valise, mais celui-ci fera l'affaire, et ça ne me prendra que quelques secondes de déloger le crayon de la spirale et de dessiner ce qui ressemble à une place du marché juste au nord du tourbillon. Si je…

— McKenzie.

Je cligne des yeux. La voix de Kyol est ferme, comme s'il m'avait déjà appelée plus d'une fois.

Je secoue un peu la tête pour me focaliser sur lui plutôt que sur les ombres qui dansent au-dessus de son épaule. Ces dix dernières années, je ne suis entrée en transe qu'une dizaine de fois en les regardant. Dont deux cette semaine. Je crois que je commence à subir le contrecoup du manque de sommeil et du stress permanent.

— Tu es sûre d'être en état ?

Contrairement à d'habitude, ses yeux argentés ne s'adoucissent pas lorsqu'il me pose cette question.

— J'en suis sûre, dis-je en adoptant le même ton neutre.

Il sait aussi bien que moi que je suis la meilleure pour ce boulot.

— Tu disais qu'on cherchait… ?

— Jielan, dit Kyol.

Je connais ce nom. J'ai lu les ombres pour lui il y a à peine quelques mois. Nous cherchions Aren à Jythkrila, mais les rebelles nous avaient tendu un piège. Enfin, c'était surtout à moi qu'il était destiné. Ils avaient tué et remplacé les contrôleurs au portail de la ville. Le travail des contrôleurs consistait à vérifier que les faes qui empruntaient le portail payaient bien la taxe sur les marchandises qu'ils emportaient avec eux. Alors qu'ils ne m'avaient jamais abordée auparavant, l'un d'eux l'a fait cette fois-là. Il a prétexté un intérêt pour le carnet de croquis que je transportais. Le temps que je me rende compte que quelque chose clochait, il avait refermé la main sur mon poignet.

Jielan m'a sauvée des rebelles. Comme ils étaient mes ennemis à ce moment-là, je lui en ai été reconnaissante. Je l'ai remercié. À présent, je suis ici pour aider Kyol à le capturer et le tuer.

— Là-haut, dit Kyol en m'indiquant une échelle.

Ce n'est qu'à ce moment-là que je prends réellement conscience de ce qui m'entoure. L'impression que m'ont laissée les ombres était fausse. L'endroit où nous sommes n'a rien d'une place du marché. L'échelle est appuyée contre un mur de briques grises et noires. C'est un grand bâtiment qui s'étend sur plus de quinze mètres à ma gauche et à ma droite. Il est en revanche quelconque, avec sa façade lisse et son toit plat que je devine. Je suppose qu'il s'agit d'un *bregorm*, un entrepôt qui est en gros l'équivalent d'un bureau de poste dans le Royaume. Le *jaedric*, le bois, les textiles et les autres matières premières n'arrivent pas dans les échoppes des marchands par magie. Ils doivent y être convoyés, et les faes qui les récoltent ou les fabriquent n'ont pas le temps de faire des allers et retours pour vendre ce qu'ils sont capables de transporter à chaque marchand susceptible d'être intéressé. Ils les entreposent donc dans leur *bregorm* local, et d'autres faes se chargent de la tâche fastidieuse de les traîner jusqu'au portail le plus proche.

L'entrepôt est le seul bâtiment en vue. J'ignore ce qu'il y a de l'autre côté, mais il n'y a qu'un champ en friche derrière nous. Il n'était pas loin de minuit à Corrist, mais je dirais qu'ici c'est la fin de l'après-midi, ce qui signifie que nous sommes largement à l'est du palais d'Argent.

Je m'accroche au premier barreau de l'échelle et commence à grimper, songeant que je reconnaîtrai peut-être la ville quand j'en aurai une meilleure vue. Il y a près de deux étages à monter, mais j'atteins vite le sommet. Lorsque je me hisse sur le toit, je remarque la large bande d'argent qui fait tout le tour du bâtiment. Le métal empêche les faes d'ouvrir des fissures ici ou à l'intérieur, mais ce n'est pas seulement pour cette raison que nous sommes ressortis de l'Entre-Deux en bas de l'échelle. L'un des hommes de Kyol est étendu à plat ventre à l'autre bout du toit. Il a la tête tournée à l'opposé de nous, et l'incline de façon à avoir une bonne vue de la porte du bâtiment d'en face, je présume. Accroupie près de l'échelle, je ne distingue qu'un toit et la partie supérieure d'une fenêtre. Les gens à l'intérieur ne devraient pas pouvoir me voir, mais si nous étions réapparus directement ici, ils auraient pu repérer le rai de lumière.

Je reste au ras du sol et balaie le quartier du regard. Nous sommes à la périphérie d'une ville. La plupart des bâtiments sont dispersés, à l'exception d'une rangée de structures collées les unes aux autres sur ma droite. Je suppose qu'il s'agit d'échoppes, avec éventuellement quelques petites maisons intercalées entre elles. En examinant la rue qui serpente dans les deux sens, j'en conclus que j'ai eu tort de penser qu'une rivière traverse la ville. C'est cette route la ligne sinueuse que j'ai vue dans les ombres.

— *Il est toujours là ?* demande Kyol en fae alors qu'il grimpe sur le toit derrière moi.

Taber et les deux autres faes restent en bas.

Le soldat étendu sur le ventre hoche la tête. Ses cheveux bruns sont coupés assez court pour que je puisse voir la cordelette noire autour de son cou.

— *Oui, seigneur général*, dit-il. *Lui et trois autres.*

« *Seigneur général* ». Ce titre me laisse un sale goût dans la bouche. Je n'ai pas l'habitude qu'on appelle Kyol comme ça. Je trouve que ce rôle ne lui correspond pas. Le fae qui occupait ce poste avant lui était autoritaire, arrogant et pour finir, cruel. Kyol n'est rien de tout ça.

— La maison est protégée par de l'argent, me dit Kyol. Il est probable que Jielan ouvrira une fissure dès qu'il sortira, mais dans le cas contraire tu devras te tenir prête à t'en aller.

— Il n'y a pas d'issue à l'arrière ?

— Si, répond-il, mais il ne sait pas que nous sommes là. Il n'a aucune raison de prendre l'autre sortie.

Toujours en rasant le sol, je me rapproche jusqu'au bord du toit. Kyol m'imite.

— Où sommes-nous ? je demande.

Je décale la boucle de la ceinture qu'Aren m'a passée à la taille pour pouvoir m'allonger sans qu'elle me gêne. Du coup, la dague se retrouve plus à gauche dans mon dos, mais je peux toujours l'atteindre assez facilement.

— Spier, dit Kyol.

Je le dévisage sans mot dire. Toutes les provinces du Royaume ont une capitale dotée d'un portail, mais Spier n'est située à proximité d'aucune d'elles. Et à moins qu'il n'y ait un portail disparu – un portail qui ne figure pas sur les cartes publiques – dont j'ignore l'existence, le plus proche que je puisse emprunter sans risque se trouve à une demi-journée de marche d'ici.

— J'avais besoin d'un diseur d'ombres, dit Kyol sans me regarder.

Avant, il aurait dit ça sur un ton d'excuse – il a toujours détesté m'éloigner de ma vie humaine –, mais il est ferme à présent. Je n'ai jamais eu besoin qu'on me ménage, et même si c'est frustrant de me retrouver si loin d'un portail, c'est une bonne chose que je sois là. Jielan pourrait nous mener aux autres survivants. Et à Paige.

J'ouvre le carnet de croquis sur le toit devant moi et sors le crayon à papier de la spirale afin d'être réactive dès que Jielan sortira. Plus vite j'esquisserai ses ombres, plus ma carte sera précise. J'espère juste qu'on ne sera pas obligés de le tuer.

— Le voilà, dit Kyol d'une voix tranchante.

Je rive les yeux sur la porte d'entrée. Jielan est là, et il sort sans accorder un regard à ce qui l'entoure. Il disparaît aussitôt dans une fissure. Le rai de lumière s'évanouit, laissant derrière lui un tourbillon d'ombres.

Ma main s'active d'elle-même sur la page du carnet de croquis, traçant la courbe d'une vallée peu profonde située à proximité de la côte sud du continent. Jielan est resté dans le Royaume. Il y a même de fortes chances qu'il se trouve toujours dans la province de Cadek. Je couche encore quelques grandes lignes sur le papier, un océan à l'est et une forêt relativement dense au nord-est, puis tourne la page lorsque mon esprit recadre l'emplacement de Jielan. Une partie de mon cerveau note que les trois autres faes à l'intérieur de la maison sont sortis à leur tour, mais ils ne me cachent pas les ombres. Je continue à griffonner, et au bout de quelques secondes j'identifie un tourbillon noir à l'ouest d'une rivière. Elle traverse un village qui…

Non, une petite minute. Ce n'est pas une rivière. C'est une rue. C'est « la » rue.

— Attention ! je m'exclame en me relevant et en faisant volte-face vers l'échelle.

Mon avertissement arrive trop tard. L'un des soldats qui attendaient en bas laisse échapper un cri, et un fracas d'épées qui s'entrechoquent résonne dans l'air.

— *Reste avec elle !* ordonne Kyol, qui s'élance déjà.

Le fae au collier noir se poste à côté de moi, son épée tirée. Je sais que Kyol veut que je reste en sécurité ici, mais alors qu'il disparaît derrière le rebord du toit, j'attrape mon carnet de croquis et me précipite vers l'échelle. Jielan pourrait s'enfuir par une fissure, et dans ce cas il faudra que je cartographie ses ombres.

Je jette un coup d'œil dans le vide juste au moment où Taber dévie un coup violent de Jielan, puis riposte en l'attaquant à son tour. Leurs épées bougent à une vitesse incroyable tandis qu'ils les abattent, tranchent et fendent l'air. Taber recule d'un pas en trébuchant. Il n'a pas l'air blessé, mais je suis certaine de voir du sang rougir la lame de Jielan. J'ignore si c'est celui de Brayan, qui se relève en hâte, ou de…

Je repère une volute d'ombre blanche. Oui, ce doit être le sang de l'autre fae. Je ne le vois nulle part parce qu'il est mort. Jielan l'a tué. Seule son âme d'ombre laisse une trace de son existence dans ce monde, jusqu'à disparaître elle aussi quand Taber s'élance et la traverse, sa lame manquant de peu l'épaule de Jielan.

Kyol surgit alors, bondissant de l'échelle et tirant son épée. Jielan le voit. Il doit savoir qu'il n'est pas de taille, mais lorsqu'il ouvre une fissure, ce n'est pas pour fuir le combat. Il ressort de l'Entre-Deux à quelques mètres seulement de l'endroit où il avait disparu. C'est l'emplacement idéal pour passer un bras autour du cou de Brayan, encore déséquilibré. Jielan fait volte-face et se plaque dos au mur, se servant de Brayan comme d'un bouclier.

— *Taltrayn.*

Jielan appelle Kyol par son nom de famille sans une once de surprise ou d'inquiétude dans la voix.

Plus lentement à présent, Kyol s'éloigne à pas prudents et mesurés de l'échelle.

— *Tu vas perdre ce combat*, dit-il en s'arrêtant à quelques foulées de Jielan.

Taber maintient sa position à gauche de Kyol et attend l'ordre de son commandant. Kyol et ses hommes sont les soldats les plus disciplinés du Royaume. Leur devoir et leur sens du sacrifice passent avant tout le reste, et même si je ne vois pas le visage de Brayan du toit, je suis certaine qu'il est aussi impassible que celui des autres. Il suivra Kyol quoi qu'il entreprenne, même s'il doit y laisser la vie.

Mais Kyol n'a jamais été du genre à sacrifier inutilement ses hommes, pas s'il existe un autre moyen d'atteindre son but.

— *Relâche-le, Jielan*, ordonne-t-il. *Rien ne nous oblige à être ennemis.*

Jielan éclate d'un rire perçant.

— *La fille de Zarrak n'a pas sa place sur le trône*, dit-il. *Elle et les siens devraient être bannis du Royaume, et pourtant tu la soutiens. Tu la soutiens malgré son refus de livrer…*

La dernière partie m'échappe. Il est question d'un roi ou d'un Descendant, mais je ne comprends rien à la conjugaison. Qu'importe, il est clair que Jielan s'oppose radicalement à Lena et à tous ceux qui la soutiennent.

— *Ce sont les hauts nobles qui décident qui s'assoit sur le trône*, dit Kyol. *Ça ne dépend ni de toi ni de moi. Jette ton épée.*

— *On peut acheter les nobles ou les faire chanter. Non, seigneur général.* (Le titre sonne comme une insulte dans sa bouche.) *Tu as choisi ton camp. C'est le mauvais.*

L'air résonne de bruits de déchirures saccadés, et trois fissures se matérialisent. Les trois autres faes qui se trouvaient à l'intérieur de la maison sortent des rais de lumière.

Je comprends que c'est un piège à l'instant même où Kyol s'écrie :

— *Taber !*

Il n'a pas besoin d'en dire plus – il est évident qu'il ordonne à Taber d'aller chercher des renforts –, mais avant que le fae ait pu ouvrir une fissure, Jielan dit :

— *S'il part, Brayan est mort. La magicienne des ombres aussi.*

J'ai la chair de poule. Alors que je m'apprête à me retourner, je sens quelqu'un presser la lame d'une épée contre mon dos. C'est le fae au collier noir.

Je ferme les yeux et grimace en silence. Ça devait bien finir par arriver. Aren n'approuvait pas que les anciens faes de la Cour restent au palais même s'ils juraient fidélité à Lena, mais Kyol a pris leur défense. Parce qu'il les a formés et se fiait à eux, il disait qu'ils la protégeraient au péril de leur vie. Il se trompait.

Je sens le fourreau fixé à ma taille bouger quand le fae me confisque ma dague.

— *Descends*, ordonne-t-il.

Même si je ne comprenais pas sa langue, le sens de son message est on ne peut plus clair. Je m'accroche à la partie de l'échelle fixée au toit, puis me hâte de descendre avant que le traître décide de faire couler mon sang. Je me mets à cogiter à toute vitesse. Puisqu'il me suit, le fae ne peut plus me menacer de son épée. Je suis donc en sécurité, mais pour très peu de temps. Ils sont plus nombreux que nous, et je suis humaine et désarmée.

Seuls trois barreaux me séparent encore du sol quand je décide que je dois agir. Après avoir sauté à terre, je bondis sur ma gauche et atterris sur l'épaule de Jielan. Avec un grognement de hargne, il délaisse son épée pour riposter par un coup de poing. C'est une erreur ; Brayan n'a plus sa lame sous la gorge. Je lâche Jielan lorsque Brayan le saisit par le poignet et éjecte le survivant par-dessus son épaule. Puis, presque simultanément, tous les autres faes disparaissent dans des fissures.

Je recule contre le mur de l'entrepôt. Les faes ressurgissent la seconde suivante, tous à des endroits différents. Les ombres laissées par les rais de lumière blanche me désorientent. Je n'ai aucune idée de qui se trouve où, jusqu'à ce que Kyol m'empoigne le bras.

— C'était stupide, grince-t-il en m'entraînant le long du bâtiment.

Et droit sur un fae qui se tient prêt à nous cueillir avec son épée.

— Devant nous. Un illusionniste.

Je n'ai pas besoin d'en dire plus. Kyol s'élance, fendant le vide de son épée. Surpris, le survivant parvient malgré tout à dévier l'attaque de Kyol. Mais puisque le contact physique rompt les illusions des faes, Kyol peut le voir à présent ; en deux coups précis, il tue le fae.

Dès que son âme d'ombre s'élève dans les airs, je fais volte-face et cherche des yeux d'autres survivants invisibles. Ce n'est qu'en suivant les regards de Kyol et de ses hommes que je peux deviner s'ils voient ou non leurs adversaires. En l'absence de réaction de leur part à l'approche d'un survivant, j'en déduis qu'il se dissimule. Même si je pense qu'il n'y avait qu'un illusionniste ici. Tous sont engagés dans la lutte. Hélas, les survivants sont plus nombreux, et l'un d'eux me prend soudain pour cible.

Merde.

Je n'appelle pas à l'aide ; je ne veux pas distraire les rebelles. À la place, je fais demi-tour et m'enfuis pour regagner l'avant de l'entrepôt.

La porte n'est plus qu'à quelques foulées. Priant qu'elle ne soit pas fermée à clé, je tends la main vers elle et…

… et entends un sifflement passer près de mon oreille gauche. Je me déporte sur la droite et heurte le sol au moment où un projectile s'écrase sur l'entrepôt.

Une vague de chaleur explose derrière moi. À quatre pattes, je m'éloigne en hâte de la porte en flammes et cherche à ma droite le survivant qui a dû lancer la boule de feu. Taber s'occupe de lui.

Je me relève d'un bond et parcours d'une traite la dizaine de mètres qui séparent l'entrepôt du bâtiment dont sont sortis Jielan et ses acolytes. De l'argent a été mélangé au revêtement de la façade. Les faes ne pourront pas ouvrir de fissures à l'intérieur.

Des lumières fusent autour de moi tandis que je cours, mais je ne prête pas attention aux faes qui se battent.

Dès que j'ai atteint le bâtiment, je tourne la poignée et ouvre la porte d'entrée d'un coup d'épaule, puis la claque derrière moi. Presque aussitôt, je m'aperçois que je ne suis pas seule.

Chapitre 6

J'ai déjà verrouillé la porte. La pièce à laquelle je tourne le dos est mal éclairée, mais j'entends d'infimes tapotements derrière moi. Dans ma précipitation, le fait qu'il pourrait y avoir un autre fae à l'intérieur ne m'a même pas effleuré l'esprit. Je prends de profondes inspirations pour tenter de calmer mon cœur qui bat la chamade. Je tends l'oreille, à l'affût d'autres sons – un bruit de pas, un froissement de tissu ou le crissement d'une armure en *jaedric* –, mais les seuls que je perçoive viennent de l'extérieur et, tandis que je reste là à réfléchir à ce que je dois faire, ils s'estompent eux aussi. Mis à part les tapotements continus, tout est silencieux.

J'ai les yeux rivés sur la poignée. Déverrouiller la porte me prendrait quelques secondes. Mon instinct me dit de ne rien tenter, que ça risquerait de provoquer la personne derrière moi. Avec lenteur et prudence, je me retourne.

Au centre d'une pièce à vivre dépouillée, une fae grande et mince se tient debout entre deux canapés sans dossier. Elle est raide comme un piquet, à l'exception de son bras droit qu'elle a tendu pour pouvoir poser la main sur la garde de son épée. La lame pointée vers le bas entame légèrement la surface d'une table basse en bois. En dehors de son index dont elle ne cesse de tambouriner le pommeau, elle ne bouge pas ; elle se contente de me dévisager.

Je lui rends son regard en retenant mon souffle. Des éclairs pales et tremblotants jaillissent puis s'estompent sur son visage et ses mains. Nous sommes dans le Royaume. Ses éclats de chaos ne devraient pas être visibles ici, mais ce n'est pas une fae comme les autres. Même sans ces éclairs sur sa peau, j'aurais su qu'elle était *tor'um*. Elle dégage quelque chose d'anormal.

Ses cheveux noir de jais sont attachés en queue-de-cheval haute, et elle porte une armure en *jaedric*. Sombre et bien huilé, le bois traité moule les formes de son corps. Un arbre *abira* à treize branches, le symbole de la Cour d'Atroth, est gravé sur sa poitrine. Est-elle dans le camp des survivants ? Elle reste là sans mot dire ni broncher, me donnant l'impression de savoir manier son épée, mais les *tor'um* sont amputés de leur magie au point de ne pas pouvoir ouvrir de fissures. Par conséquent, ses chances de survivre à un combat contre un fae ne sont guère plus élevées que celles d'un humain.

— Ta peau est brillante.

À cette déclaration abrupte, je baisse les yeux sur mes bras. Un éclair blanc s'enroule autour de mon poignet. Un autre remonte jusqu'à mon coude droit. Les apparitions des éclats de chaos sont toujours brèves, mais je suppose qu'on peut considérer que j'ai la peau brillante. Je ne comprends juste pas en quoi ça mérite d'être signalé à voix haute, ni pourquoi ça a l'air de l'énerver.

— Je lui avais dit que tu refusais de l'éteindre.

Éteindre ma peau ? Je regarde de nouveau les éclairs en fronçant les sourcils, et c'est à ce moment-là que je me rends compte qu'elle parle en anglais. Très peu de faes ont cette compétence. En règle générale, seuls ceux qui travaillent avec les humains apprennent ma langue. Peut-être a-t-elle vécu sur Terre pendant un moment ? C'était le cas des *tor'um* à Vancouver avant que le roi Atroth n'attaque leurs maisons.

Je reporte mon attention sur elle et la regarde pencher la tête de côté, plisser le nez, puis redresser la tête.

Tout d'un coup, je comprends ce qui ne va pas. Certains faes naissent incapables d'ouvrir des fissures. Bien qu'amputés de leur magie, ils restent sains d'esprit. Cette fae ne l'est pas. Elle a perdu sa magie à l'âge adulte, et à présent son esprit est détraqué. J'ignore si ça la rend plus dangereuse ou non.

Sans crier gare, elle s'avance devant moi et me saisit le poignet. Au contact de sa peau froide, de nouveaux éclats de chaos fusent sur mon bras. Ils convergent sous sa main, comme pour empêcher ma peau de se changer en glace. Je tente de me dégager, mais elle est forte et braque ses yeux sombres et ternes sur moi.

— Tu n'es pas Paige.

Je m'immobilise. Son accent fae est léger ; je suis certaine d'avoir bien entendu.

— Tu connais Paige ? Où est-elle ?

— Pourquoi n'es-tu pas Paige ?

Elle me serre le poignet à me faire mal. Comme je suis dos à la porte, je ne peux pas m'écarter lorsqu'elle se penche et colle le visage à quelques centimètres du mien. Elle étrécit les yeux, le regard fiévreux.

— Tu ressembles à Paige.

— McKenzie ?

C'est la voix de Kyol derrière la porte. Je l'entends tambouriner et secouer la poignée.

La *tor'um* siffle, puis elle m'éjecte avec une telle violence que je décolle du sol. Je me cogne la hanche contre la table et, tandis que la douleur me vrille la jambe, je m'effondre de l'autre côté.

Une dague est posée sur un coussin du canapé, à moins de dix centimètres de mon visage. Je m'en empare et me tourne vivement vers la fae, pourfendant le vide.

La *tor'um* n'est pas à côté de moi. Elle me surplombe, le regard toujours empreint d'un mélange de colère et d'incompréhension. Le mien dévie sur l'épée qu'elle tient à la main. Ses jointures blanchissent à chaque fois qu'elle crispe les doigts. Puis, tout à coup, elle semble parfaitement lucide.

— *Nalkin-shom*, chuchote-t-elle.

— Kyol ! je hurle en détalant, certaine qu'elle va me tuer.

— McKenzie !

J'entends un bruit sourd lorsque Kyol se jette contre la porte. Je parviens à l'atteindre et à la déverrouiller avant que la *tor'um* ne me bondisse dessus.

La porte s'ouvre dans un claquement, et Kyol s'interpose entre la fae et moi. Il tient son épée brandie, prêt à dévier son attaque, mais c'est inutile. Elle fait tournoyer sa lame et nous manque largement, puis reste plantée là, l'air totalement perdu. Après avoir scruté la pièce, elle regarde ses pieds en fronçant les sourcils.

— Ma fissure est cassée, marmonne-t-elle.

Anticipant une attaque, Kyol avait bandé les muscles, mais il change de posture. Il est presque plus tendu à présent.

La *tor'um* tape du pied, comme si ça allait faire apparaître une fissure.

— On sort, chuchote Kyol à mon oreille.

Je ne discute pas. Je passe la porte à reculons, les yeux rivés sur la *tor'um* jusqu'à ce que Kyol referme doucement la porte. Il l'observe quelques secondes avant de se retourner vers moi, puis s'écarte d'un pas, pour voir si je suis blessée je suppose. C'est à ce moment-là que je remarque la plaie juste au-dessus de son coude gauche. Le survivant qui l'a frappé a réussi son coup, entaillant l'un des rares endroits que l'armure en *jaedric* ne protège pas. Le maillot de corps de Kyol est rouge de sang, mais je n'ai pas l'impression qu'il ménage son bras.

— Elle connaît Paige, lui dis-je.

Il reporte son regard sur mes yeux. Lèvres serrées, il hoche la tête puis invite Taber à nous rejoindre. Ils s'entretiennent à voix basse en fae. Je ne saisis pas tout ce qu'ils disent, mais Taber hausse brièvement les sourcils et examine la maison. Ils doivent forcément parler de la *tor'um*. Ils la connaissent, j'en suis sûre.

Une dizaine d'hommes de Kyol se tiennent prêts à intervenir dans la zone qui sépare le bâtiment de la *tor'um* et l'entrepôt. Ils se sont positionnés en formations hexagonales. Si un survivant sortait d'une fissure à découvert, il se retrouverait cerné par pas moins de quatre soldats de Kyol. J'ai envie de leur ordonner de rompre les rangs. Il faut que quelqu'un surveille la porte du fond pour empêcher la *tor'um* de s'échapper. Il est peut-être déjà trop tard.

— Ils s'occuperont de la *tor'um*, dit Kyol.

Alors que je commençais à hocher la tête, je me fige. Les faes m'ont souvent servi des variantes de cette phrase ces dix dernières années. Je partais du principe qu'elle voulait dire que Kyol et ceux de la Cour allaient ouvrir une fissure pour retrouver et arrêter un fae, mais ça ne s'est pas toujours passé comme ça.

— Ils la transporteront au palais, dit-il, comme s'il pouvait lire dans mes pensées.

Ce n'est pas le cas ; il me connaît juste assez bien pour savoir comment je pense.

— Nous devons partir avant que les survivants reviennent.

Cette fois, je finis de hocher la tête. Je glisse la dague que j'ai récupérée dans le fourreau fixé dans mon dos. Par chance, elle est de la bonne taille. Moins de deux minutes après être sortis de la maison, nous repartons vers l'est. Comme j'ai mémorisé une carte du Royaume, je suis à peu près certaine que nous devrions atteindre la lisière d'une forêt d'ici une heure ou deux. Une fois qu'on l'a traversée, la rivière s'incurve et suit son cours vers le nord. Un portail se trouve sur la rive ouest. C'est l'un de ceux qui ont disparu au cours de la *Duin Bregga*, une guerre des temps anciens qui a conduit à la perte d'une bonne part de l'héritage des faes et des emplacements d'un nombre inconnu de portails. Ce portail-ci ne figure sur aucune carte publique, mais je doute qu'y ouvrir une fissure sera aussi sûr que ça l'était auparavant. Il est probable qu'au moins un des survivants ait occupé un poste suffisamment haut placé pour qu'Atroth lui ait communiqué les emplacements de tous les portails disparus dont il connaissait l'existence. Ça ne me surprendrait pas qu'ils essaient de nous tendre une embuscade là-bas.

Je jette un coup d'œil à Kyol. Il n'a pas l'air de redouter une attaque. Il ne regarde pas une fois par-dessus son épaule pour s'assurer que nous ne sommes pas suivis, et seuls trois de ses faes nous accompagnent. Même s'il pense que nous ne risquons rien, je suis étonnée qu'il n'ait pas fait venir davantage de gardes. Avec mon jean et mon tee-shirt, ça saute aux yeux que je suis humaine. D'habitude, je porte des vêtements fae quand je suis dans le Royaume, mais je ne pensais pas avoir à lire les ombres si vite.

Malgré ma fatigue, je parviens à suivre le rythme de Kyol. Nous avons travaillé ensemble assez longtemps pour qu'il sache quelle allure adopter pour que je sois en mesure de suivre. S'il accélérait davantage, je m'épuiserais trop vite. Le fait que je sois pressée de m'éloigner de cette ville m'aide à maintenir l'allure. J'ai eu deux fois de la chance aujourd'hui. Les survivants auraient pu me tuer dans mon immeuble ou à Spier à l'instant. Ils en ont eu l'occasion, mais Jielan a préféré me donner un coup de poing plutôt qu'un coup d'épée, et le dernier survivant auquel j'ai eu affaire cherchait clairement à me capturer, pas à m'ôter la vie.

— Pourquoi les survivants me veulent-ils vivante ? je demande à Kyol.

Son pas se trouble à peine, comme si ses pensées vagabondaient et qu'il venait de se souvenir que je suis là.

— Ils peuvent se servir de toi contre nous, répond-il enfin.

— Ils ont déjà des humains qui les aident et, même dans le cas contraire, ils devraient savoir que je ne lirai pas les ombres ni ne démasquerai d'illusionnistes pour eux.

En tout cas, ils devraient si Kyol a raison de penser que leur meneur est l'un des officiers haut placés d'Atroth. Eux savent que j'ai trahi leur roi de mon plein gré.

— Ce n'est pas pour ça qu'ils te veulent, dit Kyol. Ils sont au courant de ce que tu représentes pour Jorreb. Et de ce que tu représentes pour moi.

C'est la première fois depuis que j'ai rompu avec lui qu'il évoque ses sentiments pour moi, et mon cœur se serre à cet aveu. Même s'il n'a pas l'air de regretter ses paroles. Son expression est grave sans être peinée, et je ne sais pas bien quoi lui répondre. Je ne suis même pas sûre qu'une réponse soit nécessaire.

Avant que notre silence gêné ne s'éternise trop, une fissure s'ouvre à quelques mètres devant nous. L'un des faes que Kyol a envoyé chercher la *tor'um* sort de la lumière. J'écoute son rapport et me prends à souhaiter l'avoir mal compris.

— *Continue à chercher*, ordonne Kyol.

Le fae hoche la tête puis repart dans l'Entre-Deux pour retourner à la maison, je présume. Nous pouvons encore la voir d'ici.

Je regarde Kyol.

— La *tor'um* a disparu ?

— Oui.

— Mais les *tor'um* ne peuvent pas ouvrir de fissures.

— La plupart non, confirme Kyol. Quelques-uns en sont capables. Ceux qui y parviennent ne peuvent ni le faire souvent, ni aller loin. La petite parcelle de magie qu'ils possèdent met des mois à se régénérer. Il est plus probable que la *tor'um* se soit enfuie ou se cache.

Je rive les yeux sur l'herbe à mes pieds, sentant mourir le faible espoir que j'avais de retrouver Paige.

— Je sais ce que Paige représente pour toi, dit Kyol au bout d'un moment. On va la retrouver.

— Tu l'as reconnue, n'est-ce pas ? La *tor'um*.

Je me focalise sur la bande vert sombre qui délimite la forêt quelques centaines de mètres plus loin, mais, n'obtenant pas de réponse de Kyol, je lui jette un regard en biais. Bien qu'il ait deux fois mon âge, Kyol est toujours jeune pour un fae. Il n'y a pas une seule mèche grise dans sa chevelure sombre, et ses larges épaules, son dos et son torse sont plus fermes et musclés que ceux de la plupart des humains dans la fleur de l'âge, mais de fines ridules se forment au coin de ses yeux. Je regarde de nouveau la blessure au-dessus de son coude et me demande si elle est grave.

— Oui, dit-il enfin. Je l'ai reconnue.

La plaie saigne à peine. Comme je doute qu'elle lui fasse mal, ce doit être la *tor'um* qui pèse sur ses pensées.

— Qui est-elle ?

Nouvelle longue pause. Alors que je commence à penser qu'il ne me répondra pas, il prend une inspiration et dit :

— Elle a failli devenir le maître d'armes d'Atroth.

Cette fois, je m'arrête net.

— Son maître d'armes ?

Kyol me devance de plusieurs foulées à présent. Il regarde par-dessus son épaule et ralentit, attendant que je le rattrape.

— Elle n'était pas *tor'um* à l'époque, dit-il une fois que je l'ai rejoint.

Je suis à deux doigts de lui demander ce qui s'est passé, mais je ne suis pas sûre d'avoir envie de le savoir. Même s'il est possible qu'un fae épuise ses réserves magiques, c'est extrêmement rare. Ils connaissent leurs limites et savent ce qu'ils risquent s'ils vont trop loin ; je suis presque certaine que ce n'est pas ce qui lui est arrivé. Non, je parierais plutôt que c'est une surexposition à de la technologie humaine qui a tué sa magie.

Je ne me rends compte que je serre les dents qu'en sentant le regard de Kyol. J'essaie de me forcer à décrisper la mâchoire et à feindre le détachement, mais il n'a aucun mal à me percer à jour.

— C'était il y a des années, m'assure Kyol.

Les muscles de mes épaules se détendent, et je me remets à respirer plus aisément. Nous avons commencé à traquer Aren il y a un an à peine. Il est peu probable que ce soit à cause de lui que cette femme est devenue *tor'um*. Je sais bien que ça ne devrait pas avoir d'importance – Aren a dépouillé d'autres faes de leur magie –, mais Kyol connaissait cette fae. Ils étaient collègues, amis peut-être, et je suis rassurée qu'Aren ne soit pas responsable de sa folie.

Bien sûr, reste à savoir qui est le responsable, mais comme il est clair que Kyol n'aime pas évoquer ces souvenirs, je laisse tomber le sujet. Les quelques minutes qui suivent s'écoulent en silence ; puis, alors que nous atteignons la lisière de la forêt, Kyol m'empoigne le bras, m'oblige à m'arrêter et me tourne vers lui. Son contact déchaîne mes *edarratae*, accélérant la cadence des éclairs et intensifiant leur chaleur, mais je ne me dégage pas. Il fronce légèrement les sourcils. Personne d'autre ne l'aurait remarqué, mais j'ai appris à y voir le signe qu'il est soucieux.

— McKenzie, dit-il. Tu as déjà échappé aux survivants deux fois. Ils ne permettront pas que ça se reproduise. La prochaine fois qu'ils te trouveront, ils te tueront. Tu dois être prudente. Plus que nous ne l'avons été aujourd'hui.

Il marque une pause et jette un coup d'œil aux trois faes qui se sont arrêtés à une distance respectueuse derrière nous. Lorsqu'il reprend la parole, c'est à voix encore plus basse qu'avant.

— Quelqu'un du palais a informé les survivants que j'allais t'amener ici. Toi, pas un autre diseur d'ombres. Vinn n'est pas le seul traître.

Vinn doit être le fae du toit, celui qui portait un collier noir. Même au bout de dix ans, j'ai toujours du mal à concevoir qu'on puisse vouloir me tuer. Enfin si, je comprends. Mes lectures d'ombres empêchent ceux que nous traquons de se rapatrier en lieu sûr, ce qui m'a rendue indirectement responsable de la mort et de la capture de centaines de faes au fil des années, mais j'ai toujours l'impression d'être quelqu'un de plutôt normal, et les gens normaux n'ont pas d'ennemis qui veulent leur trancher la gorge.

En revanche, les gens normaux ont un travail. Ils ont une maison, une famille et des amis qu'ils n'entraînent pas dans des guerres. Il me faut au moins un peu de tout ça si je ne veux pas perdre la tête. C'est pour ça que je dois retourner à Las Vegas. Même en comptant la marche jusqu'au portail, je devrais être rentrée à temps pour apporter mes papiers à mon employeur. Cela dit, une part de moi pense que je ferais peut-être mieux de renoncer à mener une vie humaine et de me contenter plutôt d'aider Lena à obtenir le trône. Je ne veux pas que d'autres se retrouvent mêlés aux histoires des faes par ma faute.

Je me frotte le front pour dissiper ma migraine naissante. Tout sera plus simple quand cette guerre sera finie.

— Tu vas devoir renvoyer les anciens faes de la Cour, dis-je à Kyol. Je sais que ce n'est pas ce que tu veux.

Il lâche mon bras, puis s'éloigne de quelques pas avant de s'arrêter en me tournant le dos.

— Sans leur aide, nous perdrons le palais.

— Au train où vont les choses, nous le perdrons aussi s'ils nous aident. Nous devons pouvoir nous fier aux faes qui nous soutiennent.

— Je sais, dit-il.

Il redevient silencieux, et j'ai un mal fou à me retenir de l'enlacer. J'ai envie de le réconforter, mais je ne sais pas si ça l'aiderait beaucoup. D'autant que trois de ses hommes attendent non loin. Je ne le toucherais pas, même si nous étions toujours ensemble.

— Ça va ? je demande à la place.

— C'est une blessure superficielle, McKenzie. Elle guérira vite.

Je baisse les yeux sur son coude. Il saigne encore, mais pas au point que ce soit préoccupant.

— Ce n'est pas ce que je voulais dire, dis-je. Est-ce que ça va, toi ?

Il ouvre la bouche pour parler, puis la referme lorsqu'il comprend le sens de ma question. Je retiens mon souffle ; s'il me dit que ça ne va pas, que je lui fais du mal et qu'il souffre d'être près de moi, je ne sais pas comment je réagirai. Je ne peux pas l'aimer comme avant, mais je ferai tout de même presque n'importe quoi pour lui. Je veux qu'il soit heureux.

Enfin, le plus infime des sourires se dessine sur son visage.

— Je vais bien, McKenzie. C'est… (Il marque une pause, et son regard dévie à gauche, comme s'il cherchait les mots justes.) C'est différent… d'être près de toi, maintenant. Je tiens toujours à toi. Je continue d'éprouver le besoin de te protéger, et je ne veux pas te blesser ou t'inquiéter. Mais oui, je vais bien.

Nouveau sourire, un peu plus grand cette fois. Quelque chose se dénoue au fond de moi, et je sens à mon tour un sourire naître au coin de mes lèvres. Ça va bien se passer, notre relation. Je n'ai pas besoin de me surveiller quand je suis avec lui, ni de me sentir mal à l'aise ou coupable. Il va bien – nous allons bien –, et c'est un immense soulagement.

Nous nous remettons à marcher, mais une minute s'est à peine écoulée qu'il dit :

— Je dois parler à Lena. Tu devrais atteindre le portail d'ici la tombée de la nuit. Je veillerai à ce qu'il soit sécurisé. Ça ira.

J'ai du mal à déterminer si cette dernière phrase est une question. Avant, ça l'aurait été. Mais avant, il serait sans doute resté avec moi et aurait chargé un autre fae de transmettre son message.

— Ça ira, je l'assure.

Son regard passe de moi aux trois soldats qui nous suivent – et qui veilleront à ce que j'arrive jusqu'au portail saine et sauve – puis, sans autre forme d'adieu, Kyol ouvre une fissure et disparaît. Ce n'est qu'après avoir cligné des yeux pour chasser les ombres de ma vision que je me rends compte que j'ai toujours son amulette dans la poche.

Chapitre 7

Je ressors de l'Entre-Deux dans la suite que je partage avec Shane à Las Vegas. Kyol a sous-estimé le temps que je mettrais à rejoindre le portail. La nuit était déjà bien avancée quand les faes et moi sommes arrivés. Par chance, les survivants ne se sont pas montrés. Peut-être ont-ils envoyé un éclaireur qui a vu les trente soldats et archers que Kyol avait chargés de surveiller le portail. Leur nombre aurait découragé la plupart des faes.

Ça n'aurait pas découragé Aren, en revanche.

Si Aren avait été le meneur des survivants, il aurait trouvé le moyen d'atteindre son but. C'était sa spécialité, attaquer quand les circonstances jouaient en sa défaveur. Lui et Lena s'en sortent moins bien depuis qu'ils sont passés à la défense.

Après le départ de mon escorte de faes, je jette un coup d'œil dans la chambre de Shane. Ne le voyant pas étendu sur son lit, j'en déduis qu'il est parti dans le Royaume se rendre utile. Le réveil sur sa table de chevet indique 1 heure passée. Dieu merci. Je peux faire un somme, et j'apporterai dans les temps mon permis de conduire et ma carte de Sécurité sociale à Jenkins. Il les lui faut d'ici 17 heures demain, mais je n'ai pas envie d'attendre jusque-là. Je dois rayer cette tâche de ma liste du jour pour pouvoir me focaliser sur la recherche de Paige.

Je me laisse tomber sur mon lit, trop fatiguée pour faire davantage que retirer mes chaussures et mes chaussettes et détacher le fourreau à ma taille. Vingt minutes plus tard, j'en suis pourtant toujours au même point, épuisée mais éveillée. Mon esprit refuse de se déconnecter. Je suis inquiète au sujet de Paige. La *tor'um* savait qui elle était. Si j'avais encore des doutes quant à l'implication des survivants, ce n'est plus le cas.

J'ouvre les yeux et regarde le plafond. J'espère que les survivants ont permis à Paige de les voir. Qu'ils ont essayé de lui expliquer la situation. Mais dans le cas contraire, même si elle se croit piégée dans un mauvais rêve ou pense qu'elle a perdu la tête, je peux y remédier. Je lui dirai tout. Le roi Atroth l'a interdit quand il était vivant. Il s'imaginait qu'il préservait la magie du Royaume en maintenant une séparation entre le monde des humains et celui des faes, mais ce n'est pas uniquement pour ça que j'ai gardé le silence à leur sujet. La seule fois où j'ai essayé de parler des faes à un humain qui n'avait pas le don de double vue, je me suis retrouvée dans un hôpital psychiatrique. C'est là-bas que j'ai rencontré Paige. Elle détestait Bedfont autant que moi. Elle n'aura pas envie d'y retourner.

Je roule sur le côté et tire les draps sur ma tête.

— Je crois que je suis folle, dis-je à Paige, les yeux fixés sur le mur blanc en face de mon lit.

Les psychiatres de Belfont le laissent nu et nous encouragent à le décorer selon nos goûts. Je ne me suis pas donné la peine de le faire. Quand je suis arrivée, j'ai songé que si j'accrochais une photo ou un poster, ça reviendrait à admettre que j'étais à ma place ici. À présent, je commence à me dire que c'est peut-être le cas. Je n'ai pas vu un seul fae couvert d'éclairs depuis plus de trois semaines. Je les ai peut-être inventés. J'ai peut-être tout inventé.

— Tout le monde est fou ici, dit Paige, sans se détourner de son miroir à main.

Elle écarquille les yeux pour se mettre du mascara à paillettes. Contrairement au mien, son côté de la pièce est décoré. Elle a peint le mur en noir. Personne, pas même le personnel de l'hôpital, ne sait comment elle s'est débrouillée pour avoir de la peinture noire. Ils ne l'ont pas obligée à le repeindre et n'ont rien dit au sujet des posters de cimetières et de vieilles maisons lugubres qu'elle a affichés. Des touches de rouge font contraste avec le mur : une écharpe accrochée près de la porte, un ours en peluche écarlate posé sur sa coiffeuse, l'oreiller en soie rouge vif calé entre elle et le mur dans son dos. Elle a des chauves-souris dans ses cheveux blonds. Six en tout. Ce sont de minuscules barrettes avec des ailes pailletées.

Nous partageons cette chambre depuis deux semaines, et je suis d'avis que ça ne lui correspond pas, tous ces trucs gothiques. Je crois qu'elle joue la comédie pour se payer la tête du personnel.

Je me remets à scruter mon mur nu. Du coin de l'œil, je la vois poser son tube de mascara. Elle se redresse sur son lit et pivote face à moi, les jambes dans le vide.

— Bon, d'accord, dit-elle sur un ton impatienté. Qu'est-ce qui te fait croire que tu es folle ?

Je fronce les sourcils. J'ai dit que j'étais folle ? Je n'arrive pas à me rappeler. Mon esprit me semble lourd, endormi. Le mur blanc en face de moi m'oppresse tant il est aveuglant. J'ai presque autant de mal à le regarder que si c'était une fissure qui s'ouvrait.

Ah, une fissure. Les faes. C'est donc vrai, je me crois folle. J'espère l'être en tout cas, car dans le cas contraire, si les faes existent bel et bien et que je peux les voir et lire leurs ombres, ça veut dire qu'on s'est servi de moi. J'ai aidé Kyol et son roi à traquer Thrain l'impur et, à présent qu'il est mort, ils en ont terminé avec moi.

Kyol en a terminé avec moi, ce qui signifie que je n'ai jamais compté pour lui. Ni pour lui, ni pour aucun d'eux. Je n'ai été qu'un pion qui les a aidés à gagner leur guerre.

Mon cœur se serre. Je veux retourner dans leur monde. Je veux me sentir utile et importante, et je veux voir davantage du Royaume, rencontrer d'autres faes. Je veux...

Je veux Kyol. S'il est réel, je le veux.

Le lit de Paige grince quand elle se lève. Je l'entends soupirer puis, quelques secondes plus tard, je sens mon matelas s'enfoncer lorsqu'elle s'assoit à côté de moi.

— Tiens, dit-elle en me tendant un verre d'eau. Tu devrais arrêter de prendre les médicaments.

Je regarde les rides à la surface de l'eau.

— Ils m'obligent à les prendre.

— Ils nous obligent tous, dit-elle. Ils ne nous surveillent que cinq minutes ensuite. Va aux toilettes et fais-toi vomir. Ça empêchera l'essentiel de se diffuser dans ton organisme.

Je bois une gorgée d'eau, puis m'oblige à me focaliser sur elle. C'est plus difficile que ça ne devrait l'être.

— C'est ce que tu fais ?

— Ouais. C'est ironique, non ? On m'a jetée ici parce que j'ai descendu une bouteille de sirop pour la toux, et maintenant ils me gavent de pilules. Bon... (elle reprend le verre et le pose sur ma table de chevet) dis-moi. Qu'est-ce qui te fait croire que tu es folle ?

Je n'ai raconté à aucune des autres filles pourquoi mes parents m'ont envoyée ici. J'imagine que je suis encore assez saine d'esprit pour savoir à quel point mon histoire a l'air dingue. Les médicaments doivent vraiment m'embrouiller le cerveau, car je lui dis sans hésiter :

— Je vois des choses. Des gens.

— Des gens morts ? demande-t-elle.

Je la fusille du regard, incrédule.

— C'était juste pour vérifier, dit-elle avec un grand sourire.

Elle a un joli visage de fée espiègle. J'ai de la chance de me retrouver avec elle. Elle est facile à vivre et elle ne juge pas. En plus, elle n'est pas folle à lier comme certains ici. Comme moi, par exemple.

Je ferme les yeux et essaie de réfléchir malgré mon esprit embrumé. Les détails que je garde de ces derniers mois, du roi et de ses faes, de l'impur et de ses partisans, sont trop nets pour être faux. Et Kyol… je n'aurais pas pu inventer quelqu'un comme lui.

— Hé ho, McKenzie ? dit Paige en agitant la main devant mon visage. Peut-être que je me suis trompée et que tu es réellement cinglée.

— Excuse-moi, qu'est-ce que tu disais ?

— Je pense qu'on devrait s'enfuir d'ici ce soir. Aller en ville et faire la fête. Un type que je connais pourrait venir nous chercher et…

Je me réveille en sursaut quand je sens quelque chose grimper le long de ma jambe.

Je suis à l'autre bout de la pièce avant d'avoir eu le temps de crier. Ce n'est pas un hôtel miteux. C'est une suite de cent cinquante mètres carrés qui coûte plus de 500 dollars la nuit. Il ne devrait pas y avoir de rongeurs ici !

Le cœur battant, je garde les yeux rivés sur le lit et attends que l'édredon se mette à bouger. Rien ne se produit. Est-ce que j'ai rêvé ? C'est possible, mais mon mollet me picote encore là où la chose m'a touchée. C'était poilu, et j'ai beau avoir gardé mon jean, je suis sûre d'avoir senti de petites pattes.

Soudain, l'édredon s'agite et je me plaque contre le mur. Non, cette chose est loin d'être petite. La bosse sous la couverture mesure près d'un mètre de long et elle se déplace en roulant à gauche puis à droite, presque comme si elle essayait de s'enfouir dans le matelas. Un rat ne se comporte pas comme ça, si ?

J'étrécis les yeux. Je m'écarte du mur et fais trois pas en direction du lit, puis empoigne le bord de l'édredon et tire.

Une chose argentée détale à l'autre bout du matelas. Je siffle entre mes dents, rejette l'édredon et contourne le lit.

— Sosch.

Il me fixe de ses grands yeux bleus, l'air innocent, et je vois sa fourrure argentée virer au blanc.

— Comment es-tu arrivé jusqu'ici ? je demande en me penchant pour tendre la main vers lui.

Les *kimki* ne sont pas des animaux domestiques – c'est même une espèce menacée dans le Royaume –, mais ils ont tendance à s'attacher à certaines personnes. Celui-ci s'est lié à Aren. Sosch est capable de le retrouver n'importe où. Les *kimki* ne peuvent pas créer leurs propres fissures, mais ils se faufilent dans celles qu'ouvrent les faes. De là, ils traversent l'Entre-Deux pour rejoindre les personnes et les lieux qu'ils préfèrent. Ce n'est pas la première fois que

Sosch me retrouve, mais c'est la première fois qu'il vient dans mon monde.

Je caresse son long corps d'une main et regarde sa fourrure devenir argentée sous ma paume. C'est ce qui se produit lorsque les *kimki* se trouvent à proximité d'odeurs qui leur plaisent, et ils apprécient en particulier celles des humains doués de double vue et celles des portails. Les faes se servent d'eux comme de détecteurs. Je suis prête à parier que c'est un *kimki* qui a conduit Thrain jusqu'à moi il y a des années, et je sais que Sosch a aidé Aren à découvrir quelques-uns des portails disparus du Royaume. Je ne sais pas s'il s'est attaché à moi, mais de toute évidence il m'aime bien, et je dois admettre malgré moi qu'il est assez adorable.

Sosch pousse un cri à mi-chemin entre un roucoulement et un couinement, puis se sert de mon bras tendu comme d'un tremplin pour atteindre mes épaules. Il me regarde et se met à plisser le museau d'une drôle de façon.

— Tu as faim ? je demande.

Qu'est-ce ça mange au juste, un *kimki* ?

Je repère le sachet de crackers sur ma commode. Ça ne lui fera sans doute pas de mal. J'ouvre le paquet et présente un cracker à Sosch. Il le mange, puis recommence à plisser le museau.

— C'est bon ?

Je mets la main dans le paquet pour prendre un autre cracker, mais il détourne la tête et agite ses oreilles de souris. Il bondit de mon épaule et se rue hors de ma chambre une seconde avant qu'on frappe à la porte de la suite.

— C'est pour le ménage, annonce une femme de chambre.

Merde. Les humains ne peuvent pas voir les faes si ces derniers ne le souhaitent pas, mais je mettrais ma main à couper qu'ils verront un *kimki* qui s'est aventuré dans notre monde.

— Sosch !

J'essaie de l'attraper, mais il est beaucoup trop rapide.

— Non merci ! je lance en espérant que la femme de chambre passera son chemin.

Elle ne devrait même pas être en train de frapper à la porte. Shane et moi laissons la pancarte « Ne pas déranger » accrochée à la poignée quand nous ne sommes pas là. Je ne l'ai pas enlevée quand on m'a ramenée ici.

Sosch émet un nouveau roucoulement.

— Chut, dis-je.

Je m'aperçois alors que la pancarte « Ne pas déranger » est accrochée de ce côté-ci de la porte. Merde.

— Sosch ! je m'écrie, mais c'est trop tard.

La porte s'ouvre déjà. Ravi, le *kimki* vire à l'argenté puis se faufile entre les jambes de la femme de chambre.

— Sosch ! je l'appelle encore.

La femme de chambre laisse échapper un couinement qui ressemble beaucoup à celui du *kimki* et fait un bond en arrière. Elle tourne la tête pour le regarder filer dans le couloir.

— C'est quoi, ça ? demande-t-elle.

— C'est un… un… une otarie égyptienne, je bredouille en la dépassant.

Sosch se glisse sous le chariot du ménage. Je saisis la poignée pour le déplacer.

— Les animaux ne sont pas autorisés dans cet hôtel, dit la femme de chambre.

— Je suis désolée, je réponds. Je vais le sortir d'ici.

Sosch regarde en arrière, et je jurerais qu'il me lance l'équivalent *kimki* d'un sourire narquois avant de s'élancer dans le couloir. Je vais le tuer, et ensuite je tuerai Shane pour avoir laissé la pancarte « Ne pas déranger » du mauvais côté de la porte.

— Il ne perd pas ses poils, si ?

La femme de chambre inspecte du regard l'intérieur de ma suite, l'air horrifié.

— Aucune idée, je marmonne.

Je prends une taie d'oreiller sur le chariot de ménage et me mets à courir après le maudit *kimki*. J'entends une sonnerie, et au moment où je parviens à l'angle du couloir, je comprends de quoi il s'agit.

— Non, pas l'a…

Sosch s'engouffre dans un ascenseur alors qu'une femme surprise en sort. Les portes se referment juste derrière lui. Je m'élance et essaie d'appuyer sur le bouton pour rouvrir les portes, mais ça ne fonctionne pas.

Bon sang, qu'est-ce que je suis censée faire maintenant ? Si la Société protectrice des animaux l'attrape, ils verront vite qu'il n'a rien d'une otarie égyptienne. Je n'ai pas la moindre idée du sort qu'ils lui réserveront ensuite.

En grommelant, j'appuie sur le bouton pour appeler le second ascenseur. Je devrais laisser Sosch se débrouiller seul, mais je ne supporterais pas qu'il se retrouve aux mains de biologistes, de scientifiques ou de toute autre personne qui voudra déterminer ce qu'il est et comment sa fourrure passe du blanc à l'argenté.

Je serre la taie d'oreiller dans mon poing tandis que je regarde les numéros des étages s'afficher au-dessus de l'ascenseur qu'a pris Sosch. Bien entendu, il ne s'arrête qu'une fois arrivé au rez-de-chaussée. Je m'imagine soudain les clients de l'hôtel poussant des cris et les grooms se jetant au sol pour essayer d'attraper le *kimki*. Ça pourrait vraiment mal tourner.

La sonnerie du second ascenseur retentit. J'entre à l'intérieur, presse le bouton du rez-de-chaussée, puis appuie frénétiquement un demi-million de fois sur celui qui actionne la fermeture des portes.

Sosch est descendu jusqu'en bas d'une traite. Et moi ? Je dois attendre que mon ascenseur s'arrête à deux autres étages et prenne six clients de l'hôtel avant que les portes s'ouvrent enfin sur le rez-de-chaussée. Je me faufile entre les gens en m'excusant, puis balaie le hall d'entrée du regard.

C'est moins la panique que je le craignais. Il n'y a ni femmes qui crient ni grooms par terre, mais il est clair que Sosch est passé par là. Tout le monde regarde les deux portes en verre ouvertes à gauche. En serrant les dents, je m'avance dans cette direction. On croirait que ce maudit *kimki* est né dans ce monde tant il y est à son aise.

L'air chaud de l'été m'enveloppe dès que je mets le pied dehors. Le Las Vegas Strip se trouve environ trente mètres plus loin. Il est bondé. Il est hors de question que je me fraie un chemin dans la foule à la recherche de Sosch. Non seulement je n'arriverai sans doute pas à le trouver, mais en plus je ne porte pas de chaussures, et le béton me brûlera les pieds dès que je quitterai l'entrée ombragée de l'hôtel.

Un roucoulement monte d'une fontaine décorative quelques mètres à ma gauche. Perché sur le rebord en marbre, le *kimki* grignote joyeusement le cracker que lui tend une petite fille. Par chance, les parents ne prêtent aucune attention à leur fille.

J'ai changé d'avis. Le *kimki* n'est pas adorable et mignon ; c'est un rongeur hideux qui n'a rien à faire dans mon monde.

J'attends que la fillette lui présente un second cracker pour sortir de l'ombre. Le contact avec le béton est aussi atroce que je l'imaginais, mais si je continue de marcher, mes pieds ne se consumeront peut-être pas. Je cours à la fontaine et, sans perdre de temps, je prends Sosch sous un bras et lui mets la taie d'oreiller sur la tête.

— Merci d'avoir retrouvé Sosch pour moi, dis-je à la fillette bouche bée.

Elle me regarde, et je jurerais qu'elle est sur le point de fondre en larmes.

— Vraiment désolée, dis-je, m'éloignant à reculons en sautillant d'un pied sur l'autre.

Mes excuses n'y changent rien. Son menton se met à trembler.

Je fais volte-face et détale avant qu'elle alerte ses parents. Alors que je me fonds dans la foule sur le Strip, j'entends des pleurs s'élever derrière moi. Je m'en veux d'avoir fait pleurer cette fillette, mais je n'avais pas le choix. Il faut que j'emmène Sosch loin d'ici.

Et il faut que je trouve de l'ombre.

Je me retiens de jeter la taie d'oreiller sur mon épaule. À la place, je glisse un bras sous le ventre de Sosch et le maintiens serré contre moi, veillant à ce que la taie reste ouverte pour qu'il puisse respirer. Je ne sais pas ce que je vais faire de lui. Je ne peux pas le ramener à l'hôtel.

Le béton n'est pas si chaud au milieu de la foule. Tant que personne ne me marche sur les pieds, ça devrait aller.

C'est du moins ce que je crois jusqu'à ce que ma peau se mette à me picoter. Je regarde par-dessus mon épaule et cherche l'éclat de chaos que j'ai cru voir fuser sur une main. Un groupe de filles qui portent des couronnes clignotantes arrive vers moi. Même sous ce soleil de plomb, les lumières bleues artificielles sont vives. Mon cerveau les a peut-être prises pour les *edarratae* d'un fae ?

On me rentre violemment dans l'épaule. Je serre le poing lorsque le type se retourne vers moi.

— Désolé, dit l'humain d'une voix pâteuse, soûl alors qu'il n'est même pas midi.

Ses amis éclatent de rire et s'éloignent en le guidant.

Ouais. C'est officiel, je suis parano.

J'essaie de m'obliger à me détendre tandis que j'avance, mais j'ai toujours la chair de poule. Ça ne m'arrive pas souvent dans mon monde, et c'est d'autant plus ridicule au milieu de toutes ces lumières clignotantes, de ces panneaux d'affichage, de ces humains et de leurs gadgets électroniques. S'il y avait un fae ici, ses *edarratae* s'emballeraient. Ce serait facile de les voir. Et c'est bien pour cette raison que Shane et moi restons dans un hôtel sur le Strip. En dehors des rebelles qui nous déposent ou viennent nous chercher, il ne devrait pas s'y trouver un seul fae.

Mes pieds me font un mal de chien, mais je continue à marcher jusqu'à l'extrémité sud du Strip. Je ne vois qu'un seul endroit où aller : le portail. Il est situé sur la portion de route qui relie la ville au lac Las Vegas. C'est une zone relativement rurale, et vu que les *kimki* sont attirés par les portails, Sosch est susceptible d'y rester un moment.

Je peux m'y rendre en bus, mais l'arrêt où je dois le prendre se trouve à l'est de Las Vegas Avenue, dix pâtés de maisons plus loin. Je vais mettre vingt minutes pour y aller. Alors que je m'engage dans une rue secondaire, je rajuste Sosch sur ma hanche. Je jurerais qu'il s'est endormi, et il s'est débrouillé pour peser deux fois plus lourd que d'habitude.

Je ne partage le trottoir qu'avec une poignée d'habitants et quelques touristes qui se sont aventurés au-delà du Strip.

Avec cette foule réduite, il m'est plus facile de voir que je ne suis pas suivie ; pas par un fae, en tout cas. Après avoir regardé par-dessus mon épaule pour la dixième fois, mon stress finit par retomber. Une seconde plus tard, j'entends une fissure déchirer le vide derrière moi. Avant que j'aie pu me retourner, on m'entraîne dans une allée.

Je laisse tomber Sosch et me débats pour faire face à mon agresseur, puis balance un coup de poing à…

— Lorn, je siffle en reconnaissant le fae à la mise impeccable qui intercepte mon poing.

— McKenzie, dit Lorn avec un sourire.

Sourire qui s'évanouit quand Sosch, furieux, bondit hors de la taie d'oreiller, s'enroule autour de la jambe de Lorn et le mord juste au-dessus du genou.

— *Aïe ! Descends !* s'exclame Lorn en fae.

Il secoue la jambe et éjecte Sosch contre une porte crasseuse.

— Hé ! (Je fusille Lorn du regard et prends le *kimki* dans mes bras.) Qu'est-ce que tu…

Je m'arrête net, car nous ne sommes pas seuls dans cette allée. Adossé au mur, un homme fume une cigarette.

— C'est quoi, ça ? demande-t-il en regardant Sosch tandis que le *kimki* grimpe sur mes épaules.

— Otarie, je marmonne.

Lorn éclate de rire. Je serre les dents et l'ajoute mentalement à la liste des personnes que je vais tuer.

Chapitre 8

Une fois que l'humain est hors de vue, Lorn force la porte d'une boutique qui a dû faire faillite et fermer, ou qui vient juste d'être rachetée et qu'on rénove. La ville compte des dizaines d'espaces de vente à un stade de transition similaire. Dans celui-ci, d'immenses bâches en plastique blanc masquent les vitres et il n'y a pas de plâtre sur les murs. Des portants vides sont entassés les uns sur les autres dans un coin au fond, et le comptoir du magasin est tordu et recouvert d'une couche de sciure encore plus épaisse que celle qu'il y a par terre.

Je repose Sosch. Il fonce droit sur une pile écroulée de cartons, laissant de minuscules empreintes de pattes derrière lui.

— Qu'est-ce que tu fais ici ? je demande à Lorn lorsqu'il s'avance vers la fenêtre.

D'un doigt, il écarte la bâche en plastique pour jeter un coup d'œil dehors. Je n'ai pas revu Lorn depuis qu'il m'a escortée à Las Vegas il y a un peu plus de deux semaines. Il m'a installée dans ma chambre d'hôtel et n'est pas repassé depuis.

— Je suis venu te voir, bien sûr, dit-il en laissant retomber la bâche.

— Tu pouvais venir me voir à ma suite.

— Je t'y ai vue, dit-il en examinant la boutique.

Il pince les lèvres, comme si le désordre et la saleté le répugnaient. Ce serait un drame s'il se retrouvait avec une tache sur sa chemise blanche immaculée. Il porte un veston marron par-dessus, en *jaedric* je crois, même si l'écorce n'est pas aussi épaisse que celle utilisée pour les armures. Fixé à sa hanche gauche, le fourreau de son épée est plus sombre que son veston, tout comme la sacoche passée en bandoulière sur son épaule.

— Je t'ai vue juste avant que les portes métalliques ne t'enferment dans la… boîte mouvante.

— L'ascenseur, dis-je.

Il m'a vue entrer dans l'ascenseur. Il a dû sortir d'une fissure dans la suite alors que j'étais dans le couloir ; j'étais trop occupée à courir après Sosch pour le remarquer.

— Qu'est-ce que tu veux, Lorn ?

Il trouve le moyen de prendre un air offensé.

— Qu'est-ce qui te fait croire que je veux quoi que ce soit ? Je comptais peut-être simplement rendre visite à ma diseuse d'ombres préférée.

Je soutiens son regard et attends. Tout est un jeu avec Lorn. Le problème, c'est qu'on ne sait jamais si on joue avec ou contre lui, surtout maintenant. Il est uni avec Kelia, ou plutôt l'était. Lena et Aren pensent que c'est uniquement pour cette raison qu'il les a ravitaillés et leur a livré des informations quand ils luttaient contre le roi, mais je n'en suis pas si certaine. Je dirais plutôt que Kelia lui a fourni un prétexte arrangeant pour les aider. Il s'implique davantage dans les actions des rebelles que nécessaire. D'ailleurs, après la mort de Sethan, il a été le premier à se manifester en soutenant que nommer Lena reine n'était pas une mauvaise idée.

Puisqu'il refuse de cracher le morceau et d'avouer la véritable raison de sa présence, je dis :

— Ramène Sosch au Royaume. Il n'est pas en sécurité ici.

Je retourne à la porte qui donne sur l'allée. Elle est vitrée ; je ne l'avais pas remarqué avant à cause de l'épaisse couche de crasse qui la recouvre. Je tends la main vers la poignée.

— J'ai besoin que tu lises les ombres, McKenzie, dit enfin Lorn.

Je regarde par-dessus mon épaule.

— Tu es venu dans mon monde exprès pour me demander ça ? Tu aurais pu me trouver au palais.

— J'aurais pu, convient-il, joignant les mains derrière le dos tandis qu'il s'avance vers le comptoir. Mais Lena et moi sommes… en désaccord. Je ne suis pas le bienvenu au palais pour le moment.

Ça ne me surprend pas du tout. On ne peut pas dire que Lorn nous inonde d'informations depuis que les rebelles occupent la capitale.

— Qu'est-ce que tu as fait ? je demande.

— C'est négligeable, dit-il en balayant ma question d'un revers de la main. Combien de temps vas-tu mettre pour rejoindre le portail ?

— Je n'ai pas encore accepté de t'aider, dis-je, me retournant pour lui faire face.

Je ne devrais même pas l'envisager. J'ai déjà trop de responsabilités : une amie à retrouver un tour de garde qu'il vaudrait mieux que j'évite de manquer et un boulot pour lequel je dois terminer de postuler. Je n'ai pas le temps de lire les ombres pour Lorn.

— Tu vas y venir.

Il esquisse un petit sourire suffisant qui me met en rogne.

— Je suis désolée, dis-je. Je ne peux pas t'aider.

— Oh, je crois que si.

Il semble si fier de lui que je décide de me détourner et de partir rien que pour le contrarier, mais avant que j'aie pu le faire, il ajoute :

— Le bruit court qu'une de tes amies a disparu.

Mon sang se glace dans mes veines. Il est au courant pour Paige ? Comment ? Je n'ai découvert sa disparition qu'hier.

— Tu sais où elle est, dis-je.

Son sourire s'élargit.

— Je t'indiquerai son emplacement une fois que tu auras lu les ombres pour moi.

J'aurais dû le contacter dès que je me suis aperçue de la disparition de Paige. Il a des sources partout… des espions, pour être exacte. Il en sait sans doute plus sur ce qui se passe dans le Royaume que Lena, mais je ne suis pas sûre pour autant que conclure un marché avec lui soit la décision la plus judicieuse à prendre sans avoir d'abord demandé son avis à Aren.

— Dois-je te rappeler que tu as une dette envers moi ?

Un éclair bleu traverse son visage, accentuant les cernes sous ses yeux. Ils ne sont pas marqués – je ne les avais par vus avant l'apparition de l'éclat de chaos –, mais ils détonnent sur son visage. Il est fatigué, et même s'il n'y a pas d'appareil technologique sous tension dans cette pièce, je me doute que ce n'est pas l'endroit le plus agréable qui soit pour un fae. Il doit probablement avoir une migraine carabinée.

— Je suis au courant, dis-je en regardant la bâche en plastique qui couvre la fenêtre.

Lorn m'a sauvé la vie dans une taverne à Belecha, et il a payé pour la suite à Las Vegas jusqu'à ce que Shane prenne le relais il y a quelques jours. Les hauts nobles n'ont pas permis à Lena de piocher dans le trésor royal ; Shane, en revanche, dispose d'un très généreux pactole pour les mauvais jours grâce aux sommes exorbitantes qu'il réclamait au roi en échange de ses services. Comme je déteste être redevable à qui que ce soit, cette occasion de m'acquitter de ma dette envers Lorn est tentante. Et puis, jusqu'à un certain point, je lui fais confiance. Il se comporte comme si seuls les informations et le profit l'intéressaient, mais il tenait à Kelia. Sa mort et la dissolution de leur union l'ont ébranlé davantage qu'il ne le laisse paraître.

J'examine Lorn. Personne ne s'est montré disposé à me fournir des détails sur cette union. Pour autant que je sache, Kelia et Lorn ne se sont jamais aimés. Ils se sont unis parce qu'ils étaient un bon parti l'un pour l'autre et que le lien renforçait leur magie. Mais à présent qu'elle est morte… ?

J'ai envie d'aider Lorn. Ça m'obligera sans doute à reporter à demain mon rendez-vous avec Jenkins puisque je suis de garde au palais plus tard, mais il ne quittera pas son bureau avant 17 heures. Ça me laisse toute la journée pour m'y rendre.

Et il faut que je retrouve Paige. Si Lorn sait où elle est, je dois l'aider.

— Qui veux-tu que je traque ? je demande en espérant que je ne fais pas une erreur.

Il sourit.

— Son nom est Aylen. C'est l'associée d'un associé.

— Que lui veux-tu ?

— Juste lui parler, dit-il d'une voix égale. Je te retrouve au portail, diseuse d'ombres.

— Attends, dis-je alors qu'il ouvre une fissure. Cet accord ne tient qu'à condition que tu emmènes Sosch avec toi.

— Sosch ?

Il regarde le *kimki*, occupé à renifler un tuyau apparent dans le mur.

— Je ne peux pas continuer à le trimballer dans toute la ville.

— Ce n'est pas mon *kimki*.

— Ce n'est pas le mien non plus.

Lorn hausse le sourcil.

— Vraiment ? Pourquoi lui as-tu couru après, en ce cas ?

Je grimace.

— Ne discute pas, Lorn, prends-le avec toi.

— Il est libre d'emprunter ma fissure s'il souhaite partir, dit-il en ouvrant un rai de lumière entre lui et Sosch.

Sosch jette un coup d'œil à Lorn, puis retourne à son tuyau. Je lève les yeux au ciel et m'avance vers le *kimki*. Sa fourrure vire à l'argenté quand je le prends dans mes bras, mais il retrouve une blancheur de craie dès que je le confie à Lorn. J'ai l'impression que cet arrangement ne l'enchante pas plus que le fae.

— Prends-le avec toi, je répète, feignant de ne pas entendre le soupir exagéré de Lorn.

Je mets plus d'une heure à rejoindre le portail. C'est principalement parce que j'ai fait un détour pour m'acheter des chaussettes et une paire de baskets bon marché. J'ai attendu de m'être rincé les pieds dans le lavabo des toilettes pour les enfiler, mais j'ai les plantes encore endolories et un peu noires d'avoir foulé le béton chaud.

Le chauffeur du bus me pose des questions quand je lui demande de s'arrêter. C'est le troisième cette semaine que je dois convaincre de me déposer ici, à une bonne distance du circuit habituel. Nous sommes à vingt minutes de la ville, et il n'y a pas un seul bâtiment en vue. Mais ça m'arrange. Je déteste essayer d'emprunter une fissure quand il y a des humains dans les parages.

Après le départ du bus, je quitte la route. Le sol est recouvert de terre et d'herbe desséchée qui crisse sous mes pieds. Quelques dizaines de mètres plus loin, le paysage redevient verdoyant aux abords d'un ruisseau. Lorn est là, assis les yeux fermés et adossé à un arbre. Il a l'air d'avoir tout le temps de faire une sieste. Pareil pour Sosch. Le *kimki* prend un bain de soleil dans la zone de flou qui marque l'emplacement du portail.

— Tu étais censé ramener Sosch dans le Royaume.

Lorn entrouvre un œil.

— Tu en as mis du temps.

— Je ne veux pas que Sosch soit avec nous quand je lirai les ombres.

— Il est parfaitement heureux là où il est, dit Lorn.

C'est vrai. Le *kimki* n'a pas bougé depuis que je suis descendue du bus.

— Il n'a rien à faire sur Terre.

Il y a peu de risques qu'un humain tombe sur lui ici, mais il est coincé dans ce monde jusqu'à ce qu'un fae ouvre une fissure assez près de lui pour qu'il puisse s'y engouffrer.

— S'il n'emprunte pas ma fissure cette fois, j'enverrai quelqu'un le chercher ici. Tiens.

Il me tend un carnet de croquis d'origine terrestre. Je regrette de ne pas avoir le mien, mais il est fourré dans la valise que j'ai oubliée à mon ancien appartement. Celui-ci a l'air d'appartenir à un autre diseur d'ombres. La première moitié est déjà remplie de dessins de cartes. Du moins, je suppose qu'il s'agit de cartes. Vu que je suis incapable de les déchiffrer, je n'ai aucune idée de ce que signifient ces lignes et ces gribouillis. Seul celui qui les a tracés le saurait.

— À qui ça appartient ? je demande, mais j'ai ma réponse en tournant la page.

Je me retrouve nez à nez avec Kelia. Contrairement à moi, Naito sait vraiment dessiner. Il a donné à sa compagne fae une apparence délicate. Ses longs cheveux détachés ont été ombrés avec la tranche d'un crayon à papier, et son regard est doux et envoûtant. D'une manière ou d'une autre, il est parvenu à saisir le mystère qui la caractérisait.

Je ferme le carnet de croquis et le rends à Lorn.

— Ça me met mal à l'aise de m'en servir.

— Tu pourras arracher les pages que tu utiliseras, dit-il. Ensuite, je veux que tu le rendes à Naito.

— Tu peux le lui rendre toi-même.

Il s'obstine à ne pas me le reprendre.

— Je t'ai bien signalé que j'avais été banni du palais, non ?

— Lorn…

Je laisse ma phrase en suspens, triturant la couverture usée du carnet de croquis. Naito apprécierait peut-être de le récupérer. C'est même plutôt gentil de la part de Lorn.

— Ça ne le dérangera pas, dit Lorn en se levant.

Il tire sur ses manchettes pour lisser le tissu à peine froissé, puis met la main dans sa poche et me tend une pierre d'ancrage. Elle est lisse et couleur de quartz blanc.

— Où va-t-elle nous emmener ? je demande.

La pierre est chaude, signe qu'elle a été marquée d'un lieu.

— Tu as peur que je t'abandonne dans le Royaume à des kilomètres d'un portail ?

— C'est à peu près ça, oui.

Je ne me sens pas d'attaque pour marcher de nouveau pendant six heures dans une forêt, et nous serons vendredi demain. Je dois à tout prix avoir apporté mon permis de conduire et ma carte de Sécurité sociale à Jenkins d'ici là.

— Par chance pour toi, la ville où nous nous rendons est bien équipée d'un portail.

Il plonge la main dans le ruisseau. L'eau coule entre ses doigts puis forme une bande de lumière blanche. Il me tend son autre main.

— Où, Lorn ?

Je ne m'engagerai pas dans l'Entre-Deux avant de le savoir.

— Nashville, répond-il enfin.

— Tennessee ?

Il penche la tête de côté.

— Je suis quoi ?

— Laisse tomber, je marmonne.

Puisqu'il y a un portail à Nashville, je suppose que c'est là que nous allons.

Quand je prends la main de Lorn, il ajoute :

— Je m'excuse d'avance.

Je me raidis, mais il m'entraîne dans la fissure avant que j'aie pu me rétracter. L'air froid me heurte de plein fouet et gèle l'air dans mes poumons. Ça n'a rien d'inhabituel, mais on ne peut pas en dire autant de la vive douleur qui m'étreint la poitrine et ne disparaît que lorsque je trébuche hors de la fissure et m'effondre au sol.

Lorn est à genoux à côté de moi. Des éclats de chaos étincellent frénétiquement sur sa mâchoire crispée. Il a autant de mal à respirer que moi, et je comprends que c'est en réalité pour ça qu'il n'a pas ramené Sosch dans le Royaume. Se servir de sa magie l'épuise. S'il avait fait l'aller et retour entre son monde et le mien, il ne lui serait peut-être pas resté assez d'énergie pour m'accompagner dans l'Entre-Deux.

Et si j'avais su qu'il était affaibli à ce point, je n'aurais peut-être pas accepté de venir. La plupart du temps, emprunter une fissure ne m'ébranle pas comme ça. Tant que celui qui m'escorte n'est pas trop fatigué ou blessé, sa magie lui permet d'encaisser le choc de la traversée. La magie de Lorn ne nous a protégés ni l'un ni l'autre.

Je ferme les yeux et tousse, puis me hisse sur mes jambes. J'ai le tournis, et je ne remarque l'humain qui se tient à quelques pas de moi que lorsque les taches noires qui dansent devant mes yeux se dissipent.

— Est-ce que vous… vous étiez… (Il regarde mon genou. Mon genou qui saigne. Mon jean est déchiré.) Ça va ?

L'homme a des clés de voiture dans une main, et un sachet en papier kraft qui a l'air de contenir une bouteille d'alcool dans l'autre. Il a sans doute un peu plus de trente-cinq ans ; un père de famille, et à en juger d'après sa chemise en coton blanc rentrée dans son pantalon de costume noir, ce doit être un homme d'affaires.

Et de toute évidence, il m'a vue surgir de nulle part.

— C'est bon, dis-je sur un ton aussi léger que mon estomac retourné m'y autorise. Je dois juste faire attention où je marche. J'ai trébuché toute seule.

Je m'éloigne avant qu'il puisse ajouter quoi que ce soit. Je n'ai pas l'intention de lui laisser le temps de me poser la question qui lui brûle les lèvres. S'il est comme les rares autres humains qui m'ont vue surgir de nulle part ces dernières années, il doutera de ce qu'il a vu. Il doit probablement être en train de secouer la tête et de se dire qu'il a besoin de dormir, ou de lunettes.

— Tu aurais pu me prévenir, je siffle lorsque Lorn me rattrape.

Nous sommes à l'arrière de ce qui ressemble à un centre commercial. En scrutant les alentours, je me fais la réflexion que cet humain a peut-être été la seule personne à m'avoir vue. Les voitures qui circulent sur la route à notre gauche sont sans doute passées trop vite pour que leurs conducteurs remarquent la fille qui s'est effondrée dans le parking.

— Il me semble bien t'avoir prévenue, ma chère, dit Lorn.

Je crois qu'il essaie de garder un ton léger, mais il n'y parvient pas.

— Tu aurais pu être plus précis. (Je me sens encore déstabilisée, mais au moins mon malaise se dissipe et ma poitrine n'est plus aussi comprimée.) Et c'est ça que tu appelles un lieu sûr pour ouvrir une fissure ?

— Mis à part la boutique, c'est le seul endroit que j'avais mémorisé, dit-il. (Puis il allonge le pas.) Dépêche-toi maintenant, s'il te plaît. Nous avons peut-être déjà manqué notre chance aujourd'hui à cause de tes hésitations.

Voyant une humaine s'avancer dans notre direction, je ravale ma repartie et suis Lorn qui fait le tour de la rangée de boutiques. Quand nous nous retrouvons face aux devantures, il m'indique le magasin qui fait l'angle. La pancarte au-dessus de la porte est simple : blanche, avec les mots *Un Goût d'Éther* écrits en lettres cursives sophistiquées. Le soleil qui se reflète sur la vitrine de la boutique m'empêche de bien voir à l'intérieur. Tout ce que j'arrive à discerner, ce sont quelques boîtes en bois.

— C'est un caviste ? je demande, songeant que ce sont peut-être des bouteilles qu'on a disposées sur ces boîtes.

Lorn hoche la tête.

— Une humaine nommée Sara travaille ici. Ne lui révèle pas qui tu es. Ça la mettrait hors d'elle.

— Elle est au courant pour les faes ? je demande, surprise.

— Elle a le don de double vue.

— Vraiment ?

Je scrute de nouveau la vitrine pour tenter de voir à l'intérieur. Je sais qui sont les cinq autres humains qui travaillent avec les rebelles. Aucun d'eux ne s'appelle Sara. Aurait-elle été au service d'Atroth ? Je n'ai connu que quelques-uns de ses humains. Peut-être travaille-t-elle pour les survivants à présent, ou bien…

— Ne te monte pas la tête, dit Lorn en me jetant un coup d'œil. C'est aussi pour cette raison que je ne passe pas par Lena. Sara n'est pas une espèce de brebis égarée qui attend qu'on la recrute. Elle est à moi.

Je détecte l'avertissement dans sa voix. C'est totalement superflu de sa part. Si cette femme n'aide pas les survivants, je n'ai aucune intention de l'entraîner dans cette guerre. J'aurais apprécié qu'on ne m'y entraîne pas, moi. Je n'ai aucune envie d'être mêlée aux morts et à la violence, mais je suis impliquée depuis trop longtemps pour pouvoir jeter l'éponge. Il y a trop de gens qui comptent pour moi à présent, et trop d'erreurs que je dois réparer.

— Une humaine douée de double vue qui travaille chez un caviste ? je demande à Lorn.

Jamais le roi Atroth n'aurait permis une chose pareille ; il y aurait vu un gaspillage de son talent.

— Le profit, ma chère, répond-il sur un ton plus léger. Les nobles sont friands de luxe, et ton monde produit du raisin délicieux. J'ai essayé d'implanter des vignes dans mes fermes, mais notre terre n'a pas le potentiel et le caractère de la vôtre.

Je lui jette un regard en biais.

— Tu as des fermes ?

— De vastes étendues de terre fertile propices à la culture et à l'élevage ? Oui. J'en ai plusieurs.

J'essaie de me représenter Lorn en fermier, sans succès.

— Qu'est-ce que tu cultives ? je demande.

— Des vaches.

— Des vaches ?

— Toutes plutôt illégales, à vrai dire.

— Tu as des vaches illégales ?

— Oui, dit-il avec un sourire satisfait. Et le Royaume n'a pas encore implosé.

À l'évidence, Lorn ne craint pas de nuire à la magie du Royaume. Ce sont essentiellement les hauts nobles et les faes les plus conservateurs qui veulent tenir la culture et les biens humains à l'écart de leur monde. Le roi Atroth les a apaisés en ordonnant à ses hommes d'arrêter les marchands surpris avec des produits humains ou des pierres d'ancrage marquées de lieux situés sur Terre. La seule exception, bien entendu, concernait ses propres soldats chargés d'escorter les humains doués de double vue à travers l'Entre-Deux. Mais j'imagine que ça ne devrait pas m'étonner que Lorn ne respecte pas les règles.

— Lena lèvera peut-être l'interdiction sur les marchandises humaines hors technologie, dis-je.

— J'espère bien que non. (Lorn me jette un regard exagérément horrifié.) Le vin et les vaches perdraient au moins la moitié de leur valeur.

Parfois, je me dis que Lorn est un fae honnête, au moins en partie. Le reste du temps, je suis d'avis qu'il est aussi égoïste qu'il en a l'air.

Lorn tapote du doigt le carnet de croquis que j'ai coincé sous mon bras.

— Veille à ce que ta carte des ombres d'Aylen soit précise. J'apparaîtrai dans la boutique dès qu'elle sera partie.

— Je veux d'abord savoir où est Paige.

— Je m'en doute, dit-il. Mais ce n'est pas comme ça que je fonctionne. Je te donnerai son emplacement une fois que tu auras lu les ombres.

Je croise les bras.

— Rien ne me dit que tu le connais réellement.

— Quel manque de confiance, dit-il avec un petit « tss-tss » désapprobateur. Je tiens toujours parole.

Je soupire. Il a intérêt à savoir où elle est.

— Quand est-ce que la fae va arriver ?

— Aucune idée. Ça pourrait être dans dix minutes comme dans quelques heures.

— Et je suis censée poireauter ici en attendant ?

— Oui.

Je lève les yeux au ciel.

— Qu'est-ce que je dirai au juste à Sara quand elle me demandera ce que je fais là ?

Lorn sourit.

— Tu trouveras bien une idée.

Chapitre 9

Une clochette tinte au-dessus de la porte quand j'entre. Sara est plus jeune que moi, la vingtaine sans doute, et elle porte un pantalon noir et un haut bordeaux aux manches volantées. Elle a la peau sombre et crémeuse d'une Noire américaine, avec un peu d'autre chose peut-être ? Les bouteilles de vin rouge sont soigneusement alignées sur l'étagère devant elle, mais elle prend tout de même le temps de les réarranger, veillant à ce que chaque étiquette soit visible, avant de se tourner vers moi.

— Je peux vous… aider ?

Son ton change radicalement dès qu'elle remarque mon tee-shirt et mon jean déchiré, et à peu près au même moment je me rends compte qu'il ne s'agit pas d'un quelconque petit caviste.

Je jurerais qu'il n'y a pas un seul grain de poussière sur les bouteilles de vin. Chaque présentoir a été arrangé avec un soin méticuleux. Il y a beaucoup d'espace vide, et plus d'une bouteille a sa propre petite table au milieu de la pièce. L'effet aurait été le même s'il y avait eu des projecteurs. Elles sont disposées dans de petites boîtes en bois et calées sur un lit de confettis en papier noir. Je ne vois de prix affichés nulle part dans le magasin. C'est le signe évident que ces trucs ne sont pas dans mes moyens.

Qu'est-ce que je vais bien pouvoir lui raconter ? J'examine le magasin pour trouver l'inspiration.

— Je me suis disputée avec mon petit ami, dis-je.

C'est la seule chose qui me vienne à l'esprit pour expliquer mon jean troué et le sang séché sur mon genou.

— Ça vous embête si je reste ici un moment ? Juste pour être sûre qu'il est parti ?

Elle croise les bras, appuyée sur une jambe.

— Je suppose que c'est ton ex-petit ami ?

— Ça le sera bientôt, ouais. Pas de doute là-dessus.

Elle adopte une posture beaucoup plus décontractée.

— Dans ce cas, ma belle, tu peux rester ici aussi longtemps que tu veux.

— Merci.

Je fais mine de regarder dehors pour chercher des yeux le sale con qui m'a arraché la peau du genou. Au bout de quelques minutes, je vois le reflet de Sara qui se rapproche derrière moi.

— Tiens, dit-elle en m'offrant un verre de vin rouge. Tu as l'air d'avoir besoin de te détendre.

C'est rien de le dire.

Elle regarde dehors.

— Il est dans le coin ?

— Je crois avoir vu passer son 4 × 4 il y a une seconde.

— J'appelle les flics ?

— Non. (Je tousse.) Non, ça va. Je suis sûre qu'il va bientôt s'en aller.

Avant qu'elle me pose d'autres questions au sujet de mon petit ami imaginaire, je demande :

— Cet endroit est à toi ?

Elle boit une gorgée de son vin, puis secoue la tête.

— Pas encore.

La clochette tinte au-dessus de la porte, et un homme entre. Au regard interrogateur que Sara me lance, je secoue la tête. Ce n'est pas l'ex.

Elle l'aide à choisir le vin parfait pour son anniversaire de mariage. Un autre client lui succède, qu'elle aide aussi. Pendant qu'elle travaille, je sirote mon vin. Une demi-heure s'écoule. J'ai l'impression que Sara commence à perdre patience, mais juste au moment où je la sens prête à me jeter dehors, ma peau se met à me picoter.

Il est évident que Sara a le don de double vue. Elle se raidit quand la fissure déchire le vide. La femme qui en surgit mesure à peu près ma taille, ce qui est petit pour une fae. Elle ne porte pas d'armure en *jaedric*, juste une tunique turquoise et un pantalon noir moulant. Les jambes de son pantalon sont rentrées dans des bottes noires brodées de demi-cercles dorés et de diamants. Le motif renvoie à celui du fourreau de l'épée qu'elle porte à la hanche gauche. Je suis étonnée de voir une amulette dans ses cheveux. Les pierres ne me disent rien, hélas. J'aurais pu sinon déterminer d'où vient leur propriétaire, mais je ne crois pas les avoir déjà vues. Il y en a des rouges de deux nuances différentes, intercalées avec des pierres noires plus petites qui pourraient être de l'onyx.

Les doigts de ma main droite me démangent. J'ai envie d'esquisser les ombres, mais elles ne me révèlent jamais que le lieu où un fae est ressorti – pas celui d'où il vient – et puisque je sais déjà où nous sommes, je n'ai aucune raison de tracer leurs courbes et leurs angles. Sans compter que je n'ai pas envie qu'on me surprenne à regarder quelque chose que je ne suis pas censée voir. Je termine mon verre d'un coup pour détourner mon attention des ombres et réprime une grimace quand le vin me pique le nez.

— Fini ? me demande Sara sur un ton qui me fait clairement comprendre qu'elle veut que je m'en aille.

Je compatis. Je déteste essayer de communiquer avec des faes quand je suis entourée d'humains qui n'ont pas le don de double vue.

Je lui rends le verre vide.

— Je crois que mon ex est parti, mais est-ce que je pourrais passer aux toilettes ?

Elle pince les lèvres. J'ai le sentiment que je vais devoir inventer une autre excuse pour rester, mais elle finit par acquiescer et m'indique une porte au fond.

— Merci, dis-je.

Les toilettes sont à gauche de la réserve. J'ouvre et referme la porte sans aller à l'intérieur, veillant à la claquer assez fort pour que Sara l'entende, puis je reviens sur la pointe des pieds à l'entrée de la réserve et tends l'oreille. Ça ne m'importe pas vraiment d'entendre leur conversation, pourvu que j'arrive à voir les ombres d'Aylen quand elle ouvrira une fissure.

— Vite, dit Sara. Avant qu'elle revienne.

Je me penche dans l'embrasure de la porte et vois Aylen ouvrir et vider une bourse à cordons. Des objets dorés s'en échappent. Des colliers. Des bracelets fins. Quelques anneaux. Si Sara conclut souvent ce genre d'affaires avec les faes, elle doit gagner une fortune.

— C'est derrière le comptoir, dit Sara.

Aylen hoche la tête. Elle ouvre une fissure lorsqu'elle passe derrière la caisse, mais ce n'est qu'au moment où elle se baisse pour prendre une caisse de six bouteilles que je me rends compte que mon plan ne va pas marcher. La moitié de ses ombres vont être masquées par le comptoir quand elle s'engagera dans sa fissure.

Mon carnet de croquis est déjà ouvert. Le temps que la fae disparaisse, j'ai traversé la moitié de la boutique. Comme Sara me tourne le dos, je cède au besoin pressant de griffonner ce que j'ai sous les yeux. Une masse noire teintée de nuances grises s'estompe peu à peu dans la partie supérieure de ma vision. Aylen s'est rendue dans une ville côtière. J'ai dessiné les vagues en haut de la page, ce qui signifie qu'elle se trouve au sud d'une étendue d'eau.

Je passe à la page suivante et trace une colonne irrégulière sur la moitié gauche de la feuille. Elle est allée dans la province de Criskan. C'est une ville que jouxtent des montagnes à l'ouest et l'océan Daric au nord. Elle s'appelle…

Je fronce les sourcils et tente de reconstituer ma carte mentale du Royaume. Je n'ai pas mémorisé le nom de tous les lieux, mais il s'agit d'une ville portuaire majeure, densément peuplée et donnant sur une plage magnifique. Je devrais la connaître.

Je ferme les yeux. Il va falloir que le nom de cette fichue ville me revienne si je veux que Lorn me dise où se trouve Paige. Comment c'est, déjà ?

— Tu n'as pas tiré la chasse.

J'ouvre brusquement les yeux. Sara se tient juste devant moi.

— Quoi ?

— Les toilettes, dit-elle. Ça fait un boucan d'enfer quand on tire la chasse d'eau. Tu ne l'as pas tirée.

— Oh. Euh… (Je jette un coup d'œil en direction de la réserve ouverte.) Désolée, je vais…

Son regard se pose sur le carnet de croquis que j'ai à la main. Ma carte n'est qu'un fouillis de lignes sinueuses et d'arbres tordus, mais à l'évidence elle sait exactement de quoi il s'agit. Elle scrute tour à tour mon dessin, moi, l'emplacement où la fae a disparu, puis de nouveau mon dessin.

— Bordel, dit-elle. Tu es qui au juste ?

Et merde. Je suis démasquée. Autant être polie.

— Je suis McKenzie, dis-je en m'avançant pour lui serrer la main.

Elle ne me tend pas la sienne.

— Qui t'envoie ? demande-t-elle.

Ça tombe bien, une fissure s'ouvre à ma gauche.

— Lorn, crache Sara quand il sort de la lumière. C'est toi qui l'as amenée ici ?

— Elle ne t'est pas tombée dessus par hasard, dit-il en s'intéressant à la carte au lieu de la regarder. Où est-ce ?

Bonne question. Je n'arrive toujours pas à me rappeler le nom de la ville.

— C'est dans la région nord des montagnes Jythia, dis-je. La grande ville sur la côte ?

Il me jette un coup d'œil, puis examine de nouveau la carte.

— C'est Eksan, ça ?

Ah, voilà.

— Ouais. C'est là-bas qu'elle est allée.

Lorn hausse un sourcil et attend. Il a sans doute mémorisé au moins un endroit à Eksan, mais il a besoin que je prononce le nom de la ville à voix haute s'il veut avoir une chance de ressortir à proximité de la fissure d'Aylen, et je n'ai pas l'intention de m'exécuter. Pas encore.

— Mes clients me font confiance, Lorn, intervient Sara. Ils ne s'attendent pas à être harcelés par leurs concurrents.

Lorn se met à rire.

— Aylen est loin de me concurrencer. (Il se tourne vers moi.) Et maintenant, dis le nom de la ville.

— Non, dit Sara, poings sur les hanches. Mes affaires ne te regardent pas.

— Personne ne saura que je l'ai traquée d'ici. La ville, McKenzie.

— Dis-moi d'abord où est Paige.

Il pince les lèvres.

— Tu m'as donné ta parole, je lui signale. Et tu tiens toujours parole.

— J'ai promis de te donner son emplacement, dit-il. Et je le ferai. Dès que j'aurai découvert l'emplacement en question.

Il ne sait rien. Bon sang.

Sara soupire, l'air de dire que j'aurais dû m'en douter. Je m'en suis doutée. J'ai tenté ma chance en venant ici, et ça n'a pas payé, mais je serais prête à recommencer. Parce que je le dois à Paige.

— Notre accord ne tient plus, dis-je à Lorn.

— Il tient toujours, dit-il sur un ton d'avertissement. Tu as dix secondes. Si tu ne nommes pas cette ville, je t'abandonne ici et ton *kimki* à Las Vegas, et tu ne retrouveras jamais ton amie.

— Tu n'es pas mon seul recours, dis-je.

— Si je ne veux pas que tu la trouves, tu ne la trouveras pas. Cinq secondes.

Je serre les dents. J'ignore s'il a les moyens de mettre sa menace à exécution, mais ce qui est sûr, c'est que je n'ai pas envie de me le mettre à dos.

— Tu jures que tu vas essayer de la trouver ?

— Oui.

Une autre seconde s'écoule. Je lâche un juron, puis cède enfin.

— Eksan.

Lorn m'adresse un bref hochement de tête en tirant sur ses manchettes.

— Je ferai savoir aux rebelles où te trouver. Bonne journée, mesdames.

Des ombres emplissent l'espace qu'il occupait. Je ferme les yeux jusqu'à ce que se dissipe mon besoin pressant de les dessiner. Quand je les rouvre, je parviens à me focaliser sur Sara.

Elle me fusille du regard à travers les ombres qui se tordent.

— Fiche le camp de ma boutique.

Chapitre 10

Vu que je ne me fie pas assez à Lorn pour attendre qu'il envoie un fae me chercher, je demande à un passant si je peux lui emprunter son portable. Manque de chance, Shane n'est pas à l'hôtel quand j'appelle. Je lui laisse un message pour lui dire où je me trouve, mais je ne sais pas s'il remarquera la minuscule lumière rouge sur le téléphone de la suite quand il rentrera.

Au moins, Lorn a choisi de m'abandonner dans mon monde plutôt que dans le Royaume. Je me fonds dans la masse ici et j'aurais pu réserver un vol pour Las Vegas si mon compte en banque n'était pas à sec. Dans le pire des cas, je pourrais toujours demander une autorisation de découvert. Mais je ne devrais pas avoir à en arriver là. Si Lorn manque à sa parole, je resterai devant la boutique de Sara jusqu'à ce qu'un autre fae se manifeste. Je parviendrai peut-être à convaincre ce dernier de m'emmener à Corrist avec la promesse qu'il sera grassement payé en échange.

Je décide donc de passer le reste de l'après-midi dans le café situé deux boutiques plus loin. Il y a des tables en terrasse, et j'ai juste assez de monnaie sur moi pour commander une tasse de café. Je comprends vite mon erreur ; ça me rend nerveuse. Je n'ai pas progressé d'un pouce dans mes recherches, et mon inquiétude au sujet de Paige et de ce qui est en train de se passer au palais augmente de minute en minute.

Une heure s'écoule, puis deux. En feuilletant le carnet de croquis de Naito, je découvre deux autres dessins de Kelia, dont l'un dans le coin d'une page déjà occupée par une lecture d'ombres. Naito dessine dix fois mieux que moi, mais ses cartes ressemblent autant à des gribouillis d'enfants que les miennes. Je serais curieuse de savoir où mène celle-ci – à en juger d'après le cadre baroque qui décore tout le tour de la page, ce doit être un endroit important –, mais les diseurs d'ombres ne peuvent déchiffrer que leurs propres cartes.

Kelia me manque. Ça me fait bizarre de l'admettre. Je ne l'ai connue que quelques semaines, mais nous étions presque des amies. J'ai le sentiment qu'elle a été sincère avec moi et qu'on s'entendrait bien si elle était encore en vie. J'aurais pu lui poser des questions sur Aren. Il me manque, et je ne sais pas si j'ai eu raison de m'engager avec lui. Je ne le connais pas mieux qu'il y a deux semaines. Si on veut que ça marche entre nous, il faut qu'on passe du temps ensemble, autrement qu'en essayant de survivre ou en traquant des gens. Ce n'est pas la première fois que je me demande si c'est une mauvaise idée de me lancer dans une relation maintenant.

Sara ferme la boutique. Alors que j'envisage de la suivre, j'aperçois du coin de l'œil une étincelle de lumière bleue qui retient mon attention. C'est Trev. La dernière fois que je l'ai vu, c'était hier à mon appartement. Il avait une vilaine blessure à la jambe et perdait du sang. Aren ou Lena a dû le guérir, car il ne boite même plus à présent.

Il ne me remarque pas jusqu'à ce que je referme le carnet de Naito et me lève. Je le vois m'inspecter de la tête aux pieds.

— Tu n'es pas blessée ?

Comme un couple est assis à l'une des tables, je me contente de secouer la tête et de coincer le carnet de croquis sous un bras, puis je me mets à marcher.

— Comment m'as-tu trouvée ? je demande une fois que nous sommes assez loin.

— Le *kimki*, dit Trev. Il est arrivé au palais avec une pierre d'ancrage et ton nom attachés autour du cou.

Apparemment, Lorn a tenu une partie de sa promesse. Peut-être l'honorera-t-il jusqu'au bout en retrouvant Paige.

Trev presse le pas. C'est tout juste si j'arrive à le suivre. Ça m'agace – il sait que les humains sont plus lents que les faes –, mais je ne me plains pas. Trev ne me porte pas dans son cœur. Il me tolère quand c'est nécessaire, mais il ne m'a jamais franchement appréciée. J'ai aidé le roi à traquer ses amis et sa famille. Comme la plupart des rebelles, il a des raisons de m'en vouloir. Ce n'est pas parce que j'ai rejoint leur camp que ces raisons se sont évaporées.

Même si j'ai mal aux pieds, je trottine pour le rattraper quand il me distance trop.

— Ça vaut ce que ça vaut, mais je suis désolée.

Il m'accorde un coup d'œil d'une demi-seconde.

— Lena m'a soigné.

Je fronce les sourcils, puis comprends qu'il parle de l'attaque des survivants à mon ancien appartement. Il s'est presque vidé de son sang à cause de moi.

— Non, pas pour ça, dis-je avant de grimacer. Enfin si, pour ça aussi. Mais je suis désolée pour ce qu'il y a eu avant notre rencontre. Je n'étais pas au courant de tout ce qui se passait.

— C'est pardonné, bien sûr, dit-il.

Avec son accent, j'ai du mal à percevoir le sarcasme dans le ton de sa voix, mais je suis certaine qu'il est là.

Je n'accélère pas pour le rattraper cette fois. S'il ne se décide pas à ralentir, je le retrouverai au portail. Je sais que c'est là-bas que nous allons. Je n'étais jamais venue à Nashville, mais j'ai vu les cartes d'Atroth des États-Unis, et même si je n'ai pas mémorisé tous les portails répertoriés du pays – il y en a beaucoup trop pour tenir le compte –, je me rappelle qu'il y en a un sur le lac à l'est de la ville. Je suis presque sûre que l'autoroute qui se profile devant nous passe à l'ouest.

Nous mettons encore vingt minutes à atteindre une petite crique boisée sur la rive du lac. Trev plonge la main dans l'eau sans mot dire. Une fois que la fissure s'est ouverte dans un grondement, il fouille dans une bourse à cordons attachée à sa ceinture et en sort une pierre d'ancrage. Des éclats de chaos étincellent sur sa main lorsqu'il lui imprime une marque. Il me la donne, puis me tend le bras.

C'est embarrassant de toucher un fae qui vous déteste, mais je serre son avant-bras et me prépare à affronter l'Entre-Deux. Un air froid et sec m'enveloppe et me compresse pendant un temps qui me semble infini, puis il nous recrache. Mon corps raide et endolori me fait payer d'avoir entrepris une nouvelle traversée sans l'avoir laissé se remettre de la fissure infernale de Lorn. Un voile blanc trouble ma vue, le monde bascule, et je suis obligée de m'accrocher à Trev pour ne pas m'effondrer.

Je suis toujours gelée. Je ne comprends pourquoi que lorsque je lâche le bras de Trev et parviens à fixer mon regard sur ce qui m'entoure. Je m'attendais à être dans le Royaume, mais pas ailleurs qu'à Corrist. Il fait nuit ici ; les rues sont blanches de neige, troublée seulement par les cercles de lumière bleue que jettent les orbes magiques des réverbères. De longues et fines stalactites pendent des toits de la rangée d'habitations qui bordent la rue. Ce sont des maisons de plain-pied, mais vu la distance qui sépare leurs portes d'entrée, elles doivent être spacieuses. Nous sommes dans un quartier huppé de la ville, et entre les toits incurvés et le stuc bleu pâle des murs, l'architecture m'est familière. J'ai l'impression d'être déjà venue ici.

Un sentiment de malaise et d'anxiété me prend au ventre.

— Où sommes-nous ?

Je m'écarte de Trev d'un pas et me focalise sur les ombres de notre fissure dissoute. J'ai laissé tomber le carnet de Naito quand nous sommes sortis de l'Entre-Deux. Le cœur battant, je me penche pour le ramasser sur le sol enneigé. Je ne suis pas certaine de pouvoir me fier à Trev.

— Nous sommes à Rhigh, dit-il.

Le carnet de croquis m'échappe. Une bourrasque l'ouvre et fait tourner ses pages le temps que je me reprenne. Je le referme et époussette la neige qui s'accroche à la couverture comme du talc. Si cet endroit m'est familier, c'est bien parce que je suis déjà venue. Avec Thrain.

Je serre le carnet de croquis contre ma poitrine, comme s'il pouvait me réchauffer. Il faisait froid aussi il y a dix ans, mais je portais un haut à manches longues et une veste quand Thrain m'a enlevée, pas un tee-shirt léger à manches courtes. Sauf qu'au bout de trois jours passés dans ce climat, l'épaisseur supplémentaire n'y changeait plus rien. Thrain ne chauffait pas la maison dans laquelle il m'avait enfermée. Je serais morte de froid si Kyol ne m'avait pas trouvée.

Trev se met à marcher vers un immeuble à l'architecture chargée. La demeure d'un haut noble, peut-être ? Le portail de Rhigh est dans l'autre direction.

— Trev, je lance.

Soit il ne s'est pas aperçu de ma réaction en arrivant ici, soit il s'en moque. Je pencherais plutôt pour la seconde option. Il n'a pas cherché à savoir ce que je faisais à Nashville, ni qui m'y avait emmenée.

Ça ne me plaît pas d'être dans cette rue avec lui ; n'importe qui pourrait être en train de nous épier d'une fenêtre. Je lui empoigne le bras et l'entraîne dans une allée étroite. S'il n'avait pas eu envie de me suivre, il n'aurait pas bougé, mais il ne se dégage pas avant que nous ayons quitté la rue principale.

— Pourquoi ne sommes-nous pas à Corrist ? j'exige de savoir.

— Lena te veut ici, me rétorque-t-il.

C'est tout. Il ne développe pas.

Si nous n'étions pas à Rhigh et que je n'avais pas besoin d'un fae pour repartir d'ici, je tournerais les talons et m'en irais. Mis à part Kyol et quelques autres, c'était comme ça que me traitaient les faes de la Cour. Ils étaient en règle générale plus prévenants que Trev – jamais ils ne m'auraient amenée ici sans une cape –, mais toujours avares d'explications. Quand j'étais adolescente, je n'avais pas assez confiance en moi pour exiger qu'ils m'en disent plus, et par la suite j'ai pris la mauvaise habitude de m'exécuter sans savoir pour quelle raison. Je ne tolérerai pas le même comportement de la part des rebelles.

— Pourquoi me veut-elle ici, Trev ?

— Parce que j'ai demandé un diseur d'ombres, me répond la voix d'Aren à ma gauche.

À sa vue, je sens un picotement me traverser le corps. Il n'était pas sur la rue principale tout à l'heure, mais il a dû me voir me glisser entre ces bâtiments avec Trev. Et il doit venir de l'extérieur, car avec le vent ses cheveux sont encore plus ébouriffés que d'habitude. Il n'a pas l'air d'un clochard ou d'un *tor'um* négligé pour autant ; au contraire, il est séduisant. Je ne sais pas comment il se débrouille. Peut-être est-ce dû à l'armure qui moule son torse, ses bras et ses jambes, à moins que ce ne soit sa façon de me couver de ses yeux argentés. Ce qui est sûr, c'est que ça le rend follement attirant.

Il baisse soudain les yeux pour suivre la trajectoire d'un éclat de chaos dans mon cou, je suppose, puis fronce les sourcils en voyant le trou dans mon jean. À cause de ma chute dans le parking de Nashville, j'ai le genou éraflé et endolori, mais ce n'est rien à côté du bleu que Shane m'a fait à la cuisse en me percutant avec sa voiture. Et ce n'est pas grave au point de nécessiter des soins. Aren doit bien en avoir conscience, mais il se rapproche de moi comme si j'étais à l'article de la mort.

— *Sidhe, Trev. Elle ne peut pas se réchauffer*, dit-il en posant les mains sur mes épaules.

Ses mains chaudes. Je me rapproche, inspire son odeur de cèdre et de cannelle, puis frissonne quand il m'envoie des étincelles. Je suis sûre qu'il sent les éclairs aussi, mais il continue à fusiller Trev du regard.

— *Tu veux qu'elle tombe malade ?*

— *J'ai oublié…*

— *Qu'elle est humaine ?* l'interrompt Aren.

Alors que Trev allait répondre, il ravale ses paroles et se concentre sur quelque chose derrière Aren et moi.

— *Seigneur Hison*, dit-il alors en inclinant légèrement la tête.

Le seigneur Hison, aîné de Dice et haut noble de la province de Jutur, ne se tient qu'à quelques mètres de nous. Sa cape bleu nuit est brodée de feuilles d'or. D'apparence chaude et lourde, elle offre un contraste saisissant avec ses yeux argentés, froids et si clairs qu'ils paraissent presque blancs. Je songe que c'est parce que la neige s'y reflète.

Aren se raidit. Il s'écarte un peu de moi, et je le sens lutter intérieurement. Il n'a pas envie de garder ses distances, mais comme pour le seigneur Kaeth, il nous faut le vote de Hison si Lena veut accéder au trône. J'ai déjà rencontré ce haut noble plusieurs fois. C'est à peine s'il tolère la présence des humains dans le Royaume. Il est clair qu'il ne verrait pas d'un bon œil ma relation avec Aren.

Je prends la décision pour Aren en m'éloignant d'un bon pas. Une brève grimace passe sur son visage, puis la tension quitte son corps et il se retourne.

— *Seigneur Hison*, dit-il. *Je ne m'attendais pas à ce que vous me suiviez.*

Hison se focalise sur moi. En temps normal, j'aurais évité son regard, mais pas cette fois. Je suis venue dans son monde pour tenter de mettre fin à une guerre qui a fait couler beaucoup de sang ces dernières années. Je l'aide, lui et son peuple. Il va devoir se résigner à ma présence ici.

— *Sois prudent avec ça*, dit Hison sans me quitter des yeux. *Le bruit court qu'elle a séduit Taltrayn. Elle pourrait essayer de recommencer avec toi. Atroth aurait dû se débarrasser d'elle il y a des années.*

Si je ne réagis pas, c'est uniquement parce qu'il ignore que je comprends le fae, et que je n'ai pas l'intention que ça change.

— *Elle est ensorcelante, n'est-ce pas ?* demande Aren avec calme. *Je vous déconseille de la toucher.*

Son ton est léger mais tranchant à la fois.

Hison se raidit.

— *La* nalkin-shom *doit se mettre à l'abri*, poursuit Aren avant que le haut noble ne décide que ses paroles l'ont offensé. *Les humains craignent les éléments.*

Les faes aussi, dans une certaine mesure – ils ne peuvent pas se servir indéfiniment de leur magie pour se réchauffer –, mais je ne me plains pas. J'avais deux fois plus froid avant qu'Aren me touche.

— *Envoie ton homme chercher une cape*, dit Hison. *Elle survivra jusqu'à son retour. Nous allons continuer à marcher.*

Aren étrécit les yeux de façon à peine perceptible, mais Hison repart déjà.

— Je reviens vite, marmonne Trev.

Puis il ouvre une fissure et disparaît.

J'ai si froid que l'attraction de ses ombres ne suffit pas à me tirer de mon engourdissement. Ce qu'Aren dit ensuite ne me laisse en revanche pas de marbre.

— Lena n'aurait pas dû t'envoyer ici.

Toutes les sensations agréables qui m'avaient envahie en le voyant arriver s'évanouissent.

— Je suis contente de te voir, moi aussi.

— Je n'ai…

— *Me suis-je mal fait comprendre ?* demande Hison en nous jetant un coup d'œil.

Aren prend une inspiration. Je me remets à marcher avant qu'il relâche son souffle, en partie dans l'espoir que je me réchaufferai en bougeant, mais aussi parce que je suis un peu vexée. Je me suis fait du souci pour lui. A-t-il été trop occupé pour s'inquiéter de mon sort ?

Je ne dois pas oublier qu'il a une guerre à mener. Il a des choses plus importantes en tête.

— Ça va ? demande-t-il en m'emboîtant le pas.

Il regarde mes bras nus.

— Ça va, dis-je.

Mon laconisme est volontaire, mais je n'avais pas eu l'intention de lui répondre sur un ton aussi sec. C'est la faute de ce temps. Mon visage commence à s'engourdir. Je vais vraiment finir par tomber malade si Trev ne revient pas bientôt. Je suis certaine qu'il est resté dans ce monde ; ça ne devrait pas lui prendre trop longtemps.

— Tu sais que ce n'est pas ce que je voulais dire, dit Aren à voix si basse que je me demande si le seigneur Hison comprend l'anglais.

Deux faes accompagnent le haut noble. Je crois que seule la femme est un garde. Elle est à droite de Hison, légèrement en retrait. Le fae de l'autre côté a une amulette tressée dans les cheveux. Il porte lui aussi une épée – comme tous les faes –, mais ne semble pas aussi prêt que la femme à s'en servir.

— Tu m'as manqué. J'ai eu envie de te voir, moi aussi, juste pas comme… (Il s'arrête et serre les dents, puis reprend.) Pas ici. Pas comme ça.

J'entendrais presque de la douleur dans sa voix. Je l'examine pour voir s'il est blessé. Il a l'air d'aller bien, mais il semble différent. Ce n'est pas le même Aren que celui qui me gardait prisonnière. Cet Aren-là était cavalier et rusé, toujours prêt à me décocher l'un de ses sourires en coin exaspérants. Cet Aren-ci est tendu. Stressé. J'ai envie de l'aider, mais je ne sais pas comment m'y prendre.

Ce n'est pas la première fois que je suis frappée de constater que je le connais très peu. J'ai été sa captive pendant deux semaines. Je suis son alliée depuis deux semaines et demie.

Son alliée. Notre relation se résume-t-elle à ça ? J'en ai parfois l'impression, même si j'aimerais représenter beaucoup plus pour lui.

— Cette province est instable depuis que nous avons assiégé le palais, dit Aren, les yeux rivés devant lui. Hison a décrété un couvre-feu pour éviter les débordements.

Un couvre-feu. Ça explique pourquoi les rues sont désertes.

— Ça ne marche pas, poursuit-il. Personne ne surveille le portail. Les marchands se battent pour savoir qui l'empruntera le premier, et pendant qu'ils ont le dos tourné, des faes leur volent leurs marchandises. Ils pillent aussi leurs échoppes. Hison devrait être en mesure de régler le problème, mais les gardes du portail étaient rémunérés par Atroth. En admettant qu'ils soient disposés à travailler pour Lena, nous n'avons pas de quoi les payer. Les hauts nobles refusent de nous envoyer les taxes des portails tant qu'ils n'ont pas élu Lena.

Je fronce les sourcils. Du moins, je crois que c'est ce que je fais. J'ai le visage tellement engourdi que j'ai du mal à en être sûre.

— Sethan s'opposait aux taxes sur les portails.

Aren me regarde.

— Non. (De nouveau, il baisse les yeux sur mes bras nus. Il semble agité.) Nous voulions des taxes équitables. Celles d'Atroth avaient pour but de lui permettre de rester au pouvoir. Il laissait les marchands des provinces qu'il a dissoutes voyager gratuitement afin qu'ils taisent leurs protestations. Il est nécessaire d'imposer une taxe sur les portails, mais nous n'avons pas assez d'hommes pour en envoyer les surveiller, et… Et je ne peux pas continuer à te regarder geler sur place comme ça.

Il m'enlace avant que j'aie eu le temps de réagir à sa dernière phrase. Je jette un coup d'œil à Hison. Il marche toujours, mais il pourrait se retourner à tout instant.

— Qu'il aille se faire foutre, dit Aren.

J'ai trop froid pour m'écarter. À la place, je soutiens le regard d'Aren.

— C'est de Naito que tu tiens cette expression ?

Il esquisse un sourire.

— De toi, à vrai dire.

L'anxiété qui me noue le ventre disparaît, remplacée par un picotement chaud.

Son sourire s'agrandit.

— Tu m'as vraiment manqué, *nalkin-shom*.

Il redevient grave lorsqu'il prend ma main dans la sienne.

— *Sidhe*, tu as les doigts glacés.

— Ouais.

Je regarde en arrière. L'endroit où Trev et moi sommes sortis est toujours visible. Je suppose que c'est là qu'il va réapparaître, mais il ne se montre toujours pas. C'est si long que ça d'aller chercher une fichue cape ?

Je me retourne vers Aren. Par-dessus son épaule, je vois Hison nous observer.

— Il faut qu'on continue à marcher, dis-je.

Aren grimace, mais nous nous tournons pour suivre le haut noble. Aren ne cesse de me toucher. Il me frictionne les bras, serre tour à tour ma main droite et ma gauche entre les siennes. Son contact m'aide. Les éclairs me perturbent – il me perturbe – au point que j'ai à la fois chaud et froid. Mon corps n'est plus engourdi. Je suis pleinement consciente de le désirer.

— Tu ne m'as pas dit ce que nous faisons ici.

Aren me frotte la paume du pouce.

— Hison a capturé un fae qui attisait les troubles. Il s'affiche ouvertement opposé à Lena, dénonce la corruption au sein du palais et la guerre. Nous pensons qu'il est proche du meneur des survivants. On va le laisser s'échapper. Il faut qu'on sache où il va se rendre.

Hison quitte la rue et s'engage dans un étroit passage entre deux immeubles en stuc. Lire les ombres devrait être simple. C'est le genre de tâche qu'on me confiait presque systématiquement quand je travaillais pour la Cour. Ça ne présente pas de danger. Quand tout se passe bien, la cible ne se doute même pas de ma présence.

Contrairement à ce qui s'est passé à Spier.

— Tu te fies à Hison ? je demande.

— Pas du tout, répond-il.

Puis il ajoute :

— Voilà Trev.

Trev devait savoir où nous allions, à moins qu'il ne nous ait vus prendre ce chemin. Il court vers nous à petites foulées, une cape blanche dans les bras. Ça explique peut-être pourquoi il a mis autant de temps. Le plus souvent, les capes des faes sont de couleur sombre, alternant entre le bleu foncé et diverses nuances de gris et de noir. Celle-ci m'aidera à me fondre dans le paysage enneigé.

Aren la lui prend. Il passe deux fois les mains dessus avant de la déplier et de la poser sur mes épaules.

Je manque de laisser échapper un gémissement. J'ai l'impression de m'emmitoufler dans une couverture à peine sortie du sèche-linge.

— Seigneur, je t'aime… tu es magique.

Merde. Je me suis emballée. Les humains emploient ces trois mots à tout va, mais je ne sais pas s'il est au courant, et je ne me sens pas prête à lui dire que je l'aime alors que nous sommes pris dans une guerre et que notre relation est si récente et instable.

Il relève mon capuchon, et sans le lâcher, il m'attire vers lui.

— Attention, *nalkin-shom*, chuchote-t-il d'un air complice. Je pourrais m'imaginer que tu commences à m'apprécier.

Je lui suis reconnaissante de prendre mon lapsus à la légère. J'ai les épaules assez dégelées pour parvenir à les hausser.

— Je ne te déteste peut-être pas tout à fait autant qu'avant.

Il sourit, puis lâche mon capuchon pour repasser les mains sur ma cape. Une nouvelle vague de chaleur m'enveloppe. Je dois avouer que la magie des faes est parfois franchement géniale. Je pourrais fondre dans ce manteau. Il est assez épais pour me protéger du vent, et il y a de gigantesques poches à l'intérieur dans lesquelles je peux rentrer les bras.

Je sens la paume d'Aren glisser dans mon dos… et s'arrêter juste au-dessus de ma taille. C'est là que devrait être fixée la dague qu'il m'a donnée. J'ai l'impression qu'il s'est écoulé une éternité depuis que j'ai quitté la suite de Las Vegas ; c'est là-bas que j'ai laissé cette dague, inutilement posée sur ma commode. À moins que la femme de chambre n'ait appelé la police.

— C'est la faute de Sosch, je marmonne.

Aren hausse un sourcil, dubitatif. J'ai un coup au cœur en voyant la lueur amusée qui brille dans ses yeux argentés. Il décroche un petit fourreau de sa ceinture.

— Lena ne va pas être ravie d'apprendre que tu dévalises son armurerie.

Il relève mon tee-shirt pour la glisser…

— Froid ! je couine quand le fourreau entre en contact avec ma peau.

— Oups, dit-il en la coinçant sous la ceinture de mon jean, sourire aux lèvres.

Mais la seconde suivante, il retrouve son sérieux. Avec douceur, il me demande :

— Ça va ?

Je resserre les pans de ma cape autour de moi.

— Ouais, c'est assez chaud. Merci.

— Non, ce n'est pas ce que je voulais dire. Tu te sens à l'aise ici ? À Rhigh ?

Je ne suis pas sûre de comprendre sa question. Il sait que Thrain était l'impur qui m'a entraînée dans le Royaume. Sait-il aussi qu'il m'a retenue ici ? Je ne vois pas comment il l'aurait appris. Cette ville n'était qu'une base de Thrain parmi d'autres, et je doute qu'Atroth ou ses faes aient divulgué que c'est ici qu'ils m'ont trouvée.

Alors que j'avais presque oublié qu'il était là, Trev se racle la gorge.

— Hison, marmonne-t-il pour nous mettre en garde.

— *Y a-t-il un problème ?*

Hison est revenu sur ses pas et ne se tient plus qu'à quelques mètres de nous.

Aren se tourne vers le haut noble et dit :

— *Lena s'attend à ce que ses humains soient bien traités. Le bien-être de McKenzie est ma priorité. Je tiens à ce qu'elle soit à l'abri des éléments.*

— *Ce n'est plus très loin*, Hison crache presque.

C'était tellement plus facile de travailler pour les faes quand je n'avais pas conscience de la haine que certains éprouvaient pour moi.

Nous mettons moins d'une minute à atteindre notre destination, une petite maison isolée à proximité de la place du marché. Je ne peux pas la voir d'ici, mais je sais que la place en question est située sur la rivière. C'est également là que se trouve le portail. Kyol me l'a fait emprunter quand il m'a sauvée des griffes de Thrain.

Ça me met mal à l'aise d'être revenue ici, mais je n'en laisse rien paraître. Je passe la porte à la suite de Hison et d'Aren et entre dans la pièce à vivre. Elle est sombre, éclairée seulement par la lumière de la lune qui filtre par une fenêtre, mais je distingue tout de même la soie bleue qui scintille au-dessus de nos têtes. Les faes fixent fréquemment des voiles fins au plafond de leurs maisons. Doux et légers, ils ondulent comme des vagues lorsqu'on marche en dessous. Malgré l'effet apaisant qu'ils sont censés avoir, je me sens tendue, ce qui est stupide. Thrain est mort. Mort, mort, mort.

Sauf si Naito a raison et que les *banek'tan* existent vraiment.

J'ignore pourquoi j'ai laissé cette pensée s'immiscer dans mon esprit. Je suis à 99,9 pour cent certaine que personne ne peut ramener de faes d'entre les morts.

— *Ici, c'est assez près ?* demande Hison.

Il s'est posté devant une fenêtre.

— *Oui, ça ira*, répond Aren. (Il m'invite à avancer.) Le fae va sortir par cette porte.

La porte en question se trouve à trois mètres à peine. Elle est juste en face, de l'autre côté de la rue étroite, et presque entièrement masquée par les branches chargées de neige d'un buisson dépouillé. Mais ce n'est pas tant réussir à dessiner les ombres du fae qui m'inquiète que d'être surprise en train de le faire.

— C'est très bien, dis-je en sortant le stylo de la spirale du carnet que j'avais glissé sous ma cape.

À présent que nous sommes à l'abri, j'ai beaucoup plus chaud. Je m'abstiens cependant de repousser mon capuchon. Si un éclat de chaos étincelle sur mon visage quand le fae sortira dans la rue, il risque de flairer le piège.

Hison congédie son assistant, le fae à l'amulette. D'après ce que j'ai compris, il l'a chargé d'aller voir le prisonnier fae, puis d'oublier « accidentellement » de verrouiller la porte en repartant.

Je m'appuie sur un genou à côté de la fenêtre et attends.

Aren s'accroupit à côté de moi.

— Trev et moi partirons à sa poursuite.

Je me retrouverai donc seule avec Hison et sa garde du corps. Charmant.

— Comment retournerai-je à Corrist ?

— Je ne devrais pas être parti plus de quelques minutes, dit-il. (Il me regarde dans les yeux.) McKenzie…

La porte d'en face s'ouvre à la volée. Je n'ai pas le temps de voir le visage du fae ; à peine a-t-il mis le pied dehors qu'il disparaît dans sa fissure.

J'ouvre le carnet de Naito, le cale sur mon genou et commence à dessiner. Je trace trois lignes épaisses et sinueuses en haut de la page. C'est l'océan Daric. Sourcils froncés, j'étudie les ombres et griffonne quelques pics. C'est aussi la même chaîne de montagnes. Le fae n'est pas ressorti exactement au même endroit qu'Aylen, mais assez près pour que ce soit un peu gros comme coïncidence.

Je tourne la page et réduis l'échelle de ma carte. Il se trouve à proximité d'une rue tortueuse située dans la partie ouest de la ville. Il se pourrait même qu'il soit dans cette rue, mais je n'en suis pas sûre à 100 pour cent. J'attends que les ombres changent, puis vois une ligne sombre et fine apparaître au milieu de mon champ de vision.

Une intersection. Je trace une croix là où les ombres m'indiquent que le fae est ressorti et me tourne vers Aren.

— Il est allé à Eksan, dis-je. J'ai dessiné…

Trev ouvre une fissure et s'éclipse.

— Merci.

Aren pose la main un bref instant sur mon genou avant de se relever.

— Aren…

— Je reviens vite, dit-il.

Puis il disparaît dans un rai de lumière blanche.

Chapitre 11

Je suis si énervée que je ne me laisse pas happer par les ombres d'Aren. Je comprends qu'il fallait qu'il y aille, mais c'était évident que j'essayais de lui dire quelque chose. Trev était déjà parti. Ça aurait tué Aren d'attendre cinq secondes ? Ce n'est sans doute qu'une coïncidence – Eksan est une ville gigantesque –, mais on ne peut pas écarter la possibilité d'un lien entre les survivants et Aylen. Entre les survivants et Lorn. Il a qualifié Aylen d'« associée d'un associé ». Ça peut vouloir dire tout et n'importe quoi.

— *Que faisons-nous de ça ?* demande la garde de Hison.

Elle me dévisage.

Une repartie me brûle les lèvres. Qu'est-ce que je risque, honnêtement, s'ils découvrent que je parle fae ? Hison sera furieux que Lena m'ait laissée apprendre leur langue, mais il n'est déjà pas ravi de ma présence dans son monde.

Je regarde l'endroit où Aren a disparu. Dans combien de temps va-t-il revenir ? Il a dit « bientôt », mais si le fae ne rejoint pas directement les survivants, Trev et Aren vont être obligés de le suivre. Sans compter qu'il y a toujours le risque que le fae ouvre deux fissures à la suite ; c'est comme ça qu'Aren a réussi à nous filer entre les doigts si longtemps. Vers la fin, nous postions un second diseur d'ombres à un portail. Une fois que j'avais cartographié le rebelle, l'un des hommes de Kyol allait retrouver cet humain pour l'escorter à travers le portail et se rendre avec lui au lieu que j'avais dessiné. Ce n'était pas la solution idéale, mais nous avons plus souvent été près de capturer Aren de cette manière.

C'est sûrement pour ça qu'il a commencé à ouvrir plus de deux fissures à la suite. C'est un talent impressionnant. Après avoir parcouru une distance importante, la plupart des faes ont besoin de deux à trois minutes pour récupérer avant de pouvoir pénétrer de nouveau l'Entre-Deux.

— *Jorreb va revenir la chercher*, dit Hison. *Sauf si elle lui a tendu un piège.*

— *Vous pensez qu'elle fournit des informations aux survivants ?*

Bon, voilà peut-être pourquoi il ne vaut mieux pas qu'ils sachent que je parle fae. Les langues des gens se délient quand ils s'imaginent que je ne peux pas les comprendre. Et sinon, c'est quoi ce délire ? Je me casse le cul à aider les rebelles.

— *Ça expliquerait pourquoi elle supporte de côtoyer le protégé d'un impur.*

Je me concentre sur le carnet de croquis toujours posé sur mon genou, et retrace l'un de mes dessins en serrant les dents pour m'abstenir de parler. Sethan n'était pas un impur. Lena non plus. Ils sont les Descendants des *Tar Sidhe* au même titre qu'Atroth. Plus d'un ancien fae de la Cour me l'a confirmé après notre prise du palais.

— *Les humains se moquent des impurs*, dit la garde du corps.

— *Pas celle-ci.*

Je sens le regard de Hison peser sur moi. Il s'attend à ce que je lève la tête. Vu que ça risque d'avoir l'air louche si je ne le fais pas, je me détache du carnet de croquis et soutiens son regard. Je ne compte plus me laisser intimider par les faes.

— Quoi ?

Je me lève pour que ma question ait plus d'impact.

Hison ne détourne pas les yeux.

— *Tu as compris la discussion que Jorreb a eue avec elle ?*

— *En partie. Il lui a expliqué pourquoi elle est ici*, lui dit la garde du corps.

— *Il n'a pas fait mention de Thrain ?*

À ce nom, mon sang se glace. Non, non, non. Kyol l'a tué – j'ai vu son âme d'ombre –, et les *banek'tan* n'existent pas. Thrain est mort. Aren me l'aurait dit si ce n'était pas le cas.

Mais Aren a bien dit que Lena n'aurait pas dû m'envoyer ici. Ce serait donc pour ça ?

— *Tu parles fae.*

La déclaration de Hison m'arrache de mon état de semi-panique. Je secoue la tête pour chasser mes pensées et me concentre sur le haut noble. L'expression de mon visage a dû me trahir, mais « Thrain » se dit de la même manière en fae et en anglais. Ce n'est qu'à tout hasard qu'il a avancé que je parlais fae.

— Que dites-vous au sujet de Thrain ?

La garde du corps traduit ma question. Hison étrécit les yeux. Il me regarde avec insistance lorsqu'il déclare :

— *Jorreb est son protégé.*

Aren ? Je dois me faire violence pour réussir à jeter un regard confus aux deux faes. En mon for intérieur, j'ai la nausée. C'est vrai ? Hison cherche peut-être juste à obtenir une réaction de ma part, mais ça expliquerait pourquoi Aren m'a demandé si je me sentais à l'aise à Rhigh. S'il est lié à Thrain, il se peut qu'il sache que Thrain m'a gardée prisonnière ici.

Hison s'avance d'un pas vers moi.

— *Tu comprends ce que je dis, n'est-ce pas ?*

Je fronce les sourcils de plus belle. Puis ma peau me picote. Une seconde plus tard, Aren ressort dans le salon. Je cède à l'envie irrépressible de regarder ses ombres, qui me donne une excuse pour ne pas croiser son regard.

— *Ça n'a pas pris longtemps*, dit Hison sur un ton désappointé. *Avez-vous réussi ?*

Du coin de l'œil, je vois Aren hocher la tête.

— *Il nous a conduits à une maison où trois autres faes s'étaient donné rendez-vous. Ils vont être emmenés à Corrist.* (Il se tourne vers moi.) On peut y aller maintenant, McKenzie.

Je mériterais un Oscar. Je regarde Aren dans les yeux, et je souris.

— On rentre à la suite ou à Corrist ?

Le sourire était peut-être de trop. Il pose les yeux sur mes lèvres, et son front se plisse légèrement lorsqu'il fronce les sourcils.

— Corrist, si ça ne te dérange pas.

— C'est très bien, lui dis-je sur un ton enjoué.

— *Ta magicienne des ombres n'est pas aussi terrifiante que les histoires le prétendent*, dit Hison.

Aren jette un coup d'œil au haut noble.

— *C'est parce qu'elle n'est pas votre ennemie. Lena vous contactera si les faes nous révèlent quoi que ce soit.*

Il me prend par le bras, et je suis soulagée que ma cape me protège de son contact. Là tout de suite, je ne suis pas en état de gérer des éclats de chaos.

— *J'ai entendu dire que Thrain l'a découverte il y a dix ans*, nous lance Hison alors que nous nous éloignons. *Est-ce vrai ?*

Aren se raidit. Il tourne la tête de profil, sans vraiment regarder par-dessus son épaule.

— *C'est aussi ce que j'ai entendu dire.*

Il tend la main vers la poignée de la porte.

— *Quel dommage qu'Atroth vous l'ait volée*, ajoute Hison.

Aren me regarde. Mon visage est dénué d'expression quand je soutiens son regard, et il ne lui en faut pas plus pour comprendre que je sais.

— *Je ne la connaissais pas à l'époque*, dit-il, puis il ouvre la porte.

— Est-ce qu'on peut en parler ? demande Aren en maintenant la même allure que moi.

Ça m'énerve encore plus, car je marche aussi vite que je peux. S'il était humain, je l'aurais déjà semé. Je n'ai pas envie de l'avoir près de moi en ce moment.

— Je ne te connaissais pas à l'époque, dit-il face à mon mutisme. Je te jure que je ne t'avais jamais vue. J'ai coupé les ponts avec Thrain à peu près au moment où il t'a enlevée.

— C'est ce que tu dis.

Je fourre le carnet de Naito dans l'une des grandes poches intérieures de ma cape. Il se met à neiger plus fort, mais je suis trop en colère pour sentir la morsure de l'air.

— Je ne t'ai jamais menti, McKenzie, dit Aren. Jamais.

— Et je devrais te croire sur parole ?

Je m'arrête au bout de l'allée étroite et sinueuse que nous avons empruntée et inspecte chaque côté de la route principale. Deux faes emmitouflés dans des capes regardent dans notre direction. Ils enfreignent le couvre-feu. Techniquement, nous aussi. J'enfouis les mains dans les poches de ma cape pour tenter de préserver le peu de chaleur qu'il leur reste.

— Le portail est à gauche, dit Aren.

Les deux faes me suivent des yeux lorsque je m'engage sur la route. Je leur rends leur regard et m'étonne de les voir baisser la tête. Même avec les *edarratae* qui étincellent de temps à autre sur mon visage, je ne me trouve pas bien intimidante. Il est plus probable qu'Aren soit en train de les fusiller du regard par-dessus mon épaule. Il se tient légèrement en retrait sur ma droite, arpentant la nuit revêtu d'une armure complète en *jaedric*. Il pourrait tuer les deux hommes avant même qu'ils aient eu le temps de rejeter leurs capes pour accéder à leurs épées.

— *C'est la magicienne des ombres ?* demande le plus petit des deux faes.

L'autre ne répond pas ; il se contente de reculer. Ce qui est ridicule vu que je me trouve sur le trottoir opposé.

Je secoue la tête et continue de marcher. J'évite de réfléchir, car quand je m'y mets, je retourne dix ans en arrière ou pense au fae qui me suit, ce fae que je connais à peine. Aren était le protégé de Thrain. J'ai un mal fou à y croire, et pas uniquement parce que l'idée me brise un peu le cœur. Ceux qui se sont associés à Thrain devraient tous être dérangés. Du genre à disjoncter en l'espace de deux secondes, à recourir aux menaces, à distribuer des sanctions à coups de poings, à exercer des violences physiques et psychologiques…

La cicatrice sur mon cou se met à pulser, et je me fige. C'est la marque d'un moment affreux, lorsque Aren et moi étions encore ennemis et qu'il m'a menacée… Aren pourrait bien être comme Thrain, finalement. J'ai peut-être juste été trop aveugle pour m'en rendre compte.

—Je ne suis pas une erreur, McKenzie, dit-il tout bas en s'arrêtant à côté de moi.

Sa voix est apaisante, rassurante. Ma poitrine se comprime et je suis parcourue d'un picotement chaud. Ça me fait peur. Je m'étais promis de ne pas foncer tête baissée dans cette relation, mais mon cœur refuse d'écouter. Je m'attache à lui trop vite. Ce n'est pas normal que je sois sur le point de tomber amoureuse de quelqu'un que je connais si peu. Je ne devrais pas avoir envie de croire tout ce qu'il dit. C'est ce qui s'est passé avec Kyol. Mon amour pour lui était si aveugle et absolu que j'ai mis ma vie entre parenthèses. Je ne mettais jamais sa parole en doute, et je le regrette tellement.

Je déglutis pour dissoudre la boule dans ma gorge.

—Tu aurais dû me parler de lui.

—Quand ? demande Aren, et pour la première fois, sa voix se charge d'impatience. En comptant aujourd'hui, je ne t'ai vue que quatre fois depuis que nous avons assiégé le palais, McKenzie. Quatre.

—Ce n'est pas ma faute.

Je me remets à marcher, mais il m'empoigne le bras.

—Tu n'es pas juste, dit-il.

—Bien sûr que non, je hurle en me tournant vers lui. Pour ce qui est de me dire la vérité, tu ne vaux pas mieux que Kyol.

Il dilate les narines. Ma comparaison le blesse. Je m'en veux presque de l'avoir faite – presque –, mais je suis fatiguée qu'on me cache des choses.

Je soutiens son regard.

—Il y a autre chose que tu veux me confesser ?

C'en est trop pour lui. L'argent de ses yeux semble se durcir lorsqu'il s'avance d'un pas et se colle contre moi pour m'obliger à reculer.

— La vérité, McKenzie, c'est que je ferais n'importe quoi pour toi mais que tu ne demandes rien. Tu refuses de te confier, de compter sur moi. Tu es tellement occupée à essayer de déterminer si tu peux te fier à tes sentiments que tu n'envisages pas un instant de t'y abandonner.

Je me retrouve dos à un mur en stuc. Aren respire fort. Moi aussi, et je dois admettre que ce n'est pas uniquement parce que je suis blessée et en colère. Il y a du vrai dans ce qu'il dit. Je me méfie de ce que je ressens pour lui, mais il y a une bonne raison à ça. La découverte que j'ai faite au sujet de lui et de Thrain le prouve.

Je pose les mains sur son torse pour le repousser. Il ne bouge pas. À la place, il resserre son étreinte sur mes bras.

— Lâche-moi, Aren.

Il secoue la tête, yeux étrécis.

— Je suis sérieuse, lâche-moi.

Cette fois, je lutte pour m'échapper, mais il m'enlace et m'attire plus près de lui.

— Aren…

— Chut, dit-il. (Voyant que je persiste à me débattre, il penche la tête et me regarde.) Tu as le droit d'être en colère, McKenzie, mais ne sois pas imprudente. Écoute.

Je ne me détends pas dans ses bras pour autant, mais comme son ouïe est plus fine que la mienne, je tourne la tête de profil et tends l'oreille. Au départ, je ne perçois que les battements de son cœur. C'est un bruit sourd et régulier, presque hypnotisant. Puis j'entends autre chose. Des éclats de voix. Un cri. Un bruit de chute. Ça vient de la direction dans laquelle nous allons.

— Je croyais qu'il y avait un couvre-feu, dis-je.

— Il y en a un, répond-il. Reste près de moi.

Je ne proteste pas lorsqu'il pose la main dans mon dos, tout près de la dague qu'il m'a donnée, et me pousse pour que j'avance. À tort ou à raison, je remets ma vie entre les mains d'Aren. Même quand nous étions ennemis, il prenait soin de moi ; mon instinct me dit que ce sera encore le cas à présent. Ses origines et son passé ont beau me déranger, je vais devoir régler ce problème-là plus tard. Pour l'heure, il faut que je me concentre sur ce qui se passe ici.

Les cris et le vacarme s'amplifient au fur et à mesure que nous nous rapprochons, tandis que la neige qui formait un tapis blanc et doux sous nos pieds se change en fange sombre et humide. Des gens sont passés par ici récemment. Beaucoup de gens. Au bout de l'allée, un réverbère surmonté d'un orbe prête une teinte bleu vif aux murs en stuc. Nous nous arrêtons à l'angle et jetons un coup d'œil à la scène.

À cinquante mètres environ, ce que je ne peux décrire que comme une horde de faes en colère nous sépare de la rivière. Ils sont massés autour de l'endroit où se trouve le portail dans mes souvenirs. À en juger d'après le nombre de *cirikith* somnolents éparpillés un peu partout sur la place du marché, je devine que la moitié des faes sont des marchands. J'ignore de qui est composée l'autre moitié. Pas de spectateurs innocents, en tout cas. Ils jouent des coudes pour accéder aux cageots entassés sur les charrettes que les *cirikith* ont tirées jusqu'ici. D'autres, je crois, ne se poussent que pour le plaisir. Aren disait que les habitants de Rhigh étaient au bord de l'émeute ; j'ai l'impression qu'ils ont dépassé ce stade. Ils ont enfreint le couvre-feu et se livrent au pillage simplement parce qu'ils le peuvent.

Un fracas de verre brisé à notre droite me fait sursauter contre le torse d'Aren. S'ensuit un cri excité, et le temps que je cerne d'où est venu le bruit, je vois des faes se ruer à l'intérieur d'une échoppe dont ils ont cassé la vitrine à trois mètres de nous. Ils ont tous l'apparence d'adolescents humains, mais ils pourraient avoir jusqu'à trente ans.

L'un d'eux glisse dans la gadoue de neige fondue et de terre. La place du marché forme un gigantesque bourbier. C'était il y a dix ans, mais je me souviens encore que la berge de cette rivière m'avait évoqué l'une des promenades touristiques de mon monde. Alors que j'étais dans un état de délire avancé et à moitié morte de faim, j'avais été frappée par l'ironie de la chose. Sachant ce que j'ai vécu dans ma prison, Rhigh n'aurait pas dû ressembler à un lieu de vacances mais à un ghetto.

C'est à ça qu'elle ressemble à présent.

Un étrange gémissement s'élève à notre gauche. Un *cirikith* étendu sur le côté lutte pour se redresser, mais son arrière-train est coincé sous une charrette effondrée. Il saigne du cou. Même de là où je me trouve, je vois que ses gigantesques écailles opalescentes ont viré à l'écarlate. Avec leurs têtes surdimensionnées et leurs pattes massives terminées par des sabots, les *cirikith* ne sont pas de très belles bêtes, mais je ne peux pas m'empêcher d'éprouver de la compassion. Les *cirikith* sont forts. Si celui-ci ne s'est pas encore remis d'aplomb, c'est uniquement parce qu'il est blessé et qu'il peine à se secouer de son hibernation nocturne.

Aren pose une main sur mon épaule.

— On ferait mieux d'attendre que l'agitation retombe avant d'emprunter le portail.

— Attendre où ? je demande en m'éloignant du chaos.

Il me prend par la main et me fait rebrousser chemin.

— Hison devrait avoir un endroit…

Deux faes s'avancent vers nous. Ils portent une armure en *jaedric* par-dessus leurs épaisses tuniques en laine et leurs pantalons. Leurs gants et leurs guêtres en peau doivent tenir chaud, mais ils sont élimés. Bien avant qu'ils n'arrivent à notre hauteur, je m'écarte du passage. Pas Aren. Il se décontracte et reste sur ses positions. C'est alors que je remarque que les deux nouveaux venus n'ont pas l'air franchement surpris de nous voir.

— *Nous avons entendu dire que tu es venu ici avec un atout*, dit le fae de gauche.

Il a des plumes tressées dans les cheveux, presque comme si elles tenaient lieu d'amulette.

— *Ah oui ?* répond Aren avec nonchalance.

Il glisse un bras dans les plis de ma cape, et je le sens tirer la dague de ma ceinture.

— Tu les connais, dis-je.

Ce n'est pas tout à fait une question, mais il me répond :

— Ce passé que tu me reproches, tu te rappelles ?

Génial. Ça va forcément mal tourner. Je lui jette un regard noir, mais j'ai compris le message. Je referme la main sur la garde de la dague, veillant à la garder dissimulée sous la cape.

— *Et aussi que tu es avec la fille de Zarrak*, dit le second fae. *Tu sais comment entrer dans le palais. C'est une information utile, ça. Précieuse.*

— *Je suis sûr que tu as entendu dire beaucoup de choses, Vennt*, dit Aren.

Il me serre doucement le bras sous ma cape. Pour m'avertir de me tenir prête ?

Plumes-tressées s'avance d'un pas.

— *Nous contrôlons le portail, à présent.*

Aren jette un regard de surprise exagérée en direction de la place du marché.

— *Ça se voit.*

Plumes-tressées fronce les sourcils.

— *Soit tu paies pour l'humaine, soit tu la livres à…*

Aren surgit à côté des faes. Je suis tout aussi surprise qu'eux, car j'ai à peine eu le temps de sentir et de voir son rai de lumière qu'il était déjà parti. C'est pourtant bien lui qui fait tournoyer son épée dans les ombres de la fissure dont il est ressorti et la plonge dans l'épaule de Plumes-tressées. La seconde suivante, il ne reste de Plumes-tressées que son âme d'ombre.

Réactif, Vennt ouvre une fissure pour échapper à Aren. Aren pivote sur lui-même, et son épée décrit un arc, tuant le fae lorsqu'il ressort de son rai de lumière. Son âme d'ombre va rejoindre celle de son compagnon.

Aussitôt, Aren revient à mon côté et me prend par le bras.

— On s'en va.

— De bons amis à toi ? je demande.

Le combat a été plié si vite que l'adrénaline commence à peine à se répandre dans mes veines.

— Les meilleurs, répond-il en m'entraînant vers la place du marché. Il faut qu'on rejoigne le portail.

J'ouvre de grands yeux et lui jette un regard en biais.

— Le portail ? Maintenant ?

— Oui, dit-il. Sauf si tu as une meilleure idée.

— Je dois pouvoir en trouver une qui n'implique pas de nous frotter à une horde de faes furieux.

Blague à part, il rêve s'il croit qu'on peut réussir à atteindre le portail – celui-là même que tout le monde essaie d'emprunter – avec cette foule qui nous barre le passage.

— Tu ne peux pas rester à Rhigh, dit-il. (Il marche si vite que je dois courir pour le rattraper.) Si Vennt et Tyfin savaient que tu es là, ils ne sont sûrement pas les seuls. Les autres vont se mettre à ta recherche aussi.

— Qui étaient-ils ?

— Des membres d'un… gang local ? (Il me regarde pour que je lui confirme que le mot est correct.) Thrain les payait pour exécuter des boulots mineurs. Ce sont des idiots, mais ils peuvent être dangereux.

Arrivés au bout de l'allée, nous nous arrêtons de nouveau. Aren jure dans sa barbe. Je n'ai pas besoin de lui demander pourquoi. La place du marché est pleine à craquer, avec deux fois plus de faes qu'avant.

— Et tu peux me dire comment tu comptes rejoindre le portail ? je demande.

Il ne me répond pas tout de suite. Il a les traits tirés, et j'arriverais presque à voir les rouages de ses pensées tourner dans sa tête. Il fronce les sourcils. Soudain, je suppose qu'il doit se fixer sur une idée, car toute tension semble le quitter. Il me regarde, sourire aux lèvres.

Chapitre 12

— On va se servir de quoi ? je demande. J'ai dû mal entendre.

— De ta réputation, dit-il. Enlève ta cape.

— Il fait moins un million de degrés ici. Pas question que je l'enlève.

— Il faut qu'ils voient les *edarratae*.

Il repousse la cape de sur mes épaules. J'ai tout juste le temps de la rattraper par le capuchon avant qu'elle tombe dans la boue.

— Tu ne pourrais pas aller chercher des renforts à Corrist ?

— Je n'arriverai pas à ramener plus de trois ou quatre faes, et ça fragiliserait une portion du mur. Ce plan-ci est meilleur.

Il tire sur la cape.

— C'est la seule chose qui m'empêche de mourir de froid, je rétorque sèchement, refusant de lâcher prise.

— Ça ne prendra pas longtemps, promis.

— C'est de la folie.

Il se met à rire.

— Je sais, mais ça va marcher. Les faes de Rhigh sont superstitieux. Quand ils te verront, ils s'écarteront.

— Comme Vennt et son ami se sont écartés ?

Son sourire s'évanouit enfin. Il me regarde droit dans les yeux puis dit :

— Fais-moi confiance, McKenzie.

Il est gonflé de me demander de lui faire confiance alors qu'il m'a caché son lien avec Thrain. Je devrais m'entêter, exiger qu'il trouve une autre solution, car c'est l'idée la plus ridicule qui soit, mais Aren est connu pour ses stratagèmes fous qui réussissent. Et puis, ça ne me plaît vraiment pas de me retrouver à Rhigh. Je veux partir d'ici.

Je lâche la cape.

— Ça ne veut pas dire que je te pardonne.

Il retrouve le sourire.

— Ça viendra, *nalkin-shom*.

Il s'écarte pour que je puisse voir la place du marché bondée.

— Compte jusqu'à trente, puis marche droit vers le portail.

— C'est tout ?

— C'est tout, dit-il, et avant que j'aie pu m'interroger sur sa santé mentale, il disparaît.

Je jure que si je me fais tuer à cause de ce plan, je reviens le hanter pour le restant de ses jours. Je m'enserre de mes bras, tentant de retenir le peu de chaleur qui me reste, puis me mets à compter.

J'ai un mal fou à me forcer à quitter l'allée quand j'arrive à trente. Les faes sont toujours massés autour du portail, et presque toutes les fenêtres qui donnent sur la place du marché ont été cassées. Les faes sont occupés à piller, crier et se battre, mais ils ne tardent pas à me remarquer. Je raffermis ma prise sur ma dague et m'avance dans la neige fondue, les yeux rivés sur le portail.

En règle générale, je ne remarque les *edarratae* que lorsque j'entre en contact avec un fae, mais j'ai cette fois conscience du moindre éclair qui fuse sur ma peau. Comme tout le monde. Ce que je suis en train de faire ne se produit jamais. Un humain ne se balade pas dans le Royaume sans escorte. C'est un spectacle étrange et inhabituel, et les faes les plus proches ne savent visiblement pas comment réagir. Ils s'écartent. Je les entends chuchoter le mot « *nalkin-shom* » à plusieurs reprises. J'ignore s'ils disent ça au hasard – peut-être prendraient-ils n'importe quelle femme humaine pour la magicienne des ombres –, ou si Aren m'a décrite dans les rumeurs qu'il a fait courir sur moi.

Alors que je me rapproche de la partie la plus dense de la foule, je sens que ma chance est en train de tourner. Ces faes-là ne reculent pas à mon passage. Ils ne me regardent même pas. Ils sont trop occupés à injurier les gens autour d'eux ou à voler la nourriture, les vêtements et tous les autres biens que les marchands transportaient.

Juste quand je commence à me dire que je vais devoir m'arrêter ou rebrousser chemin, quelque chose se produit. Les cris s'amenuisent, et plus d'un fae lève la tête vers le ciel nocturne. Je regarde à mon tour, mais ne distingue rien de plus que la faible lueur des étoiles.

— Vite. (La voix d'Aren sur ma gauche.) Suis-moi.

Il se fraie un chemin dans la foule à coups d'épaule. Les faes le fusillent du regard quand il les bouscule. Ils me remarquent ensuite et écarquillent les yeux. Ils scrutent de nouveau le ciel, puis s'écartent de mon chemin.

— Qu'est-ce qu'ils regardent ? je demande en marchant à côté d'Aren.

— Un orage.

Ou plutôt, l'illusion d'un orage. Pas étonnant que les faes battent en retraite. La foudre est extrêmement rare dans le Royaume. Certains y voient le signe de la colère des *Tar Sidhe* vis-à-vis de la présence des humains et de leur culture. D'autres pensent qu'il ne s'agit que d'un phénomène naturel aléatoire. Quoi qu'il en soit, je peux comprendre que la vue d'une humaine nimbée d'éclairs sous un ciel déchiré par la foudre rende les faes nerveux. Mais je ne vois pas comment Aren pourrait en être à l'origine. C'est un guérisseur ; même s'il s'agit d'une magie puissante et menacée et que les illusionnistes sont plus communs, créer une tempête impressionnante au point de retenir l'attention de cette foule requiert un talent phénoménal. Je ne crois déjà pas Aren capable de créer de petites illusions de courte durée, à si grande échelle encore moins.

La foule se scinde, et je vois le portail sur la berge. Ou plutôt, je vois des rais de lumière clignoter presque en continu à l'endroit où devrait se trouver le portail. Techniquement, Aren n'est pas obligé d'ouvrir sa propre fissure pour m'éloigner d'ici. Nous pouvons emprunter celle d'un autre fae. Les rais de lumière sont des déchirures dans l'atmosphère qui mènent à l'Entre-Deux ; il me faut juste une pierre d'ancrage et un fae qui m'escorte si je veux survivre à la traversée.

Aren me tend discrètement une pierre d'ancrage. J'ai les mains si froides et engourdies que j'ai l'impression qu'elle me brûle la paume, mais je serre le poing. Plus que quelques pas avant d'atteindre la rive. Le plan d'Aren va vraiment marcher.

— *Tchatalun.*

Alors que j'avais cessé d'écouter les « *nalkin-shom* », ce mot murmuré à ma droite résonne à mes oreilles. Il signifie « disgracié », mais c'est plus ou moins un synonyme d'« humain ». La dernière fois que je l'ai entendu, j'étais à

Lyechaban, et il sortait de la bouche de faes qui voulaient ma mort.

Je n'arrive pas à déterminer qui l'a prononcé cette fois, mais je sens un changement s'opérer dans la foule. Tout à coup, ils semblent avoir compris vers quoi je me dirige. Ils se départent de leurs airs surpris et presque craintifs. Aren doit l'avoir remarqué aussi, car il passe un bras autour de ma taille et m'attire contre lui.

Plus que quelques mètres avant le portail.

Aren me prend par la main. Il bouscule quelqu'un.

On nous bouscule à notre tour. Je trébuche mais parviens à garder l'équilibre. Encore deux pas et nous atteindrons la fissure ouverte.

La foule se resserre autour de nous. Je m'accroche à Aren et me propulse en avant de tout mon poids. Les faes devant moi s'écartent. Mon élan m'entraîne jusqu'à la berge, et la main d'Aren glisse de la mienne. Je veux faire demi-tour pour le retrouver, mais ma basket heurte le bord de la rivière gelée. Je perds l'équilibre. Je glisse.

J'essaie d'amortir ma chute avec les mains ; hélas, je me réceptionne mal, et la rivière n'est pas entièrement gelée. Les faes ont brisé la glace autour du portail.

La glace qui se craquèle sous mes pieds.

Je me jette vers la berge, mais il est trop tard. Le bloc sur lequel je me trouve se casse et je bascule dans les profondeurs noires et froides de la rivière.

Je me cambre pour tenter de me libérer des attaches qui me retiennent par les poignets, mais l'infirmière vient à côté de moi et les resserre. Un picotement me parcourt le bras, puis ça commence à me démanger. C'est encore la solution saline, mais les drogues que l'infirmière a ajoutées à la poche de perfusion ne tarderont pas à se répandre dans mon système sanguin.

Nous avons essayé de sortir en douce de Bedfont. L'un des amis de Paige était garé juste devant la grille du centre. Il s'est enfui quand les gardes nous ont surprises. Nous étions déjà dans de sales draps, mais le personnel a en plus découvert que Paige et moi ne prenions pas nos médicaments. Au lieu de nous réprimander et de nous renvoyer à notre chambre, ils nous ont réprimandées et envoyées dans des cellules d'observation séparées. Ça ne me dérange pas d'être isolée, mais je n'ai pas envie que mon esprit s'embrume de nouveau. Avec ces drogues, j'ai vraiment l'impression d'être folle.

Quand je cesse de me débattre, l'infirmière quitte la pièce. Je n'ai aucun moyen de retirer la perfusion de mon bras. Mes paupières deviennent lourdes, ma vue se trouble. Je lutte contre le brouillard, mais je perds le combat.

— McKenzie.

La voix de Kyol près de mon oreille. Une hallucination ? On m'a dit que c'était de ça dont j'étais victime. J'ai décidé de me ranger à l'avis des psychologues il y a des semaines. Ça me semblait le moyen le plus rapide et le plus simple de retourner à la normale.

— McKenzie.

J'ai peur d'ouvrir les yeux, peur de ne voir que les ténèbres si je le fais.

Une pression douce et légère sur mes lèvres.

— Kyol ? je chuchote.

Il est là, penché au-dessus de moi, silhouette nimbée d'éclairs. Il a posé une main sur mon visage, l'autre juste au-dessus de mon poignet gauche. À son contact à la fois tendre et chaud – émoustillant, même –, un courant électrique me parcourt le corps.

— Tu es réel, je souffle.

Voilà ce qu'a dû ressentir Blanche-Neige quand son prince l'a tirée de son sommeil.

— Je n'arrivais pas à te trouver, dit-il, caressant ma joue du pouce. J'ai cru qu'un autre impur t'avait enlevée.

J'essaie de lever le bras, sans succès. Me voyant lutter, il sort sa dague et tranche les attaches qui m'entravent les poignets, puis m'aide à m'asseoir.

Ça va trop vite. Des taches noires dansent devant mes yeux. Je me mords la lèvre et attends que mon vertige se dissipe. Quand je parviens à me concentrer de nouveau, je m'aperçois que j'observe mes attaches tranchées.

— C'était du Velcro.

— Quoi ? demande Kyol.

— Du Velcro.

Du Velcro résistant, d'accord, mais la dague n'était pas nécessaire.

Je lève la tête. Le regard de Kyol s'arrête tour à tour sur moi et sur la poche de perfusion. Il saisit le tube en plastique et le sectionne. Je regarde le liquide goutter sur le sol.

— Qu'est-ce que c'est ? demande-t-il.

— Des médicaments.

Il fronce les sourcils.

— Comme on n'a pas de guérisseurs, on… on s'injecte des plantes dans les veines.

J'éclate de rire, mais m'arrête net. Bon sang, j'ai la tête qui tourne. Une trop grande quantité de drogue s'est diffusée dans mon organisme. L'aiguille est toujours fixée à mon bras. Je l'arrache.

— Ça va, McKenzie ?

J'observe le sang qui s'écoule du trou minuscule dans mon poignet. Je n'ai pas l'impression d'avoir retiré l'aiguille correctement.

— Ça va, dis-je en m'essuyant le bras sur mes vêtements.

Je porte la chemise de nuit standard de Bedfont. Elle est affreuse, guère mieux qu'une blouse d'hôpital.

— La porte se verrouille de l'extérieur.

— Je l'ai déverrouillée.

Il tourne la poignée sans qu'elle lui oppose de résistance. Comme je tiens mal sur mes jambes, il passe un bras autour de ma taille et me guide hors de la cellule. Je me sens beaucoup trop bien près de lui. Il porte l'armure des faes – je crois qu'ils appellent ça du *jaedric* –, mais elle ne cache rien de la puissance contenue dans son corps. Il est chaud et sécurisant, et même s'il nous est interdit d'être ensemble, je suis presque sûre que je suis amoureuse de lui.

Alors que nous sommes pratiquement arrivés à la porte au bout du couloir, mon cerveau se remet à fonctionner. Je dis à Kyol d'attendre.

— Je ne peux pas partir sans Paige.

— Quoi donc ? demande-t-il en suivant mon regard dans l'autre direction.

— C'est mon amie.

La seule amie que j'aie ici. Sans doute la seule que j'aie tout court. Jessica, Kelly et toutes les autres personnes que je fréquentais m'ont abandonnée il y a des mois. Je ne peux pas leur en vouloir. J'ai cessé de venir aux réunions scolaires, et j'ai quitté deux associations qui avaient vraiment besoin de mon aide.

Sans oublier que j'ai planté l'examen de littérature anglaise, ma matière préférée, et que j'ai été exclue pour avoir séché des cours.

— Elle devrait être dans l'une de ces chambres.

Je ferme les yeux pour chasser le voile qui me brouille encore la vue, puis entraîne de nouveau Kyol dans le couloir. Il ne proteste pas. Il l'aurait fait s'il s'était rendu compte que c'est à cause du système de surveillance de l'immeuble que ses *edarratae* vibrent autant. Il y a au moins deux caméras qui me filment. Je ne dispose peut-être que d'une minute ou deux pour trouver Paige et sortir d'ici.

Elle est à trois chambres de celle où j'étais enfermée. La sienne est fermée de l'extérieur par un simple loquet.

— Paige, je chuchote en me glissant à l'intérieur.

Ligotée à son lit d'hôpital, elle ne répond pas. Ils la droguent, elle aussi.

— Paige, réveille-toi.

Je retire avec précaution le scotch qui maintient sa poche de perfusion.

Ses paupières papillonnent.

— McKenzie ?

— On fiche le camp d'ici.

Je tire sur le Velcro autour de ses poignets. J'ai un mal fou à le retirer, mais une fois que j'y suis parvenue, j'aide Paige à se redresser.

— Tu peux marcher ?

Son organisme a absorbé une plus grande quantité de calmants que le mien. Elle cligne des yeux, puis sourit.

— Une évasion ? Pour de vrai ? McKenzie, tu gères.

Elle se lève. Chancelle. Pas de doute, son état est pire que le mien. J'essaie de l'aider à garder l'équilibre, mais je ne suis pas vraiment stable non plus, et ça ne s'arrange pas quand je tends la main pour ouvrir la porte. Je manque la poignée.

Kyol nous ouvre. Paige ne remarque même pas que la porte semble bouger toute seule.

La voie est toujours libre, mais j'ai l'impression que la porte à l'autre bout du couloir s'éloigne au fur et à mesure que nous nous en rapprochons. Alors que nous ne sommes enfin plus qu'à quelques pas, elle s'ouvre. La sécurité. Merde.

Paige et moi nous arrêtons. Pas Kyol. Il rattrape la porte et la referme sur le garde qui la prend en plein visage.

—Allez-y ! ordonne Kyol.

J'entraîne Paige, et nous dépassons le garde qui se tient le nez. Il essaie de saisir ma jambe, mais Kyol éjecte sa main d'un coup de pied.

—On a eu du bol, marmonne Paige en se retournant pour regarder.

—Viens.

Je la tire par la main pour essayer de la faire courir, mais ses jambes manquent tellement de coordination que je ne contribue qu'à la déséquilibrer. Je me contente de marcher d'un pas rapide, puis prends à gauche lorsqu'un panneau « Sortie » nous indique le chemin de la liberté.

La porte est juste là. Kyol nous a devancées. Avant que j'aie pu le mettre en garde, il appuie sur la barre pour l'ouvrir.

L'alarme de l'immeuble est assourdissante. Elle n'a beau concentrer que peu de technologie – ce n'est que du bruit, après tout –, Kyol tressaille. Il fronce les sourcils et plisse les yeux comme s'il avait mal au crâne. Mais il ne tarde pas à se ressaisir, et après avoir inspecté dehors, il nous fait signe de passer la porte.

Kyol se dirige vers la gauche. Je le suis avec Paige, rasant le mur du bâtiment jusqu'à ce qu'il nous fasse nous en éloigner. La lumière vive de projecteurs éclaire la bordure de la propriété. Une haute grille en fer forgé confine les résidents de Bedfont à l'intérieur. Il y a deux entrées : un portail principal pour les visiteurs et les patients, et un autre au fond pour le personnel et les livraisons. Kyol ne nous mène à aucun des deux. Alors que je suis sur le point de lui demander où il va, il se retourne et se raidit.

Suivant son regard, je jette un coup d'œil derrière moi. Trois des gardiens de nuit sortent du bâtiment, des lampes torches à la main. Ils ne nous ont pas encore vues, mais ils se dirigent vers nous. Juste avant que les faisceaux de leurs lampes torches ne tombent sur nous, j'empoigne Paige et la jette par terre.

— Erk, dit-elle, le nez à un centimètre de l'herbe couverte de rosée.

— Chut !

Le sol est froid et mouillé, mais je ne la laisse pas se relever. Nous sommes dans un fossé peu profond. S'ils ne s'avancent pas jusqu'ici, ils ne nous verront peut-être pas.

Je retiens mon souffle jusqu'à ce qu'ils se détournent.

— Bon sang, McKenzie, chuchote Paige. Tu as suivi l'entraînement des forces spéciales ou quoi ? Je te trouve drôlement sûre de toi.

— C'est le paintball, dis-je, même si je n'ai joué à ça qu'une fois.

— La prochaine fois que j'aurai les flics aux trousses, je t'appelle.

Elle semble plus lucide à présent. Tant mieux.

— Vite, dit Kyol.

Nous y sommes presque. Je repère des barreaux tordus dans la grille. Kyol a dû s'y prendre à l'avance et se servir de sa magie pour chauffer et plier le métal. Il y a juste assez d'espace pour que Paige et moi nous faufilions au travers, mais juste au moment où je m'apprête à presser le pas, je m'arrête abruptement. Deux gardes ont braqué leurs lampes torches sur nous.

— Mince, chuchote Paige.

Ils devaient être en patrouille. À présent qu'ils nous ont repérées, ils s'écartent de la grille.

— Les filles, dit le garde de gauche. Ne bougez pas.

Kyol s'avance à mon côté, mais il semble agité, indécis.

— McKenzie, je ne devrais pas...

Au lieu d'aller au bout de sa pensée, il se tait et serre les dents.

Il ne devrait pas éliminer un humain alors qu'un autre est témoin de la scène. Le roi des faes ne souhaite pas éveiller de soupçons concernant leur présence dans ce monde. Je doute que ça se produise simplement parce que Kyol aura assommé quelqu'un. Ils trouveront moyen de rejeter la faute sur moi.

Kyol s'avance. Il va passer outre à cette règle... pour me sauver.

Mon estomac se noue. Je serais prête à jurer qu'il m'aime – moi, pas juste la sensation des *edarratae* –, mais qu'il refuse de l'admettre.

À côté de moi, Paige se redresse.

— Vas-y. Je vais les distraire.

Je secoue la tête.

— On peut s'en sortir toutes les deux.

Elle se met à rire.

— Non. C'est tout juste si j'ai les yeux en face des trous.

Elle n'est pas au courant pour Kyol. Il veillera à ce qu'on s'en sorte.

—Je suis sérieuse, vas-y, dit Paige. J'aurai dix-huit ans dans quelques mois. Ils seront obligés de me relâcher. Je te retrouverai. On pourra être colocs.

—Je ne compte pas te laisser porter le chapeau.

Cette tentative d'évasion va lui attirer deux fois plus d'ennuis.

—C'est ma faute si on nous a surprises la première fois qu'on a essayé de sortir en douce, dit-elle.

Avant que j'aie pu lui opposer un autre argument, elle lève les yeux au ciel et me pousse en avant, puis s'enfuit dans le parc. Les deux gardes se lancent à sa poursuite.

—Paige ! je hurle quand ils la plaquent au sol.

—Il faut qu'on se dépêche, McKenzie, dit Kyol à côté de moi.

Il me mène à la grille. Je jette un coup d'œil par-dessus mon épaule et vois Paige donner des coups de pied et se débattre tandis que les deux hommes la maîtrisent. Seigneur, c'est indigne d'une amie de l'abandonner comme ça. Je lui suis redevable non seulement pour avoir distrait les gardes, mais aussi pour m'avoir préservée de la folie ici.

Kyol empoigne l'un des barreaux tordus de la grille en fer forgé.

—Tu lui revaudras ça plus tard.

Je soutiens son regard. Il a raison. Rester ne m'avancera à rien.

Je me glisse entre les barreaux de la grille et me mets à courir. Kyol reste à côté de moi et m'indique de prendre à gauche, puis nous atteignons une route. Bedfont se trouve à la campagne – le cadre rural est censé être apaisant –, mais même si un petit ruisseau paisible coule au sud de l'institut, je ne crois pas qu'il y ait de portail au-dessus.

C'est regrettable, car je ne tiendrai pas plus longtemps. J'ai un point de côté et peine trop à me concentrer.

Je suis obligée de m'arrêter. Je me penche dans l'intention d'appuyer les mains sur mes genoux, mais j'ai les jambes en compote. Je m'assois. Kyol se baisse à côté de moi.

— Ça va ? demande-t-il à voix basse, pas même essoufflé.

Non, ça ne va pas – je m'en veux d'avoir abandonné Paige –, mais je me contente de hocher la tête. Je vais lui être redevable pour le restant de mes jours après ça.

Kyol pousse un soupir. Nos genoux se touchent dans l'herbe couverte de rosée. Il se penche pour appuyer le front contre le mien et pose une main sur ma nuque avec douceur.

Son contact envoie une décharge de chaleur dans ma colonne vertébrale. J'ai conscience de ses lèvres toutes proches. A-t-il conscience des miennes ? Sait-il à quel point j'ai besoin de refermer la distance entre nous ? De l'embrasser ? Je dois me faire violence pour rester parfaitement immobile. Il m'a rejetée la dernière fois que nous nous sommes embrassés, et m'a dit ne pas pouvoir être avec moi, ne plus pouvoir me toucher avec tendresse.

C'est pourtant ce qu'il fait à présent.

L'effet des drogues qui persiste dans mon organisme me donne du courage. Je lève la tête et murmure :

— Kyol.

— *Kaesha*.

Le mot lui échappe dans un doux soupir. Il ne m'a appelée ainsi que quelques fois, et même s'il dit qu'il n'existe pas de traduction, l'affection dans sa voix est limpide. La tension quitte son corps. Il cède et presse ses lèvres contre les miennes. L'air frais ne m'atteint plus désormais. Il n'y a plus que lui. Son contact. Sa chaleur. Ses éclats de chaos.

Mais avant même que son baiser se fasse plus appuyé, je sais qu'il ne va pas tarder à s'écarter. Il entoure mes épaules de ses bras et me serre, tiraillé entre son désir et son devoir.

J'essaie de m'accrocher à lui, de l'obliger à s'accrocher à moi. Ça ne marche pas. Juste au moment où notre baiser pourrait devenir autre chose, il se détache. Il est essoufflé, à présent.

Je prends une profonde inspiration pour tenter de calmer les battements précipités de mon cœur.

— Je commençais à croire que tu n'étais pas réel.

Il m'aide à me lever.

— Je suis désolé de ne pas t'avoir trouvée plus tôt.

— Ce n'est rien. Je… Merci de m'avoir trouvée. De prendre soin de moi.

Il m'offre l'un de ses rares sourires.

— Je prendrai toujours soin de toi. Toujours.

Chapitre 13

J'ai déjà revécu ce souvenir des dizaines de fois. Quelque chose ne va pas. Au lieu de m'embraser au contact de Kyol, je me sens engourdie, froide et étrangement distante.

Je tourne la tête sur le côté. Même comme ça, il fait noir, mais je perçois une présence. Un regard. Ma confusion se dissipe enfin, et le temps que je comprenne qu'il me suffit d'ouvrir les yeux pour me débarrasser des ténèbres, je me souviens de Rhigh.

J'ouvre brusquement les yeux. Je suis dans ma chambre au palais. C'est ici que j'ai toujours dormi quand je passais la nuit au Royaume. Elle n'est pas grande, mais il y a assez de place pour le lit, une table de chevet et la commode placée contre le mur à côté d'une petite salle de bains. Elle est simple et confortable, et depuis que les rebelles occupent le palais, je tends à la considérer comme mienne.

— Tiens, dit Lena.

Je tourne lentement la tête vers la droite et la vois assise sur une chaise à côté de mon lit. Elle me tend un verre.

— Du *cabus* ? je demande.

Elle hoche la tête. J'ai les mains qui tremblent quand je prends le breuvage. Je retiens mon souffle, bois une gorgée et m'efforce de ne pas la recracher.

— Ce n'est pas si terrible, dit-elle.

Si, ça l'est, mais comme j'ai la gorge desséchée, je m'oblige à en avaler encore. Ça me brûle. J'ai si froid que la sensation n'est pas totalement désagréable. Le *cabus* permet de régénérer l'énergie des faes lorsqu'ils se surmènent en ouvrant des fissures trop vite ou en abusant de leurs pouvoirs magiques. C'est aussi censé réhydrater et redonner des forces aux humains. En ce qui me concerne, je pense qu'un verre de Red Bull aurait le même effet, mais je ne peux pas vraiment courir en acheter à l'épicerie du coin.

— Où est Aren ? je demande.

— Je l'ai renvoyé.

Je hausse un sourcil.

Elle grimace.

— Il ne rendait service à personne en restant assis là à attendre que tu te réveilles.

— Combien de temps suis-je restée inconsciente ?

— Quelques heures, dit-elle sur un ton détaché.

C'est bien connu, les gens tombent dans des rivières gelées et perdent connaissance sans arrêt.

— Que faisais-tu à Nashville ? demande-t-elle.

Nashville ? J'ai l'impression qu'il s'est écoulé des jours entiers depuis que Trev est venu m'y récupérer. Que m'a-t-il dit, déjà ? Que Sosch est allé trouver Lena avec un message attaché à un collier. Apparemment, Lorn n'a pas signé ce message.

— Je réglais une dette.

Je roule sur le côté, puis tente de m'asseoir. Je suis surprise que mon corps accepte de coopérer.

— Une dette envers qui ?

J'ai un peu la tête qui tourne. J'attends que la pièce cesse de tanguer pour me focaliser sur Lena. Elle porte une longue robe blanche. Une large ceinture en *jaedric* marque sa taille fine. Plusieurs arbres *abira* sont gravés dessus à intervalles réguliers. Ils sont dotés de dix-sept branches, une pour chaque province du Royaume, y compris celles qu'Atroth a dissoutes il y a des années.

— Lorn, lui dis-je.

À en juger d'après son absence de réaction, elle était déjà au courant.

— Il a dit que vous vous étiez disputés.

Elle grommelle, et son visage déjà maussade devient de marbre. D'une main, elle repousse une longue mèche de cheveux blonds derrière son oreille. C'est un geste que je l'ai rarement vue faire, et ça lui donne un air plus… doux, c'est le meilleur mot qui me vienne à l'esprit.

— Tu as lu les ombres pour lui, je présume.

Après que j'ai hoché la tête, elle ajoute :

— Les ombres de qui ?

— Une fae du nom d'Aylen.

— Et qui était cette Aylen ?

— Si on en croit Lorn, une associée. (Son lien avec le fae de Rhigh me revient alors.) Elle s'est rendue à Eksan.

Elle hausse ses sourcils parfaitement dessinés.

— Eksan, au sud de l'océan Daric ?

— J'ai essayé de le dire à Aren, mais il a ouvert une fissure sans m'en laisser le temps. On a ensuite dû trouver le moyen de quitter la ville, et…

— Et tu as découvert son lien avec Thrain.

Ce n'est pas ce que je m'apprêtais à dire, mais puisqu'elle met le sujet sur la table, je hausse les épaules.

— Ouais.

On frappe à ma porte ouverte. Un orbe éclairé par magie sur le mur du couloir auréole la silhouette mince d'Aren d'une douce lueur bleue. Ça lui donne l'air d'un personnage mythologique, ce qui est assez approprié.

— Je peux entrer ? demande-t-il.

Il y a un soupçon de réserve dans sa voix, comme s'il redoutait que je dise non et que je le renvoie.

Lena se lève avant que j'aie pu répondre. J'essaie de me mettre debout à mon tour, mais j'ai le tournis quand je me penche en avant.

— Doucement, McKenzie, dit Aren en venant à côté de moi. (Il pose une main sur mon épaule pour m'immobiliser.) Tu as pris un sérieux coup sur la tête en tombant.

Sa paume me réchauffe la peau à travers l'étoffe mince de ma tunique fae. On m'a retiré mes vêtements mouillés. Je porte un pantalon noir, ample et confortable. Sentant mes muscles se désengourdir lentement, je m'assois au bord du lit face à Aren.

— Tu m'as fait peur, dit-il.

Une lueur de crainte brille encore dans ses yeux argentés. J'ignore ce qui s'est passé après ma chute, mais je sais que je ne suis pas sortie de la rivière par mes propres moyens. Il a dû me tirer de l'eau, me traîner jusqu'au portail et m'amener ici.

— Je t'avais dit que c'était de la folie, ton plan, dis-je.

Petit sourire.

— Je pensais qu'on disposerait de quelques secondes supplémentaires avant qu'ils ne réagissent.

Si je n'avais pas encore un peu le tournis, je lèverais les yeux au ciel. À la place, je lui jette un regard exagérément noir. Son sourire s'agrandit, puis il se focalise sur mes lèvres. Soudain, je suis embarrassée et prends conscience de la proximité d'Aren. Sa main a quitté mon épaule et repose sur ma taille.

Un soupir exaspéré monte de la porte.

—Nous avons une réunion avec les hauts nobles au lever du soleil, dit Lena. Ne sois pas en retard.

Aren se contente de hocher la tête, sans me quitter des yeux. Lorsqu'elle part en refermant la porte derrière elle, il me demande à voix basse :

—Ça va, nous ?

—Je ne sais pas, lui dis-je.

C'est la vérité. Je n'ai pas encore eu le temps de digérer son lien avec Thrain. Quel genre d'individu suit l'exemple d'un impur ? Les idiots et les cruels, je ne vois que ça. Aren n'entre pas dans la première catégorie – il est malin et perspicace –, mais il ne cadre pas avec la seconde non plus. Il a toujours pris soin de moi, et c'est un guérisseur. Il aide les gens en les soulageant de leur douleur.

—J'ai juste… j'ai besoin de temps, Aren.

Du temps. C'est ce que je n'ai cessé de réclamer ces deux dernières semaines, et c'est précisément ce dont on manque le plus. Il dit qu'il comprend, mais si je me fie à l'ombre qui passe dans son regard…

J'ai envie de dissiper ces ombres de son visage. J'ai envie de me pencher vers lui et de presser mes lèvres contre les siennes, de laisser mes *edarratae* chasser ses craintes, mais ce serait dangereux de l'embrasser. Je n'arriverais pas à m'arrêter, et ça a beau être ridicule d'être encore vierge à vingt-six ans, je tiens à être absolument sûre d'Aren avant qu'on se mette ensemble. Au lieu de refermer la distance entre nous, je m'appuie avec précaution sur mes pieds. Aren s'écarte pour me laisser de l'espace, tout en restant assez près pour m'aider quand je chancelle.

Mon vertige passe en quelques secondes. Je ne me sens pas si mal, tout compte fait. Ça devrait aller si je marche un peu. Je retrouverai mon équilibre.

Alors que c'est ce que je m'apprête à lui dire, mon regard tombe sur la commode à côté de la salle de bains. Ou plutôt, sur ce qui est posé dessus.

— C'est mon…

Je me tais, car ce n'est pas seulement mon jean préféré. Il y a mon jean préféré, mon carnet de croquis et mon album photos. Ce n'est pas tout le contenu de ma valise, mais le plus important est là.

Je traverse la pièce et prends mon album.

— C'est tout ce que j'ai pu ramener sans risquer d'en perdre une partie dans l'Entre-Deux, dit Aren derrière moi.

L'Entre-Deux peut être capricieux. En règle générale, un fae le traverse sans encombre quand ce qu'il prend avec lui est facile à porter, mais s'il essaie de déplacer des piles entières de vêtements ou des cartons remplis de nourriture et de munitions, l'Entre-Deux subtilise des choses au hasard. Quand on transporte de nombreux objets, il vaut mieux emprunter un portail.

— Je peux y retourner s'il te faut autre chose.

Je me tourne vers lui.

— Tu es allé à mon appartement ?

— Trev m'a dit que tu avais préparé une valise. Ça ne m'a pris que quelques minutes pour faire l'aller et retour. (Il regarde l'album photos que j'ai dans les mains.) Je l'ai feuilleté. J'espère que ça ne t'embête pas.

Je baisse les yeux. J'ai ouvert l'album au hasard, sur une photo de ma mère et de mon père dans notre jardin, tous les deux avec des pelles. Ils sont en train de planter un arbre ; un pêcher si mes souvenirs sont bons. Je devais avoir douze ans, et on venait de m'offrir un appareil photo pour mon anniversaire. La photo est mal cadrée et prise de travers, mais ce souvenir me donne le sourire. J'étais jeune à l'époque. Heureuse et innocente. Cette vie-là me manque. Mes parents me manquent.

— J'accepterais de les rencontrer, dit Aren.

Je referme l'album.

— Quoi ?

— J'accepterais de rencontrer tes parents, dit-il en s'avançant vers moi. Si tu le souhaitais.

Seigneur, cet homme m'aime, et je ne suis capable que de le dévisager tandis que mon cœur cogne dans ma poitrine. À chaque fois que je commence à me demander ce qui me pousse à vouloir être avec quelqu'un comme lui, il balaie mes doutes. Il me montre qu'il m'aime, et derrière ses sourires en coin et son attitude décontractée, il est prévenant et attentionné. La question n'est peut-être pas de savoir pourquoi j'ai envie d'être avec lui, mais pourquoi lui a envie d'être avec moi.

— Ça ne fait qu'un mois que tu me connais, dis-je en reposant l'album sur la commode.

— Oui, dit-il avec un petit sourire qui suggère qu'il sait où je veux en venir.

— Comment peux-tu être sûr de ce que tu ressens pour moi ?

— Tu es humaine, dit Aren. Tu es la personne la plus faible que je connaisse.

Les picotements chauds dans mon ventre disparaissent.

— Ça fait plaisir, merci.

Il éclate de rire et prend mes mains dans les siennes avant que j'aie pu me détourner.

— Ce qui fait de toi la plus forte. La plus courageuse. Quand je t'ai trouvée sur ton campus, tu t'es battue. Tu n'as pas abandonné, même si tu savais que tu n'étais pas de taille. On n'était pas arrivés en Allemagne que j'étais déjà à moitié amoureux de toi.

Et voilà, les picotements sont de retour. Son contact excite mes éclats de chaos qui se mettent à étinceler sur ma peau. Il tend la main pour me toucher le visage. J'ai un mal fou à garder mes distances. Quand nous étions à Rhigh, il m'a dit qu'il n'était pas une erreur. Je devrais peut-être simplement le croire sur parole. Peut-être le moment est-il venu pour nous d'être ensemble.

Une douleur chaude et plaisante se diffuse dans mon bas-ventre.

— Quand le soleil se lève-t-il ? je demande en me rapprochant de lui.

— Bientôt, dit-il. En ce moment, sans doute.

Ce qui signifie que nous n'avons pas de temps pour nous. Je ferme les yeux et étouffe un juron.

Aren dessine la courbe de ma mâchoire du pouce.

— Viens avec moi.

Je fronce les sourcils, essayant de comprendre le sens de ses paroles.

— À la réunion ?

— Oui, dit-il.

— La réunion avec les hauts nobles ?

— Oui.

Je détache sa main de mon visage afin de pouvoir penser à autre chose qu'à son contact. Même si ça n'aide pas beaucoup, car il ne me lâche pas la main.

— Ça ne va pas du tout leur plaire, dis-je.

Il me répond par un sourire.

Ah, je vois. Il n'a pas envie de jouer à la politique.

— Ça ira. Je passe mon tour.

— Tu peux y réfléchir en chemin, dit-il comme si je ne venais pas de lui répondre. Ça pourrait être divertissant.

Du pied, il fait sortir quelque chose de sous le lit. Des chaussures de tennis, celles que j'ai achetées alors que je me rendais au portail de Las Vegas. Je pousse un soupir exagéré, mais prends une paire de chaussettes et fourre les pieds dans les chaussures. Elles sont sèches. Vu que je doute qu'elles aient eu le temps de sécher à l'air libre, un fae a dû se servir de sa magie pour faire s'évaporer l'eau qui restait.

Aren ouvre la porte. Je passe les doigts dans mes cheveux pour les peigner, les attache en queue-de-cheval et demande :

— Lena me laissera-t-elle assister à la réunion ?

— On verra bien, non ?

Si Atroth était encore roi, la question ne se poserait pas. Il n'aurait jamais envisagé de me laisser rester, même pour une conversation informelle avec un haut noble. Oh, il aurait fait preuve de tact, se serait peut-être même excusé, mais il m'aurait renvoyée sur Terre aussitôt ma mission remplie.

Les choses ne se passent pas comme ça avec Lena et les rebelles. Je leur ai clairement signifié que je voulais être tenue informée des avancées de cette guerre, et je ne tolérerai pas qu'ils me laissent dans le noir comme le faisait le prédécesseur de Lena.

Alors qu'Aren et moi traversons le jardin de sculptures et que je m'imagine toutes les réactions que les hauts nobles pourraient avoir si je décidais d'assister à cette réunion, Lena surgit de l'aile nord du palais. Elle s'arrête à côté d'un pilier ouvragé, presque surprise de nous voir.

— La réunion est annulée ? demande Aren d'une voix pleine d'espoir.

Lena nous regarde à tour de rôle avant de se focaliser sur Aren.

— Elle… non. Non, elle n'est pas annulée.

— Tu t'enfuies, alors ? demande-t-il, laissant la question en suspens.

Elle prend un air glacial.

— Non. Je suis venue te chercher. Je veux que tu aies l'air d'un maître d'armes à cette réunion. Une nouvelle armure t'attend dans ta chambre. Va te changer.

— Je doute que ce que je porterai change quoi que ce…

— Vas-y, Aren, dit-elle.

Il hoche la tête, dents serrées, se soumettant avec réticence à son ordre avant de se détourner et partir. Je suis d'accord avec Lena, à vrai dire. Aren et les autres rebelles devraient donner l'impression d'être à leur place au palais ; ils ne devraient pas ressembler à des… des rebelles, justement. Le moment semble juste curieusement choisi pour insister sur un changement de tenue.

Je suis frappée de voir comme Lena à l'air fatigué. Ses cheveux d'ordinaire brillants et lisses sont attachés en une queue-de-cheval rudimentaire, et l'argent de ses yeux s'est assombri. Son regard n'est pas aussi pénétrant qu'il l'est d'habitude.

— Quand as-tu dormi pour la dernière fois ? je demande.

Comme si elle prenait soudain conscience de son apparence, elle se redresse.

— Et toi ? me renvoie-t-elle.

— Je viens de me réveiller, lui fais-je remarquer.

— Être inconsciente, ce n'est pas dormir.

Son ton presque acerbe me rappelle Kelia, une comparaison qui ne me plaît vraiment pas. Lena et moi sommes des alliées. Il vaut mieux que je la considère comme une reine, une personne susceptible d'assurer la sécurité des gens que j'aime.

— Dis-moi ce qui ne va pas, alors.

— Rien ne va, dit Lena. (Elle prend une inspiration, puis relâche son souffle.) Les hauts nobles. Ils insistent pour que je leur dise qui…

Elle s'arrête, ferme les yeux et reprend.

— Ils me harcèlent pour que je leur dise qui a tué Atroth.

Kyol a tué Atroth. Elle le leur cache ?

— C'est important ?

Elle me regarde de travers.

— Le régicide est un crime.

— D'accord. Et ?

— Et rien, dit-elle sur un ton presque détaché. Ne parlons pas ici.

Elle se détourne et regagne l'aile nord du palais. Je suis obligée de trottiner pour la rattraper.

— J'ai reçu un message aujourd'hui, dit Lena quand je l'ai rejointe.

Elle ne développe pas, et mon estomac se noue.

— Que disait-il ?

Elle m'examine un moment avant de se concentrer sur un point devant elle. Son expression est sévère lorsqu'elle dit :

— Si je te laisse y aller, je devrai les laisser y aller aussi. Ça pourrait être un piège, et… (Elle soupire.) Et il ne doit rien t'arriver. Je les perdrai tous les deux si tu meurs.

Je lui empoigne le bras et l'oblige à s'arrêter.

— Que disait ce message, Lena ?

Elle se dégage facilement et me fait face. Puis elle me tend un bout de papier qu'elle gardait coincé sous sa ceinture en *jaedric*.

Je le déplie.

— D'après Shane, ça donne l'emplacement de Paige.

Bon nombre de faes savent parler ma langue, mais je n'en connais aucun capable de la lire. Il y a une adresse écrite au milieu de la feuille, située en Angleterre apparemment. En dessous, le nom de Paige. C'est tout. Pas d'explications.

— De qui est-ce ? je demande.

Lena remue les lèvres.

— C'est anonyme. C'est arrivé avec une pile d'autres lettres.

Je renifle. Bien entendu. Je relis le texte. Ça pourrait venir de Lorn. Comme ça pourrait venir des survivants.

— Qu'est-ce qui nous dit que ce n'est pas un piège ?

— Rien. C'est pour ça que tu ne peux pas y aller.

Je replie le papier et le glisse dans ma poche.

— Je ne peux pas ne pas y aller.

— Je le sais, ça aussi.

Au bout d'un moment, elle ajoute :

— La plupart du temps, ces tuyaux ne valent rien.

— Mais ça arrive qu'ils soient fiables. Londres est une grande ville. Il y aura des humains partout.

— Je ne peux pas t'envoyer là-bas seule, et j'ai besoin que Kyol et Aren m'assistent tous les deux à cette réunion. Nous avons peut-être les moyens d'obliger les hauts nobles à voter.

Je hausse les sourcils.

— Vraiment ?

— Le fae dont tu as retrouvé la trace à Eksan, dit-elle. Nous sommes parvenus à le capturer, lui et les trois faes qu'il est allé rejoindre. Deux d'entre eux ont confirmé que les survivants n'ont pas de Descendant à mettre sur le trône.

— C'est bien, dis-je.

C'est peu dire. C'est une excellente nouvelle, et une tension dont je n'avais pas conscience quitte mes épaules. Si les hauts nobles donnent leur appui à Lena, les choses devraient s'améliorer rapidement.

Lena hoche la tête.

— J'ai besoin d'avoir mon seigneur général et mon maître d'armes à mes côtés quand je m'entretiendrai avec eux. Ils respectent l'opinion de Kyol, et Aren est doué pour cerner les gens. Je ne pourrai pas les envoyer avec toi avant la fin de la réunion.

Je joue avec le bout de papier dans ma poche.

— Tu as une idée du temps que Paige pourrait rester à cet endroit, ou du temps que va durer la réunion ?

— Concernant Paige, non. Pour ce qui est de la réunion… une éternité.

Je ne sais pas bien si elle exagère ou non.

— Depuis quand as-tu ce message ? je demande.

— Il vient d'arriver.

— Et il n'y a aucun moyen de savoir quand il a été rédigé, dis-je.

— Non, répond-elle, même si je ne posais pas vraiment une question.

— Peux-tu envoyer quelques autres faes avec moi ?

Tant que je n'en saurai pas plus au sujet de ce tuyau ou de l'état de Paige, je ne peux pas me résoudre à attendre la fin de la réunion.

Lena hoche la tête.

— Je peux. Mais qu'est-ce que je suis censée leur dire si tu ne reviens pas ?

— Je reviendrai, dis-je. S'il y a trop de survivants à Londres, nous partirons.

Elle me regarde, dubitative.

— Tu partiras même si tu vois ton amie là-bas ?

— Je n'ai pas envie de mourir, dis-je.

Ça ne répond pas tout à fait à sa question, mais Lena n'insiste pas.

Chapitre 14

Lena charge Shane de m'accompagner. À ce qu'il paraît, il a vécu un an à Londres avant de déménager à Houston. Il dit connaître le quartier où Paige pourrait être détenue. Ça va nous faire gagner du temps. Si le tuyau ne mène à rien, nous devrions être de retour à Corrist avant qu'Aren ou Kyol s'aperçoivent de notre absence.

La portion de la Cité qui s'étend entre le palais et le mur d'argent est plus étroite dans le coin nord-est. C'est également là que se trouve le portail de Corrist. Comme Lena a dit qu'elle demanderait à deux faes de nous rejoindre dans le hall d'entrée, c'est là que Shane et moi attendons notre escorte.

— J'ai trouvé une maison à louer à Las Vegas, dit Shane en s'adossant au mur et en jouant avec quelque chose dans la poche de son blouson.

Le blouson est en cuir noir souple et a l'air d'avoir coûté cher. J'ai sorti un manteau plus long de la réserve de vêtements humains du palais. Il est blanc et un peu grand mais il dissimule ma dague, et il n'y avait pas tellement de choix. Atroth ne gardait ici qu'un nombre limité de textiles d'origine terrestre. C'est déjà ironique qu'il en ait gardé vu la rigueur avec laquelle il maintenait une séparation entre nos deux cultures, mais il lui arrivait suffisamment souvent de demander à ses faes de se rendre visibles sur Terre pour qu'en entreposer ici soit justifié.

— Où ? je demande à Shane.

— Dans la partie ouest de la ville, dit-il.

— C'est cher, dans ce coin-là ?

La maison qu'il avait à Houston était gigantesque. À l'époque, il travaillait pour Atroth comme moi, mais exigeait du roi qu'il finance son prêt immobilier et lui verse une somme faramineuse tous les mois. J'étais bien dans mon petit appartement – j'y ai vécu presque huit ans –, et ça m'a toujours gênée d'accepter plus d'argent qu'il ne m'en fallait pour joindre les deux bouts. Il ne manquerait plus que j'attire l'attention du fisc. Honnêtement, je ne sais pas comment Shane s'y est pris pour ne pas se faire griller avec son train de vie.

— À ce propos, dit Shane en glissant les pouces dans les poches de son jean. Il faut que tu demandes une augmentation à Lena. Elle refuse de me payer davantage que ce qu'elle te paie.

Bravo, je songe. À voix haute, je dis :

— On sera très bien dans un appartement.

— Toi peut-être, pas moi. J'ai besoin d'espace.

— Trouve-toi un boulot, lui dis-je.

Puis je lâche un juron.

Un boulot. C'est justement ce que je suis censée trouver.

— Quel jour on est ?

Bon sang, je ne sais même pas où sont passés mon permis de conduire et ma carte de Sécurité sociale. S'ils ont survécu à mon plongeon dans la rivière de Rhigh, ils sont dans la poche de mon vieux jean.

— À Las Vegas ? Jeudi après-midi, je crois, dit-il. Pourquoi ? Tu as un rencard ?

Ça me laisse à peu près vingt-quatre heures pour aller voir Jenkins et finir de m'occuper de ma paperasse. Si tout se passe bien, c'est faisable, et je veux ce boulot. J'en ai besoin pour avoir l'impression d'être une humaine normale de temps en temps – je ne peux pas me consacrer à la guerre sept jours sur sept –, mais c'est plus important de retrouver Paige et de m'assurer qu'elle va bien. Beaucoup plus important.

— Ce n'est rien, dis-je à Shane.

Si je ne suis pas en mesure de me rendre au bureau de Jenkins d'ici 17 heures demain, je n'aurai qu'à le convaincre que j'avais un problème majeur à régler.

Shane n'a pas le temps d'insister. Trev arrive dans le hall. Il s'est lui aussi servi dans le stock de vêtements humains du roi, et porte un pantalon kaki et un sweat-shirt assez ample pour dissimuler une dague de belle taille. Puisque nous allons dans une ville fortement peuplée et que nous courons le risque que quelqu'un percute les faes s'ils sont invisibles, j'ai insisté pour que notre escorte se laisse voir des humains. Leurs éclats de chaos resteront invisibles aux yeux de ceux qui ne sont pas doués de double vue, et, tant qu'ils ne voient pas plus de deux ou trois faes à la fois, les gens ont tendance à ne pas s'apercevoir de leur étrangeté. Ils ne remarquent pas leurs yeux argentés et leurs visages quelque peu exotiques.

— On dirait que tu te retrouves encore coincé avec moi, dis-je à Trev.

— Pas tout à fait.

Il me décoche un sourire en coin, et je jurerais que c'est la première fois que je le vois afficher autre chose qu'une grimace. Il s'avance plus loin dans le hall pour laisser place à…

Aren. Je garde un visage neutre à son approche. Ce n'est pas facile, et pas seulement parce que j'ai l'impression d'être une adolescente surprise à sortir en douce la nuit. Aren porte des vêtements humains, lui aussi. Jusqu'ici, je ne l'avais vu avec autre chose que des habits de fae qu'au mariage de la sœur de Paige, où il portait un costume. Il était superbe. Il l'est encore maintenant, même s'il n'est vêtu que d'un jean décontracté et d'un simple tee-shirt noir dont il a remonté les manches jusqu'aux coudes. Il ne se fondra pas dans la masse sur Terre, lui. Il retiendra l'attention de toutes les femmes qu'il croisera.

Je mets une seconde à retrouver ma voix.

— Tu ne devrais pas être à la réunion avec les hauts nobles ?

— En effet, reconnaît-il. Mais je n'ai pas l'intention de te laisser tomber dans un piège.

Si sa tenue ne suffisait pas à prouver qu'il sait exactement ce que je m'apprête à faire, sa déclaration ne laisse aucun doute possible. On lui a parlé de Londres. Qui ? Pas Lena. Si elle était opposée à ce que je parte à la recherche de Paige, rien ne l'obligeait à me parler de ce tuyau.

— Les survivants ne seront peut-être pas là-bas, dis-je.

Je regarde Trev et étrécis les yeux. Il ne m'aime pas. Il a risqué la mort à mon appartement, et je sais qu'il n'était pas ravi qu'on le charge d'aller me récupérer à Nashville. Sans compter que lui et Aren sont amis. Ça ne m'étonnerait pas qu'il ait vendu la mèche.

— Paige ne sera peut-être pas là-bas, renchérit Aren en s'avançant d'un pas. Et ne rejette pas la faute sur Trev, *nalkin-shom*. J'ai obligé Lena à me dire ce qui se passait.

Lena a donc cédé ? Je sais qu'Aren peut être convaincant, mais franchement, elle est censée être la régente du Royaume. C'est lui qui devrait se plier à sa volonté, pas l'inverse.

— J'y vais, lui dis-je. J'ignore quel traitement les survivants ont réservé à Paige. Elle pourrait être blessée. Elle pourrait s'imaginer qu'elle…

— Je ne cherche pas à te dissuader d'y aller, McKenzie, m'interrompt-il en levant la main.

Je la fixe des yeux le temps de prendre la mesure de ses paroles. Parfois, j'oublie qu'il n'est pas comme Kyol. Il ne prend pas les décisions à ma place. Il me donne le choix. Il me soutient ; il ne me contrôle pas.

Et c'est l'une des raisons pour lesquelles je tente ma chance avec lui. Il ne me met pas dans une boîte capitonnée pour me protéger. Il me laisse ma liberté. Il me permet d'être moi-même.

Je prends sa main. Son étreinte est puissante, réconfortante.

— Tu ne ferais pas mieux de rester pour la réunion ? je demande.

Je dois être certaine que ça ne pose pas problème qu'il s'absente. Sauver Paige est important, mais veiller à ce que Lena accède au trône l'est aussi.

— Lena se sous-estime, dit Aren en m'orientant vers la sortie. Elle peut gérer les hauts nobles seule. Sans compter que Taltrayn est avec elle.

Malgré son peu de goût pour la politique, Aren connaît les hauts nobles et le jeu qu'ils jouent mieux que moi. Je serre doucement sa main avant de me dégager. J'aimerais mieux continuer à la tenir, mais nous ne sommes pas seuls ; Shane et Trev ont tous deux l'air agacé et impatient.

Nous ne mettons pas longtemps à atteindre le portail. En un quart d'heure, nous traversons la Cité et arrivons au mur d'argent. De l'autre côté, une rivière tombe en cascade des montagnes Corrist. Un terrain relativement plat s'étend entre les remparts et les premières pentes des collines. Puisqu'il n'y a ni habitations ni échoppes, nous avons une vue dégagée sur le portail dès que nous passons sous le mur.

Lorsque nous nous arrêtons au bord de la rivière, Aren plonge le premier la main dans l'eau, et un roulement de tonnerre résonne dans l'air. Une fois sa fissure ouverte, il glisse une pierre d'ancrage marquée entre nos paumes jointes, et je retiens mon souffle tandis qu'il m'entraîne dans l'Entre-Deux.

La seconde suivante, nous émergeons dans une pièce qui sent le renfermé. Juste avant que notre fissure s'évanouisse, je distingue une chaise cassée. Puis la pièce est replongée dans le noir total. Total, à l'exception des éclairs bleus sur la peau d'Aren. Les éclats de chaos s'agitent frénétiquement, signe que nous sommes au cœur d'une métropole. Même s'il n'y a pas d'appareils technologiques activés dans cette pièce, il y en a sûrement un nombre important à proximité ; des feux de signalisation dehors, du wifi dans l'air, des téléphones portables qui émettent et reçoivent des appels. Une musique assourdissante nous crève les tympans puis s'éloigne. Une voiture qui passait, sans doute. Ce n'est pas comme être dans une auberge perdue en Allemagne, cette base où les rebelles me gardaient prisonnière au début. Il suffirait de quelques heures ici pour que les faes aient tous la migraine.

Ce qui rend le choix de cette ville vraiment étrange de la part des survivants. Je sens les chances que Paige y soit détenue s'amenuiser à chaque étincelle désordonnée sur la peau d'Aren.

Un rai de lumière manque de m'aveugler lorsqu'il perce les ténèbres. Trev et Shane s'avancent dans la pièce. Dès que Shane a lâché la main de Trev, il fouille dans sa poche et en sort un téléphone portable. Trev grimace tandis que Shane maintient une touche appuyée pour l'allumer. Visiblement, Shane a omis de parler de cet appareil technologique au fae.

— Paige n'est pas si loin que ça, dit Shane. On n'a même pas besoin de prendre le métro.

À condition qu'elle se trouve bien à l'adresse qu'on nous a donnée.

— Bien, dit Aren. En cas de problème, on se retrouve au portail. Vous savez tous les deux où il est situé ?

Sur une carte, oui. Le retrouver en vrai sera peut-être un peu plus compliqué, mais Shane et moi hochons la tête. Il n'y a plus qu'à espérer que nous ne serons pas séparés, et que ça ne prendra pas longtemps. Trev se frotte déjà le front comme s'il avait mal au crâne.

Shane nous conduit dehors. Je m'engage après lui dans une cage d'escalier étroite, suivie d'Aren et de Trev. Il fait noir, mais je distingue tout de même des taches sur le tapis fin qui couvre les marches. Je garde les bras serrés le long du corps. C'est le genre d'endroit où on aime mieux ne toucher à rien. Au moins, c'est le lieu idéal pour ressortir dans mon monde en toute sécurité. Il n'y avait que trois pierres d'ancrages pour Londres dans les archives. Kavok nous a informés que la première nous aurait amenés directement au portail, qui donne en plein sur la rive nord de la Tamise, et la seconde à Westminster. D'après Shane, Westminster n'est pas du tout situé dans le même coin que notre adresse, et nous avons fini par choisir cet emplacement-ci que

Kavok nous conseillait pour sa discrétion. Il avait raison sur ce point. Personne n'est là pour nous surprendre.

Shane atteint la porte en bas de l'escalier. Il l'ouvre et sort du bâtiment. Il fait nuit dehors. Les lumières des réverbères se reflètent sur le trottoir humide, et le fond de l'air est froid. Je me félicite de porter une veste, mais regrette de ne pas avoir mis quelque chose de plus épais qu'un tee-shirt à manches longues en dessous.

Je fourre les mains dans mes poches, puis me retourne et attends qu'Aren et Trev sortent. La pièce dans laquelle nous sommes arrivés se trouve au-dessus de ce qui ressemble à une agence immobilière. Des photos d'appartements et de maisons au charme désuet vendus plus d'un demi-million de livres sont scotchées à la vitrine. À quelques maisons de là, un petit groupe d'hommes fument à l'extérieur d'un pub.

— C'est par là, dit Shane une fois que les faes nous ont rejoints.

Je lui emboîte le pas, m'efforçant de ne pas avoir l'air d'une touriste. On pourrait croire que c'est facile pour moi vu le temps que j'ai passé dans le Royaume, un endroit autrement plus exotique que cette ville, mais nous sommes à Londres. Son histoire est si riche. Et qu'importe que ce soit la terre natale de Shakespeare et de Jane Austen, il y a la gare de King's Cross pas loin. Je veux voir le quai 9 3/4. Je jure qu'un de ces jours, je demanderai à un fae de m'amener ici pour des vacances.

— Tu revis dans cette ville, dit Aren.

— Quoi ? je demande en me retournant.

Je marchais à côté de Shane, mais j'ai dû ralentir pour tout embrasser du regard. Aren m'a rejointe, à présent. Trev et Shane ont pris un peu d'avance.

— Cet endroit te fascine plus que tous ceux où je suis allé avec toi dans le Royaume.

— C'est parce que personne n'essaie de me tuer, ici, dis-je.

Pour l'instant. Je suis surprise qu'Aren ne me le fasse pas remarquer, mais il se contente de me regarder en souriant, et j'ai un petit coup au cœur. On dirait que le fait de me voir comme ça ici le rend heureux, et je me laisse aller un bref instant à m'imaginer marchant dans cette rue avec Aren sans avoir à me soucier des survivants ou de Paige. C'est ce qu'il nous faut, pouvoir passer du temps ensemble loin des pressions de la guerre.

— On est arrivés, dit Shane en indiquant une section d'un bâtiment en briques qui se trouve à environ dix mètres de nous.

Nous passons devant une minuscule épicerie, puis devant un restaurant encore plus minuscule qui propose des kébabs à l'agneau et au poulet. Une longue file de gens barre l'accès à l'intérieur, sauf qu'ils n'attendent pas pour passer commande mais pour entrer dans le bâtiment aux murs blancs d'à côté. Vu l'accoutrement des humains, il doit s'agir d'une boîte de nuit ou d'un concert de rock. Je ne comprends vraiment pas les choix vestimentaires des filles. Il gèle ici, et elles portent toutes des jupes courtes et des débardeurs.

Shane s'arrête avant que nous ayons atteint le début de la queue, puis consulte son portable et relève la tête. Une porte en métal se détache contre le mur de briques nu. Elle est cabossée et présente des traces de rouille orangée en haut, ainsi que la trace d'une substance noire qui semble collante et une barre en son centre. Le genre de porte qu'on ne touche pas de peur de ce qu'on va trouver de l'autre côté.

J'examine le premier étage. Les quatre fenêtres espacées à intervalles réguliers sont plongées dans le noir. Le bâtiment est sans doute désert... totalement désert. Si les survivants étaient là, ils s'éclaireraient d'une manière ou d'une autre, avec une bougie ou un orbe de verre illuminé par magie. Mais puisque nous avons fait tout ce chemin, je dois avoir la certitude que Paige ne se trouve pas derrière cette porte.

Quand je m'avance, Aren m'arrête en posant une main sur mon bras.

— Passe derrière moi, dit-il.

Si j'y allais en première, c'était simplement pour nous permettre de dépasser la file des humains, mais il se fraie un chemin dans la foule d'une épaule, veillant à ce que sa peau n'entre en contact avec personne. Quelques filles protestent parce qu'elles s'imaginent qu'on veut les doubler, mais Aren leur décoche un sourire et dit :

— On ne fait que passer.

Bien entendu, elles cessent de se plaindre. L'une d'elles lui rend même son sourire. Elle tend la main vers son bras et dit avec un accent britannique marqué :

— Ne t'enfuis pas si vite.

Il parvient de justesse à l'éviter. Je m'avance aussitôt à côté de lui, et la fille prend un air dépité. Le but de mon action n'était pas tant de revendiquer des droits sur Aren que de les séparer, mais ça ne me dérange pas qu'elle l'interprète de cette manière.

Elle se focalise alors sur Trev, mais avant que j'aie à venir au secours de l'autre fae, la file se met à avancer. À peine s'est-elle détournée qu'elle nous oublie.

Quand nous atteignons la porte, Aren me regarde.

— Tu es sûre de vouloir entrer ?

Je pourrais laisser Aren y aller sans moi. Il effectuerait un rapide repérage et serait ressorti en un rien de temps. Mais si je me trompe, si les survivants sont bien là et que l'un d'eux s'avère être un illusionniste, Aren et Trev ne verront pas l'attaque venir. Je ne les laisserai pas s'exposer ainsi au danger.

— Ouais, lui dis-je. Certaine.

Il serre les dents, mais sort discrètement une dague de sous son tee-shirt.

— Shane, attend dehors, dit-il. Préviens-nous si tu vois des faes.

Il tend la main vers la porte, mais ne tourne pas la poignée. Il me regarde de nouveau.

— Dis-moi que tu es armée.

Je suis à deux doigts de lui répondre que non simplement pour voir sa réaction, mais le moment est mal choisi pour les enfantillages. Je passe la main derrière mon dos et sort ma dague, veillant à la garder cachée sous mon manteau.

Il hoche la tête, puis actionne la poignée.

Je m'attends à ce que la porte ne bouge pas et à ce qu'on doive la forcer, mais elle s'ébranle sans un bruit. Ça me file les jetons. La porte semble vieille et lourde ; elle ne devrait pas s'ouvrir comme si ses charnières avaient été fraîchement huilées.

Je me force à entrer dans la pièce sombre qui sent le moisi. Quand j'y suis, je me raidis aussitôt. Cet endroit ne m'inspire pas confiance. L'air est étouffant, comme pour me mettre en garde. Lorsque la porte se referme en cliquetant derrière Trev, un souvenir me revient en mémoire. C'est le bruit qu'a fait la porte du vestiaire des filles quand j'y suis entrée il y a dix ans. Le cours de volleyball était terminé. J'avais oublié mon sac de sport et avais dû demander la clé au concierge. Comme je n'arrivais pas à trouver l'interrupteur, j'ai longé à tâtons les casiers en les comptant jusqu'à atteindre le sixième. Récupérer mon sac ne m'a pris qu'une seconde, mais quand je me suis retournée, je n'étais pas seule.

Ce n'était pas la première fois que je voyais Thrain, mais la première qu'il savait que je le voyais. Même si j'ignorais tout de lui à ce moment-là, quand il a souri dans le noir, la façon dont ses *edarratae* ont éclairé ses yeux enfoncés dans leurs orbites et les creux de son visage lui a donné l'air menaçant.

— McKenzie ?

Murmure d'Aren. Il s'est arrêté juste devant moi. Des éclats de chaos étincellent sur son visage, et je ferme les yeux pour bloquer le reste de mon souvenir. Nous ne sommes pas dans le vestiaire de mon lycée, mais dans le hall désert d'un hôtel qui a fait faillite ou d'un immeuble résidentiel, sans doute. Je crois que nous sommes entrés par l'issue du fond, car il y a une porte vitrée à l'autre bout de la pièce. Le verre est peint en noir. Quelques griffures laissent filtrer d'infimes rais de lumière. Mais à présent que mes yeux s'habituent à l'obscurité, ça me suffit pour discerner ce qui tenait peut-être lieu de comptoir de réception un peu à droite de la porte.

— On monte ? je chuchote à Aren, lui indiquant d'un signe de la tête une cage d'escalier étroite sur la gauche.

Un minuscule ascenseur fermé par une porte grillagée qui s'actionne manuellement se trouve à côté, mais je n'aurais pas envie de le prendre même si la technologie ne dérangeait pas les faes. Il n'a pas l'air très sûr.

Aren m'examine. J'essaie de relâcher la tension dans mes épaules et de desserrer mon étreinte sur ma dague, mais je suis certaine que ma raideur ne lui échappe pas.

Il semble à la fois détendu et alerte, et d'après la légère inclinaison de sa tête, je devine qu'il entend tous les soupirs et gémissements de l'immeuble malgré le vrombissement des enceintes dans la discothèque d'à côté.

Trev nous dépasse et s'engage dans l'escalier. J'adresse un sourire pincé à Aren et le suis, sentant les pulsations de la musique sur ma peau tandis que je m'avance dans un long couloir. L'hôtel doit s'étendre au-dessus de plusieurs boutiques. La lumière d'un réverbère filtre à travers une fenêtre condamnée, fournissant tout juste assez d'éclairage pour me permettre de distinguer une dizaine de portes closes de chaque côté du couloir.

Aren s'arrête à côté de la première, pose un doigt sur ses lèvres et tend lentement la main vers la poignée.

Elle tourne en cliquetant doucement.

Je retiens mon souffle. Je ne sais pas s'il vaut mieux qu'il ouvre la porte d'un geste plutôt brusque ou lent, et j'espère que, s'il y a bien quelqu'un de l'autre côté, il n'entendra pas Aren entrer.

Il opte pour la seconde méthode. La porte s'ébranle en silence, centimètre par centimètre, jusqu'à nous révéler la pièce entière, vide et humide. Un lit unique occupe plus de la moitié de l'espace. Il est fait, mais l'édredon fleuri est défraîchi et mangé par les mites. Au pied du lit, une porte coulissante s'ouvre sur une salle de bains, à peine assez grande pour un lavabo, des toilettes et une cabine de douche. À l'évidence, il n'y a personne ici. Il n'y a eu personne depuis des mois, voire des années.

— Inspecte les autres chambres, chuchote Aren à Trev.

Trev va à la porte en face de nous et tourne la poignée. Tout comme la première – et tout comme la porte en métal par laquelle nous sommes entrés –, elle ne lui oppose pas la moindre résistance. J'en ai la chair de poule. Ce n'est pas normal. En admettant que le propriétaire ait déserté cet endroit à la dernière minute, il ou elle aurait tout verrouillé. Il devrait y avoir des signes d'effraction. Des signes de vie. C'est loin d'être un hôtel *Hilton*, mais si je n'avais pas d'endroit où habiter je m'installerais ici. Londres est une grande ville ; on s'attendrait à ce qu'il y ait des squatteurs dans un immeuble abandonné comme celui-ci.

Aren va à la porte suivante. Cette fois encore, elle s'ouvre sur une pièce meublée uniquement d'un lit. La seconde chambre qu'inspecte Trev est identique, mais ce n'est que lorsqu'ils en arrivent chacun à leur quatrième porte que je respire un peu mieux. Si les survivants étaient là, ils se seraient déjà manifestés. Je suis partagée entre la frustration et le soulagement. J'ai envie de retrouver Paige, mais j'aime autant que nous ne nous lancions pas dans une bataille au beau milieu de cette ville.

J'avance jusqu'au bout du couloir. L'espace est partagé entre la dernière porte du côté d'Aren et un second escalier, raide et étroit. Je crois qu'il mène directement dehors. C'est peut-être une sorte d'issue de secours.

Je range ma dague dans son fourreau. Aren continue d'ouvrir ses portes en silence, mais Trev a renoncé à la prudence. Il pousse la dernière de la main droite, sa dague brandie dans la gauche.

Alors qu'aucun survivant ne se rue sur lui, Trev reste planté sur le pas de la porte.

Je vais le rejoindre.

Scrute l'intérieur de la pièce.

Je mets un temps infini à comprendre ce que j'ai sous les yeux.

— Oh, Seigneur, je m'étrangle.

Chapitre 15

La main plaquée sur la bouche, je regarde les quatre corps couverts de sang juste assez longtemps pour constater qu'ils sont tous humains, puis je suis forcée de détourner le regard.

Je m'accroche à l'encadrement de la porte, labourant le bois peint des ongles. Cette odeur… Elle est aigre, putride et écœurante, et l'air me semble soudain trop chaud. Trop humide. Comme si le sang versé s'était imprégné partout. J'examine mes bras, m'attendant à voir ma peau mouchetée de taches rouges.

— McKenzie ?

C'est à peine si j'entends la voix d'Aren. Elle paraît distante, caverneuse. Je ne suis pas en état de lui répondre ; je me contente de me retourner sans mot dire vers la minuscule chambre d'hôtel. Je me focalise sur le corps le plus proche, incapable de regarder celui qui est étendu sur le lit, celui dont on a arraché la peau. Les coupures sur le corps à mes pieds ne forment pas des lignes droites. Elles sont petites et irrégulières, comme de minuscules éclairs rouges. J'ai déjà vu la mort en face – des faes décapités avant de rejoindre l'éther, des humains entraînés dans la guerre du Royaume et pris entre deux feux –, mais je n'ai été témoin de ce genre de torture perverse qu'une fois. C'était à Lyechaban, une ville sur la côte est du Royaume.

Les faes qui y vivent haïssent les humains, et en me rendant dans cette ville avec Kyol il y a près de sept ans, j'ai vu deux humains ligotés sur une estrade. Les Lyechabaniens avaient essayé de découper les éclairs sur leur peau. J'ai cru qu'ils étaient morts, jusqu'à ce que l'un d'entre eux tressaille et…

Horrifiée, je me concentre de force sur la personne sur le lit. Pitié, pourvu qu'il soit mort.

— Que se passe-t-il ?

Aren se fige à côté de moi. Il est tout près, mais je ne sens pas la chaleur de son corps, seulement l'effroi qui me glace les os et me retourne l'estomac. Je rêve ou la poitrine de ce type se soulève ?

— *Sidhe*, murmure Aren.

J'ai l'impression que oui, mais vu la façon dont la lumière qui filtre par l'unique fenêtre de la chambre tombe sur son torse, ce pourrait n'être qu'un tour de mon imagination.

Aren me prend le bras.

— On s'en va. Tout de suite.

Aurais-je vu des lèvres remuer ? Je m'accroche à l'encadrement de la porte, refusant de bouger.

— Aren, dis-je à voix basse. Vérifie qu'ils sont morts. S'il te plaît.

— Ils le sont.

Il insiste pour que je m'éloigne ; je tiens bon. Deux des corps sont des femmes. L'une d'elle a les cheveux blonds comme Paige. Elle est adossée au pied du lit, mais son visage n'est pas tourné vers moi. Je suis incapable de dire si c'est elle.

Aren me serre le bras.

— D'accord. (Il dépose un baiser sur ma tempe.) D'accord.

Il entre dans la chambre. Les semelles de ses chaussures laissent des traces sur le sol trempé de sang. Il porte des bottes faes toutes simples qui lui arrivent aux chevilles. Je n'avais pas fait attention à ce détail jusque-là, mais elles détonnent avec son jean et son tee-shirt. Elles ont quelque chose d'intrigant. Atroth n'a pas inclus de chaussures dans sa réserve de vêtements. Il faudrait que je dise à Lena d'y remédier.

Bon sang, qu'est-ce qui me prend de penser à des chaussures ?

Je secoue la tête et tente de réinitialiser mon esprit afin de pouvoir me concentrer. Aren s'est accroupi à côté d'un corps. Il touche un poignet, cherche le pouls. Je le vois crisper nerveusement la mâchoire lorsqu'il se redresse. Alors qu'il examine le corps suivant, je jurerais voir bouger la fille blonde qui ressemble à Paige.

Je m'avance d'un pas vers elle. Je suis certaine de ce que j'ai vu, mais elle n'a pas changé de position. Je ne sais pas ce que…

Oh. Ses cheveux. Une mèche volète, soulevée par la brise. La partie inférieure de la fenêtre a été poussée de sorte que l'air entre… et sorte. Comment les gens dans la rue peuvent-ils ne pas sentir cette odeur de cadavre ? Comment ont-ils pu ne pas entendre les hurlements ? Les humains ont forcément dû crier. Aucun d'eux n'a eu une mort rapide. Leur agonie a été lente, douloureuse.

— Regarde-moi, McKenzie, dit Aren.

Il s'est avancé devant moi. Il prend mon visage entre ses mains, et des *edarratae* me chatouillent le cou.

— Il faut qu'on parte d'ici. Tu ne peux pas paniquer maintenant. Tu comprends ?

Je me sens froncer les sourcils. Je n'ai pas l'impression de paniquer.

— Ce sont les humains disparus, dit-il. Ceux qui travaillaient avec Atroth.

Hein ?

— Tu en es sûr ? je demande.

Les survivants ont autant besoin d'humains doués de double vue que nous.

— Certain, dit-il. Leurs noms sont écrits sur le mur.

Luttant contre mon dégoût, je regarde le mur éclaboussé de sang par-dessus son épaule. À présent que je me concentre sur les traces rouges, je reconnais les symboles faes. Je suis toujours incapable de les lire, mais c'est bien de leur langue dont il s'agit.

— Pourquoi les survivants les auraient-ils massacrés ? je demande en examinant la fille blonde.

Je la reconnais, maintenant. Elle s'appelle Anya. Elle est russe, ou plutôt l'était. Seize ans. Le même âge que moi quand j'ai commencé à travailler pour la Cour, sauf qu'elle a commencé à quatorze. Quand j'étais au service du roi, même si j'ai rencontré des faes qui désapprouvaient ma présence dans le Royaume, ils s'y résignaient car je traquais les ennemis de la Cour. Je n'imagine aucun de ces faes commettre un tel acte. C'est d'une barbarie sans nom.

Mes narines se dilatent. Je serre les poings contre mes cuisses et sens la fureur m'envahir tandis que j'inspire l'air chargé de sang. Lena essaie d'entrer en contact avec les survivants pour négocier, mais c'est en pure perte. On ne peut pas raisonner des individus capables de choses pareilles. Une fois que nous aurons découvert qui est leur meneur, je les traquerai lui et ses partisans. Je me moque du temps que ça prendra. Je ne permettrai pas qu'une telle horreur se reproduise.

Cette fois, lorsque Aren insiste pour que je m'en aille, je m'exécute et me détourne des corps mutilés. Nous revenons sur nos pas dans le couloir, et alors que nous ne sommes plus qu'à quelques foulées de la cage d'escalier, la voix de Shane retentit :

— Ils sont là !

Il déboule dans le couloir la seconde suivante.

— Ils m'ont vu.

— Prenez l'autre escalier. Vite, nous ordonne Aren en nous poussant vers le bout du couloir, avant de se poster devant les marches que Shane vient de gravir en courant.

Je trébuche et me retiens au mur d'une main, puis me retourne vers Aren et Trev. Trev ne s'attarde dans ce monde qu'une seconde de plus avant de disparaître dans une fissure.

Je me tourne vers Shane.

— Combien de survivants…

— Viens ! m'interrompt-il en m'empoignant par le bras et en m'entraînant de force dans le couloir.

Je me dégage de son étreinte mais me rue vers le second escalier. Trev va revenir avec des renforts, et Aren ne partira que lorsque je serai en sécurité loin d'ici.

Mon cœur bat au rythme de la musique endiablée qui fait trembler l'immeuble voisin. Arrivés au bout du couloir, nous dévalons l'escalier. Shane arrive en bas le premier. Une porte vitrée donne sur l'extérieur, mais bien entendu celle-ci est condamnée par une chaîne.

Sans hésiter, Shane brise la vitre d'un coup de pied. Je le laisse passer sous la chaîne puis l'imite aussitôt.

Nous ne débouchons pas sur une rue mais sur la cour la plus minuscule que j'aie jamais vue. Le mur en face de nous ne comporte qu'une seule porte, en bois et arrondie en haut.

Shane se jette sur la poignée et tire pour tenter de l'ouvrir.

Sans succès.

Je scanne les alentours avec le sentiment d'être prise au piège entre les quatre murs de briques. La musique est plus forte ici. Entre deux beats, il me semble entendre des fissures s'ouvrir à l'intérieur du bâtiment dont nous venons de sortir.

Merde.

Mon regard s'arrête sur une échelle en métal, presque entièrement dissimulée derrière une cheminée. Accrochée au mur, elle s'arrête au niveau d'une petite plate-forme à l'étage supérieur. Il y a une porte entrebâillée.

— Shane. Là.

Je saute et attrape un barreau le plus haut possible, puis grimpe et accède à la plate-forme en quelques secondes. Je m'assure que Shane me suit avant de me glisser à l'intérieur.

Des stroboscopes clignotent dans le noir. Je suis dans la boîte de nuit. En coulisse. D'épais rideaux accrochés au plafond balaient le sol à ma droite. À ma gauche, une foule en délire s'agite dans la salle pleine à craquer.

— Allez ! hurle Shane en me percutant. Allez !

Je cours droit vers la piste de danse bondée. Nous n'aurons pas de mal à nous fondre dans la masse des fêtards ; la musique assourdissante et toute la technologie contenue dans cette pièce perturberont les faes.

Nous devons sauter du bord latéral de la scène pour rejoindre la piste. J'aperçois brièvement le groupe qui joue à ce moment-là. Le bassiste, un grand type maigre couvert de tatouages, balance violemment sa tête tout en jouant. Un câble raccorde sa basse au matériel derrière lui. Un survivant qui ne l'a apparemment pas remarqué trébuche et l'arrache de l'instrument. La dernière chose que je vois avant de m'enfoncer dans la foule, c'est l'expression déconcertée de l'humain.

— Allez, allez ! hurle Shane en me poussant de plus en plus loin.

Je fais de mon mieux, mais l'endroit est blindé. Je me faufile entre deux filles qui dansent, puis regarde par-dessus mon épaule.

Shane a disparu. J'ignore où il est passé, mais je ne m'arrête pas et essaie d'atteindre le milieu de la piste. Tout le monde se pousse et danse, ce qui est loin de me faciliter la tâche. Je me retrouve au fond de la salle sans bien savoir comment. Quand je regarde la scène, je repère un survivant. Il porte des vêtements fae et scanne la foule, épée au poing. Constatant que le personnel de sécurité ne se mobilise pas pour le faire partir, j'en déduis qu'il est invisible.

Je suis tentée de croire que je ne risque rien là où je me trouve. Je vois mal le fae me retrouver ici. Quand le concert sera terminé, je pourrai sortir avec la foule. Je devrais pouvoir échapper aux survivants.

Si je survis au concert.

Malgré l'air frais dehors, il fait chaud dans la salle. C'est à peine si j'arrive à respirer avec cette cohue. Je plisse le nez quand quelqu'un près de moi se met à fumer… et pas de la cigarette. La fumée entre dans mes poumons et les irrite.

Soudain, c'est la fin du morceau. Les lumières s'éteignent. La foule devient une mer de portables allumés et…

Un éclair bleu étincelle sur un visage, juste devant moi.

Je vais pour prendre la dague cachée sous mon tee-shirt tandis que je recule, me pressant contre la foule de toutes mes forces, mais la foule me repousse. Je n'arrive pas à sortir ma dague. Le survivant n'a pas ce problème. Quand les lumières reviennent, elles se reflètent sur la courte lame en acier qu'il tient à la main. À l'instant précis où il vise mon ventre, la foule se referme autour de nous et le fae manque son coup.

Il me manque moi. Pas la fille qui vient de trébucher dans l'espace que j'occupais. Son cri est noyé sous les accords furieux et martelés d'un nouveau morceau. Elle tombe à genoux. D'instinct, je tends la main pour l'aider, mais les gens continuent à s'agiter et à se bousculer les uns les autres.

Je parviens à saisir le coude de la fille. Je l'aide à se lever, tout en cherchant le survivant des yeux. On l'a poussé. Je ne crois pas que c'était intentionnel, puisque à l'évidence il n'y a que moi qui peux le voir. Il repousse la personne puis se focalise de nouveau sur moi.

Je dois m'enfuir – le fae ne me ratera pas une seconde fois –, mais si je parviens à amener la fille à Aren, il pourra la sauver.

— Viens ! suis-je obligée de crier à la fille pour qu'elle m'entende avec la musique.

À peine a-t-elle fait un pas que ses genoux la lâchent. Je lutte pour la maintenir debout, mais son bras m'échappe. Personne d'autre ne lui vient en aide. Ils ne remarquent pas ses vêtements trempés de sang.

Le survivant n'est plus qu'à un mètre de moi. C'est alors que la colère m'envahit. Colère devant l'injustice de la mort imminente de cette fille et de la torture cruelle qu'ont subie les humains doués de double vue dans l'immeuble voisin. En poussant un cri que personne n'entend avec la musique tonitruante, j'attaque le survivant.

Visiblement, il ne s'y attendait pas. Une expression de stupeur passe sur son visage quand je le percute et vise des doigts ses yeux argentés. Je ne parviens qu'à lui griffer le visage.

Je me jette sur la main dans laquelle il tenait sa dague l'instant précédent, mais ne trouve pas l'arme. Alors que j'inspecte le sol en béton pour voir s'il l'a laissée tomber, il m'empoigne par les cheveux. Puis il tire ma tête vers le bas et me donne un coup de genou.

De minuscules éclats d'argent dansent dans le vide. *Des étoiles*, je songe tandis qu'il m'envoie de nouveau son genou en pleine figure.

Quand je recouvre la vue, je suis à quatre pattes et par miracle toujours vivante. Mon visage m'élance quand je respire, mais j'emplis mes poumons d'air chaud et enfumé et lève la tête. Aren est là et se bat avec le fae. Aucun d'eux n'a d'arme à la main ; ils essaient de se tuer à coups de poings.

Aren fond sur les genoux du survivant, se glisse sous lui et le soulève. Je crois qu'il veut plaquer l'autre homme au sol, mais le fae passe un bras autour du cou d'Aren et le déséquilibre. Ils basculent sans y prendre garde dans la foule, entraînant deux types dans leur chute. Les humains ne peuvent pas les voir ; ils n'ont pas la moindre idée de ce qui se passe, mais ils tirent leurs propres conclusions. Le premier type balance un coup de poing au second. Un autre saute dans le tas, et la salle se transforme soudain en mêlée géante.

Quand on se met à me piétiner l'épaule, je prends conscience que je vais finir broyée si je ne me relève pas. Je m'éloigne en vacillant, rampant à moitié jusqu'à ce que je trébuche sur la fille que le survivant a poignardée. Elle respire toujours. Pleure toujours.

Je l'attrape par le bras et tire. Alors que je la hisse sur ses jambes, je reçois un coup de coude dans les côtes qui me cause une vive douleur. De nouveau, on me pousse et je m'effondre. Je lutte pour me remettre debout, mais les gens marchent sur les pans de mon manteau ouvert et me clouent au sol. La foule se referme sur moi, et l'espace que j'occupais jusque-là disparaît.

Je n'arrive pas à respirer. On me marche dessus à plusieurs reprises. Je suis étendue sur la fille, presque joue contre joue. Elle a le regard vitreux. Un pied heurte sa tête. Elle ne cligne pas des yeux, ne crie pas.

La foule est vraiment déchaînée, cette fois. Je parviens à me débarrasser de mon manteau et tente encore de me lever, mais il y a trop de gens autour et au-dessus de moi. Je vais être piétinée à mort.

C'est alors qu'on me hisse sur mes pieds. Je regarde par-dessus mon épaule, m'attendant à voir Aren. Ce n'est pas lui. C'est un humain. Quelqu'un que je ne connais pas et qui ne me connaît pas. Un étranger parmi d'autres qui me sauve la vie. J'aimerais le remercier et m'assurer qu'il sortira d'ici indemne, mais je le perds de vue lorsque la foule se remet à déferler. Nous convergeons tous vers la sortie, beaucoup trop étroite pour permettre le passage d'autant de gens. Tout le monde hurle, pousse et se bouscule. Ce n'est pas en s'y prenant comme ça qu'on va y arriver.

En jouant des coudes pour reculer, je parviens à me faufiler par une minuscule brèche dans la foule. Seuls l'adrénaline et un instinct désespéré de survie me donnent des forces à présent. Vu qu'ils veulent tous s'échapper de la boîte de nuit, plus je me rapprocherai de la scène, moins je rencontrerai de résistance.

À ma gauche, trois filles ont brisé une vitre. Elles sont en train de sortir par la fenêtre. Alors que je m'apprête à les rejoindre, quelque chose accroche mon regard.

Paige.

Un fae tient une épée d'une main, mon amie de l'autre. Il tente de la maîtriser derrière les épais rideaux noirs de la scène.

— Paige ! je hurle, même si je sais qu'elle ne peut pas m'entendre.

Je ne vois pas d'autres faes dans la boîte de nuit. Consciente qu'ils auraient facilement pu sortir par une fissure, je cours jusqu'à la scène, saute et m'élance vers l'interstice entre les rideaux par où je les ai vus disparaître.

Il y a une issue au fond. Je l'emprunte et inspecte la rue. Je ne vois ni Paige ni le survivant, juste des humains. Certains d'entre eux se trouvaient visiblement à l'intérieur, tandis que d'autres nous regardent vider la salle. Plusieurs femmes sanglotent. Les hommes aussi semblent désorientés. Le mugissement des sirènes s'amplifie, signe que les autorités ne vont pas tarder à intervenir.

Puis un bruit que j'entends bien trop souvent ces derniers temps parvient à mes oreilles : le bruit de faes qui se battent.

Ça vient d'une rue secondaire sur ma gauche. Je cours dans cette direction et m'arrête à l'angle de l'immeuble pour jeter un coup d'œil à la scène. Trev a ramené des renforts. Lui, Aren et dix autres rebelles au moins sont aux prises avec un nombre égal de survivants.

— McKenzie !

Je me retourne et vois Paige se ruer vers moi. Des fissures s'ouvrent tout autour de nous avant qu'elle ait pu m'atteindre.

— Paige ! je m'écrie lorsqu'un survivant surgit d'un rai de lumière juste à côté d'elle.

Elle ne bronche pas et ne s'écarte pas du fae. Les humains normaux ne peuvent pas voir la bataille qui se déroule au beau milieu de cette rue londonienne ; elle ne se doute pas de la proximité de son ennemi.

Par chance, ce n'est pas après elle que le survivant en a. Il bloque l'attaque d'un rebelle, assène un coup d'épée et ouvre une fissure, puis revient à la charge.

Paige me rejoint. Je lui empoigne les bras en même temps qu'elle empoigne les miens. Une égratignure lui barre la joue gauche, mais elle a l'air d'aller bien.

— Par ici, dis-je en l'entraînant à droite tandis qu'elle me tire vers la gauche.

— Par là.

— Non, Paige…

— Viens ! hurle-t-elle. On a un plan.

— Un plan ? C'est qui, « on » ? je demande, mais elle persiste à me traîner dans la rue. Paige, qu'est-ce que tu fabriques ?

Elle se retourne vers moi.

— D'après toi ? dit-elle. Je suis en train de sauver ta peau !

Chapitre 16

De sauver ma peau ?

Mon intuition me souffle que je sais ce que ça signifie, mais je n'ai pas le temps de demander à Paige ce que les survivants lui ont dit. Un agent de police ou un gendarme, bref un représentant des forces de l'ordre – j'ignore comment ils appellent ça ici – s'approche de nous.

— J'aimerais voir vos pièces d'identité, dit-il avec son accent britannique chantant.

Les phares des véhicules de secours de la ville rendent son gilet fluorescent. Ils me désorientent, en plus. Je me raidis à chaque clignotement dans ma vision périphérique, mais ne repère ni Aren, ni Shane, ni aucun des survivants. Où sont-ils passés, bon sang ?

— Tout de suite, exige l'agent en s'avançant d'un pas et en posant la main droite sur la matraque à sa taille.

Paige et moi reculons.

— J'ai laissé ma carte d'identité dans mon autre jean.

C'est la pure vérité, mais soit le flic ne me croit pas, soit il s'en moque. Il tire sa matraque d'un centimètre. Je ne sais pas ce qui lui prend. Il y avait des centaines de gens dans cette boîte. Il devrait s'inquiéter de notre état, pas nous traiter comme si nous étions…

Des criminels. Comme si nous étions armées.

Je suis armée, et si les flics ont découvert les corps dans l'immeuble voisin, ils sont sans doute à la recherche des meurtriers.

— Les mains en évidence, dit l'agent.

Paige passe soudain un bras autour de ma taille et se jette contre moi avec une telle force que je chancelle.

— Appelez une ambulance ! dit-elle en écarquillant ses yeux bleu vif. Vous ne voyez pas qu'elle saigne ?

Que je saigne ? Je baisse les yeux et constate que mon tee-shirt et mon jean sont couverts de sang. Je ne suis pourtant pas blessée. Rien de grave, en tout cas. Tout ça vient de la fille de la boîte.

La fille morte de la boîte.

— Vous devez nous aider, dit Paige en m'obligeant à me rapprocher du policier. S'il vous plaît.

Paige est bonne actrice, mais le flic ne mord pas à l'hameçon. Il sort sa matraque et crie un nom, celui d'un collègue pour qu'il vienne en renfort je suppose.

Je jette un coup d'œil à droite, là où les autres flics se sont rassemblés pour aider les blessés ou dresser des barricades afin de bloquer la circulation et tenir à distance la foule importante qui s'est amassée.

En parlant de la foule, elle se range justement sur le bas-côté pour laisser passer une berline noire. La voiture percute le trottoir opposé et manque de sectionner le poteau qui soutient un côté de l'auvent devant l'entrée du théâtre, puis revient sur la route. Indifférent au barrage que la police est en train de mettre en place, le conducteur roule droit sur nous.

Ce doit être Shane. Dieu merci, il est sorti de la boîte de nuit indemne.

J'empoigne le bras de Paige pour lui faire lâcher ma taille et l'entraîne vers le véhicule qui se rapproche. Je me souviens alors de ce qui s'est passé la dernière fois que Shane est venu à mon secours. Il m'a renversée. Comme je n'ai pas envie de réitérer l'expérience, je me rapatrie vers le trottoir.

— Hé ! lance l'agent devant nous en se rapprochant.

L'instant suivant, il remarque la voiture. Je me raidis en espérant que Shane n'a pas l'intention de lui foncer dessus – il y a une grande différence entre s'attaquer à un survivant, et s'attaquer à un humain qui ne fait que son travail –, mais l'agent s'écarte de sa trajectoire en chancelant.

La voiture s'arrête entre nous dans un crissement de pneus. Je me jette sur la portière arrière et l'ouvre ; ce n'est qu'une fois presque entrée que je me rends compte que le conducteur n'est pas Shane.

Mais il est humain.

Il soutient mon regard de ses yeux marron foncé.

— Tu as deux secondes pour te décider.

Il passe la première. Derrière moi, Paige me pousse. Comme je ne suis guère tentée de voir à quoi ressemble l'intérieur d'une prison anglaise, je me jette au bout de la banquette. Paige a à peine le temps de se laisser tomber dans la voiture que le conducteur décolle.

Enfin, plus ou moins. Je suis ballottée d'avant en arrière tandis que la transmission proteste. C'est une voiture à boîte manuelle. Ce type n'en a de toute évidence pas l'habitude.

— Laisse-moi conduire, dit Paige en posant les mains sur le dossier des sièges avant pour se hisser par-dessus la console centrale.

— Non, répond le conducteur.

Après un nouvel arrêt brutal, la voiture se met en branle. Elle roule pendant environ dix secondes. Puis le moteur toussote et elle cale.

— Tu vas bousiller les vitesses ! dit-elle en s'emparant de la main du conducteur sur le levier.

J'entends un cri étouffé dehors. Je me retourne juste au moment où l'agent de police assène un coup de matraque dans la vitre côté conducteur. Le verre de sécurité se fissure mais reste en un seul morceau.

Alors que le flic s'apprête de nouveau à frapper, la voiture revient à la vie et fait un bond en avant. Par la vitre arrière, je regarde le flic nous courir après. Il abat sa matraque, mais cette fois il manque son coup.

Nous sommes loin d'être tirés d'affaire pour autant. Un véhicule garé à côté de la foule de curieux démarre et fonce droit sur nous.

Je me retourne dans le sens de la marche et constate que la rue devant nous est dégagée, mais j'ai vu assez de courses poursuites à la télévision pour savoir que cette histoire va mal finir. Nous avons beau être au Royaume-Uni, je ne doute pas qu'ils aient autant d'hélicoptères et de caméras qu'aux États-Unis. Notre seule chance de nous en tirer – si on a de la chance – serait que les faes nous viennent en aide. Nous devons rejoindre le portail.

Le type qui conduit freine pour négocier un virage brutal à gauche. Il s'en sort bien, mais la voiture crachote dès qu'il essaie d'accélérer. Paige s'étale sur la console et doit se retenir d'une main au tableau de bord. Je m'agrippe au dossier du siège conducteur et ne le lâche plus.

— Tu vas nous tuer, dit Paige. Bouge.

— Tu es assise sur le levier de vitesses.

Il se penche vers elle pour la repousser d'une épaule. Plus loin, une voiture de police nous attend à un croisement. Elle se rapproche pour nous barrer le passage.

Paige s'empare du volant. Nous dévions brusquement sur la gauche, et je jurerais que la berline manque de se retourner quand je suis propulsée contre la portière.

— Bordel, Paige !

Le conducteur redresse le volant, mais la voiture fait une nouvelle embardée.

— On ne va pas s'en sortir. (Je saisis la poignée de la portière.) Il va falloir qu'on coure.

— Pas si ce crétin coopère, dit Paige.

Elle replie les jambes et parvient je ne sais comment à se faufiler sur les genoux du type. Elle est assez menue pour tenir sous le volant. Je ne vois pas ce qui se passe au juste ensuite de la banquette arrière, mais j'entends le conducteur grogner de douleur et le levier de vitesses grincer une dernière fois, puis nous repartons dans un crissement de pneus.

Des sirènes se déclenchent à côté de nous. Je lâche un juron en voyant le véhicule de police se rapprocher à vive allure de ma vitre. Puis un autre lorsque Paige braque d'un coup sec et que je suis éjectée au bout de la banquette. Je me retrouve coincée entre le parquet de la voiture et le siège, mais ne tarde pas à être propulsée dans l'autre sens.

Alors que l'adrénaline déferle dans mes veines et que je sens l'accident imminent, je parviens à me rasseoir et m'aperçois que Paige maîtrise parfaitement la situation.

Elle passe les vitesses comme une experte, évitant les piétons et les terre-pleins qui surgissent sur la route. Mais elle n'a pas semé les flics qui nous poursuivent. Nous avons au moins trois véhicules à nos trousses.

— Tu es du mauvais côté de la route, dit le type qui conduisait jusque-là.

Il s'est débrouillé pour s'installer dans le siège passager. Les tendons de sa gorge sont saillants, et il s'accroche à la portière et à la console centrale comme si sa vie en dépendait.

— Ta ceinture, dis-je calmement en tirant la sangle par-dessus son épaule.

Je ne peux pas m'empêcher de me raidir à chaque fois que nous frôlons un obstacle ou prenons un tournant à la dernière minute, mais je m'efforce de contrôler ma respiration et de m'en remettre à la conduite de Paige. Elle se débrouille mieux que je ne l'aurais fait, ce qui est ironique sachant qu'elle n'a pas le permis et, sauf erreur de ma part, qu'elle n'a jamais eu de voiture.

Je déroule ma propre ceinture de sécurité et l'attache.

— On ne va pas réussir à semer les flics. Il faut…

— On va retourner à l'endroit où notre fissure s'est ouverte, m'interrompt Paige. On viendra nous chercher là-bas.

Le « on » dont elle parle est forcément un survivant.

— Paige. Il faut qu'on parle. Qu'est-ce qu'ils t'ont raconté ? Tu sais qui ils sont ?

Elle croise mon regard dans le rétroviseur.

— Ce qu'ils sont, tu veux dire ? Des faes. Et je t'en veux à mort de ne m'avoir jamais parlé d'eux.

De toute évidence, ils y ont remédié. Mais je leur en suis reconnaissante ; s'ils l'ont convaincue que ce sont eux les gentils dans cette guerre, ils n'ont pas dû la blesser ou la menacer. Vu ce qu'ils ont fait aux humains doués de double vue, c'est un soulagement.

Le type qui conduisait me regarde par-dessus son épaule.

— Tu sais où il y a un portail ?

— Sur la rive nord, près des quais, dis-je.

Puis j'ajoute :

— Qui es-tu ?

Ça pique ma curiosité. Lui et Paige se connaissent, c'est évident. Ils ont dû se retrouver ensemble avec les survivants. Ils ont enlevé Paige à cause de son lien avec moi, mais je n'ai jamais rencontré ce type. Je ne crois pas qu'il était l'un des humains d'Atroth.

Les humains assassinés d'Atroth.

— Je m'appelle Lee, dit-il.

— C'est le sale con qui se sert de moi pour te retrouver, ajoute Paige.

Soudain, elle écrase la pédale de frein et braque.

Je m'agrippe de nouveau au siège avant.

Derrière nous, j'entends un crissement de pneus suivi d'un bruit de collision, et nous semons la voiture de police.

Paige évite l'une des cabines téléphoniques rouges caractéristiques de la ville et continue de rouler.

— Il se sert de toi pour me retrouver ? je demande, désespérément accrochée au siège conducteur.

— Je cherche mon frère, c'est tout, dit Lee.

— Et tu as besoin de McKenzie pour le trouver. (Elle prend un virage relativement maîtrisé à droite.) Hé, j'ai trouvé la rivière.

— On doit aller au sud, dis-je en examinant Lee de plus près.

Il s'est retourné vers la route. La lumière de la radio souligne son profil. Il a les yeux foncés, et ses cheveux noirs en épis sont soigneusement coiffés.

— Tu cherches Naito, dis-je, certaine de distinguer quelques traits caucasiens dans son visage par ailleurs anguleux d'Asiatique.

— Tu le connais donc, dit-il en me regardant de nouveau.

— Ouais, dis-je, mais je ne développe pas.

Je ne me doutais pas que Naito avait un frère. Il n'en a jamais parlé, mais il faut dire qu'il n'a jamais beaucoup parlé de son père non plus. Ce qui est compréhensible puisque c'est Nakano qui a tué Kelia. Nakano est le meneur du groupe d'humains doués de double vue qui a attaqué les rebelles quand ceux-ci me détenaient en Allemagne. Ils haïssent les faes et ont juré de ne pas laisser passer une seule occasion d'en tuer. Nous leur donnons le nom de miliciens, et c'est typiquement à cause de gens comme eux que les faes se tiennent à l'écart de la société humaine.

— Tu es doué de double vue ? je demande.

Ce don est censé être héréditaire, mais il est rarissime que deux membres d'une même famille proche le possèdent. Alors trois, c'est vraiment remarquable.

Le temps que Lee me réponde, nous avons traversé un pont.

— Ouais, je l'ai.

Ça ne me dit pas à qui va sa loyauté.

— Tu es avec les sur… avec les faes depuis longtemps ? je demande.

— On les a rencontrés il y a deux semaines, dit Paige en s'engageant sur la route parallèle à la rivière.

— Je peux répondre moi-même, dit Lee.

— Vraiment ? (Sa frange blonde retombe sur ses yeux lorsqu'elle lui jette un coup d'œil.) Tu ne dois pas d'abord te concerter avec…

— Je peux répondre moi-même, répète-t-il.

Cette fois, j'ai l'impression de l'entendre grincer des dents.

— Que veux-tu de ton frère ? je demande.

Si c'est un milicien, je devrais peut-être trouver le moyen de m'en débarrasser.

— Ça fait trois ans que je ne l'ai pas vu, répond Lee. Je veux lui parler.

— Il n'a jamais parlé de toi.

— Nous ne nous sommes pas quittés en très bons termes, dit-il.

Il appuie sur un bouton de la console centrale pour modifier l'angle du rétroviseur de sa portière. Je suppose que c'est pour garder un œil sur les véhicules de police qui nous suivent. Il y en a cinq derrière nous. À chaque fois que c'est possible, l'un d'eux se rapproche et roule à côté de nous, mais ils n'ont jusqu'ici pas recouru à des méthodes agressives pour nous obliger à nous arrêter. Aux États-Unis, certaines villes ont pour règle de se contenter de suivre les suspects. Avec un peu de chance, c'est la même chose ici.

— Bon, ce portail, dit Paige. Comment va-t-on s'y prendre pour l'emprunter sans fae ?

— Quelqu'un nous attendra là-bas.

Du moins, je l'espère. C'était le plan d'Aren. Si par hasard nous étions séparés, il devait faire venir une armée au portail afin d'être sûr que je quitterais la ville saine et sauve.

En admettant qu'il ait eu le temps de réunir l'armée en question et qu'il n'ait pas été tué dans la boîte de nuit.

Une vague de peur déferle en moi et me serre la gorge. C'est épuisant de me ronger les sangs pour lui à ce point. Même si je n'ai toujours pas digéré son lien avec Thrain – ou plutôt, le fait qu'il ne m'en ait pas parlé directement –, je ne peux pas m'empêcher de m'inquiéter.

— C'est qui, « quelqu'un » ? demande Paige.

Elle écrase la pédale de frein. La berline zigzague sur la chaussée mouillée, mais, par chance pour les humains qui se trouvent à moins d'un mètre du pare-chocs, elle garde le contrôle du véhicule.

— Merde, les gens ! s'écrie Paige. Il faut regarder avant de traverser !

Une voiture de police s'avance à côté de nous. L'agent ouvre la portière.

— Pas encore, dit Paige sur un ton dur et déterminé.

Elle appuie vigoureusement sur le klaxon, passe la première et fonce droit sur les piétons. Ils s'écartent en courant pour l'éviter.

Lee garde un œil sur l'agent tandis que nous prenons de la vitesse.

— Tu as déjà fait ça ? demande-t-il à Paige.

— Est-ce que j'ai déjà été la vedette d'une course poursuite ? (Elle secoue la tête.) Nan.

Les flics se lancent de nouveau à nos trousses. Si les rebelles ne sont pas au portail, nous sommes foutus. On nous arrêtera. Il y a des chances qu'on m'inculpe pour meurtre, voire pour vol de voiture, ce qui est totalement injuste. Certes, toutes les voitures dans lesquelles je suis montée ce mois-ci ont sans doute été volées, mais toujours par quelqu'un d'autre que moi.

Lee s'accroche à la poignée au-dessus de sa portière lorsque Paige esquive une fontaine, qui pour une raison illogique a été placée au milieu de la route.

— Où as-tu appris à conduire comme ça ?

Elle change de vitesse, puis soutient sciemment le regard de Lee lorsqu'elle répond :

— Je suis sortie avec un mec qui fait des courses de voiture.

Lee pince les lèvres comme si elle venait de lui porter un coup bas. Je les observe à tour de rôle. Il s'est passé un truc entre eux ? Je jurerais que le dernier mec avec qui elle est sortie s'appelait Ryan. Ou Roger, peut-être. Je suis presque sûre que son nom commençait par un « R ». Bref, s'il y a eu ou s'il y a quelque chose entre elle et Lee, elle a un paquet d'ex à lui balancer à la figure.

— Vous vous connaissez depuis longtemps ? je demande.

— Non, répondent-ils de concert.

Puis Lee me fusille du regard, comme si ma question l'avait offensé.

— Où est le portail ?

À moins que ce ne soit parce que mes questions sont déplacées, vu qu'on a la moitié des forces de police britanniques aux fesses. Et qu'il y a toute une chambrée d'humains massacrés et abandonnés dans un appartement, et une fille innocente poignardée dans une boîte de nuit.

— On se rapproche.

Je m'enfonce dans mon siège, et la tension due à ma montée d'adrénaline se relâche. Je doute qu'il n'y ait eu que ces morts-là ce soir. La boîte de nuit était pleine à craquer. Ça a été la panique générale. Mon instinct me dit que tout le monde n'en est pas sorti indemne. C'est peut-être le cas de Shane.

Je regarde par la vitre. Les phares des voitures de police qui nous suivent brillent dans ma vision périphérique, mais je les occulte et me concentre sur les bâtiments que nous dépassons. Il n'y a que de grands entrepôts massifs. Le portail de Londres est situé près de l'aéroport de la ville. Nous virons vers le sud. Si nous remontons vers le nord une fois que nous aurons dépassé l'entrepôt qui se profile devant nous, nous devrions toucher au but.

— Tu es sûre qu'un fae nous y attendra ? demande Lee.

— Oui, dis-je en priant que ce ne soit pas un mensonge.

Nous dépassons l'entrepôt. Je crois que c'est le bon endroit, mais une mince rangée d'arbres sépare la route du bord de la rivière. Vu la vitesse à laquelle nous roulons, je n'arriverai pas à repérer la zone de flou dans l'atmosphère. Dommage que Sosch ne soit pas là. Il foncerait droit sur le portail et…

—Aren est là, dis-je, et mon cœur retrouve enfin un rythme régulier.

Il est en vie et n'a pas l'air blessé, Dieu merci. Il est sur la berge avec deux autres faes. Ce n'est pas vraiment une armée, mais c'est tout comme. Kyol est là.

Paige écrase la pédale de frein.

Je détache ma ceinture et dis :

—On va devoir courir. Vite.

Je n'ai pas besoin de le répéter. Nous ouvrons simultanément nos portières et nous élançons vers la rivière. Derrière nous, j'entends les flics sortir de leurs véhicules et nous sommer de nous arrêter.

Je me sais capable de garder mon avance – je commence à avoir l'habitude de fuir pour sauver ma peau –, mais Paige n'y arrive pas. Elle perd trop de temps à regarder par-dessus son épaule. Un flic particulièrement rapide l'attrape par le tee-shirt.

Il y a dix ans, je l'ai abandonnée à Bedfont et c'est elle qui a porté la responsabilité de notre tentative de fuite. Je ne compte pas recommencer.

Je m'arrête si abruptement que l'agent sur mes talons me percute. J'ai la présence d'esprit de m'accroupir ; il me passe par-dessus la tête et atterrit à plat ventre par terre. Je me relève pour courir vers Paige et pousse le flic qui la retient d'un coup d'épaule. À force de se débattre, Paige parvient à se dégager. Je l'attrape par le bras et l'entraîne vers le portail.

Mais nous sommes cernées.

— Les mains en évidence, nous lance une policière.

Tous les flics ont sorti leur matraque.

Des éclats de lumière accrochent mon regard. Je me tourne vers eux et vois Aren et Kyol sortir de deux fissures à côté du cercle des policiers. Personne ne regarde dans leur direction. Ils sont invisibles aux yeux des humains normaux.

— Par ici, dit Aren.

Je n'ai pas le temps de dire à Paige de courir qu'elle a déjà réagi. Elle fonce droit vers une petite brèche entre deux des policiers. Les agents se rapprochent, et l'un d'eux brandit sa matraque.

Aren dévie le coup, et l'humain manque Paige de justesse. La matraque du deuxième agent ne passe pas loin de moi, mais je me baisse. Paige et moi nous retrouvons hors du cercle et rattrapons Lee qui a fait demi-tour pour nous aider.

— Vas-y ! je lui hurle, mais il attend Paige et la soutient lorsqu'elle trébuche.

Puis ils s'élancent tous les deux vers Trev qui attend sur la rive.

Je les suis, talonnée par un agent qui est à deux doigts de se jeter sur moi. Je ne ralentis pas, je ne regarde pas en arrière. Je l'entends tomber juste derrière moi dans un bruit mat.

— Plus vite, McKenzie, dit Aren.

Pas de doute, les faes peuvent empêcher les humains de nous atteindre. Mais les en empêcher sans qu'ils s'aperçoivent que leurs efforts sont sabotés par une force invisible, c'est une autre histoire.

Heureusement, la chance est de notre côté. Nous courons jusqu'à la rive sans que les flics nous mettent d'autres bâtons dans les roues. À vrai dire, nous aurions sans doute rejoint le portail et disparu de ce monde sans autre contretemps si Kyol n'était pas apparu devant Paige. Elle empoigne le bras de Lee et s'arrête net.

— Ce sont des rebelles ! dit-elle en ouvrant de grands yeux.

Merde. Elle en sait plus que je ne le pensais si elle reconnaît l'arbre *abira* gravé sur l'armure de Kyol.

— Je suis avec eux, je siffle en la poussant.

— Hein ?

L'heure n'est pas aux explications. Près de deux mètres séparent la rivière de la berge où nous nous tenons.

— Saute !

Mais elle s'obstine à faire marche arrière. Aren l'attrape en ordonnant à Trev d'ouvrir une fissure sur le portail, puis il la jette à l'eau. Son cri est noyé sous le bruit des éclaboussures.

Soit Lee se moque de savoir dans quel camp je suis, soit il est prêt à suivre Paige n'importe où, car il saute dans la rivière après elle sans discuter.

Trev part le suivant. Alors que je m'apprête à les imiter, je me retrouve plaquée au sol, et pas par une seule personne. Il doit y avoir au moins trois flics sur moi.

J'essaie de riposter en jouant des coudes et des genoux, mais l'un des agents me donne un coup de poing. Un autre me frappe au niveau des côtes avec sa matraque.

J'en ai le souffle coupé. Je parviens à continuer à me débattre et à placer les bras entre ma poitrine et l'homme qui pèse sur moi. Je le repousse de toutes mes forces.

Il est éjecté dans les airs.

J'adorerais que le mérite me revienne, mais Aren est là et assomme déjà un second flic. Le troisième, lui, me tient toujours. Je gesticule, lui donne un coup de hanche et parvient à me dégager d'environ un centimètre.

Alors que je me laisse retomber sur le dos et que je remonte le genou droit, prête à briser le menton du policier avec mon talon, un fae m'enserre de ses bras. Il m'éloigne de force de l'humain. Nous roulons vers la berge et nous arrêtons au bord, juste le temps que le fae presse une pierre d'ancrage dans ma paume.

Je referme la main autour.

Croise le regard du fae.

— Accroche-toi, me dit Kyol.

Je passe les bras autour de sa taille et serre la pierre lorsqu'il nous fait rouler une dernière fois.

Nous basculons dans le vide. J'aperçois brièvement Paige s'agiter dans la Tamise à côté de la fissure sur le portail, puis Kyol et moi tombons dans le rai de lumière. L'Entre-Deux me coupe le souffle, mais un autre choc étouffe celui du néant froid et vide.

À aucun moment les agents britanniques n'ont vu les faes, puisqu'ils sont invisibles aux yeux des humains normaux. Et pourtant, Paige a su qu'ils étaient des rebelles.

Paige a vu l'emblème gravé sur l'armure en *jaedric* de Kyol.

Paige les a vus.

Paige a le don de double vue.

Chapitre 17

Kyol et moi déboulons dans le Royaume. Dans Corrist. J'entends un cri monter du mur et quelqu'un donner l'alerte, mais le fait que nous respirions encore m'indique que nous sommes ressortis dans une zone sûre. Même dans le cas contraire, Kyol me protège. Il me retient sous lui, un bras de chaque côté de mon corps. Ils seraient obligés de le tuer s'ils voulaient m'atteindre.

Kyol ne bouge pas tout de suite. Moi non plus, d'abord parce que le côté droit de ma cage thoracique me fait souffrir le martyre, mais aussi parce que je ne peux pas avec lui au-dessus de moi. Il me fixe de ses yeux argentés qui semblent briller, encadrés par ses cheveux sombres. Il soutient mon regard, ce qui est tout à fait compréhensible vu que mon visage se trouve au même niveau que le sien, mais – et ça ne dure qu'une infime seconde – il pose ensuite les yeux sur ma bouche.

Tout à coup, je prends conscience de la position dans laquelle nous sommes, de la façon dont son corps est pressé contre le mien. J'ai le bras droit passé autour de sa taille. Du gauche, je serre son avant-bras aux muscles tendus. Comme si mes pensées stimulaient mes *edarratae*, des éclairs se fraient un chemin dans ma paume, serpentent le long de mon bras et de mon épaule, et je sens la chaleur me monter au visage. Je cesse tout contact aussitôt, mais Kyol ne bouge toujours pas. Lorsqu'il s'attarde de nouveau sur mes yeux, je suis prise d'un doute. Pas au sujet d'Aren et de mes sentiments pour lui, mais à propos de ce que Kyol ressent pour moi. Je ne sais pas s'il m'a dit la vérité quand il a affirmé qu'il s'accommodait de notre rupture.

Quelqu'un se racle la gorge à ma gauche.

— Je peux prendre le relais, maintenant.

La voix d'Aren sort Kyol de son engourdissement. Il se lève, acquiesce d'un signe de tête et s'écarte.

Aren s'accroupit à côté de moi. Sourcils froncés, il me regarde me redresser lentement. Au début, je crois qu'il guette une réaction de ma part et cherche à deviner ce que j'éprouve pour Kyol. Je sais que notre simulacre de relation qui a duré dix ans le dérange toujours. Je ne suis pas parvenue à convaincre Aren que j'aurais quitté Kyol même si je n'avais eu personne d'autre. Je l'ai quitté parce que je n'étais pas moi-même avec lui. Je censurais mes pensées, mes paroles et mes actes. J'ai essayé de devenir quelqu'un que je n'étais pas, tout ça parce que je voulais être digne de lui.

Ce n'est pas ce que je ressens avec Aren. Si ça marche entre nous, ce sera parce qu'on se correspond, pas parce qu'on se changera pour répondre aux attentes de l'autre.

Mais Aren ne dit rien au sujet de Kyol. À la place, il jette un coup d'œil au mur d'argent puis me demande :

— Tu tiendras le coup jusqu'au palais ? Je ferais mieux de ne pas te soigner ici.

— J'ai l'air si mal en point que ça ? je demande en m'examinant. Oh.

Je suis toujours couverte du sang de la fille humaine. Je crois bien qu'aucune des taches rouges qui maculent mes vêtements ne vient de moi. J'ai quelques bosses, des égratignures et des bleus parce qu'on m'a piétinée dans la boîte de nuit, et ma joue m'élance à cause des coups de genou du survivant, mais mes côtes sont en pire état que le reste. Je dois en avoir une ou deux de fêlées. L'agent qui m'a attaquée vers la fin ne m'a pas loupée avec sa matraque.

— J'ai déjà eu des blessures plus graves, dis-je à Aren en fourrant dans ma poche la pierre d'ancrage que j'ai toujours à la main.

Il regarde la cicatrice sur le côté droit de mon cou. Ce n'est pas à ça que je faisais allusion – à vrai dire, je ne me rappelle même pas avoir eu mal –, mais elle pulse à présent et j'ai du mal à me retenir de toucher ma peau boursouflée. Aren m'a menacée de son épée il y a trois semaines. Nous étions à Lyechaban, et je crois que c'est ce jour-là que nous avons cessé d'être ennemis. Il aurait dû me tuer. Les rebelles étaient à deux doigts de perdre la guerre, et Lena lui a ordonné de me trancher la gorge si je refusais de lire les ombres de Kyol. Kyol venait de capturer Naito, et je m'obstinais à défendre le roi, mais Aren a été incapable d'aller au bout. Il n'a pas pu m'égorger avec son épée.

Il déglutit, et il me semble voir ses yeux argentés se charger de regrets, comme à chaque fois qu'il regarde cette cicatrice. Je ne lui ai jamais vraiment dit que je le pardonnais pour ce qu'il avait fait. Peut-être qu'une part de moi lui en veut toujours.

Il me tend la main. Alors qu'il m'aide à me relever, j'aperçois un éclair blanc du coin de l'œil. C'est un éclat de chaos sur la peau de Lee, à quelques mètres de nous. Une flaque d'eau se forme à ses pieds tandis qu'il contemple le mur d'argent qui se dresse jusqu'au ciel. Je devine que c'est la première fois qu'il le voit. Il écarquille les yeux, légèrement déséquilibré. J'ai fait assez d'allers et retours entre la Terre et le Royaume pour être capable de m'ajuster rapidement à la différence d'atmosphère. Elle est plus légère ici, presque flottante, ce qui a tendance à perturber l'équilibre. À l'évidence, Lee n'y est pas habitué. S'est-il seulement déjà rendu dans le Royaume ?

Et Paige ? J'ignore où les survivants ont bien pu les détenir, et…

Je regarde autour de moi.

— Où est Paige ?

En guise de réponse, une fissure lacère le vide. Trev en sort en roulant avec mon amie, celle qui n'est pas censée voir les faes. Elle est trempée et furieuse. Kyol et moi nous sommes engouffrés dans la fissure de Trev sans toucher l'eau. Je n'envie pas le sort de Paige et de Lee qui ont dû traverser l'Entre-Deux dans cet état.

Trev essaie de la retenir, mais elle lui envoie un coup de coude qui atterrit par hasard sur son menton. Elle parvient presque à se dégager, mais Trev la rattrape par la cheville et l'empêche de s'échapper. Cette fois, il la serre dans ses bras comme dans une camisole de force.

— Tu as du mal à contrôler ton humaine ? demande Aren avec un grand sourire.

Trev lui jette un regard noir.

— On m'avait dit qu'elle n'avait pas le don de double vue.

Le sourire d'Aren s'évanouit. Il regarde Paige qui continue à se débattre. Il est évident qu'elle voit le fae qui la maîtrise, tout comme il est évident qu'elle voit Aren et les soldats rebelles qui nous encerclent.

Certains humains doués de double vue restent leur vie entière dans l'ignorance de leur don. Il est rare que les faes séjournent longtemps dans le monde des humains, et quand ça arrive, ils ont tendance à se cantonner aux zones rurales, loin de la technologie et donc loin des humains. Mais Paige a déjà rencontré Kyol et Aren. Ils lui ont tous deux permis de les voir à certaines occasions, et elle s'est comportée avec eux comme s'ils étaient des humains normaux et qu'elle ne pouvait pas voir leurs éclats de chaos. Jamais les éclairs n'auraient pu lui échapper si elle avait eu le don.

— Paige, dit Lee en s'avançant vers elle, la main tendue comme pour l'inciter à se calmer.

— Ce sont des rebelles, Lee, siffle Paige.

— Je sais, dit-il alors qu'il est presque à côté d'elle. Tout va bien.

— Tu sais ? Tout va bien ? réplique-t-elle sur un ton hargneux.

— Paige.

Je me rapproche d'elle à mon tour. Je ne m'explique pas pourquoi elle voit les faes, mais je ne crois pas qu'elle m'ait menti toutes ces années.

— C'est ce que j'ai essayé de te dire. Ils ne me retiennent pas prisonnière. (Plus maintenant, du moins.) Je suis dans leur camp. Les faes t'ont men…

Lee donne un coup de pied sans crier gare, envoyant son talon en plein dans le menton de Trev. La tête du rebelle bascule si violemment en arrière que je tressaille, et Paige parvient à se libérer de son étreinte.

Lee lui empoigne le bras et l'aide à se relever. Puis il fait volte-face et s'interpose entre elle et les soldats faes qui viennent d'arriver. Il a légèrement ployé les genoux et il est tendu, comme s'il se croyait vraiment capable d'affronter les trois faes armés en face de lui.

— Du karaté ? dit-elle en croisant les bras. C'est tellement cliché, venant de toi.

— C'est du jiu-jitsu, Paige, et de rien.

Ce type a beau être rattaché aux miliciens, il prend la défense de Paige. S'il s'avère que ce n'est pas un sale con, il se peut que je l'apprécie.

— Ils ne vous feront pas de mal, dis-je en m'avançant vers eux. Ça serait bien si on pouvait calmer le jeu.

— Est-ce qu'on pourrait se calmer de l'autre côté du mur ? demande Aren en jetant un regard insistant à la rangée de bâtiments à ma gauche.

Il pourrait y avoir n'importe qui à l'intérieur, et ce n'est pas uniquement des survivants dont nous devons nous inquiéter. Trois humains au même endroit, ça a de quoi faire paniquer les faes les plus paranoïaques qui ont peur pour la magie du Royaume.

— Vous ne la toucherez pas, dit Lee. Et je veux voir mon frère.

— Ton frère ?

Aren penche la tête de côté. C'est à Lee qu'il s'adresse, mais il n'a pas quitté Paige des yeux. Il sait qu'elle n'était pas douée de double vue quand il l'a rencontrée. L'origine de son don pique sa curiosité autant que la mienne.

— Naito, dis-je à Aren. C'est le frère de Naito. (Je me retourne vers Lee.) Il est au palais, et si tu ne touches pas aux faes, ils ne vous toucheront pas.

— Tu peux me le garantir ? demande Lee.

Techniquement, je n'exerce aucun contrôle sur les faes et leurs actes, mais Aren et Kyol, eux…

Kyol est parti, je ne sais pas du tout à quel moment. En tout cas, il ne me contredirait pas sur ce point. Jusqu'ici, aucun rebelle ne s'est opposé à ce que j'ai pu dire. Il se peut que ce soit simplement parce qu'ils n'ont pas encore eu de raison de le faire, mais ça, Lee n'a pas besoin de le savoir.

— Oui. Je leur botterai les fesses sinon.

Paige hausse un sourcil à mon intention. Pour autant qu'elle sache, je ne ferais pas de mal à une mouche. Quand je suis avec elle et ses amis, je n'interviens pas dans leurs débats, je ne fais pas d'histoires et je ne contredis jamais personne. Elle s'imagine que c'est parce que je suis particulièrement facile à vivre. C'est surtout parce que j'ai toujours la tête ailleurs.

Lee hausse les épaules. Je prends ça pour un signe d'assentiment et les invite à me suivre à droite. Paige semble se méfier des faes, mais elle se met à marcher.

À côté de moi, Aren dit :

— Je ne parlerai pas à Lena de ta façon de prendre le contrôle des siens.

— Je n'ai pris le contrôle de personne.

— Tous ceux ici qui comprennent l'anglais suivront ton ordre, dit-il. Personne n'a envie de contrarier la *nalkin-shom*.

— Il faut vraiment que tu arrêtes de faire courir des rumeurs à mon sujet.

Il se fend d'un large sourire. Je lève les yeux au ciel.

C'est agréable, malgré tout. Ça me change de la place que j'occupais à la Cour d'Atroth.

C'est la mi-journée à Corrist. La ville n'est pas déserte comme la dernière fois que je l'ai traversée, mais il y a tout de même largement moins de faes dans les rues que lorsque Atroth était au pouvoir, et tous ceux que nous croisons ont l'air tendu.

Cette fois, Aren ne prend pas de détour par de petites rues pour rejoindre le palais. Il nous fait emprunter l'avenue des Descendants. Sur le parvis du palais, des gardes interrogent et fouillent les faes qui réclament une audience avec Lena ou l'un des hauts nobles. Ces derniers ont des bureaux au palais et dans leurs résidences, aussi bien celles de la Cité que celles de leurs provinces respectives.

Les gardes nous laissent passer après avoir échangé quelques mots avec Aren. Nous pénétrons dans l'immense hall d'entrée de l'aile sud du palais. Il est conçu pour impressionner les visiteurs. Deux escaliers identiques partent à gauche et à droite pour se rejoindre sous un chandelier illuminé par magie au centre de la pièce. Les rampes sont en argent poli, sans la moindre tache. C'est d'un luxe démesuré, comme les draperies argentées qui forment des vagues au plafond surélevé.

— Mince, c'est vachement beau, dit Paige en s'arrêtant pour tout embrasser du regard.

Je souris presque. J'ai toujours apprécié sa franchise.

L'un des gardes à qui Aren s'est adressé quand nous sommes arrivés s'approche de nous. Il tend deux lourdes capes à Aren, qui en donne une à Paige et l'autre à Lee. Même si les deux humains ont eu le temps de sécher un peu, l'air est frais à Corrist. Ils doivent être gelés.

Lee accepte la sienne, mais Paige reste les bras croisés.

— Ça va.

— C'est pour dissimuler les éclairs, dit Aren sans hésiter.

C'est un mensonge. Nous ne sommes pas tenus de cacher nos éclats de chaos dans l'enceinte du palais, mais ça donne à Paige une raison d'accepter la cape sans avoir l'impression qu'on lui fait une faveur.

Ça marche, et j'adresse un petit sourire à Aren quand il revient vers moi. Rien ne l'obligeait à faire ça, mais c'était une attention délicate de sa part.

— Paige a… une personnalité intéressante, dit Aren tandis que mon amie et Lee emboîtent le pas aux deux faes qui nous mènent au cœur du palais.

— Ouais, dis-je en la regardant mettre sa cape et contempler une fois de plus le hall d'entrée.

Je reconnais l'expression de son visage. J'avais la même il y a dix ans, quand je suis venue dans le Royaume pour la première fois. Ce monde et sa magie m'avaient grisée. C'est ce qui se passe pour elle aussi, et ça me fait un drôle d'effet de voir des éclats de chaos sur sa peau. Même si je trouve qu'ils lui correspondent bien. Ils sont aussi spontanés qu'elle, et fusent sur son visage et ses mains comme s'il s'agissait d'accessoires.

— Elle peut nous voir, dit Aren, plus pour lui-même que pour moi.

Ça le perturbe autant que moi. Paige est douée de double vue, alors qu'elle ne l'était pas avant. Quelque chose a changé depuis le mariage. Quelque chose ou quelqu'un lui a transmis ce don.

— Tu penses qu'un fae aurait pu faire ça ? je demande. Avec une magie qu'on croit éteinte, peut-être ?

— Je n'ai jamais rien entendu dire à ce sujet. Les humains ont le don de double vue à la naissance, ou ils ne l'ont pas.

Au bout d'un moment, il ajoute :

— Ça reste une possibilité, j'imagine. Et l'autre humain ? Que sais-tu à son sujet ?

— Seulement qu'il est le frère de Naito.

— D'accord. Trev, lance Aren.

L'autre fae se rapproche. Je le sens un peu réticent, mais quand Aren lui ordonne d'aller chercher Naito et de l'amener à Lena, il acquiesce d'un hochement de tête.

Après le départ de Trev, je dis à Aren :

— Je pense que les survivants ont dit à Paige que tu m'avais enlevée.

— Ma foi, c'est vrai, dit-il, me décochant un rapide sourire qui me noue l'estomac.

— Oui, mais tout le temps qu'elle est restée avec les faes, elle a cru qu'on me retenait prisonnière et qu'elle était du côté des gentils.

— Il faut que tu lui parles, dit-il alors que nous entrons dans l'aile nord du palais.

— Seule, si possible.

Il hoche la tête.

— Nous allons d'abord parler à Lena, puis nous verrons ce que Naito a à dire.

Les gigantesques portes dorées de la salle du trône sont fermées quand nous arrivons. Celle, plus petite, qui se fond dans le panneau de gauche est entrebâillée en revanche. Il fait noir à l'intérieur. Les faes qui nous ont escortés jusqu'ici s'arrêtent et font signe à Paige et à Lee d'attendre, mais Aren m'invite à entrer.

Mes yeux mettent une seconde à s'habituer à l'obscurité. Je finis par distinguer des faes occupés à couvrir les hautes fenêtres de la pièce de draperies noires tendues entre une succession de longs poteaux. Lena est assise sur le trône. Elle n'a pas l'air à l'aise. Le dos bien droit, elle a le regard tourné vers un fae vêtu de noir au centre de la pièce. De part et d'autre de son dais, des nobles l'imitent. Ce ne sont pas tous des hauts nobles, mais je reconnais les seigneurs Kaeth et Hison. Il y a aussi quelques autres faes importants. Même l'archiviste Kavok est sorti de son trou pour l'occasion. Comme Lena, ils dévisagent tous le fae en noir.

Il ne bouge pas du centre de la pièce, mais ses bras décrivent des mouvements presque continus.

— J'aimerais que tu puisses voir ça, laisse échapper Aren dans un souffle.

Il ne quitte pas des yeux le centre de la pièce. Je me trompais au sujet de ce que les autres regardaient ; ce n'est pas le fae vêtu de noir qui retient leur attention, mais les illusions qu'il crée.

Oui, ce doit être ça. J'ai entendu parler de faes capables de changer une pièce ou un amphithéâtre plongé dans le noir en un tout autre lieu. Certains racontent des histoires entières avec leurs illusions. D'autres n'ont que le pouvoir d'ajouter des effets spéciaux à un spectacle vivant. Mais je crois que ce fae-ci est différent. À en juger d'après la façon qu'a Aren de balayer la pièce du regard, comme s'il suivait des yeux la trajectoire d'un objet du sol au plafond, je dirais que c'est de l'art pur.

Les bras du fae s'immobilisent, brisant le charme qu'il opérait sur la salle du trône. Les draperies sont retirées des fenêtres et les nobles applaudissent. Lena attend qu'ils aient terminé avant de dire :

— *Merci, Darron. Je te tiendrai informé.*

— Le tenir informé de quoi ? je demande à voix basse à Aren.

— Darron aspire à être nommé illusionniste de la Cour de Lena, dit-il. C'est un poste respecté qui le placerait parmi les meilleurs illusionnistes du Royaume. Je lui ai promis qu'il pourrait donner à Lena un aperçu de ses talents s'il créait un orage à Rhigh.

— C'est lui qui a fait ça ?

Je regarde de nouveau le fae vêtu de noir.

Aren hoche la tête.

— C'est un vieil ami à moi.

Comme il ne développe pas, j'en déduis qu'ils étaient amis à l'époque où Aren travaillait avec Thrain. Mon humeur se dégrade.

À l'autre bout de la salle du trône, la voix de Lena retentit.

— *Tu peux disposer.*

Après que Darron l'a saluée respectueusement, Lena le regarde sortir. Puis elle doit nous voir, moi et Aren, car elle ajoute :

— *Vous pouvez tous disposer.*

Les nobles semblent rechigner à partir, mais ils finissent par se diriger vers la sortie. Kavok les suit et m'adresse au passage un sourire aimable, jusqu'à ce qu'il remarque Paige et Lee qui attendent dans le couloir.

— Ce sont des diseurs d'ombre ? demande-t-il.

C'est une bonne question, à vrai dire. J'observe les deux humains et écoute mon intuition.

— Je ne crois pas.

Il a l'air déçu. En ce qui me concerne, je ne sais pas trop. J'apprécierais d'être épaulée par un autre diseur d'ombres, et même par d'autres humains doués de double vue. Ça allégerait mes responsabilités et nous permettrait à tous de souffler un peu. J'aurais peut-être plus de chances de décrocher et de garder un boulot. D'un autre côté, je n'ai pas envie d'embarquer de nouvelles personnes dans cette guerre. Et surtout, je n'ai pas envie que Paige y soit mêlée. Ce n'est pas qu'elle ait besoin qu'on la protège ou qu'elle ne soit pas capable de s'adapter à ce monde, mais elle était très heureuse avant tout ça. Si elle est ici, c'est entièrement ma faute, et je déteste ça.

— Je pourrai venir te voir aux archives plus tard ? je demande à Kavok avant qu'il parte.

Peut-être est-il tombé sur une anecdote dans la littérature ou l'histoire du Royaume au sujet d'un fae qui aurait transmis le don de double vue à des humains.

— Bien sûr, dit-il avec un sourire.

Lui et les autres faes quittent la salle du trône, nous laissant seuls avec les gardes, Lena et Kyol, posté à gauche de son dais. Aren renvoie les faes qui ont escorté Paige et Lee, puis nous nous rapprochons tous du trône.

— De toute évidence, ce n'était pas une fausse piste, dit Lena en se levant pour examiner les deux humains. *Un piège?*

Paige roule des yeux lorsque Lena passe au fae. Jamais elle n'aurait accepté de travailler pour Atroth. Elle n'aurait pas supporté de devoir se plier à ses règles. Pour être honnête, j'ignore comment j'ai tenu si longtemps. L'habitude, peut-être. Au début, je voulais être près de Kyol, le roi était gentil avec moi, et j'aimais me sentir utile. Comme je ne comprenais pas le Royaume et sa magie et que je ne voulais pas leur nuire, j'ai consenti à me soumettre aux règles. Toutes ces raisons me paraissent inconsistantes à présent; ce n'était pas le cas à l'époque.

— *Les humains doués de double vue d'Atroth étaient là*, dit Aren. *Ils étaient morts.*

— *Morts?* demande vivement Lena. *Tu en es sûr?*

— *Torturés et tués*, dit Aren. *J'en suis sûr.*

À côté de Lena, Kyol se redresse.

— *Ça n'a pas de sens que les survivants les tuent.*

Kyol est doué pour cacher ses émotions, mais il a prononcé ces mots à voix si basse et monocorde que je sais que la nouvelle ne le laisse pas indifférent. Il a travaillé avec tous les humains doués de double vue à un moment ou à un autre, et en a recruté au moins un. Ce n'est pas sa faute s'ils sont morts, mais il considérait qu'il était de sa responsabilité de les protéger.

— *Ça en a un peu plus s'ils peuvent en faire d'autres*, dit Aren.

Kyol et Lena lui accordent toute leur attention, mais il ne développe pas. Il regarde en direction de l'entrée de la salle. Naito est là et s'avance vers nous mains dans les poches, le regard rivé sur le tapis sous ses pieds.

Je jette un coup d'œil à Lee. Il voit son frère, lui aussi, et se retourne pour lui faire face. Naito ne lève pas la tête avant de nous avoir rejoints. Il nous dévisage tour à tour, s'attardant quelques secondes sur Paige, puis il s'arrête enfin sur Lee. Nous attendons tous que l'un des deux prenne la parole. Lee brise le silence le premier.

— Naito, dit-il, crispant nerveusement la mâchoire.

Naito ne tressaille même pas. Rien n'indique qu'il reconnaît son frère. Aren me regarde. Je lui réponds par un sourire pincé. Aren et Naito sont amis. Nous voulons tous deux qu'il aille mieux, mais aucun de nous ne sait quoi faire pour l'aider.

Lena se détourne pour s'adresser à Aren.

— *Que veux-tu dire par « en faire d'autres » ?*

— *Elle n'avait pas le don de double vue il y a trois semaines*, dit-il en désignant Paige. *Quelqu'un le lui a donné…*

Un couteau surgit de nulle part. Alors qu'il se tenait là tranquillement, Naito a refermé la distance entre lui et son frère. La lumière qui entre par l'une des hautes fenêtres de la salle se reflète sur la lame de Naito lorsqu'il l'abat.

Chapitre 18

Lee est réactif. Naito vise le cœur, mais son frère se tord sur le côté pour l'éviter.

Emporté par son élan, Naito le dépasse. Il parvient à écraser son poing dans la figure de Lee et brandit sa dague pour frapper une seconde fois. Mais Aren s'interpose pour bloquer l'attaque de Naito et le désarme d'un geste si vif qu'il échappe à tout le monde.

— Naito, arrête ! (Aren maîtrise l'humain.) Arrête !

Naito se débat et essaie d'atteindre Lee. Je ne l'ai pas vu si agité depuis la mort de Kelia. C'est comme s'il libérait d'un coup toute sa rage et sa douleur accumulées, jusqu'à ce que soudain il s'arrête.

Prudemment, Aren desserre son étreinte.

— Tu as terminé ?

— Comment es-tu arrivé ici ? demande Naito, respirant comme s'il parvenait à peine à contenir sa fureur.

— Content de te revoir aussi, mon frère, dit Lee en se frottant la mâchoire.

Naito dilate les narines. Alors que je le sens prêt à se jeter de nouveau sur Lee, il fronce les sourcils. Son regard passe de Paige à Lee.

— Le fils de pute, dit-il. Il l'a fait.

Le visage de Lee se durcit. Il fourre les mains dans ses poches, sans quitter son frère des yeux.

— Fait quoi ? demande Aren.

Naito reste focalisé sur Lee.

— Il essayait de trouver le moyen de transmettre le don de double vue aux humains normaux.

Alors qu'elle suivait jusque-là l'échange entre les deux humains sans grande curiosité, Lena semble soudain très intéressée.

— Quoi ? demande-t-elle.

— J'aurais dû m'en rendre compte en Allemagne, dit Naito. Ou dans le Montana. J'ai trouvé que mon père avait beaucoup d'humains avec lui, mais je ne pensais pas que…

Lena s'avance d'un pas vers lui.

— Que veux-tu dire ?

— Nakano leur a transmis le don de double vue ? demande Aren en se retournant pour regarder Paige et Lee.

— C'est Lee qui m'a transmis le don de double vue, dit Paige. Je n'ai jamais vu son père.

Lena empoigne le bras de Naito.

— Pourquoi ne pas nous l'avoir dit plus tôt ?

Il se dégage.

— Je ne savais pas. Je croyais que la plupart d'entre eux tiraient à l'aveuglette dès qu'ils décelaient un mouvement dans les taillis. C'est ce qu'ils ont toujours fait.

— Lena.

Kyol prononce son nom d'une voix calme mais ferme. Un muscle tressaute dans la joue de Lena, et toutes les émotions qu'elle n'est pas censée manifester devant ses gardes – la colère, l'inquiétude, la peur – s'évanouissent.

— Comment transmet-il le don de double vue aux gens ? demande-t-elle posément.

Naito glisse les mains dans ses poches et dit :

— Il travaillait sur un sérum.

— Et tu n'as pas songé à nous en parler avant ?

Lena garde son calme, mais ça ne tient qu'à peu de choses.

Naito secoue la tête, plus par incrédulité qu'en réponse à Lena.

— Jamais je n'aurais pensé que ça marcherait.

Je jette un coup d'œil à Paige. De toute évidence, ça a marché. La vie de Paige a été complètement chamboulée, tout ça parce que Lee voulait me retrouver.

Lena pince les lèvres lorsqu'elle regarde Paige. Je sais ce qui l'inquiète. Si les survivants en savent aussi long que nous, ils essaieront d'obtenir le sérum. Ils l'ont peut-être déjà. Et dans ce cas, ils ont le pouvoir de créer une armée d'humains doués de double vue, avec Dieu sait combien de diseurs d'ombres dans leurs rangs. Nos illusionnistes ne nous seraient plus d'aucune utilité. On ne pourrait plus se rendre en lieu sûr en ouvrant des fissures. En bref, on serait foutus.

— Les survivants sont au courant ?

Pour une raison que j'ignore, ce n'est pas à Lee que Lena pose cette question mais à Paige. Peut-être est-ce parce que Paige est mon amie, et qu'elle est donc plus susceptible de coopérer que le fils d'un milicien, mais elle soutient le regard de Lena et dit :

— Je ne sais pas.

Elle ment. L'un de ses ex a découvert le signe qui la trahissait il y a des années. Il aspirait à devenir joueur de poker professionnel, et il a remarqué qu'elle avançait toujours le menton quand elle venait de bluffer. Elle l'avance en ce moment, juste un peu.

— Comment l'obtient-on ? demande Lena.

— Vous avez capturé un fae hier, dit Paige. Tylan. Je veux lui parler.

Lena hausse un sourcil.

— Vraiment ?

Ce n'est pas le bon ton à prendre avec Paige. Sans détourner les yeux, elle carre les épaules. Elle n'a aucune idée du danger que représente Lena. Du danger que représentent tous les faes.

— Laissez-moi lui parler, et j'envisagerai de vous dire où se trouve le sérum de double vue, dit Paige.

— Paige.

Lee lui prend le bras et lui murmure quelque chose à l'oreille. Je n'arrive pas à l'entendre. Les faes ont l'ouïe plus fine que moi, mais vu comme Lena se penche vers eux, je n'ai pas l'impression qu'elle saisisse les paroles de Lee mieux que moi.

— Ce n'est pas nécessaire qu'elle nous dise où il se trouve, dit Naito avec froideur. (Il croise le regard de Lena.) Renvoie-moi sur Terre. J'irai le chercher.

Du coin de l'œil, je vois Aren secouer la tête. Ça n'échappe pas non plus à Naito. Il se tourne vers le fae.

— Tu devrais vouloir sa mort autant que moi.

— Nous ne protégeons pas ton père, réplique Aren. (Il ne recule pas, même si Naito semble à deux doigts de l'égorger.) Les gens commettent des erreurs quand ils sont en colère et en deuil.

Le regard de Naito se durcit.

— Je ne commettrai pas d'erreur.

J'entends un rire aigu à ma droite. Lee. Sa mâchoire est enflée, mais ça n'a plus l'air de le déranger.

Il jette un regard noir à Naito, dont les yeux sont aussi emplis de colère que ceux de son frère.

— Papa avait raison, dit-il. Tu es devenu comme eux, et tu ne reviendras pas en arrière. Tu tournes le dos à ta propre famille.

— Ma famille, dit Naito avec dégoût. C'est elle qui m'a tourné le dos la première. Je sais pourquoi tu es ici, Lee. Je suis né avec le don de double vue. Du coup, j'étais le préféré de papa. À présent que tu peux voir les faes, tu as sa bénédiction pour me tuer. Tu rêves de ce jour depuis des années, n'est-ce pas ?

Avant que Lee ait pu répondre, Paige écarquille les yeux et se tourne vers lui.

— Seigneur, dis-moi que ce n'est pas vrai.

Lee grimace. C'est curieux ; alors qu'un drame familial majeur se joue sous nos yeux et que Naito ne s'est pas départi une seconde de son agressivité, Lee n'a pas bronché une seule fois. Au commentaire de Paige, en revanche... Malgré le peu de preuves dont je dispose, je suis prête à parier tout ce que je possède que Lee a un faible pour Paige. Ce n'est pas surprenant. J'ai du mal à expliquer ce qui fait son charme, mais elle est le genre de fille dont tous les mecs rêvent. Son physique et son allure attirent l'attention. C'est elle la reine de la fête, la fille qu'on appelle quand on veut traîner avec une amie. En un mot, elle est pétillante. J'aimerais avoir ne serait-ce qu'un peu de sa légèreté – c'était le cas au lycée –, mais j'ai passé les dix dernières années de ma vie à lire les ombres et à fréquenter des faes. Quand on est témoin d'autant de morts et de violence, on prend un certain recul sur les choses.

— Paige, tu ne comprends pas, dit Lee. Mon père a perdu son bras...

— « Je n'ai pas vu mon frère depuis des années. » « J'ai besoin de savoir qu'il est en vie. » (Sa façon moqueuse d'imiter Lee est plutôt réussie.) Je t'aidais parce que je croyais que tu tenais à lui.

— Ça suffit, l'interrompt Lena en descendant sur la marche centrale de son dais. (Elle regarde Naito.) Tu sais où ton père garde le sérum ?

— Je peux le découvrir.

— Je vais charger Trev de t'escorter chez toi, dit-elle. Mais tu dois me promettre de ne pas aller trouver ton père seul. Il nous faut d'abord le sérum.

À vrai dire, il nous faut plus que le sérum – toutes les notes et les recherches de son père, les copies de ses documents, voire le scientifique qui travaille pour lui –, mais quelque chose dans la façon dont Lena parle de tout ça me dérange. Elle me donne l'impression de tout miser sur l'obtention de ce sérum pour gagner la guerre. Ou, pour être plus exacte, sur l'obtention de nouveaux humains doués de double vue.

— Tu as conscience que tu ne peux pas réellement t'en servir, n'est-ce pas ? dis-je.

Elle penche à peine la tête de côté.

— Nous n'avons pas assez d'humains pour surveiller toutes les sections du mur et du palais.

— Je sais, mais à qui comptes-tu l'administrer ? je demande. La plupart des humains ignorent tout de l'existence des faes.

— Nous ferons les présentations, dit-elle.

Je n'arrive pas à savoir si c'est du sarcasme de sa part ou non.

Je secoue la tête.

— Tu ne peux pas t'immiscer dans la vie des gens comme ça. Ce n'est pas acceptable qu'ils soient contraints de se battre pour toi.

Elle pousse un soupir exaspéré. Je l'agace, mais ça m'est égal. Je ne la laisserai pas faire.

— Je ne les forcerai pas à nous aider, dit-elle. Je leur demanderai s'ils sont d'accord. Et avec leur aide, cette guerre ne devrait plus durer très longtemps.

— Qu'est-ce que tu projettes de faire au juste ? Transmettre aux humains le don de double vue, puis les renvoyer sur Terre quand tu en auras terminé avec eux ?

Aren s'avance.

— On ferait peut-être mieux de discuter de ça plus tard. On est tous fatigués.

— Pas moi, dit Paige. Je veux toujours parler à Tylan.

Lena pose un regard détaché sur mon amie.

— J'ignore de qui tu parles. Nous avons capturé beaucoup de survivants cette dernière semaine.

Nous avons aussi tué bon nombre d'entre eux, mais je suis contente que Lena ne le précise pas.

J'interviens.

— En attendant, ils peuvent rester dans une chambre près de la mienne…

— Deux chambres, m'interrompt Paige.

— Deux chambres près de la mienne, je rectifie.

Lena étrécit les yeux.

— Elle pourra y aller quand elle aura répondu à mes questions.

Questions au pluriel. Ça va virer à l'interrogatoire en règle si je ne sors pas Paige d'ici maintenant. C'est ma faute si Paige se retrouve mêlée à tout ça ; je dois veiller à sa sécurité. Et surtout, je veux lui parler. Seule. Je dois la convaincre que les rebelles ne sont pas les méchants. Je me tourne vers Aren et soutiens son regard assez longtemps pour lui faire comprendre ce que je veux.

— Laisse-les partir, dit-il à Lena. McKenzie va leur parler.

Je m'avance pour prendre le bras de Paige, trop vite. Mes côtes protestent, mais je serre les dents et l'entraîne vers la sortie avant que Lena décide de s'y opposer de nouveau. Je ne serais pas surprise qu'elle nous ordonne de nous arrêter ou dresse un mur d'air pour nous empêcher d'aller plus loin.

Quand nous arrivons au bout du couloir, Paige se penche vers moi et dit à voix basse :

— Je ne l'aime pas.

Je lui réponds par un sourire crispé.

— Je ne l'aimais pas non plus.

— Pourquoi tu les aides, alors ? demande-t-elle. Ils t'ont enlevée, non ? Parce que tu es la meilleure traqueuse d'ombres, quelque chose comme ça.

— C'est ce que les survivants de la Cour t'ont raconté ?

— Ouais. Et ils m'ont promis de te libérer. C'était donnant, donnant. Je n'étais même pas sûre que tu étais en vie, mais… (Elle hausse les épaules.) Tu l'es. Ils n'ont pas menti sur ce point.

— Non, juste sur le fait que j'étais encore prisonnière.

— Je ne sais pas trop s'ils connaissaient ton statut.

Pour le connaître, ils le connaissaient. Ils ont tenté de me capturer et de me tuer suffisamment de fois cette semaine pour que ce soit indéniable.

Nous tournons à l'angle d'un couloir, et j'aperçois Lee derrière nous. Il marche en silence, les mains dans les poches de son jean. D'après ce que j'ai compris de sa conversation avec Naito, il doit être antifae comme son père, et je me demande si c'est difficile pour lui d'être ici, de côtoyer le peuple qu'il déteste. Et si c'est seulement Naito qu'il est venu tuer.

Ça doit inquiéter Lena autant que moi, car je remarque que Trev nous suit aussi d'un peu plus loin. Il n'a pas l'air franchement ravi de devoir jouer les baby-sitters. À vrai dire, je ne lui en veux pas. J'ai l'impression que c'est toujours à lui qu'on refourgue les tâches les plus ingrates.

— Les faes de la Cour m'ont menti quand je travaillais pour eux, dis-je. Ils m'ont fait croire qu'ils capturaient les faes que je traquais. Ce n'était pas le cas. Le roi recourait à la violence et à la manipulation pour gagner la guerre et rester au pouvoir. Lena n'est pas comme ça. Elle ne cache rien de ce qu'elle fait et de ce qu'elle compte faire.

— Et Aren ? demande-t-elle. C'est le boucher de Brykeld, non ? Tu te comportais avec lui comme si tu le détestais au mariage d'Amy.

J'essaie de me retenir de grimacer, en vain. Je sais ce qu'elle va penser de ma relation avec Aren, et ça ne loupe pas. Paige s'arrête net.

— Oh, Seigneur, dit-elle en écarquillant les yeux. McKenzie, ne me dit pas que tu es tombée amoureuse de ton ravisseur ! C'est pour ça que tu as changé de camp ?

— Non !

C'est sorti plus sèchement que je ne l'aurais voulu, mais Paige n'a connaissance de l'existence des faes que depuis deux semaines et elle se comporte déjà comme si elle savait tout.

— Je t'ai expliqué pourquoi j'ai changé.

— Je te croyais plus intelligente, poursuit-elle comme si je n'avais rien dit.

— Je le suis, je réplique.

Puis j'inspire et essaie de rester calme. Si elle est ne serait-ce qu'à moitié aussi fatiguée que moi, elle doit sans doute avoir les nerfs à vif, elle aussi. Je n'ai pas envie de me battre avec elle. Je veux qu'elle comprenne qu'il n'y a aucun problème avec les rebelles et que je vais bien. Et ensuite, je veux qu'elle reste en dehors de cette guerre.

— J'essaie, dis-je en m'adoucissant. J'y vais aussi lentement que je peux, mais Aren…

Ça m'embarrasse de parler de ma vie amoureuse. Je n'avais jamais fait ça avant.

— Je n'ai pas vraiment envie d'y aller lentement.

— Tu ne couches pas avec lui ?

Je secoue la tête.

— Parce que si tu couches avec lui, poursuit Paige, je veux des détails.

Je manque d'éclater de rire. On ne peut pas dire que Paige approuve ma relation avec Aren, mais elle ne m'en tient pas rigueur pour autant. C'est bien parce qu'elle m'accepte telle que je suis, même quand je passe pour une folle, qu'elle est mon amie depuis si longtemps.

— Ces éclairs, dit-elle en levant la main et en attendant qu'un éclat de chaos la traverse, je parie qu'ils rendent explosif le simple fait d'embrasser un fae. D'ailleurs, je comprends mieux pourquoi tu ne me laissais jamais serrer la main de Kyol ou d'Aren.

Je souris.

— Ouais, désolée.

Un peu de ma tension se relâche. Ça me change de parler d'autre chose que des impurs et de la guerre, et cette petite partie de moi – celle qui était bien plus grande il y a un mois – qui veut que je prenne ma retraite refait surface. J'essaie de trouver un travail pour subvenir à mes besoins et avoir quelque chose qui m'aide à me sentir humaine, mais je n'ai jamais réussi à conjuguer mes deux vies par le passé. J'ignore ce qui me fait penser que je vais y arriver cette fois. Je pourrais laisser le Royaume et la guerre derrière moi. Lena péterait les plombs, mais Aren comprendrait.

Nous arrivons dans une aile résidentielle du palais. Ma chambre est là, même si je continue à ne pas l'occuper très souvent. Je préfère rester à Las Vegas parce que je dors généralement davantage là-bas.

Je m'arrête net. Je partage ma chambre d'hôtel à Las Vegas avec Shane. Comment ai-je pu l'oublier, bon sang ?

— Quoi ? demande Paige.

Je jette un coup d'œil à Trev par-dessus mon épaule, occultant la vive douleur qui me vrille le côté même quand je me tourne à peine.

— Shane a réussi à sortir de la boîte de nuit ?

Une longue pause, puis :

— Lena a envoyé quelqu'un à sa recherche.

Ils ne savent pas où il est. Et mince, j'aurais dû rester dans les parages et le chercher avant de partir, mais c'était la panique dans la boîte de nuit, et j'avais repéré Paige. Ensuite, il y a eu l'agent de police…

Merde. Shane est passé dans l'immeuble avec les humains morts, en plus. Il y a peut-être laissé ses empreintes digitales. Si ça se trouve, il est dans une prison anglaise.

Mais ce serait encore le meilleur scénario. S'il a été piétiné par la foule ou capturé et tué par les survivants, je me sentirai au moins en partie responsable. Il ne se serait pas retrouvé là-bas sans moi.

— McKenzie ? dit Paige.

— Ce n'est rien. Tiens, celle-ci est vide.

J'ouvre une porte à deux chambres de la mienne. Elle est plus spacieuse que celle que j'occupe, plus luxueuse aussi. Un bureau et un sofa sont agencés dans la partie gauche de la pièce. Deux lits avec des couvertures argentées et sans un pli se trouvent à droite. Entre les deux, une ouverture donne sur une salle de bains. Il fait noir ici, en revanche. Seule la lumière du couloir me permet de discerner le mobilier.

— Trev, est-ce que tu pourrais… ?

Il entre dans la chambre en marmonnant. Ça ne lui prend pas plus de cinq secondes pour diffuser sa magie dans les orbes qui servent d'appliques. Ils dispensent une douce lueur bleue qui éclaire la pièce.

— Merci, lui dis-je. Si tu pouvais faire la même chose pour la chambre de Lee…

— Je reste ici, dit Lee en entrant.

— Tu peux toujours courir.

Paige croise les bras. Trev marmonne dans sa barbe, puis ressort dans le couloir pour se rendre à la chambre suivante, me laissant le soin de régler le problème.

— Il y a deux lits, poursuit Lee. Je crois pouvoir me retenir de te toucher.

— Je n'ai pas envie de respirer le même air que toi.

— Ne sois pas ridicule, Paige, dit-il. Ces faes ne sont pas tes amis.

— Tu disais la même chose de Tylan.

— Et j'avais raison à son sujet, dit-il en haussant le ton. Il a menti en prétendant que McKenzie était prisonnière.

— Qui est Tylan ? je les interromps avant qu'ils s'arrachent la tête.

— C'est le premier fae que j'ai rencontré, dit-elle. Après que ce sale con m'a administré le sérum, je suis passée chez toi juste pour m'assurer qu'il n'y avait rien de vrai dans ses histoires de fées à dormir debout.

— De faes, la reprend Lee en retirant sa cape, comme s'il pensait vraiment qu'il allait rester là.

Paige lève les yeux au ciel et poursuit :

— J'allais déposer plainte au poste de police, mais alors que j'étais sur le point de partir, Tylan est sorti d'une fissure dans ton salon. Il m'a dit que tu avais besoin d'aide.

Sa façon de prononcer son nom me laisse penser qu'elle l'apprécie. Rien de sentimental, comme elle apprécie tous ses amis.

— Mon salon ? je demande en songeant qu'il pourrait être le faiseur de charmes qui a piégé son sac à main. Qu'est-ce qui s'est passé à ton appartement, alors ? On aurait dit que des gens s'y étaient battus.

Elle désigne Lee du menton.

— C'est lui. Il ne m'a pas demandé si j'avais envie qu'il m'injecte le sérum. Il s'est contenté de passer à l'acte.

— J'ai compris, Paige, dit-il. Tu me détestes. Tu ne me pardonneras jamais.

Elle se tourne vers lui. Paige en colère, ça fait peur à voir. Elle mesure une bonne tête de moins que Lee, mais elle vient lui débiter sous le nez toutes les raisons pour lesquelles il n'a aucun droit de s'attendre à ce qu'elle le pardonne. Je ne peux pas le lui reprocher. Si j'ignorais tout des faes et que quelqu'un m'injectait une substance en prétendant que ça me permettrait de les voir, je serais furieuse aussi. Mais j'ai le sentiment qu'il y a autre chose. Bien sûr, ils ont l'air de se détester, mais leur façon de se dévisager me donne l'impression qu'ils sont plutôt à deux doigts de s'embrasser que de se griffer le visage. Je me concentre donc sur le plafond, sifflotant presque, jusqu'à ce que j'entende Paige dire :

— Quels sont les ordres de ton papa cette fois ? C'est à lui que tu envoies des texto, hein ? Il t'a demandé d'assassiner ton frère. Qu'est-ce que tu es censé faire ensuite ?

Son père lui envoie des textos ?

— Ferme-la, Paige, dit Lee.

Aurait-il donc toujours son portable sur lui ? Nous avons été obligés de nous ruer sur le portail. Quand nous sommes ressortis ici, j'ai eu la brillante idée d'ordonner aux faes de ne pas les toucher, lui et Paige. Ils n'ont pas été fouillés.

— Donne-le-moi, j'ordonne.

Le visage de Lee se durcit.

Paige s'assoit au bord d'un lit, froissant la couverture.

— Il ne laisse personne y toucher.

— Donne-le-moi, je répète.

— Je ne l'ai pas, ment-il.

Je croise le regard de Paige. Je doute de parvenir à lui prendre son portable seule, mais avec l'aide de mon amie…

Elle comprend le message.

— Vas-y.

Maintenant que je cherche le téléphone, je remarque la bosse dans sa poche avant gauche. Mes côtes ne vont pas apprécier ce que je m'apprête à faire, mais je tends la main.

Comme je m'y attendais, il me saisit le poignet.

— J'ai dit que je ne l'avais pas.

Je me prépare mentalement, puis me jette sur lui en lui donnant un coup d'épaule. Ça le prend par surprise. Il trébuche en arrière et perd l'équilibre en heurtant le lit.

Mes côtes hurlent quand je lui tombe dessus, mais je parviens à glisser la main dans sa poche pendant qu'il essaie de me repousser. Il prend trop de précautions. Alors qu'il pourrait me frapper, il n'en profite pas. Je le félicite d'avoir des scrupules à blesser une femme, mais je n'en ai pas à lui envoyer mon genou dans les côtes. Il gémit et m'empoigne les deux bras. Paige saute sur l'occasion et s'empare de son téléphone.

— Bon sang, Paige.

Il me lâche pour s'occuper d'elle, mais elle jette le portable par-dessus sa tête.

Je le rattrape, puis recule jusque dans le couloir.

— Que se passe-t-il ? demande Trev, attiré par le bruit de mes pas.

— Retiens-le, j'ordonne.

À cause de la chute de Lee dans la Tamise, le téléphone est humide. J'ai peur qu'il ne fonctionne pas, mais l'écran s'allume. En inspirant lentement, j'ouvre les messages de Lee. Je dois cligner des yeux pour chasser mes larmes et voir l'écran. Ces maudites côtes me font mal.

Trev grimace en voyant le téléphone, mais il empêche les deux humains de quitter la chambre. D'un rapide coup d'œil, je constate que Lee a renoncé à se battre. Tant mieux. Je peux prendre mon temps pour lire.

Ça en vaut la peine. Nous n'aurons pas besoin de renvoyer Naito sur Terre. Son père – qui souhaite effectivement que son frère le tue – s'est installé à Boulder, dans le Colorado. Et je crois pouvoir nous faciliter la tâche pour obtenir son adresse. Je tape un message. Lee n'utilise ni majuscules ni signes de ponctuation quand il écrit des textos, ce qui est extrêmement agaçant, mais je m'efforce d'omettre les virgules et les points par souci d'authenticité. Il ne me manque plus qu'une photo à mettre en pièce jointe.

— Où est-ce que tu vas ? demande Trev lorsque je m'éloigne et me tenant les côtes.

— Je vais demander à Naito de faire le mort.

Chapitre 19

Je trouve Naito dans sa chambre, occupé à feuilleter un carnet de croquis relié de *jaedric.* Il le referme quand j'entre. Il ne ressemble en rien au carnet de croquis d'origine terrestre – rempli de dessins de Kelia – que Lorn m'a donné à Nashville, mais il me le rappelle tout de même. Je suis censée le rendre à Naito. Le problème, c'est qu'il est resté dans la poche de la cape qu'Aren m'a fait enlever à Rhigh. Aren est reparti avec quand il m'a dit de compter jusqu'à trente. Je présume que c'est à ce moment-là qu'il a parlé à Darron, l'illusionniste qui a créé l'orage factice. Peut-être la lui a-t-il laissée.

Comme je n'ai pas l'intention d'évoquer le carnet de croquis à moins de l'avoir entre les mains, je demande à Naito ce qu'il lit lorsqu'il referme le livre. Il me répond qu'il s'agit d'une compilation de notes qu'il a prises sur les miliciens, notamment leurs noms et les endroits où ils ont été vus par le passé. Je lui parle des textos de Lee et Nakano et de Boulder, et quand je lui soumets mon plan, Naito se contente de grommeler son approbation. À vrai dire, je m'attendais à ce qu'il fasse plus d'histoires, mais je suppose qu'il se moque de ce qui se passe tant qu'il peut retourner sur Terre. Il s'imagine toujours qu'il aura la possibilité de tuer son père. Bien entendu, je ne lui fais pas part du contenu de mon texto. J'ai écrit que les faes vont enterrer

Naito à Cleveland, en Géorgie. Le lieu semble sortir un peu de nulle part, mais les rebelles avaient l'un de leurs refuges là-bas. Nakano est déjà allé jusqu'en Allemagne pour tuer des faes. J'espère qu'il prendra la même décision cette fois et qu'il quittera son complexe de Boulder.

C'est comme ça que Naito l'appelle… un complexe. Il dit que c'est une station de ski désaffectée, mais ça m'a l'air de se rapprocher davantage d'une base militaire. C'est sans doute ce que Nakano en a fait. Il a assez d'armes, de matériel et de tenues de camouflage pour équiper la moitié d'une armée. Sachant que lui et les siens sont en outre très doués pour tuer les faes, je m'inquiète un peu de ce que nous allons trouver là-bas.

Mais puisqu'il faut que nous mettions la main sur le sérum et leurs recherches, j'ouvre une *roguia*, un fruit au jus épais et rouge sang, et la presse sur le cou et le torse de Naito. La photo que je prends avec le portable a un aspect granuleux parfait ; il a vraiment l'air mort. Je n'ai plus qu'à informer Lena et les autres de mon plan, puis je demanderai à un fae de m'emmener sur Terre afin que je puisse envoyer mon texto.

Je fais d'abord un crochet par ma chambre. Je dois laver le sang de la fille humaine qui macule ma peau.

Je me débarrasse de mes chaussures, de mes vêtements et de la ceinture à laquelle est accrochée ma dague. Le bain que je prends est froid – comme d'habitude, sauf quand un fae est là pour me chauffer l'eau –, mais je n'y reste que le temps de frotter les taches de sang. Impossible en revanche d'effacer ma culpabilité. La guerre des faes a eu de trop nombreuses répercussions sur mon monde ce mois-ci. La fille de la boîte et les humains doués de double vue dans l'immeuble voisin n'étaient pas les premières victimes. Il y a un peu plus de deux semaines, trois humains sont morts quand les faes du roi Atroth ont attaqué un quartier à la périphérie de Vancouver. Un groupe de *tor'um* qui abritaient les rebelles y vivait. C'étaient des faes sains d'esprit nés avec le handicap qui les empêchait d'ouvrir des fissures, mais presque tous les habitants du Royaume les rejetaient. Ils s'étaient installés dans mon monde pour repartir de zéro dans un endroit où on les accepterait. Seul un humain doué de double vue aurait remarqué leur différence. Alors qu'ils ne faisaient de mal à personne, Atroth a lancé son attaque. Il se moquait de savoir qui se retrouverait pris entre deux feux. Avant, la guerre se limitait presque exclusivement au Royaume. Ce n'est plus le cas désormais.

Je sors de la baignoire et me sèche en veillant à ne pas appuyer sur mes côtes là où un vilain hématome violet est apparu. Mon jean préféré est toujours sur ma commode. Je l'enfile, pas loin de soupirer d'aise. En guise de tee-shirt, je n'ai pas mieux qu'une tunique. Elle est blanche et longue devant, mais ne détonne pas trop avec le jean. Et puis, je ne compte rester dans mon monde que quelques minutes, juste le temps d'envoyer le texto au père de Naito.

Je fourre le portable de Lee dans ma poche et me rends à la salle du trône. Aren et Kyol sont là tous les deux, ainsi que Taber et un nombre significatif des meilleurs soldats de Kyol. Alors que je suis à mi-chemin du dais, je remarque que ces derniers encerclent une fae.

Non, c'est une *tor'um*. La *tor'um*. Celle qui m'a prise pour Paige à Spier. Celle qui a failli devenir le maître d'armes d'Atroth. Les mains menottées devant elle, elle se balance d'avant en arrière, du talon à la pointe des pieds.

Ses longs cheveux bruns sont noués en queue-de-cheval et en tresse serrée qui retombe sur son épaule.

Comme s'il avait senti ma présence, Aren se tourne vers moi, et je jurerais le voir blêmir. C'est à ce moment-là que je remarque qu'il se tient à l'écart du groupe des faes. Vraiment à l'écart.

— Que se passe-t-il ? je demande.

Aren garde les yeux fermés un moment. Quand il les rouvre, son regard passe de la *tor'um* à moi.

— Je suis désolé, McKenzie.

Un tel regret perce dans sa voix qu'il aurait fallu que je sois idiote pour ne pas comprendre. Je me fige avant d'avoir rejoint le groupe, et la douleur qui me vrille les côtes perd soudain en intensité quand je prends conscience que c'est Aren qui a fait ça. Aren a fait de cette fae une *tor'um*.

La première fois que j'ai vu cette femme à Spier, Kyol m'a dit qu'elle était devenue *tor'um* il y a des années. J'en avais déduit que ça n'avait aucun rapport avec Aren, puisqu'il n'était pas encore engagé dans la lutte contre le roi Atroth à ce moment-là. J'ignorais alors qu'il s'était associé à Thrain.

C'est plus facile de ne pas penser au passé d'Aren quand je n'y suis pas directement confrontée. Avoir le résultat de ses agissements sous les yeux en sachant que cette femme n'est pas la seule personne dont il a gâché la vie me rend malade.

— McKenzie. (Lena interrompt le cours de mes pensées.) Je pensais que tu serais avec ton amie.

La *tor'um* se retourne pour regarder à qui s'adresse Lena, et son visage s'éclaire lorsqu'elle me voit.

— Te voilà ! s'exclame-t-elle.

Elle s'avance d'un pas vers moi, puis s'arrête. Elle fronce les sourcils, déroutée. Sur un ton complètement différent et presque déçu, elle dit :

— Ne te voilà pas.

Je comprends que c'est Paige qu'elle cherche, mais il ne me vient qu'une seule question à l'esprit.

— Pourquoi est-elle ici ?

— On l'a trouvée en train de sautiller devant le mur, dit Lena. (Elle se retourne vers la *tor'um* et examine la femme de la tête aux pieds.) De toute évidence, elle voulait qu'on l'attrape.

— De toute évidence ! chantonne la *tor'um*.

— *Pourquoi voulais-tu qu'on t'attrape, Brene ?* demande Kyol en fae.

Il lui parle à voix basse mais douce, et je sens que cette Brene est quelqu'un qu'il admirait et que ça l'attriste de la voir dans cet état.

Elle ressemble à une enfant qui se concentre quand elle fronce les sourcils. Elle esquisse même une petite moue.

— *Je cherchais quelque chose.*

— *C'est moi que tu cherchais ?* je tente, songeant que les survivants l'ont peut-être envoyée ici pour qu'elle retrouve Paige.

C'est Aren qui est responsable de son état, pas moi. Je sais que c'est absurde, mais j'ai le sentiment d'avoir une dette envers cette *tor'um*, comme si j'étais dans l'obligation de l'aider parce que je fréquente le fae qui a gâché sa vie.

Brene me dévisage en plissant les yeux, et je me demande si j'ai mal prononcé ma phrase. Soudain, on croirait qu'elle regarde à travers moi. Je jette un coup d'œil par-dessus mon épaule, mais il n'y a personne. Quand je reporte mon attention sur elle, elle secoue la tête puis la lève pour scruter le plafond. Son comportement est incohérent, plus qu'il ne l'était il y a une seconde du moins. Je crois qu'on est en train de la perdre.

— Brene ?

J'essaie de l'appeler par son nom. Ça l'aidera peut-être à se recentrer.

Elle rive ses yeux gris sur moi.

— Non-Paige, dit-elle. Dis-leur que je n'aime pas les bracelets.

— Les bracelets ?

Elle me montre ses mains menottées.

— Est-ce qu'on…

— Non, disent Kyol, Lena et Aren en chœur.

Leur réaction est sans équivoque, comme si lui retirer ses menottes était la pire idée qui soit. Apparemment, ils pensent tous que Brene est dangereuse, même dans son état de semi-folie.

En ce qui me concerne, je n'en suis pas si sûre. Sans crier gare, elle se laisse tomber au sol comme une enfant et se met à tracer du doigt le bord du long tapis bleu. Elle se lance dans un babillage en fae, une histoire d'éclairs qui ne savent pas faire la différence entre la peau et le ciel, mais d'une voix si chantante que je ne suis pas certaine de comprendre ce qu'elle dit.

Lena s'assoit sur la plus haute marche de son dais et regarde Brene. L'espace d'un instant, je crois lire de la pitié dans ses yeux.

— D'après ce que nous sommes parvenus à tirer d'elle, dit-elle, les survivants ignorent l'existence du sérum. Naito aura le temps de retrouver son père.

Ah oui, le sérum. C'est pour ça que je suis ici.

— Tu comptes t'en servir ? je demande.

Elle prend une lente inspiration, puis relâche son souffle.

— J'aimerais bien, dit-elle. Ce serait bénéfique pour nous tous. Ça le serait pour toi aussi, mais si tu t'y opposes radicalement… alors non, nous ne nous en servirons pas.

Sa réponse ne me plaît pas. Je ne peux pas lui dicter ses principes moraux. C'est ce que Kyol a essayé de faire avec Atroth, et il a échoué. Tout ça parce qu'un autre soufflait à l'oreille du roi, et qu'Atroth optait pour la facilité plutôt que pour ce qui aurait été le mieux pour les faes. Je souhaite que Lena fasse passer le bien des faes en premier… sans omettre celui des humains.

Elle doit lire mes pensées sur mon visage.

— Je sais que ce n'est pas moral, McKenzie. Je n'impliquerais pas les tiens inutilement, mais nous devons tout de même mettre la main sur ce sérum. Les survivants n'auront peut-être pas autant de scrupules que nous.

Les nœuds de mon estomac se desserrent.

— Il va également falloir retrouver et détruire leurs recherches si nous ne voulons pas que quelqu'un tente de le recréer. Mais nous n'aurons pas à nous reposer sur Naito. Je sais où est le sérum.

Je leur montre le portable. Comme personne ne s'en approche, bien sûr, je leur résume les textos qu'ont échangés Lee et son père. Il vaut mieux que je pense à ça et à ce que nous avons à faire, plutôt qu'à Aren et à ce qu'il a fait.

— J'aurais juste besoin que quelqu'un me ramène sur Terre pour que je puisse envoyer le texto, je conclus.

Du coin de l'œil, je vois Brene s'étendre sur le dos.

— Je m'en charge, dit Aren en s'avançant à côté de moi.

— Non.

Je n'ai pas envie d'être près de lui pour l'instant. J'ai besoin de temps pour réfléchir et digérer tout ça.

— Je m'en charge, répète-t-il sur un ton plus dur. Ce sera rapide. Je pense que tu arriveras à me supporter le peu de temps que ça va prendre.

— Kyol peut m'emmener.

— Il ne peut pas te soigner, rétorque Aren. Viens.

Il coupe court à mes protestations en posant la main au creux de mes reins. La chaleur de sa paume m'est familière, comme cette façon à la fois ferme et douce qu'il a de me pousser en avant. Il m'a toujours touchée ainsi, même quand je faisais tout ce qui était en mon pouvoir pour m'éloigner de lui, et je songe qu'il est le même qu'il y a cinq minutes. Il est la même personne que celle qu'il était avant que je découvre son lien avec Thrain. En plus, je ne me disputerai pas avec lui devant Lena et Kyol.

Il reste légèrement en retrait tandis que nous quittons la salle du trône et dépassons les bureaux administratifs du palais. Je profite du temps et de l'espace qu'il m'accorde pour remettre de l'ordre dans mes pensées. Il faut que je détermine où j'en suis au juste avec lui. À chaque fois que je me crois sur le point d'accepter son passé, j'apprends autre chose. Ça fait toujours l'effet d'une claque, et je ne sais pas combien je vais pouvoir en encaisser.

Dehors, un soleil radieux réchauffe le fond de l'air frais. Je savoure la caresse des rayons sur ma peau et laisse mes muscles raidis par la tension se relâcher un peu. Aren se rapproche de moi. Nous sommes dans le quartier le plus fréquenté de la Cité, mais il n'est pas sûr à 100 pour cent. La plupart des hauts nobles ont élu domicile ici. Bien que nous soyons encore dans l'enceinte de Corrist, les corniches de leurs demeures sont bordées d'argent. C'est purement dans le but d'exhiber leur statut. Ils ont de l'argent à gaspiller pour des futilités.

Nous arrivons au mur d'argent sans encombre, puis dépassons la rangée de maisons pour rejoindre la rivière. C'est à ce moment-là qu'Aren me prend la main pour presser une pierre d'ancrage marquée dans ma paume.

— Si je pouvais changer mon passé pour toi, McKenzie, je le ferais. Mais je n'ai pas ce pouvoir. Aucun fae ne l'a.

Je regarde mes éclats de chaos fuser sur le dos de ma main qu'il tient toujours. Son contact est chaud, émoustillant. J'en ai toujours autant envie.

— Pourquoi faut-il que je découvre ton passé comme ça ? Quand tu ne m'en parles pas, j'ai l'impression que tu cherches à me cacher des choses.

— Dois-je te donner les noms de tous les faes que j'ai rendus *tor'um* ? demande-t-il calmement.

Je soutiens son regard, un peu surprise.

— Combien y en a-t-il ?

— Je me rappelle d'eux. De chacun d'eux, dit-il.

Puis, comme s'il venait seulement d'entendre ma question, il ajoute :

— Ils étaient cinq. Pour tous sauf Brene, c'est arrivé quand j'étais sous la tutelle de Thrain.

Cinq. Après avoir vu Brene, ça me paraît énorme.

Aren se penche vers la rivière pour recueillir de l'eau dans sa main. Il lève la paume vers le ciel, puis un grondement résonne dans l'air tandis qu'une fissure déchire l'atmosphère. J'ai l'impression que c'est moi qu'elle déchire.

— Prête ? demande-t-il.

Je hoche la tête et le laisse m'entraîner dans la lumière.

La morsure glaciale de l'Entre-Deux raidit mes muscles, et une vive douleur me transperce alors l'abdomen. J'expire en sifflant, ou du moins j'essaie, mais l'Entre-Deux m'a coupé le souffle. Quand nous ressortons de la fissure, je suis prise d'une quinte de toux qui n'arrange pas l'état de ma cage thoracique.

Je me tiens le côté, pliée en deux de douleur.

— McKenzie.

La voix d'Aren est chargée d'inquiétude. Il passe le bras autour de ma taille pour me soutenir, ce qui ne fait qu'empirer les choses. Je tombe à genoux dans l'herbe.

— McKenzie, répète-t-il, plus anxieux cette fois.

— Mes côtes, je parviens à articuler.

Je m'efforce d'inspirer lentement tandis qu'il remonte ma tunique.

— *Sidhe.* (Il s'accroupit à côté de moi.) Je sais que tu n'as pas envie que je te touche, mais tu aurais dû dire quelque chose. Je ne me doutais pas que ta blessure était si grave.

Il pose la main sur mon hématome. Sa chaleur se répand dans mon corps lorsqu'il se sert de sa magie pour ressouder mes côtes. Elles doivent être fracturées ou cassées, parce que ça fait mal. Presque autant que la fois où il s'est occupé du bras que Lena m'avait cassé quand j'ai tenté d'échapper aux rebelles en Allemagne. Je serre l'avant-bras d'Aren. La douleur est si intense que je ferme les yeux, mais ça ne dure que quelques secondes. Puis les *edarratae* prennent le dessus, et je ne sens plus qu'un picotement chaud et délicieux.

Aren n'a pas retiré la main de mes côtes. Son contact était clinique au début ; il ne l'est plus. Les éclairs lui font autant d'effet qu'à moi, et je sais qu'il les sent se rassembler. Ce qu'il a dit était faux. J'ai envie qu'il me touche. J'en ai tellement envie que c'est à peine si j'arrive à penser.

— Aren, je murmure.

Son corps est parcouru d'un bref frisson, et je me prends à espérer qu'il ne reprenne pas le contrôle. Ça a toujours été comme ça. Il est doué pour me donner envie de lui quand il ne faut pas. Là encore, le moment est mal choisi. Il y a trop de problèmes entre nous, trop de choses que nous devons mettre à plat.

Nous nous éloignons l'un de l'autre au même instant. Je le vois déglutir. Une lueur sauvage brille dans ses yeux, mais j'y décèle aussi un soupçon d'autre chose. Une émotion que je le vois rarement exprimer. De la peur. Il a peur de me perdre.

J'ai peur de le perdre, moi aussi. Je sens que si je prenais le temps de mettre de l'ordre dans mes pensées, si je dressais la liste des raisons que j'ai de rester avec lui et de celles que j'ai de le quitter, j'en conclurais que le plus raisonnable serait de le quitter. Nous étions ennemis. Il m'a menacée de mort à plusieurs reprises, et a tué des faes qui essayaient simplement de me protéger. Le truc, c'est que je n'ai pas envie de renoncer à lui. Ça a beau défier toute logique, j'ai envie qu'on soit ensemble.

— Tu as un coup de téléphone à passer, dit-il calmement.

Il passe une main dans ses cheveux déjà ébouriffés lorsqu'il se redresse.

J'ai un texto à envoyer, mais je ne le reprends pas. Je me lève aussi, ravalant mes sentiments tandis que je sors le portable de Lee de ma poche. Pour la première fois, je balaie les alentours du regard. Il fait noir, et il n'y a qu'une rivière éclairée par les étoiles à proximité. Comme les ombres de notre fissure se sont déjà évanouies, je n'ai aucune idée de l'endroit où nous nous trouvons. Mais nous sommes pratiquement sur un portail, ce qui est une bonne chose. Nous pourrons regagner le Royaume dès que j'aurai contacté Nakano.

Aren me regarde envoyer le texto et remettre le portable dans ma poche. Je n'ai rien de plus à faire ici – et il le sait –, mais aucun de nous ne bouge quand j'ai terminé. Nous attendons tous les deux que l'autre dise quelque chose.

Bon, d'accord. Je viens de reconnaître qu'une discussion s'impose. Autant régler ça tout de suite.

— Qu'as-tu fait pour Thrain ? je demande.

— C'est par ça qu'on va commencer ?

Il rive les yeux sur la rivière, même si je doute qu'il la regarde réellement. Mon estomac se noue tandis que j'attends sa réponse.

— Je faisais tout ce que Thrain me demandait, dit-il.

Sa voix, d'ordinaire pleine de légèreté et d'humour, est si monocorde que je pourrais la prendre pour celle de Kyol. Ça ne lui ressemble pas.

— S'il voulait la mort de quelqu'un, poursuit-il, je tuais cette personne. S'il voulait que quelqu'un soit capturé et torturé, je m'en chargeais aussi. Puis je les soignais et les torturais de nouveau. J'ai volé des faes. J'ai brûlé leurs maisons. Je les ai exposés à de la technologie. (Il prend son inspiration.) Je lui livrais des humains, et j'ai appris plus tard qu'il les vendait à des *tjandel.*

Mon cœur se glace à la mention des *tjandel.* Le seigneur général d'Atroth, Radath, m'avait menacée de m'envoyer dans l'un de ces endroits. Ce sont des bordels où sont hébergées des humaines. Je n'en ai jamais vu – ils étaient illégaux, même sous le règne d'Atroth –, mais Radath m'a révélé sans détours que la plupart des femmes n'ont pas le don de double vue, et que les faes qui leur rendent visite prennent plaisir à les entendre hurler. Ça me rend malade de savoir que des lieux pareils existent. Et qu'Aren a contribué à ce qu'ils existent…

Ma gorge se noue. Je sens un vide se creuser dans ma poitrine.

— Je ne suis pas fier de ce que j'ai fait, McKenzie, dit-il.

Il n'a pas quitté la rivière des yeux, et la lumière des étoiles qui se reflète à la surface brille dans son regard.

— Qu'est-ce qui t'a poussé à partir ?

C'est ma voix qui est monocorde à présent.

— Le père de Lena et Sethan. (Il se détourne de la rivière pour me regarder.) J'étais un *imithi* avant de rencontrer Thrain. La traduction exacte de ce mot serait « vagabond orphelin », mais c'est… C'est plus que ça. C'est un sous-groupe de faes, le plus souvent des enfants, qui n'ont ni famille ni racines. Ce n'est pas sain de grandir comme ça. Grâce à leurs pouvoirs, les faes peuvent se déplacer à leur guise, mais ne pas avoir d'endroit où l'on se considère chez soi a de mauvais effets sur nous. Nous ne respectons les règles et les usages d'aucune région. Nous nous moquons d'irriter ou d'offenser les gens… il nous suffit de fuir pour une autre ville. Nous enfreignons les lois et créons des problèmes, sans qu'il y ait jamais de conséquences ou presque.

Une part de moi – celle qui est faible et sensible – voudrait me pousser à tendre la main vers lui, mais je m'oblige à garder les bras le long du corps et dis :

— Ça n'excuse pas ce que tu as fait.

Je le vois déglutir de nouveau, et cette fois ce n'est pas parce qu'il lutte pour se maîtriser.

— Je sais, dit-il, et la douleur qui perce dans sa voix me fend le cœur. Si je te raconte ça, c'est parce que je veux que tu comprennes pourquoi j'ai suivi Thrain. Moi et les autres *imithi* prétendions tous nous satisfaire de notre situation, mais en réalité nous voulions des racines. Thrain a profité de ça. Comme le don de guérison est une magie rare, je lui étais utile, et je voulais un mentor. Peu importe qui. Jusqu'à ce que j'essaie de voler de l'argent dans les mines d'Adaris.

Adaris. L'une des provinces dissoutes par Atroth, celle d'où vient Lena.

— Tu as volé de l'argent ?

— J'ai essayé d'en voler, dit-il.

Puis il part d'un rire bref. Mais il ne sourit pas, et il n'y a aucune gaieté dans son regard.

— Ce n'est pas ce qu'il y a de plus malin à faire, et je n'avais rien planifié. Briant, l'aîné de Zarrak, est arrivé alors que j'y étais. Vu qu'il vivait là, il avait l'habitude de se battre au milieu de gisements d'argent. Pas moi. Il a percé mes défenses et m'a infligé une blessure qui m'aurait expédié dans l'éther s'il n'avait pas donné l'ordre à Lena de me soigner.

— Je suis sûre qu'elle a adoré ça, je marmonne en imaginant Lena contrainte de soigner quelqu'un qui venait d'essayer de tuer un membre de sa famille.

— Il y a eu une dispute, dit-il. (Cette fois, lorsqu'il glousse, c'est avec le sourire.) Bref, les Zarrak projetaient déjà de se soulever contre Atroth. Ils m'ont permis de me battre pour une cause – une bonne cause – et m'ont offert un foyer.

Il sort une pierre d'ancrage de sa poche.

— Depuis que j'ai mis un terme à ma collaboration avec Thrain, je tente chaque jour de me racheter. Briant était un homme bon. Je voulais mériter le foyer qu'il m'offrait. (Il frotte la pierre du pouce.) Je veux te mériter.

À ces mots, mon cœur se met à cogner dans ma poitrine, effaçant la sensation de vide qui m'engourdissait.

— Aren…

— Il y a autre chose qu'il faut que tu saches, dit-il en s'avançant pour presser la pierre d'ancrage dans ma main. Je regrette ce que j'ai fait à Brene, mais je serais prêt à recommencer. Radath tenait Briant. Brene savait où ils se trouvaient, mais elle refusait de nous le dire. Nous avions très peu de temps et… (Il prend son inspiration.) Le temps que je lui fasse cracher le morceau, elle était brisée, et il était déjà mort.

Son regard se perd dans le lointain tandis qu'il revit ce moment.

— Presque mort. Radath l'avait torturé. Il avait perdu énormément de sang, et… Si j'étais intervenu plus tôt, j'aurais pu le soigner.

Je me mords l'intérieur de la joue jusqu'à ce que soit douloureux. Tomber amoureuse ne devrait pas être si compliqué. Ça devrait être un état dans lequel on glisse facilement, comme dans un lit aux draps de soie. Quoi qu'il en soit, je ne peux pas continuer à m'interroger sur ma relation avec Aren. Je dois décider si c'est mon cœur ou ma tête que je vais suivre. J'ai suivi mon cœur avec Kyol pendant dix ans. C'était la mauvaise décision.

Je sursaute quand le portable vibre dans ma poche. Je ne m'attendais pas à recevoir de réponse à mon texto, surtout pas si vite, mais je sors le téléphone et lis le message de Nakano.

— Il a mordu à l'hameçon, dis-je à Aren. Lui et son équipe vont décoller ce soir.

— C'est bien, dit-il calmement.

Puis il s'avance vers la rivière et plonge la main sous les ondulations de la surface. Je le regarde lever la paume vers les étoiles et laisser l'eau ruisseler entre ses doigts. Un grondement vibre dans l'air tandis que la pluie se change en lumière, une fissure dans laquelle je peux m'engager sans danger du moment qu'un fae m'escorte.

Aren se tourne vers moi et me tend la main. Ses éclats de chaos jaillissent sur ma peau quand je la prends. On croirait qu'ils savent que j'essaie de prendre une décision et qu'ils cherchent à m'empêcher de garder les idées claires.

Aren m'attire doucement vers lui.

— Tu m'as dit que tu avais besoin de temps. Je t'en ai donné, et je t'en donnerai tant qu'il t'en faudra, McKenzie. Je t'aime. (Il glisse une mèche de cheveux derrière mon oreille.) Ça vaut le coup de t'attendre dix ans.

Il dépose le plus doux des baisers sur mes lèvres, puis m'emmène dans l'Entre-Deux.

Chapitre 20

Dès que nous posons le pied à Corrist, Aren retrouve sa nonchalance habituelle. C'est comme si notre conversation n'avait jamais eu lieu. Ses gestes sont détendus, voire indolents, et tandis que nous traversons le mur d'argent, il me taquine au sujet de ma tendance à me blesser… ce à quoi je lui rétorque aussitôt que je n'y suis strictement pour rien. Il y a sans arrêt des faes qui essaient de me tuer, et je ne suis pas née avec une épée à la main comme c'est à peu de choses près son cas et celui de tout le monde dans le Royaume.

Son ton est toujours léger lorsque nous quittons une allée et que le palais d'Argent surgit dans notre champ de vision.

— Tu es allée au *Sidhe Cabred*, dit-il.

— Ouais, je réponds, même si ce n'était pas une question.

Quand nous étions en Allemagne, il a trouvé la pierre d'ancrage qui prouvait qu'on m'avait emmenée dans le jardin des Ancêtres via un *Sidhe Tol*.

— C'était il y a trois ans.

— Lena envisage d'en autoriser l'accès à tout le monde, dit-il. Les hauts nobles sont opposés à cette idée.

Évidemment.

— Ils adorent leurs privilèges, dis-je.

Aren hoche la tête.

— C'est beau ?

Je détache le regard des tourelles bordées d'argent du palais pour me focaliser sur lui.

— Tu ne l'as pas encore vu ?

— J'ai eu à faire.

C'est vrai. C'est pour ça que nous nous sommes si peu vus depuis la mort d'Atroth.

— C'est beau, lui dis-je, me remémorant les feuilles vert vif ourlées de rose et de violet. Même la nuit, les fleurs sont plus colorées et plus vivantes que toutes celles que j'ai pu voir dans mon monde, et elles sont éclairées par magie. Leurs pétales sont doux. Leur parfum reste sur la peau, et…

Je m'interromps. Si je suis au courant de ce dernier détail, c'est uniquement parce que Kyol m'a étendue sur un lit de *laubrin* au pied de la cascade du *Sidhe Cabred*. Je pensais que les fleurs seraient épineuses et me gêneraient, mais pas du tout. Elles étaient lisses et soyeuses, et Aren n'a pas besoin de savoir ce que Kyol et moi avons failli faire sur elles.

— C'est beau, je répète.

Aren me regarde sans rien laisser paraître de ce qu'il pense dans ses yeux argentés. Il ne se détourne que lorsque nous arrivons au pied du palais. Il hèle les gardes qui nous observent par des meurtrières invisibles dans le mur, et la petite porte à côté du grand portail orné s'ouvre pour nous permettre d'entrer.

— Tu devrais essayer de te reposer avant que nous nous rendions à Boulder, dit Aren une fois que nous sommes à l'intérieur.

Lena ayant décidé de laisser le temps aux miliciens de rassembler leurs affaires et de partir pour Cleveland, nous avons quelques heures devant nous avant de passer aux préparatifs du départ. Dormir n'est pas une mauvaise idée ; je hoche la tête et lui dis que je le retrouverai plus tard.

Je m'achemine vers ma chambre avec l'intention de prendre un maximum de repos, mais alors que je tourne à l'angle du couloir qui mène au premier étage de l'aile résidentielle, je vois Paige se traîner à quatre pattes par terre.

— Paige ? dis-je en m'avançant vers elle.

Elle se rend dans la direction opposée, mais elle regarde par-dessus son épaule en entendant ma voix et ouvre de grands yeux.

— Ce n'est pas moi.

— Qu'est-ce qui n'est…

Je m'arrête net. Devant elle, un fae est étendu au sol, inconscient. Je ne suis pas sûre de le reconnaître. Son visage est ensanglanté, et il a au moins deux hématomes qui enflent au niveau de la tempe droite. Il ne s'est pas effondré la première fois qu'on l'a frappé.

— C'est Lee. (Paige se lève.) Il est parti à la poursuite de son frère.

Je lâche un juron. On aurait dû poster plus de faes devant leurs portes.

Je vais pour la dépasser – il faut que je retrouve Naito avant Lee –, mais elle m'empoigne le bras.

— Ne mêle pas les faes à ça, dit-elle. S'il te plaît. Je peux lui parler.

— Il les y a déjà mêlés.

Je pointe un doigt sur le fae par terre, qui commence à s'agiter.

Elle baisse les yeux.

— Je sais, mais on s'est disputés, et j'ai dit des choses…

— C'est un milicien, dis-je. Tu sais ce que ça veut dire ?

— Non. (Elle soutient mon regard.) Mais il n'est pas la personne qu'il cherche à être. Je te le jure, McKenzie.

— Les miliciens détestent les faes. Ils détestent les humains qui aident les faes.

Je me remets à marcher ; je n'ai pas le temps de rester plantée là pour discuter de ça. Paige me suit.

— Les survivants ne savaient donc pas qui il était ? je demande en arrivant à un escalier.

Je descends les marches quatre à quatre.

— Il ne s'est jamais comporté comme s'il détestait les faes, dit Paige en m'imitant. Il pense juste qu'ils sont dangereux, et il… Je peux me débrouiller seule, mais il a veillé sur moi.

Nous parvenons en bas de l'escalier. Il mène à l'arcade qui fait le tour du jardin de sculptures. Seuls quelques faes s'y trouvent en ce moment. Je repère un garde et me dirige vers lui.

— Je croyais que tu détestais Lee, dis-je à Paige, même si je la soupçonne du contraire.

— J'ai envie de le détester, dit-elle. Je l'ai rencontré au mariage d'Amy. Il a demandé à te voir, mais comme tu étais avec Aren, on a traîné ensemble. On a accroché. Il est plutôt sympa quand il ne fait pas l'idiot.

— Tu disais toi-même qu'il se servait de toi pour retrouver Naito.

— Et Aren se sert de toi pour combattre les faes de la Cour, réplique-t-elle.

Je la fusille du regard, mais elle marque un point. Aren et moi sommes partis sur de mauvaises bases.

— Il ne se sert plus de moi désormais.

Il m'aime – j'en suis sûre à 100 pour cent –, et il ferait n'importe quoi pour moi.

Je m'avance vers le garde. Paige comprend aussitôt mon intention.

— Je t'en prie, ne mêle pas les rebelles à ça.

Je m'arrête pour la regarder. Elle ne porte plus ses vêtements mouillés. Quelqu'un lui en a fourni d'autres. Son haut blanc aux manches serrées ressemble davantage à une veste qu'à un corsage. Il se lace devant, et les deux pans couvrent ses hanches. Sa jupe couleur chair est courte – je crois qu'elle a arraché la partie inférieure –, mais elle l'a contrebalancée avec des bottes aux genoux. La tenue entière est d'origine fae, mais elle parvient à donner l'impression qu'elle l'a sortie de sa propre armoire.

C'est Paige, je songe. Mon amie. Elle ne m'a jamais rien demandé, et elle a toujours été là pour moi même si je ne l'ai pas toujours été pour elle, mais s'il arrive quelque chose à Naito…

Non. Je ne peux pas prendre ce risque juste parce qu'elle me le demande.

— Je suis désolée, dis-je.

Je vois une lueur de déception passer dans ses yeux bleus quand elle me lâche le bras. Elle disparaît aussitôt, remplacée par une expression soigneusement neutre.

— Je comprends, ment-elle.

C'est comme si on m'avait poignardé le cœur. Je prends conscience que je vais perdre ma seule amie, et ça me fait l'effet de perdre la dernière chose qui me rattachait à ma vie humaine. Paige a toujours supporté mes excentricités et mes disparitions subites. Elle m'a toujours traitée comme quelqu'un de normal. J'imagine que je devrais enfin me résoudre à accepter que je ne le suis pas. Je ne le serai jamais.

— Je suis désolée, je répète, puis je me dirige de nouveau vers le garde.

Il se peut que Lee soit passé par ici et que le fae ne l'ait pas retenu. Sous le règne d'Atroth, les humains étaient rarement arrêtés ou interrogés tant qu'ils restaient dans les parties publiques du palais. À moins qu'on ne les informe du contraire, les faes présumaient que nous étions à notre place ici. Je sais que Lena se méfie de Paige et de Lee – c'est pour ça qu'elle a posté un garde devant leurs portes –, mais j'ignore si elle a émis une alerte générale.

Je ne suis plus qu'à quelques pas du garde quand un mouvement attire mon œil. Lee est appuyé contre le mur de l'arcade, à l'opposé de là où Paige et moi sommes sorties. Il se laisse glisser au sol, puis appuie les bras sur ses genoux relevés. L'une de ses mains est couverte de sang.

Pitié, faites que ce ne soit pas le sang de Naito.

J'entends Paige prendre une brusque inspiration. Elle s'avance vers lui avant moi, mais je la rattrape la seconde suivante.

— Lee ? dit Paige en le rejoignant.

Il ne lève pas la tête.

— Je n'y suis pas arrivé.

Dieu merci, c'est son propre sang qu'il a sur la main. Je discerne des plaies sur ses jointures.

— J'aurais dû y arriver, dit-il.

Paige le dévisage.

— Tu plaisantes ? Tu parles de tuer quelqu'un. Tu parles de tuer ton propre frère !

— Je déteste mon frère. (Ses paroles sonnent davantage comme une question que comme une affirmation.) Je suis censé détester les faes. Ça fait des années qu'ils essaient de tuer mon père.

C'est son père qui essaie de les tuer depuis des années, mais je ne reprends pas Lee.

— Je n'ai cessé de me dire que tout ce dont mon père a besoin c'est de tourner la page, de tuer le fae qui a tué ma mère, mais je délire autant que lui. Naito a raison. Papa est malade. Fou. Il doit l'être pour m'ordonner de tuer mon frère. Et je dois être cinglé pour envisager de le faire.

— Tu n'es pas cinglé, dit Paige. Tu es un idiot. Qu'est-il arrivé à ta main ?

Il la regarde enfin.

— Elle s'est pris un mur.

Elle se baisse à côté de lui.

— C'est bien ce que je disais, tu es un idiot.

— C'était un mur en bois, ajoute-t-il, une pointe de sarcasme dans la voix. Je ne m'attendais pas à ce qu'il cède.

Elle roule des yeux et examine sa main blessée. Paige a suivi une formation d'infirmière pendant environ deux semaines avant d'abandonner, mais elle a gardé son intérêt pour le sang, les points de suture et les os cassés. Il y a largement de quoi faire à ce niveau-là dans le Royaume.

Je m'appuie contre le mur et les observe, eux et la façon dont Lee regarde le visage de Paige tandis qu'elle se défait du ruban qui lui sert de ceinture pour tamponner les blessures sur sa main. Lee tient à elle, c'est évident.

— Paige m'a dit que tu me cherchais au mariage de sa sœur, dis-je quand ils se lèvent. Tu savais que je m'étais associée aux faes. Comment l'as-tu appris ? Et comment savais-tu que je serais à la cérémonie ?

Il hausse un sourcil à l'intention de Paige. Lorsqu'elle hoche la tête, il dit :

— Un fae a donné ton nom à mon père.

— En personne ? je demande.

— Ouais.

— Tu sais qui était ce fae ?

Aren et Lena pensent qu'Atroth a communiqué mon nom aux miliciens en sachant qu'ils me retrouveraient et me tueraient, mais Kyol m'a juré que ce n'était pas vrai. Je ne sais pas qui croire. Les hommes de Nakano ont bel et bien tracé mon portable et attaqué l'auberge où les rebelles me détenaient en Allemagne, et il est clair qu'ils n'auraient eu aucun état d'âme à me tuer, mais je me fie à la parole de Kyol. Il dit qu'Atroth me voulait vivante, pas morte.

Lee secoue la tête.

— Je ne l'ai jamais vu. Je ne me suis injecté le sérum que lorsque papa est parti pour l'Allemagne. Il m'a appelé pour m'apprendre qu'ils n'avaient pas réussi à te capturer. Après il m'a demandé de fouiller ton appartement à Houston, alors j'ai pris un avion pour m'y rendre.

Les miliciens n'essayaient pas de me capturer, mais je le laisse poursuivre.

— Je suis entré chez toi par effraction et j'ai consulté ton répondeur. Paige t'avait laissé assez de messages te menaçant de te botter les fesses si tu ne te montrais pas au mariage pour que j'en déduise que tu irais si tu le pouvais. J'ai trouvé l'invitation, je me suis rendu au manoir, j'ai demandé à voir Paige et…

Il laisse sa phrase en suspens, le regard dirigé vers la droite. Je me retourne. Le seigneur Hison est là. Il nous surveille en marchant lentement – même selon des critères humains – dans le jardin de sculptures. Il ne détourne pas les yeux quand il remarque que je l'observe. Il ne semble pas plus ravi de voir Paige et Lee maintenant que lorsqu'il nous a dépassés en quittant la salle du trône. Il aimerait mieux que cette guerre soit menée sans l'aide des humains.

— Retournons à nos chambres, dis-je aux autres.

Je n'ai pas envie de prolonger cette discussion en public. En plus, ils ont l'air aussi fatigué que moi, et si je veux pouvoir me rendre utile à Boulder, il me faut au moins quelques heures de sommeil.

Je les raccompagne à l'aile résidentielle. Ce n'est que lorsque nous arrivons au premier étage que je me souviens du fae que Lee a assommé. Il n'est plus étendu par terre. Un nouveau garde occupe son poste, et quand je m'avance dans le couloir, il porte la main à la garde de son épée. Puis Lee et Paige émergent de l'escalier derrière moi, et le fae pose les yeux sur eux.

Je me retourne pour les regarder à mon tour. Paige a haussé les sourcils. Qu'est-ce que je vais bien pouvoir raconter pour expliquer ce qui s'est passé ? Je pense que Lee s'est ressaisi, et je ne veux pas qu'il se mette les faes à dos.

— Il y a eu un malentendu, dis-je en faisant de nouveau face au garde. L'autre fae va bien ?

Le garde met un moment à répondre. Son silence dure si longtemps que je me demande s'il parle anglais. Enfin, il hoche la tête.

— Il va bien. Je suis chargé de le remplacer.

— Il y en a d'autres qui nous cherchent ? me chuchote Paige, mais les faes ont l'ouïe fine.

Le garde secoue la tête.

— J'étais sur le point de faire fouiller le palais, dit-il. C'est inutile à présent.

— Ils vont retourner dans leurs chambres.

Je les invite à y aller.

— Paige…, commence Lee.

Elle lui prend la main, le regarde dans les yeux et lui dit avec insistance :

— Tu peux rester avec moi.

Apparemment, Lee est pardonné. À moins qu'elle veuille le garder à l'œil. Ça n'a pas l'air de déranger le garde qu'ils s'éclipsent dans la même chambre. Je n'y trouve rien à redire non plus. Ils devraient pouvoir profiter d'une bonne nuit de sommeil.

Et moi, d'au moins quelques heures de repos.

Ma porte s'ouvre en claquant et me tire brutalement de mon sommeil.

— McKenzie !

Je bondis du lit quand Lena entre en trombe dans ma chambre. Je me prends la jambe dans ma couverture et tombe à genoux. Je me relève.

— Où sont-ils ? demande-t-elle à quelques centimètres de mon visage.

Je suis groggy et déséquilibrée. Je mets une seconde à me focaliser sur elle et, quand j'y parviens, je recule d'un pas. Mince, je ne lui avais pas vu cet air depuis la fois où elle a fait avorter l'une de mes tentatives de fuite en Allemagne.

— Paige et Lee ? je hasarde.

Je ne vois pas qui d'autre pourrait la mettre dans une telle colère.

— Évidemment, Paige et Lee, lâche-t-elle sèchement.

— Ils sont partis ?

Même si je sais que Lena n'aurait pas débarqué ici comme ça s'ils dormaient bien gentiment dans leurs chambres, je ne peux pas réprimer le doute qui perce dans ma voix. Lee s'est déjà échappé une fois en surprenant un garde. Le second aurait été plus réactif.

Ou peut-être pas. Qui aurait pu s'imaginer qu'il essaierait encore de s'enfuir ?

Lena m'empoigne par ma tunique.

— Par les *Sidhe*, si tu ne me dis pas exactement où ils se trouvent, je te bannis du Royaume.

Je lui serre la main et tente de lui faire lâcher prise.

— Lena, je n'ai pas…

— Je me disais aussi que tu ne ferais pas ça, dit-elle en me repoussant. Mais ils sont partis, McKenzie. Ils n'ont pas pu sortir du palais tous seuls.

— Et il n'y a que moi qui aie pu les aider à s'échapper.

Ce n'est sans doute pas une très bonne idée de répondre à Lena par le sarcasme quand elle est énervée, mais je ne suis pas responsable.

— Elle est ton amie… la seule amie que tu penses avoir.

Je décèle quelque chose dans le ton de sa voix. Insinuerait-elle qu'elle est mon amie ?

— Lena, non !

Aren déboule dans ma chambre. Lorsqu'il me voit, il s'arrête et se détend visiblement.

— Elle ne t'a pas tuée.

Je fronce les sourcils. Il prend ça un peu trop à la légère.

— Ils étaient tous les deux dans la chambre de Paige quand je suis allée me coucher, dis-je. Ils avaient un garde.

— Leur garde est mort, m'interrompt Lena. Le seigneur Hison t'a vue avec eux.

— Mais ça, c'était…

Bon sang, ce que je m'apprête à dire va ressembler à une preuve incriminante.

— … la première fois que Lee s'est échappé.

Aren hausse les sourcils, et moi les épaules comme pour admettre que, oui, j'ai merdé. Mais je n'ai pas l'intention de m'excuser.

Je me retourne vers Lena.

— Écoute, on perd du temps. Quand sommes-nous censés partir pour Boulder ?

— Dans un peu plus d'une heure, répond Aren.

— Je n'ai pas pu dormir plus de vingt minutes, en ce cas.

Aren adopte une attitude plus alerte, prêt à agir.

— Ça ne leur a pas laissé le temps de quitter la ville.

Lena marmonne en fae.

— Ils vont essayer d'atteindre le portail.

J'en suis presque certaine. Dans le cas contraire, une rude traversée des montagnes Corrist les attend pour rejoindre le portail disparu sur le versant nord-est. C'est l'endroit le plus proche où les humains peuvent emprunter une fissure sans danger.

Comme j'ai gardé mes vêtements pour dormir, je n'ai qu'à enfiler mes baskets et à prendre mon carnet de croquis suspendu au crochet à côté de la porte, et je suis prête à y aller.

— Nous pouvons les intercepter, dis-je en sortant dans le couloir.

Je manque de percuter une fae. Jacia.

Elle me remet d'aplomb en me retenant par le coude. Des *edarratae* convergent sous sa paume jusqu'à ce qu'elle me relâche, puis elle se focalise sur les deux faes qui sont restés dans ma chambre.

— *Le survivant, Tylan, a disparu*, leur signale-t-elle.

— Je n'ai strictement rien à voir là-dedans, dis-je à Lena.

Au regard qu'elle me lance, je vois que ça ne la fait pas du tout rire.

— *Préviens Taltrayn*, dit-elle à Jacia.

Jacia acquiesce à son ordre d'un hochement de tête et s'éclipse. Aren et moi partons juste après elle, empruntant le couloir dans la direction opposée. Aren marche d'un pas rapide, même pour un fae, et je suis obligée de courir pour rester à sa hauteur. Quand bien même je pourrais aller plus vite – mais je ne tiendrais pas très longtemps – nous ne mettons que quelques minutes à sortir du palais et à rejoindre la Cité.

— Tu devrais partir devant, dis-je à Aren.

— Je reste avec toi, dit-il. Tylan est un illusionniste. Nous avons besoin de tes yeux.

Je commence à avoir un point de côté. Je me concentre sur l'air que j'inspire et expire. Je n'ai pas envie de ralentir Aren davantage.

Je suis en sueur, mais un vent frais souffle du sud et me donne des frissons. Je crois entendre un roulement de tonnerre. Le ciel était dégagé avant que j'aille me coucher. Ce n'est plus le cas. De gros nuages gris se rassemblent au-dessus de la Cité.

— Attendez.

Je ralentis, jette un coup d'œil par-dessus mon épaule et vois Naito courir vers nous.

Aren s'arrête.

— Pourquoi n'es-tu pas à ton poste de garde ?

— Taltrayn m'a dit de vous accompagner au portail, dit-il. (Puis il me regarde.) Tu es censée te rendre au *veligh*. Surveiller qu'il ne vient pas de survivants. C'est plus sûr qu'ici.

Aren marmonne quelque chose en fae, et je reconnais le mot « imbécile ». Je le sens presque bouillir à côté de moi. Il doit le prendre personnellement. Je ne lui en veux pas vraiment. Kyol n'a pas à revenir sur la décision d'Aren.

Je serre la sangle de mon carnet de croquis.

— Je n'y serai pas assez vite pour être utile.

— Et je ne te laisserai pas retraverser la Cité sans escorte. (Aren m'entoure les épaules d'un bras et m'entraîne vers le mur d'argent.) Vous allez venir tous les deux au portail.

Il se trouve à moins d'un kilomètre de la herse nord-ouest. Elle est baissée. Deux faes qui montent la garde nous regardent approcher. Il y en a d'autres mais ils se cachent, postés quelque part à l'intérieur du mur pour surveiller la ville. Après un rapide échange avec Aren, l'un des soldats touche le mur derrière lui. Une faible ligne bleue remonte le long de sa surface argentée. La herse se relève en même temps.

— *Nous n'avons vu personne s'approcher du portail*, dit l'autre soldat.

Naito s'avance entre Aren et moi.

— Peut-être n'ont-ils pas quitté le palais.

— En ce cas, Taltrayn les trouvera, dit Aren.

Puis il demande au soldat :

— *Combien d'hommes y a-t-il de garde en haut du mur ?*

— *Onze*, lui répond-il.

— *Fais-en descendre six. Trois pour protéger les humains et trois pour me suivre.*

Il se baisse pour passer sous la herse en nous invitant, Naito et moi, à l'imiter.

— La voie est libre, je suppose ? me demande Aren une fois que je l'ai rejoint.

Je scrute la plaine qui s'étend sur environ soixante mètres entre nous et la rivière. Les premières collines commencent juste après. En théorie, Paige, Lee et Tylan pourraient aller se cacher dans les grottes ou dans l'un des cols de la montagne au loin, puis attendre l'heure propice pour ouvrir une fissure et quitter la ville. C'est ce que je ferais.

Enfin, c'est ce que je ferais si j'ignorais que les rebelles connaissent l'existence du sérum et savent où le trouver. Je suppose que Paige a choisi son camp cette fois, et qu'elle révélera aux survivants d'où lui vient le don de double vue. Je doute que Lee l'en empêche.

Sa trahison me blesse. Nous étions amies. Elle ne devrait pas me poignarder dans le dos comme ça. Elle ne devrait pas s'allier à mon ennemi sans me demander de quoi il retourne. Je vais lui botter les fesses quand nous l'aurons recapturée.

— McKenzie ? dit Aren.

Il se concentre sur la rangée d'échoppes à notre gauche. Elles se dressent à une bonne trentaine de mètres de là, et j'ai du mal à les discerner avec ce ciel qui ne cesse de s'assombrir.

— Je ne vois rien, lui dis-je. Et toi ?

— Si, peut-être. Continue à te diriger vers le portail.

Les six faes auxquels il a fait appel sont arrivés. Il en charge trois de rester avec Naito et moi, puis disparaît avec les autres dans des rais de lumière blanche. J'aperçois les fissures qu'ils ouvrent pour ressortir à côté de l'un des bâtiments en briques grises. Aren inspecte l'étroit passage entre deux échoppes. Il tire son épée, puis…

Un mur de lumière se matérialise devant moi, m'aveuglant presque.

Plus réactifs, mes gardes s'interposent d'un bond entre moi et les nouveaux venus avant que le fae le plus proche puisse me trancher la tête. D'instinct, je me laisse tomber au sol et roule sur moi-même. Quand je me relève, Aren est de nouveau à mon côté.

— Une diversion, lâche-t-il. Reste près de moi.

Tylan a dû partir chercher des renforts. Pas moins d'une vingtaine de survivants ont envahi la plaine qui sépare la rivière du mur. Nous sommes en infériorité numérique, mais ça ne dure pas longtemps. D'autres rebelles se joignent à nous – les gardes du mur restants, sans doute – et se postent autour de Naito et moi, repoussant les survivants qui s'approchent de trop.

— On ferait mieux de rentrer ! hurle Naito.

C'est à peine si je l'entends avec les bruits de la bataille… et celui du tonnerre qui gronde au-dessus de nos têtes. Le ciel est presque noir de nuages qui se tordent sous mes yeux, et juste au moment où je prends conscience que cette tempête n'est pas naturelle, la grêle s'abat sur nous.

J'ai l'impression d'être piquée par une multitude d'abeilles. Mes vêtements ne suffisent pas à me protéger. Les minuscules billes me blessent le visage, les épaules, les bras. Quelqu'un contrôle tout ça et concentre la tempête au-dessus de nous. Si nous…

Les voilà. Paige et Lee. C'est de l'est qu'ils viennent, pas de la rangée de bâtiments à l'ouest. Ils courent en direction du portail.

— Aren !

Je fais glisser mon carnet de croquis de mon épaule et commence à l'ouvrir, mais je suis propulsée au sol.

Soudain, Aren me surplombe et intercepte un survivant pour l'empêcher de m'atteindre. Je roule sur le ventre et rampe jusqu'à mon carnet, mais un autre survivant est là. Il pose sa botte en plein sur une page. J'attrape la sangle de cuir juste au moment où il se jette sur moi et tire de toutes mes forces. La terre tassée est traître, avec la grêle qui redouble d'intensité ; le carnet glisse et envoie valser le survivant qui retombe sur les fesses.

Sous la violence du choc, son épée manque de lui échapper… et se retrouve à ma portée.

Je bondis sur lui et lui empoigne le bras avant qu'il ait pu brandir sa lame, mais je suis foutue. Il est plus fort que moi. Lorsqu'il se retourne, il passe son bras libre derrière mon dos et me plaque face contre terre.

Je lui envoie un coup de coude. Loupé. Puis je perds ma prise sur le bras que je tenais et…

De la chaleur se répand dans mon dos. Le poids de mon adversaire s'évanouit juste avant qu'on me hisse sur mes pieds. Aren m'aide à me relever tandis que l'âme d'ombre du survivant s'élève dans les airs.

— Retourne au mur, lâche-t-il.

— Ils sont là, lui dis-je en me tournant vers le portail.

Aren suit mon regard, jure puis ouvre une fissure.

— Retourne au mur ! s'écrie Naito en surgissant à côté de moi.

Mais je ne leur serai d'aucune utilité là-bas ; je dois rester à proximité pour lire les ombres.

— Cartographie les ombres des faes blessés, lui dis-je.

Quand les faes sont mal en point, ils se rendent d'instinct aux lieux qu'ils connaissent le mieux. Ils nous mèneront peut-être chez eux ou, si on a de la chance, à la base opérationnelle des survivants.

Naito proteste, mais je ne l'écoute pas. J'attire l'attention des trois rebelles les plus proches et leur donne l'ordre de me couvrir pendant que je cours jusqu'au portail.

Je perds l'un de ceux qui m'escortent en chemin. Il ne rejoint pas l'éther, mais il est blessé. Je dois résister à l'envie de venir à son secours. Continuer à courir.

— Paige ! je crie quand je suis à moins de dix mètres d'elle.

Elle regarde dans ma direction. Le survivant à côté d'elle aussi.

Merde. C'est le fae du couloir, celui qui était censé remplacer le garde que Lee avait assommé. Quelle idiote !

Il doit s'agir de Tylan. Il pousse Paige jusqu'à la zone de flou au bord de la rivière. Consciente que je ne les atteindrai pas avant qu'ils disparaissent dans une fissure, j'ouvre mon carnet de croquis et me laisse tomber à genoux.

C'est toujours ce moment-ci le plus dur quand je lis les ombres. Je dois faire abstraction du fracas métallique des épées et des cris des faes. Je dois me fermer à tout, ouvrir mon carnet à une page vierge et river les yeux sur le fae qui se rapproche du portail. Je m'empare de mon crayon à papier et m'en remets aux rebelles qui me protègent.

Une fissure lacère le vide, mais elle s'ouvre à côté du portail alors que je m'attendais à la voir au-dessus. Un fae en sort. Je plisse les yeux pour voir au loin, me concentre sur le visage du nouveau venu et…

Et c'est Kavok, l'archiviste. Qu'est-ce qu'il fabrique ici, bon sang ?

Je lève la tête vers le ciel et cligne des yeux tandis que la grêle continue de tomber. C'est Kavok qui fait ça ? Il est amplement capable de déclencher cette tempête, mais il est… Il est…

Il plonge la main dans la rivière.

Il est en train de nous trahir.

Je n'ai pas le temps d'accuser le coup ni de me demander quelles sont ses motivations ; il s'avance dans la fissure sur le portail avec Lee. Quand des ombres remplacent le rai de lumière disparu, je trace une longue courbe sur la moitié droite de la page. Vers le milieu, elle remonte. Une péninsule. Ils sont quelque part près de la côte est. Je suis tentée de dire à Brith, jusqu'à ce que je me rende compte que ce n'est pas le Royaume que je dessine. C'est…

Je ne peux pas faire abstraction du survivant qui sort d'une fissure sous mon nez. Il est si proche qu'il marche sur mon croquis lorsqu'il met le pied hors du rai de lumière. Aucun rebelle ne se trouve assez près pour bloquer son attaque.

Je me déporte sur la gauche, me réceptionne sur l'épaule et roule sur le côté, même si je sais que c'est trop tard. Sauf que ça ne l'est pas. Quelque chose frappe le survivant qui tourne sur lui-même et, déséquilibré, lâche son épée.

Une fissure s'ouvre derrière lui. Lena en surgit, s'accroupit et frappe le survivant en glissant sa lame sous sa cuirasse. Le fae blêmit un instant, puis son âme d'ombre remplace son corps.

— Termine-le, ordonne-t-elle en se mettant sur la défensive à ma droite.

Elle ne devrait vraiment pas être ici, mais j'attrape mon carnet de croquis pour le placer devant moi et retrouve les ombres de Kavok et de Lee. Elles sont en train de s'estomper. Ma carte ne sera pas très précise.

Avant que j'aie pu tracer une ligne de plus, Paige s'avance au milieu des ombres vaporeuses, escortée par Tylan qui plonge la main dans la rivière et ouvre une fissure à son tour.

J'arrache la page de mon carnet de croquis et commence une nouvelle carte lorsqu'ils disparaissent. Je n'en suis même pas arrivée à la moitié qu'on m'arrache le carnet de sous les yeux.

Je lève la tête et vois Naito devant moi. Quoi ? Il veut se charger de cartographier les ombres ? Il n'est pas aussi bon que moi, mais ça suffira peut-être.

Mais il ne se met pas à dessiner. Il reste juste planté là à me dévisager.

— Naito, dit Lena en arrachant son épée du corps d'un autre survivant. Qu'est-ce que tu fais ?

— C'est bon, dit Naito.

— Qu'est-ce qui est bon ? je demande en me remettant debout.

S'il n'a pas l'intention de dessiner les ombres, je dois m'en occuper. Tout de suite. Elles vont s'évanouir sinon.

J'essaie de récupérer mon carnet de croquis, mais il s'y accroche.

— McKenzie, dit-il à voix basse. Kavok a trouvé un fae qui peut la ramener.

— Il a trouvé un…

Un *banek'tan*, avait-il dit. Un fae capable de ramener Kelia de l'éther.

— Il m'a aidé dans mes recherches. Il a remonté les lignées. Il a trouvé quelqu'un qui peut la ressusciter, mais il ne me donnera son nom que s'ils s'en sortent tous.

— Termine la carte.

Aren est là. Il lui arrache le carnet des mains et me le redonne.

— Ne fais pas ça, dit Naito tout bas.

Il y a un accent de menace dans sa voix qu'il faudrait être sourd pour ne pas entendre.

Kavok aurait-il dit la vérité ? Ou bien n'est-ce que du désespoir de la part de Naito ? Ce qui est sûr, c'est qu'il y croit. Seigneur, j'ai envie d'y croire moi aussi.

— McKenzie ! assène Aren.

Je me remets à regarder les ombres. Merde, elles sont presque parties. Je me laisse de nouveau tomber à genoux, commence à dessiner le coude d'une rivière, et c'est à ce moment-là que Naito perd les pédales.

— Je te tuerai ! crache-t-il en se jetant sur moi. Je te tuerai si tu les lis !

Naito est presque sur moi quand Lena s'interpose entre nous. D'un geste léger de la main, elle modifie la trajectoire d'une bourrasque. Naito s'écrase au sol à deux pas de moi. Il me barre la partie centrale des ombres évanescentes, mais Tylan et Paige se sont rendus au même endroit que Kavok et Lee. J'ai vu assez de chaque image résiduelle pour pouvoir compléter le croquis.

— Je t'en prie ! crie Naito.

Le désespoir qui vibre dans sa voix me fend le cœur. Je sais à quel point il aime Kelia. Il ferait n'importe quoi pour la ramener. Et moi, je ferais presque n'importe quoi pour l'aider.

Je regarde la dernière volute d'ombre disparaître. Il s'est écoulé trop de temps depuis que Kavok est parti. Aren ne pourra pas le capturer ; il va devoir le tuer. Et s'il existait réellement un fae capable de faire ce que Kavok prétend ?

J'ai envie de les laisser s'échapper. Qu'un fae ramène Kelia à la vie. Que leur histoire, à elle et Naito, se termine bien.

Mais je ne peux pas faire passer ça avant tout le reste.

— Coen.

Le nom de la ville m'échappe dans un murmure, mais c'est assez fort pour qu'Aren et les rebelles les plus proches l'entendent. Ils ouvrent des fissures et se rendent sur la côte ouest de l'Australie.

— Non ! hurle Naito.

Lena pose les mains sur ses épaules et le secoue.

— Regarde-moi, Naito. Regarde-moi ! Personne ne peut ramener les faes de l'éther. Ces livres que tu as lus, tout le monde les connaît. Ce sont des fables. Des contes de fées, Naito. Kelia est morte, comme Sethan. Kavok t'a embobiné.

— Non.

— Elle ne reviendra pas, Naito. Je suis désolée. Je suis tellement désolée.

— Non.

Cette fois, le mot se mue en sanglot. Je n'ai jamais vu Lena faire quoi que ce soit d'un peu tendre, mais elle attire Naito dans ses bras et le tient tandis qu'il pleure.

Chapitre 21

La tempête de grêle a cessé dès que Kavok s'est engouffré dans sa fissure. Un soleil radieux brille dans le ciel à présent, mais il ne suffit pas à réchauffer le fond de l'air. J'attends Aren avec Trev au mur d'argent. Naito est là aussi, les yeux rivés au sol. Il n'a pas dit grand-chose depuis que Paige et les autres se sont enfuis, seulement que Kavok est venu lui parler ce matin pour proposer de lui donner le nom d'un *banek'tan* s'il l'aidait à libérer Tylan. Mais Tylan refusait de partir sans Paige, et les survivants ont besoin de Lee s'ils veulent mettre la main sur le sérum de double vue.

J'ai toujours du mal à croire que Paige s'est ralliée aux survivants. Je savais que tout n'était pas rose et qu'elle ne me disait pas l'entière vérité, mais jamais je n'aurais imaginé qu'elle me lâcherait comme ça. Je pensais que je disposerais de plus de temps pour l'interroger au sujet des survivants et lui parler des rebelles. J'aurais dû avoir plus de temps, après tout. Ça fait dix ans que je lis les ombres pour les faes. Elle connaît leur existence depuis quoi, dix jours ? Et elle choisit son camp comme ça, sans me consulter d'abord ?

Je ne peux pas m'empêcher d'être en colère.

Et je me sens stupide d'avoir laissé Tylan filer avec elle. Même si on ne peut pas raisonnablement s'attendre à ce que je reconnaisse tous les faes qui soutiennent Lena, j'aurais dû avoir des soupçons. Le fait que Paige ait interrompu

Lee pour lui dire qu'il pouvait passer la nuit avec elle aurait dû me mettre la puce à l'oreille. Ça ne lui ressemble pas de pardonner à un mec sans lui en faire baver un peu d'abord.

Je m'avachis contre le mur à côté de Trev. Ces trahisons me déçoivent, tant de la part de Paige que de Kavok. J'essaie de leur inventer des excuses. Peut-être Paige a-t-elle agi sous l'influence d'une magie dont je n'ai jamais entendu parler. Peut-être les survivants ont-ils trouvé le moyen de faire chanter Kavok.

— Peut-être suis-je juste une belle idiote, je marmonne.

À côté de moi, Trev ricane. Le regard noir que je lui jette ne le déstabilise pas le moins du monde. Il est adossé au mur, les bras croisés sur l'armure en *jaedric* qui protège son torse. Son épée n'est pas totalement fixée dans son fourreau, et il n'a pas moins de trois couteaux à portée de main accrochés dans leurs étuis à sa ceinture. Même s'il approuve ma déclaration, il est ici pour me protéger. Il va aussi nous accompagner à Boulder. Nous allons partir pour le complexe de Nakano plus tôt que prévu dans l'espoir de devancer les survivants.

Je serre la sangle de mon carnet de croquis. Si les survivants arrivent à Boulder avant nous, il y a des chances que j'aie à cartographier leurs ombres. Il y a des chances que Paige et Lee soient avec eux, et des chances que les rebelles soient obligés de les tuer.

Aren et moi n'avons pas abordé le sujet, mais je sais que c'est une possibilité. C'est la guerre. Les survivants sont nos ennemis, et le fait que je ne comprenne pas sa décision n'y change rien ; Paige a choisi son camp. Il y aura des conséquences. Il y en a toujours.

Une boule se forme dans ma gorge. Je déglutis pour l'évacuer à l'approche d'Aren. Nalst et Brenth, l'illusionniste, sont avec lui. S'il nous faut des renforts, l'un d'eux reviendra chercher de l'aide. Nous ne voulons pas exposer Corrist aux attaques pendant notre absence. Entre Shane qui manque toujours à l'appel et Naito et moi qui allons à Boulder, Lena se retrouve avec trois humains en moins, et même si tout se déroule parfaitement au complexe de Nakano, nous allons mettre un peu de temps pour revenir au Royaume. Comme il n'y a pas de portail à Boulder, nous allons louer une voiture – louer, j'insiste, pas voler – et rouler jusqu'à une petite ville du nom de Wiggins. Le portail le plus proche se trouve au-dessus d'un réservoir non loin de là.

— Tu es sûre que tu te sens de faire ça ? demande Aren en s'arrêtant devant moi.

J'ignore s'il me demande si j'accepte d'être impliquée dans la mort de mon amie ou si je suis physiquement en état de me rendre à Boulder, mais la réponse reste de toute façon la même. Je vais faire le nécessaire pour aider Lena à monter sur le trône.

— Je suis prête, lui dis-je.

— Tu n'es pas obligée d'y aller, dit-il. Naito nous aidera à trouver le sérum et les documents.

Je me focalise sur Naito qui continue à regarder ses pieds à quelques pas de là, les mains fourrées dans les poches. Ni Aren ni moi ne savons si l'on pourra compter sur lui à Boulder. Quand Lena lui a ordonné de nous accompagner, il n'a rien répondu du tout ; il s'est simplement présenté au moment où Trev et moi quittions le palais.

— J'y vais, dis-je à Aren. Et désolée pour ce qui s'est passé tout à l'heure. Désolée d'avoir hésité. Je voulais…

— Je sais, m'interrompt-il. Moi aussi, je veux que Naito soit heureux.

À cause de mon hésitation, Aren n'est pas parvenu à capturer ou tuer Tylan et Kavok. Les faes ont emprunté deux fissures d'affilée avec Paige et Lee. Je n'ai pas été étonnée de l'apprendre. J'étais à peu près certaine que mes cartes menaient au portail de Coen. Quand des faes veulent semer un diseur d'ombres, ils font en sorte de ne pas se rendre directement à leur destination finale. La plupart ont besoin de quelques minutes pour se remettre de la première fissure, mais certains s'exercent à en enchaîner deux ou trois. C'est ce qu'a fait Aren quand il m'a enlevée sur mon campus. Il n'a pas attendu plus de quelques secondes avant de m'entraîner dans une nouvelle fissure sur un portail. Même Kyol ne peut pas passer d'un monde à l'autre si vite.

Aren n'a pas eu le temps de voir Tylan et Paige, mais il a vu Kavok. L'archiviste a dû attendre un peu pour récupérer avant d'emprunter une fissure avec Lee. Si ma carte n'avait pas été si approximative et brouillonne, Aren aurait localisé le fae plus tôt et l'aurait tué. Ça aurait empêché les survivants de récupérer Lee, qui peut les conduire au complexe de son père tout aussi facilement que Naito, si ce n'est plus.

— On ferait mieux de se dépêcher, dis-je.

Aren prend une lente inspiration, puis il se tourne vers Naito. Naito et moi portons des vêtements normaux, humains. Nous espérons que les miliciens ont tous quitté le complexe à l'heure qu'il est, mais dans le cas contraire, nous ne voulons pas y débarquer habillés comme des faes. Ce serait encourager les hommes de Nakano à nous tuer.

Naito ne lève pas les yeux quand Aren s'arrête devant lui. J'ignore ce qui lui passe par la tête ; tout ce que je sais, c'est qu'il a cessé de réfléchir depuis que Kelia est morte. Au lieu d'essayer de faire son deuil, il a cherché le moyen de la ramener. C'est lui qui a aidé Tylan à s'échapper. Il m'a empêché de lire correctement les ombres, d'abord en nous faisant croire à Aren et moi que Kyol m'ordonnait de me rendre ailleurs, puis en s'opposant physiquement à ce que je dessine ma carte. Il a de nombreux comptes à rendre.

— Kelia ne voudrait pas que je sois comme ça, dit-il à voix basse.

— Non, confirme Aren. Elle ne le voudrait pas.

Naito serre les lèvres, puis il hoche la tête. Un nouveau silence s'installe.

— Je me suis déjà rendu au complexe de mon père. C'est là-bas qu'il… (Il se racle la gorge.) Il a déjà détenu des faes là-bas. Il y mène des recherches.

Il n'a pas besoin d'en dire davantage.

Les faes prennent position autour de nous. Nous quittons la Cité en passant sous le mur d'argent, puis traversons le plateau jusqu'au portail que Paige et Lee ont emprunté il y a moins d'une heure. Je me demande si c'était la dernière fois que je voyais Paige. Jusqu'où ira-t-elle pour aider les survivants à nous vaincre ? Essaiera-t-elle de reprendre le cours de sa vie à Houston ? Les faes y consentiront-ils ?

Le roi Atroth est mort. Son seigneur général aussi, mais d'autres faes de la Cour rivalisent de violence ; les humains massacrés à Londres en sont la preuve. Paige ne sait pas dans quoi elle a mis les pieds.

Nous nous arrêtons au niveau de la zone de flou au-dessus de la rivière. Après qu'Aren a ouvert une fissure sur le portail, il me tend la main. J'hésite. Je veux pouvoir parler à Paige. Si elle est à Boulder et qu'elle se sert de son don nouvellement acquis pour percer à jour les illusions de Brenth, Aren sera peut-être obligé de la tuer. La liste des choses que je dois pardonner à Aren est déjà longue. Pourrais-je lui pardonner s'il prend la vie de mon amie ?

— McKenzie, dit Aren avec douceur.

Je crois qu'il a conscience du tour qu'ont pris mes pensées. Il faut que je les enferme à double tour et que je les mette de côté ; j'y reviendrai plus tard. Quoi qu'il se passe entre nous, nous devons trouver le sérum avant les survivants.

Je pose la main dans la sienne, prends la pierre d'ancrage qu'il me tend puis le laisse m'escorter dans l'Entre-Deux.

Je ne suis pas bien préparée à sa morsure glaciale qui engourdit l'âme. Lorsque nous resurgissons dans mon monde, je tremble. J'aurais dû prendre le temps de boire du *cabus*. C'est la troisième fois que j'emprunte une fissure en un peu plus de trois heures. Mon corps ne m'aime pas beaucoup en ce moment.

Mes genoux me lâchent, mais Aren est là. D'une main ferme, il me retient par les bras et me soutient le temps que mes jambes consentent de nouveau à supporter mon poids. Le contact d'Aren contribue à chasser le froid, surtout quand ses éclats de chaos se fraient un chemin jusqu'à ma peau et m'envoient des pulsations de chaleur grisantes dans tout le corps.

— Je ne prends pas soin de toi comme je le devrais, dit-il alors que Naito et les autres faes nous rejoignent dans mon monde.

— Tu n'as pas à t'occuper de moi, lui dis-je.

J'ai suffisamment retrouvé l'équilibre à présent pour m'écarter et inspecter les environs. C'est la nuit ici. Ou plutôt, le petit jour. La pleine lune brille encore dans le ciel nocturne. Il fait assez clair pour que je distingue chaque caillou à mes pieds. Nous sommes à l'ouest de Boulder, sur un chemin de randonnée qui serpente dans les montagnes.

Le début du sentier n'est pas loin. Il y a un parking, vide. Avec un peu de chance, nous ne devrions pas croiser de marcheurs à cette heure tardive. Ils sont probablement tous endormis dans la ville en contrebas, immobile et belle de ce point de vue. Ses minuscules lumières de la taille d'une tête d'épingle ressemblent davantage à des étoiles inoffensives qu'à un concentré de technologie susceptible de perturber un fae ou d'affaiblir sa magie.

Naito semble insensible à la beauté de la ville. Sans lui accorder un regard, il lâche le bras de Trev et m'effleure lorsqu'il me dépasse pour partir en tête. Je lui emboîte le pas, bientôt imitée par les faes.

La montée n'est pas trop pénible, au début, et le cadre est somptueux. Les herbes hautes en bordure du chemin semblent absorber la lumière de la lune. Le vert vif de la végétation luxuriante s'assombrit quand le sentier bifurque à gauche et nous mène dans un bosquet de pins. Même si je sais que nous devons rester à l'affût des miliciens et des survivants, c'est difficile de ne pas être happé par la sérénité du lieu. Le Royaume est exotique et beau, mais on peut en dire autant de beaucoup d'endroits dans mon monde qui valent la peine d'être vus.

J'ignore jusqu'où nous devons marcher. Aren a dû se rendre auprès d'un marchand de pierres pour en obtenir une qui corresponde à cet emplacement. Il n'y avait pas de pierre d'ancrage pour Boulder dans les archives du palais. J'imagine qu'on a de la chance qu'elle nous ait conduits à l'ouest de la ville. Si nous étions ressortis du côté est, le trajet aurait été beaucoup plus long.

— C'est là-bas que nous allons, dit Naito au bout d'un moment, nous indiquant un point en haut à gauche.

En dépit de sa taille, je n'aurais pas remarqué ce bâtiment qui se dresse sur deux étages si les lumières de Boulder ne se reflétaient pas sur ses hautes fenêtres. Ça ressemble à un vieil hôtel, sans doute l'un de ceux qui ont fait faillite durant la récession il y a quelques années. Le toit vert en pente et la façade en bois font presque office de camouflage, permettant au bâtiment de se fondre au milieu des arbres à feuillage caduc.

La pente sous mes pieds devient plus raide. Je ne suis pas en trop mauvaise forme, mais mes jambes commencent à me brûler, et, avec l'oxygène qui se raréfie, j'ai le souffle court. Je m'efforce de garder un rythme régulier et m'occupe en essayant de repérer les écureuils que je n'arrête pas de voir filer dans l'herbe ou sur les grands rochers blancs devant lesquels nous passons. Ce sont des marmottes, je crois, et même si elles ne ressemblent pas du tout à Sosch, leur façon de courir d'un point à un autre, de s'asseoir sur leur arrière-train et de nous regarder en clignant des yeux d'un air vaguement intrigué me rappelle le *kimki*.

Je continue de grimper, laissant mon carnet de croquis pendre dans mon dos. Il ballotte contre mes fesses à chacun de mes pas, jusqu'à ce qu'enfin le terrain s'aplanisse. Le complexe de Nakano se trouve à environ cinq cents mètres de là. Le bâtiment que Naito nous avait indiqué d'en bas n'est pas le seul ici. Deux autres, plus petits mais dotés du même toit vert, sont nichés côte à côte plus loin du bord de la falaise. Je dois reconnaître que le père de Naito a choisi un endroit superbe.

Alors que nous ne sommes plus qu'à quelques centaines de mètres du bâtiment principal, je redouble d'inquiétude au sujet des éclats de chaos des faes. Ils sont en manches longues sous leur armure en *jaedric* mais leurs visages et leurs mains sont découverts, et même à la lumière de la lune, les éclairs bleus paraissent vifs et phosphorescents.

Et plus nous nous rapprochons du complexe, plus leur frénésie augmente. Nakano doit avoir branché une tonne d'appareils technologiques à l'intérieur.

Nous longeons la lisière des arbres aussi longtemps que possible, puis Naito et Aren s'agenouillent dans le feuillage. Les lumières sont éteintes, et je ne discerne pas d'agitation à l'intérieur du bâtiment.

Je m'accroupis à côté d'Aren.

— Tu penses qu'on a devancé les survivants ?

— C'est possible, dit-il.

— Mais peu probable, ajoute Naito. Ils n'ont pas de ville à défendre, eux. Ils ont pu partir dès que Lee et Paige leur ont dit pour le sérum.

— Mais il leur a sans doute fallu trouver un marchand de pierres pour se rendre ici, comme nous.

Naito hausse les épaules.

— Leur marchand de pierres avait peut-être un emplacement encore plus proche que le nôtre à leur donner.

J'inspire puis relâche lentement mon souffle. La seule façon d'en avoir le cœur net, c'est d'aller à l'intérieur.

— Il y aura une alarme ? je demande pour savoir à quelle vitesse nous allons devoir mener nos recherches.

— Je peux nous faire entrer, dit Naito.

Ça ne répond pas vraiment à ma question.

Naito se redresse puis dit à Aren :

— Il vaudrait mieux que tu restes ici. Mon père a fait de ce complexe un endroit désagréable pour les faes.

— Ça ira, dit Aren en se levant à son tour.

— Non, ça n'ira pas. Vous ressentez déjà les effets de la technologie. Si vous mettez le pied à l'intérieur, vous ne serez plus en mesure de réfléchir. Un faible courant électrique circule dans les murs, et les signaux qu'il diffuse sont conçus pour perturber les faes. Le complexe vous laissera entrer, mais il ne vous laissera peut-être pas ressortir.

Seigneur, à l'entendre cet endroit est une entité intelligente.

—Et si les miliciens sont toujours là ? demande Aren. Si les survivants débarquent pour chercher le sérum ?

—Si les survivants entrent, ils souffriront du même handicap que vous, dit-il en reportant son attention sur le bâtiment principal. Et si les miliciens ne sont pas partis, McKenzie et moi nous occuperons d'eux.

Sa voix est aussi glaciale que l'Entre-Deux, et ça me donne la chair de poule. Je n'ai pas besoin de me demander ce qu'il veut dire par « s'occuper d'eux ». Il s'attend ni plus ni moins à ce que je tue les miliciens que nous pourrions croiser.

Aren me regarde et guette ma réaction. Je ne laisse rien paraître. Je veille à garder une expression et une voix neutres quand je dis :

—J'ai une dague. Ça ira.

—Si tu veux nous aider, dit Naito, inspecte les résidences.

Il indique d'un signe de tête les deux autres bâtiments du complexe.

Aren ne me quitte pas des yeux. Je me sentirais plus tranquille s'il était là pour surveiller mes arrières, mais je me fie à Naito. S'il pense que les faes courent un danger en entrant dans le bâtiment principal, je n'ai pas envie qu'Aren y aille. S'il lui arrivait quoi que ce soit…

À cette simple éventualité, je sens ma gorge se nouer et je peine à prendre mon inspiration. Le perdre m'anéantirait. Pas de doute là-dessus.

Ma peur se reflète dans ses yeux.

— On va survivre à cette journée, lui dis-je, sans savoir si mes paroles sont destinées à le rassurer ou à me rassurer moi-même.

Il serre les dents, mais il se concentre sur Naito et dit :

— Tu as dix minutes. Passé ce délai, j'entre.

— Fais en sorte que ce soit de longues minutes, dit Naito en s'avançant à découvert.

De longues minutes, je songe en trottinant à sa suite. Il peut toujours rêver. Les faes ont de bonnes horloges internes quand c'est le calme plat, mais quand ils s'attendent à ce que les ennuis leur tombent sur le coin du nez, ils sont aussi impatients que des enfants de deux ans. On aura de la chance s'il nous laisse cinq minutes avant de venir nous retrouver.

Par miracle, Naito et moi atteignons la porte du bâtiment principal sans encombre. Il met la main dans sa poche et en sort un trousseau de clés. Il en choisit une, puis la glisse dans le trou de la serrure.

— Tu as la clé d'ici ? je demande à voix basse.

— Non.

Il prend sa dague puis, sans la sortir de son fourreau, frappe trois fois l'extrémité de la clé avec le pommeau.

Ça fait un boucan infernal, mais je ne vois rien bouger à l'intérieur. D'un rapide coup d'œil à droite, je constate qu'il en va de même pour les deux autres bâtiments. Alors pourquoi ai-je l'impression qu'on nous observe ?

Il doit frapper encore deux fois pour faire tourner la clé. J'ignore comment il s'est débrouillé, mais je me contente de serrer la sangle de mon carnet de croquis lorsque Naito ouvre la porte d'une poussée. Une fois que nous sommes à l'intérieur, Naito va droit à l'alarme. Alors qu'il s'apprête à taper le code, il se fige, le doigt en suspens au-dessus des touches.

— Elle n'est pas activée, dit-il.

Mon cœur cogne dans ma poitrine.

— Il faut qu'on sache si le sérum n'est plus là.

Il hoche la tête.

— Par ici.

Je le suis et traverse la pièce principale du gîte. Le fait que cet endroit était autrefois un hôtel ne saute pas aux yeux. Seuls un bar équipé d'un évier dans le coin au fond, les larges poutres en bois du plafond voûté et la gigantesque cheminée en pierre vers l'avant de la salle témoignent de sa fonction passée. Le reste de l'espace est occupé par de longues tables en plastique, sur lesquelles sont posés une dizaine d'ordinateurs à écran plat. Ils détonnent ici, surtout avec les piles de vieux livres empilés par terre au fond et sur un canapé poussé contre le mur. Je lis un titre au passage, *Le Guide de Grennan en pays de Faerie*, et suis prise d'une envie de rire. Les faes ne ressemblent en rien aux créatures ailées que les petites filles rêvent de rencontrer.

Naito entre dans une pièce plus petite à l'arrière du gîte, mais je m'arrête sur le pas de la porte et me retourne pour regarder les ordinateurs. Il n'y a rien sur les écrans mais ils sont branchés, et allumés à en juger d'après les petites lumières vertes.

Je m'avance vers le plus proche. Bouge la souris.

Une fenêtre apparaît pour me demander un mot de passe.

Je tape « milicien » ; oui, je manque d'imagination à ce point. En plus, je cherche à gagner du temps. Il faut que je réfléchisse. La marche à suivre pour recréer le sérum a peut-être été enregistrée sur les disques durs. Quelles autres recherches pourraient se trouver ici ? Valent-elles le coup qu'on les emporte ?

— Hé, Naito, dis-je en passant dans la pièce voisine.

— Quoi ? demande-t-il, mais je ne réponds pas tout de suite.

Il se tient devant un coffre-fort dont il tourne la molette d'abord à droite, puis à gauche. Voyant que ça ne marche pas, il recommence. Mais ce n'est pas ce qui a retenu mon attention. Cette pièce a été convertie en laboratoire. Des béchers sont maintenus par des pinces en métal, des boîtes de Petri reposent sous des microscopes et des tubes en plastique serpentent entre des poches de liquide transparent et des fioles en verre. En bref, cette pièce a tout d'un labo médical entièrement équipé, les mesures sanitaires en moins.

— McKenzie ?

Naito arrête ce qu'il est en train de faire pour me regarder.

— Tu connais le mot de passe pour les ordinateurs ?

Il avait l'air de savoir désactiver l'alarme, et de toute évidence il a l'espoir de deviner la combinaison de ce coffre-fort ; il se peut que son père soit trop confiant et n'ait changé aucun des codes des miliciens.

Il se retourne vers le coffre et dit :

— J'arriverais peut-être à le deviner, mais ça prendrait trop de temps… Enfin.

Il ouvre le coffre.

Je me rapproche et essaie de voir à l'intérieur.

— Le sérum est là ?

Il fouille dans des affaires. De la paperasse, des liasses de billets de banque, encore de la paperasse. Il secoue la tête.

— Non. Ce n'est pas ici.

Et mince.

— C'est le seul endroit où ça pourrait être ?

Naito ferme la porte et coince un objet dans la ceinture de son pantalon. Un pistolet. Je déteste les pistolets, et ce n'est pas seulement parce qu'ils sont dangereux et que c'est avec ça qu'on a tué Kelia… voir celui-ci me fait l'effet d'un mauvais augure. Notre effraction s'est bien déroulée jusqu'ici, mais notre chance pourrait tourner à tout moment.

— C'est l'endroit le plus probable, mais pas le seul, dit Naito. Mon père a pu le mettre ailleurs.

Il balaie la pièce du regard. Nous n'avons pas le temps d'inspecter le complexe de fond en comble – Aren commence déjà sans doute à perdre patience –, mais nous devons être sûrs de ne rien laisser derrière nous.

— Je crois que Lee est déjà venu, dit Naito.

Il pince les lèvres. C'est sa faute, on ne peut pas le nier. Aveuglé par son chagrin, il a pris une décision qui pourrait nous coûter la guerre.

Mais je n'arrive pas à être en colère contre lui. À la place, je dis :

— On ferait mieux de sortir d'ici.

Il hoche la tête.

— Mais on ne peut pas laisser traîner les recherches, j'ajoute. Trouve une allumette ou un briquet. On va mettre le feu au bâtiment.

Seigneur, on croirait entendre une pyromane, mais nous devons faire en sorte de ne rien laisser derrière nous qui permettrait aux miliciens de recréer facilement le sérum.

Je laisse Naito fouiller le labo et retourne à la pièce principale. Le bar attire mon attention. Je pourrais y trouver un briquet, et l'alcool est inflammable. Certains alcools, du moins.

Je me baisse derrière le bar et entreprends d'inspecter les bouteilles. La plupart sont des vins rouges, surtout du pinot noir, mais il y a aussi de la vodka et du rhum. Ceux-là pourraient alimenter un feu. Si j'arrive à mettre la main sur une boîte d'allumettes.

Je tombe sur un panier derrière une bouteille d'apparence coûteuse, mais il ne contient que de vieux bouchons de liège, un tire-bouchon basique et un peu de monnaie. Rien qui permette de démarrer un incendie.

— Tu as trouvé…

Naito laisse sa phrase en suspens et penche la tête de côté. C'est à ce moment-là que j'entends une sorte de cliquetis, moi aussi. Je regarde vers l'escalier à gauche qui mène à l'étage inférieur.

— Une cave ? je demande à voix basse.

— Ouais, chuchote Naito.

Nous ferions mieux de décamper – tout le monde sait qu'il ne faut pas aller à la cave quand il en sort des bruits non identifiés –, mais Naito s'avance déjà dans cette direction. Je marmonne dans ma barbe et le suis.

La cave n'est pas un trou sombre et lugubre. Elle est vivement éclairée et a été convertie en salle de travail. Des placards remplis de dossiers occupent un mur entier, tandis qu'un bureau lustré d'une taille digne de celui d'un cadre trône au centre de la pièce. À un bout du bureau, une imprimante laser crache feuille sur feuille. C'est d'elle que proviennent les bruits que nous entendons, et alors que nous arrivons en bas des marches et que nous nous dirigeons vers elle, une main s'avance pour s'emparer des documents fraîchement imprimés.

C'est Lee. Il est assis par terre, courbé au-dessus d'une tablette électronique. Il ne lit pas les pages qui viennent d'être imprimées ; il les sert dans son poing. Il ne nous a pas encore remarqués. Son regard passe tour à tour de la tablette à la paperasse éparpillée tout autour de lui.

Je jette un coup d'œil à Naito. Il serre les dents, et pointe le canon de son pistolet vers le sol.

Son pistolet. Je ne l'ai pas vu le sortir, mais, alors que je l'observe, sa détermination semble se renforcer. De nouveau, il vise la tête de Lee.

— Naito, je chuchote.

De toute évidence, il y a un problème avec son frère. Les yeux de Lee sont gonflés, injectés de sang, et il est pâle.

Naito laisse échapper un souffle et baisse son arme.

— Lee.

L'autre humain ne lui prête aucune attention.

— Lee, répète Naito, avec plus d'emphase cette fois.

Lee finit par lever la tête.

— Je l'ai tuée.

— Hein ?

Naito s'avance d'un pas vers son frère.

— Je l'ai tuée. (Lee balaie du regard les feuilles qui jonchent le sol.) Paige. Le sérum de double vue est mortel.

Chapitre 22

Le sang quitte mon visage. Ma peau devient froide et se met à me picoter.

— Paige est morte ?

Les yeux rivés sur les feuilles autour de lui, Lee secoue la tête.

— Ils sont tous morts. Dans les six mois. Ils sont juste… on va juste mourir. Je ne savais pas. Je le jure devant Dieu, si je l'avais su, je ne le lui aurais pas injecté.

— Une minute, Lee. (Je m'accroupis devant lui et lui empoigne l'épaule, le secouant pour l'obliger à soutenir mon regard.) Est-ce que Paige est vivante en ce moment ?

Ses yeux s'emplissent de larmes.

— Elle ne me le pardonnera jamais.

Elle est toujours vivante. Je relâche mon souffle, mais j'ai la poitrine comprimée et douloureuse. Si Lee dit vrai, il ne lui reste pas plus de six mois à vivre. Ça vaut pour lui aussi, mais il semble davantage s'inquiéter pour Paige que pour lui-même.

— Où est-elle ? je demande.

Il passe la main dans ses cheveux noir corbeau.

— Avec les faes de la Cour. J'ai refusé qu'elle m'accompagne ici.

— Et où sont les faes de la Cour ? demande Naito en s'agenouillant à côté de nous.

Il a toujours son pistolet à la main, et caresse le cran de sûreté du doigt comme si l'envie de tirer le démangeait.

— Je suis censé les retrouver au croisement.

J'ignore à quelle distance ça se trouve, mais ça m'a l'air beaucoup trop près. Il faut qu'on fiche le camp d'ici.

— Tu as le sérum ? demande Naito.

Les narines de son frère se dilatent. Il se tourne vers le bureau, et lorsqu'il avance la main, je remarque la minuscule fiole en verre qui a roulé en dessous. Il la serre dans son poing, le regard braqué sur le liquide laiteux à l'intérieur. Puis il se lève et écrase la fiole sur le bureau en hurlant. Elle se brise en mille morceaux, répandant le sérum et le sang de Lee.

Bon, c'est un moyen comme un autre de s'en débarrasser.

— Je t'avais dit que notre père était un enfoiré sans cœur, dit Naito en se redressant.

Je me lève à mon tour et fusille Naito du regard. Le moment est vraiment mal choisi pour les leçons de morale. Son frère est peut-être mourant. Mon amie aussi, alors qu'elle n'aurait jamais dû être entraînée dans le monde des faes. Je me moque qu'elle se soit ralliée au mauvais camp, je ne la laisserai pas mourir comme ça.

Mon regard tombe sur le tas de feuilles à nos pieds, puis sur la tablette électronique de Lee. Je me penche, la ramasse et touche l'écran pour la rallumer. Je fais défiler de longs blocs de texte, ainsi que quelques schémas et formules scientifiques que je ne comprends pas.

— Il y a toutes les recherches sur le sérum là-dessus ? je demande à Lee.

Il n'a pas quitté des yeux sa main ensanglantée, toujours posée à plat sur le bureau.

— Oui.

— Comment sais-tu que c'est mortel ? je lui demande en glissant la tablette à l'intérieur de mon carnet de croquis.

Je parviens tout juste à sangler la couverture en *jaedric*.

— Mon père me l'a dit.

Je me fige. Naito aussi.

— Papa est là ? demande-t-il à Lee.

— Je suis là.

Le coup de feu part avant que j'aie eu le temps de me retourner. Le bruit est fort et soudain, et je trébuche en arrière même si la balle ne m'a pas touchée. Elle a touché Naito.

— Naito !

À peine me suis-je avancée d'un pas que Nakano braque son arme sur moi.

— Non, dit-il, laconique.

— C'est votre fils.

J'ai le souffle court, et je suis furieuse. Naito est étendu au sol, le torse couvert de sang. Il est toujours en vie, toujours conscient, mais il a besoin d'aide… Il a besoin de…

Aren. Naito et moi sommes ici depuis plus de dix minutes, et Aren aurait dû entendre la détonation. Il se serait précipité ici en dépit de l'avertissement de Naito s'il l'avait pu.

S'il l'avait pu.

Je sens la rage s'accumuler sous ma peau. Je vais tuer le père de Naito.

— C'est toi qui as envoyé le texto, dit Nakano.

Sa voix est aussi glaciale que son regard. Il porte une tenue de camouflage qui le couvre de la tête aux pieds, et ce qui reste de son bras droit est soutenu par une écharpe noire. Kyol le lui a sectionné la dernière fois que le milicien a pointé une arme sur moi. Il aurait dû le tuer, mais Naito est accouru auprès de son père pour tenter de le sauver. Je sais qu'il le regrette à présent.

— Vous saviez qu'on allait venir, dis-je en m'efforçant de ne pas penser au pistolet qu'il braque sur ma poitrine.

— Tu as mis un point à la fin de ton message, dit-il.

Je ne sais pas si le dégoût audible dans sa voix est dû à ce signe de ponctuation – un stupide petit point que je ne me rappelle même pas avoir tapé –, ou si c'est parce qu'il est contraint de m'adresser la parole, à moi l'humaine qui pactise avec les faes.

— J'ai envoyé des hommes en Géorgie. Et j'en ai gardé quelques-uns ici au cas où. (Il regarde Lee.) Peut-on se servir d'elle ?

Se servir de moi ? M'obliger à leur livrer des informations sur les faes ? Je jette un coup d'œil en direction de Lee, veillant à garder une expression neutre. Si Lee répond que je ne leur serai d'aucune utilité, je suis presque certaine que Nakano fera feu.

Lee a toujours les yeux rivés sur son frère. Lentement, il lève la tête et se focalise sur moi.

— Oui, dit-il.

— McKenzie !

La voix d'Aren retentit à l'étage.

Je ferme les yeux et laisse le soulagement me submerger. Les hommes de Nakano ne l'ont pas tué. Il va bien. S'il parvient à sortir d'ici, ça restera comme ça.

— Occupe-t'en, lâche Nakano.

Je retiens mon souffle tandis que Lee s'avance machinalement vers l'escalier, et prie de ne pas m'être trompée sur son compte. Lorsqu'il choisit de passer devant Nakano plutôt que derrière, je réagis et me déporte sur la gauche juste au moment où Lee frappe le bras de son père, déviant sa ligne de tir vers la droite.

Le coup part, et la balle se loge sans causer de dégâts dans le mur du fond.

— McKenzie !

Encore Aren. Il est dans l'escalier à présent. Il agrippe la rampe, voit Lee aux prises avec son père par terre, puis il rive les yeux sur moi.

— Naito est blessé, je lui lance en me précipitant au côté de Naito.

La balle l'a traversé de part en part, et il perd énormément de sang.

— Dis à Aren de s'en aller, parvient à articuler Naito avant d'être secoué d'une quinte de toux. La tech…

J'appuie des deux mains sur la blessure en plein centre du torse de Naito, puis regarde Aren par-dessus mon épaule. Ses *edarratae* s'agitent frénétiquement, jaillissant sur sa peau de manière chaotique, et il trébuche dans l'escalier plus qu'il ne le descend.

Nakano tire de nouveau, mais Lee a arraché le pistolet des mains de son père. Il se relève et braque le canon sur le front de Nakano. Il n'appuie pas sur la détente.

— Tu sais ce que les démons ont fait à ta mère, dit Nakano en haletant.

— C'était il y a vingt ans.

— Ils tuent. Ils violent. (Nakano se dresse lentement sur ses genoux.) Dieu nous a donné pour mission de les éradiquer.

Aren atteint le sol de la cave. Il traverse la pièce en équilibre précaire, mais il parvient à me rejoindre.

— Tu peux le soigner ? je demande, ne sachant pas s'il en est capable à l'intérieur de ce complexe.

Aren pose la main sur le torse de Naito. Les *edarratae* n'indiquent pas qu'il se sert de sa magie, mais Naito hoquette. Soigner une blessure aussi grave va faire mal.

Je me redresse et me tourne vers Lee. Il est en train de flancher. Il est toujours partagé et hésite à assassiner son père. C'est nécessaire – il a gâché trop de vies –, mais je n'imagine pas ce que ça ferait de tuer l'homme qui vous a élevé.

Je m'avance d'un pas vers eux. Je sais ce que ça fait de tuer tout court, en revanche. Ce n'est pas un acte que j'ai envie de réitérer. Le fae que j'ai envoyé dans l'éther à Belecha il y a près de trois semaines continue de me hanter. Malgré tout ce que Nakano a fait, sa mort me hantera aussi.

Je glisse la main derrière mon dos et la referme sur la garde de ma dague.

Nakano se relève.

— Repose ce pistolet, mon garçon. Retourne à ton école et oublie cette guerre que je mène pour toi.

— J'ai essayé de la mener avec…

— Et tu as échoué, l'interrompt Nakano.

— Il faut que tu arrêtes tout ça, dit Lee. Les faes ne sont que tes propres démons.

Bon sang, il baisse son arme. Je vais être obligée d'intervenir.

— Tu es aussi faible que ton frère s'est révélé l'être.

La voix de Nakano transpire le dégoût à présent. Les jointures de Lee blanchissent lorsqu'il serre son arme.

Nakano le remarque, ça aussi. Il ricane.

— Tu ne peux pas tuer ton propre père.

Un coup de feu retentit, ébranlant la cave. La balle touche Nakano à l'épaule et le projette contre le mur sous l'escalier. Mais ce n'est pas Lee qui a tiré.

Nakano pose un regard surpris sur Naito.

— Il ne peut pas te tuer, dit Naito. Mais moi si.

Il tire de nouveau.

Comme je suis incapable de regarder le crâne éclaté de Nakano, je me focalise sur Aren qui aide Naito à se relever. Naito est blafard – la magie d'Aren ne peut pas remplacer le sang perdu –, mais il affiche un regard résolu et froid. Je n'y lis pas de satisfaction pour autant. La mort de son père ne ramènera pas Kelia.

— Allons-y, dit Naito.

Il s'avance d'un pas mal assuré vers l'escalier. Aren essaie de le soutenir, mais il a l'air tout aussi affaibli que Naito.

Je range ma dague dans son fourreau et jette un coup d'œil à Lee, qui fixe du regard ce qui reste de son père.

— Aide ton frère, je lui ordonne.

Lee lève la tête et cligne des yeux. Je crois qu'il est en état de choc. On n'a pas le temps pour ça.

Je lui empoigne le bras et le pousse vers Naito. Mon geste semble le tirer de sa torpeur. Il coince le pistolet dans sa ceinture, puis passe le bras de Naito autour de ses épaules. Mais Naito ne bouge pas.

— Tu es avec nous ou avec les faes de la Cour ? demande-t-il.

Lee serre les dents.

— Pour le moment, je suis avec toi. Six hommes sont restés ici avec papa. Ils…

— Ils sont morts, dit Aren quand j'arrive à sa hauteur.

Il est dans un sale état. Les *edarratae* se déchaînent sur sa peau, et il a les yeux aussi rouges que ceux de Lee quand nous l'avons trouvé. Je dois le faire sortir d'ici.

— Viens, dis-je en passant un bras autour de sa taille.

Il ne s'appuie pas sur moi, mais me laisse tout de même le guider jusqu'à l'escalier. Devant nous, Lee conduit Naito à l'étage. Alors que nous sommes à mi-chemin, les genoux d'Aren le lâchent. Je suis là pour le rattraper.

— *Sidhe*, dit-il.

Il s'étrangle. Bon sang, il y a quoi au juste ici ? La technologie donne la migraine aux faes et leur complique la tâche quand il s'agit d'ouvrir des fissures ou de se servir de leur magie. Ça ne les affaiblit pas à ce point.

— Il faut qu'on sorte, c'est tout, lui dis-je.

De nouveau, j'essaie de l'aider à avancer. Il ne bouge pas.

— McKenzie, dit-il, tendant la main pour la poser sur ma joue.

Il ne me dit pas qu'il m'aime, mais je lis les mots dans son regard. Je les sens. Il est l'homme qui ferait n'importe quoi pour moi, même attendre dix ans le temps que je m'accorde le droit de tomber amoureuse de lui. Mais je suis déjà amoureuse. Je ne peux pas le nier, et je ne peux pas l'abandonner.

Je l'embrasse. C'est un baiser furtif car nous manquons de temps, mais profond. Qui dit que je lui pardonne. Que je le veux, et qu'il a intérêt à survivre à ça.

— Viens.

Je gravis les dernières marches en le portant à moitié.

— Aren !

La voix de Trev nous parvient de l'extérieur du gîte.

— N'entre pas ! ordonne Aren.

Nous dépassons les ordinateurs et les tables en plastique. Alors que nous avons presque atteint la porte, Aren tire son épée.

— Les survivants ?

Bref hochement de tête de Trev.

— Nalst a ramené des renforts.

Dès que nous sortons, j'entends le fracas métallique des épées. Je ne vois ni Naito ni Lee, seulement des dizaines de faes qui s'affrontent. Ils ne s'approchent pas de ce bâtiment – Aren est un idiot de l'avoir fait –, mais ils sont partout. Les lumières de leurs fissures éclairent la nuit plus vivement que celle de la lune. Je vais devoir courir et essayer de filer d'ici avant qu'ils me repèrent. Nous sommes arrivés par l'est. Notre sentier est envahi de faes qui se battent, mais Naito a mentionné un chemin plus ancien, qui me conduira au parking que j'avais remarqué quand nous sommes sortis de l'Entre-Deux. Il faut que je le trouve.

— Tu peux ouvrir une fissure ? je demande à Aren.

— Pas encore, dit-il d'une voix tendue. (Il serre son épée.) Je vais les maintenir à distance.

Ne pas pouvoir ouvrir de fissure au cours d'un combat, c'est un énorme handicap pour un fae, même pour Aren.

Je tire ma dague. Tout ça va affreusement dégénérer.

Après nous être éloignés du bâtiment de quelques pas, Aren est en mesure de marcher sans soutien, Dieu merci, mais il continue de froncer les sourcils. Ses *edarratae* se déchaînent toujours.

En plus, ses réflexes sont lents. Il ne réagit pas assez vite quand une fissure déchire le vide devant nous.

Si Naito ne s'était pas avancé à côté de moi à ce moment-là, s'il n'avait pas déjà eu son pistolet à la main, Aren et moi serions morts tous les deux. Dès que l'Entre-Deux recrache le survivant, il abat sa lame sur nous. Naito tire, et l'impact de la balle projette le fae au sol.

Naito s'avance de deux pas supplémentaires et tire de nouveau. La seconde d'après, le survivant disparaît dans l'éther.

— Allez-y, ordonne Naito. Je vous couvre.

— Où est Lee ? je demande, mais Aren me presse d'avancer.

Une autre fissure s'ouvre devant nous. Trev.

En marmonnant, Aren adresse une prière de remerciement aux *Sidhe*. Puis il s'élance et intercepte les attaques des survivants qui surgissent autour de nous. Trev l'imite, mais je crie son nom.

— Mets-y le feu, je lui ordonne lorsqu'il se retourne.

Il me gratifie d'une grimace, ouvre une fissure, puis réapparaît et dit :

— Lena ne veut pas…

— Mets-y le feu, je répète. (Je me moque que Lena ne veuille pas attirer l'attention des humains normaux.) Ils referont du sérum sinon.

J'ai la tablette électronique dans mon carnet de croquis ; nous devons détruire le reste des recherches et nous débarrasser du corps qui se trouve à la cave.

Dès que je vois les flammes monter de sa paume, je concentre mes efforts sur la recherche du sentier auquel Naito a fait allusion. Je le repère à l'extrémité de la falaise.

— Là, dis-je en l'indiquant à Aren.

— Vas-y, dit-il, puis il se détourne juste à temps pour bloquer l'attaque d'un survivant.

Comme je sais qu'il me rattrapera en un clin d'œil, je me rue en direction du sentier.

Et m'arrête net lorsqu'une fissure lacère le vide devant moi.

Le temps que je tire ma dague, le survivant s'est jeté sur moi et m'a plaquée au sol. Quand je tente de ramener la lame entre nous, il saisit facilement mon poignet.

Je resserre mon étreinte, lui donne un coup de hanche et nous nous mettons à rouler. Nous nous arrêtons juste avant d'atteindre le bord de la falaise. J'ai le cœur qui bat la chamade. Je n'ai pas la force de repousser le fae ; j'essaie de gagner du temps jusqu'à ce qu'on vienne à mon secours, mais le survivant me tord le poignet. S'il le plie davantage, la jointure va céder. Soit je me rends, soit je le laisse me casser le bras. Dans les deux cas, je vais finir morte ou prisonnière des survivants.

Je jette un nouveau coup d'œil dans le vide et repère une étroite saillie deux ou trois mètres plus bas.

Ça va faire un mal de chien, mais je pense pouvoir survivre à la chute.

— D'accord, je halète quand mon poignet est sur le point de céder. D'accord.

À la seconde où il me lâche pour confisquer ma dague, je roule et nous jette dans le vide.

Je parviens à atterrir sur le dos. Le choc me coupe le souffle et je manque de perdre connaissance quand ma tête heurte le sol, mais je suis assez lucide pour repousser le survivant. Il se débat déjà. Je crois que c'est uniquement pour ça que mon plan fonctionne. Il bascule, percute le sol à ma droite et continue de rouler. Il étend les bras et tente de se raccrocher à quelque chose, mais cette saillie est nue et sableuse. Il pousse un cri lorsqu'il tombe dans le vide.

Je reste immobile une minute, et me concentre sur l'air que mes poumons aspirent. Ma tête me fait mal. Mon dos et le bras sur lequel je me suis réceptionnée aussi, mais j'arrive à bouger tous les membres. Je m'efforce de me tourner sur le côté, puis de me mettre à quatre pattes.

Des taches noires me brouillent la vue quand je me relève. J'attends qu'elles se dissipent. Enfin, je distingue mon carnet de croquis par terre juste devant moi. Je le mets en bandoulière, puis lève la tête et prends la mesure de la chute de trois mètres que je viens de faire. Je suis vraiment stupide, parfois. Comment vais-je m'y prendre pour remonter ?

Heureusement, la réponse est simple. La saillie monte en pente raide sur ma gauche, mais le dénivelé n'est pas aussi abrupt qu'à l'endroit où je me trouve, et je pense pouvoir rejoindre le sentier que j'avais repéré initialement. Je m'avance dans cette direction, une main appuyée contre la falaise pour ne pas perdre l'équilibre. J'ai toujours la tête qui tourne.

Une fois que j'ai récupéré le sentier, je me retourne vers le complexe. Le bâtiment principal est en feu. Une épaisse fumée noire monte des murs et du toit qui brûlent. Dehors, les faes continuent à se battre. Je crois reconnaître Aren mais je n'en suis pas sûre et, même si j'ai envie de le voir et de m'assurer qu'il va bien, je ne peux pas rester là à attendre. Je dois reprendre la route avant qu'un survivant me repère.

Le sol à ma droite cède la place à la paroi d'une falaise qui se dresse plusieurs mètres au-dessus de ma tête, tandis que le dénivelé sur ma gauche est d'une trentaine de mètres au moins. Je n'ai pas le vertige, mais le terrain est irrégulier et ce sentier dangereusement étroit. Je regarde droit devant moi, me plaque contre la paroi et avance à pas prudents. Je sentirais presque la gravité me tirer vers le bas, ce qui me donne l'impression d'avoir les jambes en coton et perturbe mon équilibre.

Le sentier s'élargit environ trois mètres plus loin. Comme j'y suis presque, je continue d'avancer en traînant les pieds à un rythme lent mais régulier. Alors qu'il me reste moins d'un mètre à parcourir avant d'atteindre un sol plus solide, j'entends Aren crier mon nom.

Il semble en proie à une telle colère et une telle souffrance que je manque de glisser de la saillie. Je me rattrape à une fissure dans la falaise et tourne la tête vers le complexe, terrifiée à l'idée de voir une lame lui transpercer le cœur.

— McKenzie ! crie-t-il de nouveau.

Il n'a pas l'air blessé. Il se taille un chemin avec son épée jusqu'au bord de la falaise à côté du bâtiment principal et fauche habilement les survivants qui l'attaquent. Des âmes d'ombres blanches s'élèvent autour de lui, marquant sa progression.

Un survivant lui envoie son pied dans les côtes. Seigneur, il y est allé assez fort pour les lui casser. Je ne comprends ce qui se passe que lorsqu'il se laisse tomber à genoux au bord de la falaise, scrute le vide et crie mon nom une fois de plus.

Ce doit être l'œuvre d'un illusionniste, un illusionniste puissant. Aren pense que je suis tombée. J'ouvre la bouche pour l'appeler…

Et on m'arrache du sol avant que j'y sois parvenue.

J'atterris sur le dos et me cogne violemment la tête. Un fae se penche au-dessus de moi. Un survivant. Tylan.

— Aren !

Il referme la main sur ma gorge, étouffant mon cri. Je tousse, lui envoie mon poing dans la figure puis m'élance vers le sentier étroit. La douleur d'Aren est brute et chargée de désespoir, comme s'il perdait une partie de lui-même. Il regarde toujours le vide. Je ne crois pas qu'il se rende compte qu'il est cerné.

— Aren !

Mon cri n'est qu'un murmure rauque.

Tylan me retourne de nouveau sur le dos. Il appuie le genou de tout son poids sur ma poitrine, puis lève la main. J'aperçois la pierre dans son poing juste avant qu'il me frappe.

Chapitre 23

À l'exception des *edarratae* qui étincellent sur ma peau, il fait froid et sombre. Je suis dans une petite pièce, assise sur un sol en terre. On m'a lié les poignets avec de l'argent. Les menottes m'entament la peau. J'ai des éraflures et des bleus, certains que je me suis fait en tombant dans le vide avec le survivant que j'ai tué et les autres quand Tylan m'a entraînée à l'écart du complexe de Nakano, je crois.

Je suis restée inconsciente un moment. J'ignore combien de temps exactement. Une heure de route sépare Boulder de Wiggins, la ville où se trouvait le portail le plus proche du complexe, mais je n'imagine pas Tylan me conduire là-bas ; un survivant ne prendrait pas le risque de rester confiné dans une voiture si longtemps. Serait-ce Lee qui m'aurait emmenée au portail, en ce cas ? Il a beau avoir aidé Naito à sortir du complexe, je vois mal les survivants le laisser partir comme ça. Ils l'ont peut-être obligé à me conduire à Wiggins.

Peut-être que l'un des rebelles les a vus m'enlever. Peut-être qu'Aren m'a vue…

Mes yeux me piquent et s'emplissent de larmes. Aren était cerné. S'il n'était pas venu me chercher à l'intérieur du complexe, il aurait pu ouvrir une fissure, mais la technologie – ou Dieu sait ce que Nakano avait installé dans ce bâtiment – l'a handicapé. Son armure en *jaedric* a pu le protéger du tranchant d'une ou deux épées, mais je doute qu'il soit parvenu à repousser tous ces survivants.

Je ne suis pas certaine qu'il en avait envie.

Seigneur, j'espère que je me trompe et qu'il s'est défendu. S'il avait eu le temps de réfléchir, je suis sûre que c'est ce qu'il aurait fait – Lena a trop besoin de lui pour qu'il s'abandonne à son chagrin –, mais les survivants ne lui laissaient pas de répit.

Je ferme les yeux pour retenir mes larmes, refusant de les laisser couler.

Je les rouvre lorsque j'entends un infime grincement. Ça ressemblait à une porte qui s'ouvre. Je regarde à gauche et remarque un minuscule interstice entre le mur en bois et le sol en terre. J'ignore ce qu'il y a de l'autre côté du mur. Je n'ai aucune idée de l'endroit où nous sommes ; tout ce que je sais, c'est qu'il fait froid ici.

Et qu'il n'y a pas un bruit. Mis à part le vent, je n'ai entendu que ce grincement depuis que je suis réveillée. Il est clair que les survivants ne me détiennent pas en plein cœur d'une ville.

J'appuie la tête contre la poutre en bois qui soutient le centre de la cabane. J'ai les mains liées devant moi, mais une chaîne d'argent raccorde les menottes à un anneau en métal dans la poutre. Je ne peux pas m'en éloigner de plus d'un mètre.

On peut dire que je suis foutue. Les rebelles me croient morte ; ils ne vont pas se mettre à ma recherche.

Mais Lena va continuer à traquer les survivants. Quelqu'un lui indiquera peut-être où nous sommes.

Où ils sont, plutôt. Les survivants ne m'ont peut-être pas amenée à leur campement. Ils ont pu me larguer dans un coin reculé du Royaume, loin des autres faes et d'un portail.

Je déglutis pour évacuer la boule dans ma gorge et m'efforce de lutter contre la panique et la frustration qui menacent de me submerger. Ce n'est pas la première fois qu'on me retient prisonnière. Mon expérience en matière d'évasion n'est pas reluisante, mais ça ne va pas m'empêcher d'essayer. Je trouverai le moyen de retourner à Corrist, quand bien même je serais perdue au beau milieu de la Désolation.

Je prends une inspiration, puis relâche mon souffle. À ce moment-là, la porte devant moi s'entrebâille.

— McKenzie ?

C'est la voix de Paige. Mon estomac se noue, pris d'assaut par mes émotions. Je ne serais pas prisonnière des survivants si elle ne s'était pas enfuie. Je ne serais pas assise ici à essayer de me convaincre qu'Aren est en vie.

Mais elle ne serait pas là si je ne m'étais pas acharnée à m'accrocher à ma vie humaine. Elle ne serait pas mourante.

— Salut, dis-je.

La douce lumière de la lune se déverse à l'intérieur lorsqu'elle ouvre plus grand la porte.

— Tiens. C'est pour ta tête.

Elle tient un objet enveloppé dans un linge. Je me rends compte que c'est de la glace quand je le lui prends des mains. C'est lourd et froid.

— Les survivants n'ont pas de guérisseur ? je demande.

— Aucun qui accepte de te toucher, dit-elle, une pointe d'agacement dans la voix.

Mais elle a l'air dans son élément. Elle est à l'aise avec les survivants. À l'aise avec les faes. Je ne sais pas comment elle s'est débrouillée pour s'adapter si bien en une semaine. Je ne suis pas certaine d'avoir un jour été aussi détendue avec Kyol et les faes de la Cour.

J'appuie la glace contre ma tempe. La pression est désagréable, mais elle endort un peu la douleur, et la panique que j'éprouvais il y a quelques minutes s'atténue également. Paige est là. On ne peut pas être si loin que ça d'un portail.

— Comment suis-je arrivée ici ? je demande.

— Tylan, dit-elle sans développer. Je suis désolée pour ta tête.

Je suis désolée que tu sois mourante.

Elle n'est pas au courant. Elle ne serait pas si calme sinon.

Les nœuds de mon estomac se resserrent davantage.

— Paige…

— Je sais que tu es en colère, dit-elle. Mais Tylan était juste là au palais, McKenzie. Je n'ai pas eu le temps de réfléchir. Il ne serait pas parti sans moi, et les rebelles l'auraient tué s'ils l'avaient recapturé.

— Tu ne le connais que depuis une semaine, dis-je, presque reconnaissante qu'elle m'ait coupé la parole.

C'est plus facile de parler de ça que du sérum.

— Il t'a dit qu'on me retenait prisonnière. Tous les survivants savent que ce n'est pas vrai.

— Je sais, et j'ai eu une discussion avec lui à ce sujet. Mais les faes de la Cour n'ont pas tué les humains à Londres, McKenzie. Nous sommes arrivés là-bas après les rebelles.

Elle a vu les humains. J'ignorais si elle savait quoi que ce soit à leur sujet. Ni elle ni Lee ne les avaient évoqués jusqu'ici.

— Les rebelles ne les ont pas tués, dis-je à Paige en détachant chaque mot pour qu'elle comprenne qu'il n'y a aucun doute là-dessus. On nous a fait parvenir un tuyau nous informant que tu étais là-bas.

Je m'attends à voir au moins une lueur de surprise dans ses yeux ; rien.

— Nous avons reçu le même tuyau à ton sujet, dit-elle, calquant son ton et la cadence de ses paroles sur les miens. Je suis allée à Londres pour te retrouver. Les survivants ne voulaient pas m'y emmener. Ils pensaient que c'était un piège, et quand les rebelles nous ont attaqués, ils ont voulu m'obliger à partir. Ils me protègent.

Je songe au fae qui est tombé de la scène avec Paige. Elle essayait d'échapper au survivant, mais pas pour la raison que je croyais. Elle n'avait pas peur de lui ; elle voulait simplement me trouver.

Je retourne les soupçons et les théories dans mon esprit. La mort des humains doués de double vue me dérange, et pas seulement pour la raison la plus évidente. Les survivants ont convaincu Paige de les soutenir. Ils auraient sûrement pu convaincre les autres. Qu'est-ce qui aurait bien pu les motiver à les tuer ? Suis-je aveuglée par mon refus d'envisager que ça puisse être quelqu'un d'autre ? Jusqu'ici, ça a été facile de tout mettre sur le dos des survivants. Ce sont eux qui ont attaqué Corrist, entraîné Paige dans le Royaume et qui veulent punir les rebelles d'avoir éliminé Atroth, leur roi qui devenait de plus en plus violent et extrême.

Mais s'il y avait une tierce personne qui tirait les ficelles de cette guerre ?

Cette éventualité ressemble beaucoup à un vœu pieu de ma part. Je n'ai pas envie que Paige et moi soyons dans des camps opposés et je voudrais pouvoir justifier son choix, trouver le moyen de négocier la paix. Mais c'est là que ça coince. Lena a essayé d'entrer en contact avec les survivants. Elle a convié leurs meneurs à la rencontrer – elle leur a garanti qu'ils ne risquaient rien –, mais n'a jamais obtenu de réponse.

Ils préfèrent nous tuer que nous parler.

J'entends un nouveau grincement à ma gauche, mais cette fois c'est la porte derrière Paige qui s'ébranle puis s'ouvre entièrement. Tylan entre, suivi d'un autre fae. Un frère, peut-être? La ressemblance est là. Ils ont les mêmes cheveux châtains, les mêmes yeux enfoncés, le même nez pointu. L'autre fae est plus petit, en revanche. Plus trapu. Et il m'est aussi un peu familier. Je suis certaine qu'il s'agit d'un ancien fae de la Cour. D'après Kyol, c'est l'un des officiers les plus haut placés d'Atroth qui organise les survivants. Ça pourrait être ce type. Il dégage l'assurance tranquille que confèrent des années d'entraînement et d'expérience.

Il me dévisage. Même si je déteste devoir tendre le cou pour le regarder, je ne prends pas la peine de me lever. De toute façon, je doute que la courte chaîne qui relie mes menottes à la poutre en bois me le permette.

Il finit par s'accroupir afin que son regard soit à la hauteur du mien.

— *Je devrais lui trancher la gorge et la leur renvoyer.*

À part ça, je suis censée croire que ces faes ne sont pas des meurtriers sanguinaires? Ben voyons.

J'ai envie de traduire ce qu'il a dit pour Paige, mais comme je ne sais pas si elle me croirait et que je n'ai pas envie qu'ils sachent que j'ai appris leur langue, je garde le silence et ne donne aucun signe d'avoir compris ses paroles.

— En anglais, Caelar, dit Tylan à côté de lui.

À cette demande, Caelar remue les lèvres. Mais il ne répète pas ce qu'il a dit. Il se contente de rester accroupi là, à me fusiller du regard. Je crois qu'il réfléchit à la manière la plus douloureuse de me tuer, et mon estomac se retourne au souvenir des humains dépecés à Londres. Vu la somme de haine concentrée dans ses yeux argentés, je suis disposée à croire qu'il les a massacrés lui-même.

Enfin, il dit :

— Toi et moi avons déjà travaillé ensemble.

Je ne réagis pas. J'ai travaillé ponctuellement avec bon nombre de faes de la Cour au fil des années, en général quand Kyol avait besoin de mettre de la distance entre nous.

— C'était peu de temps après ton arrivée au Royaume, poursuit-il. Tu étais jeune et méfiante. Thrain l'impur t'avait affamée et battue, mais tu refusais de laisser nos guérisseurs te toucher. Nous avons cru qu'il t'avait brisée, mais tu as consenti à lire les ombres pour nous. Tu détestais Thrain à ce point-là. Sachant cela, je ne comprends pas comment tu peux soutenir le fae qui est son enfant prodige.

Il attend une réaction de ma part, un signe de surprise ou d'indignation. Je ne lui fais pas ce plaisir. J'ai compris où il voulait en venir dès l'instant où il a mentionné Thrain, et ses dires ne me prennent pas de court.

— Aren n'est pas Thrain.

— Il est exactement comme Thrain, dit Caelar, grondant presque.

— Nous cherchons une fae, dit vivement Tylan en s'avançant d'un pas.

Tendu, il garde les yeux rivés sur Caelar comme s'il s'attendait à ce que l'autre fae mette à exécution sa menace de me renvoyer aux rebelles avec la gorge tranchée.

— Son nom est Brene. Elle est…

— *Tor'um*, j'achève à sa place.

À ce mot, Caelar serre les dents.

— Tu la connais ? demande Paige.

— Elle est à Corrist, dis-je tout en observant Caelar. Ses yeux argentés sont chargés de colère et de souffrance. Caelar jure puis se relève face à Tylan.

— *Tu étais censé la surveiller.*

— Je suis désolé, j'étais occupé à me faire capturer à Eksan, dit-il en anglais.

Puis il se radoucit et ajoute :

— Si j'avais su qu'elle était là, j'aurais veillé à ce qu'elle s'enfuie avec nous. Tu le sais.

— *Elle était là parce qu'on t'avait capturé. Elle voulait aider. Elle est…*

Je vois les muscles de son cou saillir lorsqu'il déglutit. C'est plus fort que moi, ça me fend un peu le cœur. Brene compte pour lui, c'est évident.

Paige se racle la gorge et marmonne dans sa barbe :

— En anglais, s'il te plaît.

Elle exige des faes qu'ils s'expriment dans notre langue. Pitié, dites-moi que ce n'est pas pour ça qu'elle se fie à eux. Elle n'est pas une gamine naïve de seize ans. J'ose espérer qu'elle ne s'imagine pas qu'ils traduisent tout ce qu'ils disent pour elle.

Caelar me tourne le dos, s'avance vers la porte et regarde dehors. Il me barre la vue.

— Les rebelles ne gagneront pas cette guerre, dit Tylan, attirant de nouveau mon attention à l'intérieur.

Je soutiens son regard.

— Les gens disaient aussi qu'ils n'assiégeraient jamais le palais.

Il hausse les épaules, comme pour admettre que c'est vrai.

— Les hauts nobles ne donneront leur appui à la fille de Zarrak que si elle leur livre le *garistyn*. Elle a eu deux semaines pour le faire. Elle ne l'a pas fait, et elle perd des partisans tous les jours.

Je fronce les sourcils. « *Garistyn* » ? J'ai déjà entendu ce mot. À Spier quand je lisais les ombres avec Kyol, je crois. Jielan en a parlé. Ça a un rapport avec un roi ou un Descendant.

— Ils ne t'ont pas informée de ça, n'est-ce pas ?

Caelar. Il n'ajoute rien de plus, ne se retourne pas et ne bouge pas. Il se contente de rester planté là à regarder dehors, et un sentiment de malaise me prend au ventre.

— Qu'est-ce qu'un *garistyn* ?

C'est Paige qui a posé la question. Je lui en suis reconnaissante. Je n'ai pas envie de montrer de la curiosité, de la faiblesse ou quelque autre émotion que ce soit devant ces faes.

— Un régicide. On ne peut pas tuer un roi sans qu'il y ait de conséquences, dit Tylan. Ils sont les Descendants des *Tar Sidhe*. On pourrait les qualifier de « saints ». Le fait est que les hauts nobles ne donneront leur appui à Zarrak que si elle leur livre le *garistyn* pour qu'ils l'exécutent. Elle protège le boucher de Brykeld.

Mon estomac se noue. J'en ai presque le vertige, car je crois qu'il dit la vérité. Lena en a déjà parlé. Elle était agacée que les hauts nobles la pressent de leur dire qui a tué le roi, mais je n'avais pas conscience que c'était si important. De plus, Tylan se trompe. Ce n'est pas Aren qui a tué Atroth. C'est Kyol.

— Jorreb n'a rien à voir avec la mort du roi, je chuchote.

— Certains disent que c'est la *nalkin-shom* qui l'a tué, poursuit Tylan. Les murs d'argent n'ont pas protégé le roi. Elle est sortie d'une fissure dans sa chambre à coucher. Il paraît qu'elle l'a empoisonné en le touchant. Elle a affaibli sa magie, et profitant qu'il soit déstabilisé et vulnérable, elle lui a tranché la gorge avec un métal invisible venu de son monde.

C'est la gorge du seigneur général Radath que j'ai tenté de trancher avec l'éclat d'obus logé dans mon bras. Si les murs d'argent ne l'ont pas protégé, c'est parce qu'on m'a emmenée au palais via un *Sidhe Tol*. Quelqu'un a déformé et mélangé tous les événements de cette journée. Je n'ai même jamais touché Atroth. Mais ça ne me dérange presque pas que les faes croient le contraire. C'est toujours mieux que s'ils savaient que c'est Kyol qui l'a tué.

— Tu vas nous dire comment entrer dans le palais, dit Caelar depuis le pas de la porte.

Il part sans me laisser la possibilité de répliquer, même si je ne lui aurais pas donné la réponse qu'il attendait.

Tylan le suit des yeux, le regard inquiet. Il se reprend lorsqu'il se rend compte que je l'observe.

— Paige, dit-il en tendant la main.

— Je peux rester encore une minute ? demande-t-elle.

Il me regarde.

— Une minute, pas plus. Je ne serai pas loin.

— Il te fait confiance, dis-je après le départ de Tylan.

— À peu près autant que je me fie à lui, dit-elle. Il va attendre juste derrière la porte.

Je hausse un sourcil. Ça ne ressemble pas vraiment à une preuve de confiance.

Paige passe la main dans ses cheveux au désordre étudié, et un *edarratae* étincelle sur son visage. Elle se rapproche de moi et se met à chuchoter si bas que j'arrive à peine à l'entendre.

— C'est ce que je voulais te dire tout à l'heure, dit-elle. Je ne me contente pas de croire ce que les faes me racontent. Ils ne savent pas que Lee parle leur langue. Depuis le début, il me traduit ce qu'ils disent en fae. Le tuyau était anonyme, et ils croient sincèrement que ce sont les rebelles qui ont tué ces humains.

— Lee parle fae ? je demande.

Paige hoche la tête.

— J'ai passé un accord avec lui. S'il consentait à me traduire les conversations qu'il surprenait, je ne parlais pas du sérum aux faes.

Encore ce sérum. Elle ignore réellement les conséquences de ce que Lee lui a fait.

— Lena se serait servi du sérum contre Caelar, poursuit Paige. Comme je ne pouvais pas laisser ça se produire, j'en ai parlé à Tylan. Lee était énervé, mais… Eh bien, je l'ai convaincu d'aller chercher le sérum.

Je rêve ou elle rougit ? L'éclairage est faible ici, et c'est difficile à dire avec ses éclats de chaos, mais je jurerais qu'elle a les joues roses. Quand nous étions au palais, elle m'a dit qu'elle et Lee avaient accroché après le mariage de sa sœur. Dans la langue de Paige, ça veut dire qu'ils ont couché ensemble. Je pense qu'elle a de nouveau couché avec Lee pour le convaincre d'aller chercher le sérum. Si elle n'avait pas le rose aux joues, j'aurais trouvé ça un peu limite, mais Paige ne rougit jamais quand elle parle de sexe. Lee lui plaît vraiment.

Elle se racle la gorge.

— Lee était censé y aller et repartir aussitôt. Il n'y aurait pas dû y avoir de bagarre.

— Lee est ici ? je demande.

Ça ne me plaît pas de songer que les sentiments qu'elle semble éprouver pour lui risquent d'être bientôt anéantis.

— Ouais, il est…

Son regard dévie vers la gauche. Il n'y a qu'un mur là-bas, mais j'ai l'impression que Lee se trouve quelque part dans le coin.

— Il a aidé Tylan à t'amener ici. Je ne sais pas trop s'il l'a fait par choix ou non. Il n'est pas dans son état habituel. Il s'emmure dans le silence, et je crois qu'il est en colère. Il faut que je lui parle.

— Paige, lance Tylan.

— Une seconde, dit-elle par-dessus son épaule. (Puis elle se retourne vers moi.) Écoute, je sais que tu ne te rallierais pas aux rebelles simplement parce que tu es amoureuse de l'un d'eux, et j'ai réfléchi. Je suis sûre et certaine que les faes de la Cour n'ont pas tué les humains à Londres, mais je veux bien admettre qu'il se peut que les rebelles ne les aient pas tués non plus.

— Paige, insiste Tylan.

— Il faut que j'y aille, mais… Ces faes ne sont pas mauvais, McKenzie. Je te le promets.

Chapitre 24

Je laisse ma tête retomber contre la poutre en bois. J'ai une de ces soifs. Les survivants ne m'ont rien donné à boire ni à manger. Ils n'arrêtent pas de me harceler pour savoir comment entrer dans le palais. Ils pensent que je connais le quadrillage des zones sûres où ouvrir une fissure que Kyol a établi. Ce n'est pas le cas, et même si ça l'était, je ne le leur révélerais pas.

Je repense à ce que Paige m'a dit au sujet de ces faes qui ne seraient pas les méchants, mais j'ai dû mal à y croire avec cette faim qui me tenaille et la migraine qui me martèle le crâne. Cette dernière est due à la déshydratation. C'est l'un des effets de l'Entre-Deux si l'on n'est pas prudent, et je n'arrive pas à me rappeler la dernière fois que j'ai eu à boire.

Je suis presque certaine que nous sommes vendredi et qu'il est plus de 17 heures depuis longtemps. J'ai manqué mon rendez-vous avec Jenkins. J'arriverai peut-être à lui faire croire qu'il y a eu un imprévu, que j'étais clouée au lit avec la grippe ou qu'un membre de ma famille est décédé. Bien entendu, avant d'espérer le convaincre de quoi que ce soit, il faut déjà que je sorte d'ici en un seul morceau.

Alors que j'ai le regard perdu dans le vague, j'entends un bruit à quelques mètres de moi. C'est un bruit que j'ai déjà entendu plus d'une fois depuis qu'on m'a amenée ici, un minuscule petit couinement. Pour ce que j'en sais, on pourrait être au beau milieu d'une forêt. Ce pourrait être le cri de l'un des millions d'animaux dont j'ignore le nom, mais à tout hasard je fais claquer ma langue. Aussitôt, deux yeux bleu vif apparaissent dans une crevasse entre le sol et le mur.

Je rêve ou quoi ?

— Sosch ? je chuchote.

Je vois la chose cligner des yeux.

C'est lui. C'est forcément lui.

Je l'appelle avec un bruit de baiser. Il bouge les moustaches et tourne la tête à gauche puis à droite, comme s'il vérifiait qu'il n'y avait pas de voitures avant de traverser une rue. Après avoir poussé l'un de ses brefs roucoulements, il se faufile sous le mur et se jette dans mes bras. Ce qui n'est pas très commode vu que j'ai les poings liés.

— Tu n'as pas de crochet sur toi, dis ? je demande en le grattant derrière les oreilles.

Il ronronne, puis frotte sa tête poilue contre ma joue. Mon nez me démange. Apparemment, les *kimki* perdent bien leurs poils.

— C'est Aren qui t'a envoyé ? je demande à voix basse, même si je ne suis pas certaine que l'on puisse envoyer un *kimki* où que ce soit.

D'après ce que j'ai constaté, ils n'en font qu'à leur tête. En plus, Aren me croit morte. Sosch m'a déjà retrouvée tout seul ; j'en déduis qu'il a récidivé.

Sosch roucoule, puis il bondit de mes bras et glisse son long corps derrière moi. Il se blottit entre mon dos et la base de la poutre en bois.

— Ça, ça m'avance beaucoup, lui dis-je, mais il est chaud.

Et je suis contente qu'il me tienne compagnie.

Je sombre. Quand je me réveille, Paige est assise contre le mur à côté de la porte. Sosch est toujours derrière moi. Je ne pense pas qu'elle puisse le voir, mais j'essaie d'occuper le maximum d'espace au cas où. Je n'ai pas envie que les survivants me le prennent.

Devant le silence de Paige, je l'examine plus attentivement et mon cœur se serre aussitôt. Elle a les yeux rouges et gonflés comme si elle avait pleuré.

— Tu as parlé à Lee.

Elle prend son inspiration et hoche la tête, puis relâche son souffle.

— Je suis désolée, dis-je. C'est ma faute.

Elle ferme les yeux.

— Ce n'est pas ta faute, McKenzie.

— J'essayais de m'accrocher à ma vie humaine, lui dis-je. C'est pour ça que j'allais en cours. C'est pour ça que je répondais à chaque fois que tu m'appelais, et que je persistais à accepter d'aller à ces rencards que tu arrangeais… et que je détestais, au passage.

— Aucun de ces mecs ne te correspondait. (Elle sourit, puis ouvre les yeux.) Désolée. Je ne savais pas que tu préférais les faes.

— Je ne préfère pas les faes, c'est juste que…

Seigneur, c'est pourtant l'impression que ça doit donner.

Elle hausse les épaules, puis prend la tablette électronique posée à côté d'elle. Elle est si fine que je ne l'avais pas remarquée jusque-là, mais l'écran s'éclaire lorsque Paige le touche.

— Je suis surprise que ça fonctionne ici, dit-elle.

— Il n'y a aucun moyen de recharger la batterie, mais le Royaume n'interfère pas avec la technologie.

C'est seulement la technologie qui interfère avec le Royaume, si l'on en croit certains faes.

— Les survivants savent que tu as ça avec toi ?

Elle renifle.

— Ouais, Caelar n'est pas ravi. Il m'a demandé de la ramener sur Terre.

— Il sait ce qu'il y a dessus ?

Elle lève les yeux de son écran, soutient mon regard et hoche la tête.

— Comme le sérum est fatal, il ne va pas s'en servir.

Mais il l'aurait fait. Il serait prêt à tout pour tuer Aren et se débarrasser de Lena.

— C'est drôle, poursuit Paige en triturant le bord de la tablette. Je me suis retrouvée à Bedfont parce que j'ai essayé de me suicider. Et voilà que dix ans plus tard, je suis mourante et je n'ai qu'une envie, vivre.

Ce n'est pas drôle du tout, mais c'est bien le genre de Paige de dédramatiser une chose pareille. Quand nous partagions la même chambre, elle me parlait sur un ton léger de son comportement inconscient : la course de voitures qui s'était terminée en grave accident, la fois où elle avait pris son élan pour sauter du toit et avait atterri dans la piscine du voisin. Quand elle s'est fait interner parce qu'elle avait descendu une bouteille de sirop, elle n'en était clairement pas à sa première tentative de suicide ; c'était simplement la première fois que son père se réveillait et se rendait compte qu'il y avait un problème.

Je suis bien sûr contente que Paige reconnaisse qu'elle a envie de vivre. Les infirmières et les aides-soignants de Bedfont ont peut-être enfreint des dizaines de règlements fédéraux, mais les médicaments et les psychologues l'ont aidée à se sortir de sa dépression.

— Bref, dit Paige en se raclant la gorge. Je suis sortie avec un mec, Rob. Il va décrocher son doctorat de chimie. Je vais lui apporter la tablette pour voir s'il peut déterminer ce qui cloche avec nous.

— Tu vas lui parler des faes ?

Je prononce la fin de ma phrase d'une voix un peu haut perchée, en partie parce que je suis surprise, mais aussi parce que Sosch a bougé et s'est blotti plus près de mon dos.

— Je ne sais pas ce qui t'a empêchée de me parler d'eux, dit Paige. J'aurais compris.

— Tu m'aurais prise pour une folle.

— Non, pas du tout. J'aurais…

— Tu pensais que Lee était fou, lui fais-je remarquer.

Elle perd un peu de son assurance.

— Eh bien, je ferai en sorte que Rob comprenne. Je ne compte pas me laisser abattre.

Tant mieux. Je lui adresse un sourire pincé. À voix haute, je dis :

— J'ai réfléchi à ce que tu disais plus tôt, au sujet des survivants qui n'ont pas tué ces humains. Je pense que c'est possible que ce soit quelqu'un d'autre. Si on pouvait obtenir de Lena et de Caelar qu'ils se rencontrent…

Paige secoue la tête.

— Caelar ne négociera pas. Il refuse même d'adresser la parole aux rebelles à cause de Brene.

— La *tor'um* ?

— Ouais. Ils allaient… (Elle fronce les sourcils et cherche le mot qui lui manque.) L'équivalent du mariage chez les faes. Une fusion, quelque chose dans ce genre.

— Une union, dis-je.

— Ouais, voilà. Mais ensuite, Aren l'a capturée.

Elle n'a pas besoin d'en dire davantage. Je sais ce qui s'est passé après. J'ai vu Brene.

— Tu devrais voir comme il s'occupe d'elle, poursuit Paige. C'est touchant. Elle est folle à lier, mais il l'aime toujours.

Elle inspire, puis relâche son souffle.

— Je dois admettre que je ne verrais moi non plus pas d'inconvénient à ce qu'Aren meure pour ce qu'il a fait.

Je serre les dents, et dois me forcer à détendre la mâchoire. Le passé d'Aren est ce qu'il est. Ce n'est pas un fae barbare, sans foi ni loi ; c'est un fae qui voulait sauver la vie d'un ami. Je n'approuve pas ce qu'il a fait, mais je comprends.

— Tu vas rester avec les survivants ? je demande.

— Je ne vais pas laisser les rebelles les tuer, dit-elle en coinçant la tablette sous son bras. Mais morte, je ne leur serais d'aucune utilité. Je ne vais pas tarder à retourner sur Terre. Je voulais juste m'assurer que tu allais bien.

On ne peut pas franchement dire que je vais bien, mais ça pourrait être pire.

— Si tu pouvais convaincre les survivants de me donner un truc à boire, j'apprécierais.

Alors qu'elle se relevait, elle se fige.

— Ils ne t'ont pas donné d'eau ?

— Non.

— C'est une blague ! (Elle se redresse.) Je reviens tout de suite.

Elle ne revient pas « tout de suite », mais elle finit par m'apporter une tasse en bois remplie à ras bord. Un peu d'eau se renverse quand je la prends.

— Je vais essayer de ramener Caelar à la raison avant de partir, dit-elle. Je ne sais pas s'il m'écoutera. Ça aiderait peut-être si les rebelles lui rendaient Brene. Ce serait une preuve de bonne foi.

— Ils ne sont pas au courant pour Caelar, dis-je, mais elle referme déjà la porte derrière elle.

Je l'entends tourner le verrou, et je me retrouve dans le noir.

Les éclairs sur ma peau illuminent la tasse que je tiens à la main. Alors que je la porte à mes lèvres, j'entends quelque chose cogner à l'intérieur. J'arrête de boire et examine le fond en bois. Mes *edarratae* sont assez brillants pour me permettre de discerner un objet dans l'eau froide.

Je mets la main dans la tasse et en ressors une clé… une clé qui a l'air de correspondre au minuscule cadenas de mes menottes.

Paige vient de m'offrir ma liberté.

Paige a fait passer notre amitié avant le Royaume. Quand les rebelles l'ont capturée, je les ai aidés à la garder prisonnière. J'ai même essayé de les aider à la reprendre quand elle s'est enfuie avec Tylan. Je passe la moitié de la nuit rongée par la culpabilité, en attendant le moment propice pour m'évader. Si mon horloge biologique n'est pas complètement déréglée, il s'écoule près d'une heure sans que les faes donnent le moindre signe de vie. Je pense qu'ils doivent tous dormir.

Enfin, j'insère la clé dans le cadenas et la tourne.

Les menottes tombent de mes poignets.

Consciente que je vais devoir prendre le plus d'avance possible, je ne perds pas de temps. Je rampe jusqu'à la crevasse par laquelle Sosch est entré et commence à l'agrandir. Ce n'est pas aussi simple que je le voudrais. Je finis par retourner chercher les menottes afin de m'en servir pour creuser. Ça me facilite la tâche, mais j'ai toujours l'impression de progresser à une lenteur incroyable.

— Tu pourrais aider, je souffle à Sosch lorsqu'il se manifeste pour inspecter mon travail.

Il bouge les moustaches comme s'il se pensait capable de faire mieux, mais se contente de se rouler en boule et de poser la tête sur ses pattes avant.

J'ignore combien de temps je mets à creuser un trou assez grand pour pouvoir m'y glisser. J'ai l'impression que des heures se sont écoulées, mais il fait toujours nuit lorsque je commence à me faufiler sous le mur. Je passe tout juste. Le bois m'érafle la peau et accroche la ceinture de mon jean. Pendant deux bonnes minutes, je suis presque sûre que je vais rester coincée. Je n'ai jamais été trop complexée ou insatisfaite de mon corps, mais je commence à regretter de ne pas avoir les hanches plus étroites et quelques kilos en moins, quand enfin – enfin ! –, je m'arrache de ma prison.

Littéralement. J'ai la hanche droite rouge et à vif, la peau en lambeaux sanguinolents. Je remonte mon jean et tire sur mon tee-shirt puis m'accroupis, occultant la douleur le temps d'inspecter les alentours.

Ce n'est pas étonnant que je me sois gelé les fesses ; les survivants ont établi leur campement à flanc de montagne. Je reste un moment déboussolée et songe que nous sommes peut-être toujours à Boulder, mais les éclairs sur ma peau et la légèreté de l'atmosphère me prouvent que ce n'est pas le cas.

Derrière moi, Sosch couine.

Je me retourne vivement et le ramasse pour l'empêcher de faire davantage de bruit. Des tentes ont été dressées autour de cette cabane, dont cinq dans mon champ de vision. Je suppose qu'il y en a plus de l'autre côté de ma petite prison. Je suis sûre aussi que des survivants montent la garde devant la porte, ou du moins la surveillent.

Je scrute la zone boisée qui s'étend plus loin dans la montagne. Je ne suis vraiment pas habillée pour cette randonnée. Mon jean et mon tee-shirt à manches longues me protégeront mal des éléments, et j'ai déjà les mains engourdies d'avoir creusé la terre froide. J'ai envie de descendre dans la vallée, mais c'est en prenant de la hauteur que je m'éloignerai des survivants.

Sosch grimpe paresseusement sur mes épaules. Je le laisse rester là, puis arrange mes cheveux de façon qu'ils couvrent l'essentiel de mon visage. Une fois les mains rentrées dans mes manches, j'ai pratiquement toute la peau couverte. Sans perdre plus de temps, je me mets à trottiner et m'enfonce sans bruit dans les bois.

Pour être honnête, je ne devrais pas parler de bois. Il s'agirait plutôt de quelques arbres disséminés qui bravent le sol de plus en plus rocailleux. Ils ne me protègent guère du vent ou des regards qui pourraient se tourner par ici, où que se trouve « ici » au juste. Le Royaume compte quatre chaînes de montagnes. Ça pourrait être n'importe laquelle, mais…

Mais Paige et Lee sont dans le campement. Il y a forcément un portail à proximité. Bien entendu, un portail ne me sera d'aucune utilité si je ne trouve pas un fae de confiance pour m'escorter. J'aimerais qu'il y ait un moyen de savoir où je suis et où je vais, mais ce n'est pas le cas pour l'instant. Je n'ai d'autre solution que de mettre le plus de distance possible entre moi et le campement. Quand le soleil se lèvera, j'arriverai peut-être à m'orienter.

Des heures plus tard, le ciel s'éclaircit. J'ai cessé d'escalader la montagne, car je n'en suis plus capable. La pente est trop raide pour que je me hasarde à la gravir sans corde. Dans ces conditions, je risque de me rompre le cou. Je pose Sosch par terre, de peur qu'il tombe ou me fasse perdre l'équilibre. Je suis faible, en partie parce que je n'ai rien mangé ni bu, mais aussi parce que je suis épuisée.

Sosch roucoule et s'élance sur le terrain rocailleux. Puisqu'il emprunte un chemin praticable, je le laisse ouvrir la marche. Même si ça m'embête qu'il soit coincé ici avec moi. En temps normal, il ne le serait pas. Les faes ouvrent des fissures si souvent qu'il peut presque toujours se glisser dans l'Entre-Deux et en ressortir où bon lui semble. J'imagine que se retrouver au milieu de nulle part, c'est l'un des désavantages qu'il y a à s'attacher à un humain.

Je progresse en tâchant de ne pas réfléchir pour ne pas avoir à affronter la réalité : j'ignore si j'ai la moindre chance de rejoindre la civilisation. Le soleil n'a pas encore chassé le brouillard dans la vallée.

Ça ne se dégage qu'à la mi-journée. Alors que je regarde les nuages s'estomper et que j'essaie de déterminer si je suis victime d'hallucinations ou s'il y a réellement une ville en contrebas, Sosch et moi tombons sur un cours d'eau. Il l'a déjà atteint et lape l'eau quand je tombe à genoux à côté de lui.

Au bout de quelques minutes, je dois me faire violence pour arrêter de boire – je vais me rendre malade si je continue –, puis je me retourne vers la ville. Elle est gigantesque et occupe tout le plateau, depuis le pied de la montagne jusqu'à une vaste étendue d'eau…

Sérieusement ?

Je n'hallucine pas, mais ce n'est pas n'importe quelle ville.

— C'est Corrist !

J'ai la voix rauque et faible, mais j'attrape Sosch et le serre contre mon cœur. Il pousse un couinement puis se précipite hors de mes bras. Une fois de retour sur la terre ferme, il lève la tête et me jette ce qui doit être l'équivalent d'un regard noir pour un *kimki*.

— Réjouis-toi, lui dis-je. On ne va pas mourir.

Je n'en reviens pas que les survivants se soient établis si près du palais d'Argent. Lena a envoyé des rebelles les chercher ici, mais ils n'ont rien trouvé. Soit les survivants ont recouru à l'illusion pour dissimuler leur campement, soit ils viennent de s'installer dans ces montagnes. Pour l'heure, je me moque de savoir ce qu'il en est. Avec la brume matinale, la vallée me semblait très lointaine, mais à présent que la vue est dégagée je constate que nous ne sommes pas si haut que je le pensais. Sosch et moi atteindrons peut-être même la ville d'ici la tombée de la nuit.

Revigorée, j'ouvre la marche vers la civilisation.

Chapitre 25

Nous n'arrivons pas à la tombée de la nuit. Nous n'arrivons même pas au matin. Sosch m'abandonne aux environs de midi, et ce n'est qu'une bonne heure plus tard que j'atteins le plateau qui s'étend entre le pied des montagnes et le mur d'argent de Corrist. Le cours d'eau qu'avait trouvé Sosch en a rejoint un autre, puis d'autres encore avant de se jeter dans cette rivière, celle sur laquelle se situe le portail de Corrist.

Je suis trop fatiguée pour me soucier qu'un archer rebelle m'abatte alors que je me fraie un chemin jusqu'au mur. L'air ici est plus chaud, mais je suis toujours engourdie. Si je parviens à mettre un pied devant l'autre, c'est uniquement parce que je ne me suis pas accordé de repos. Si je m'étais arrêtée ne serait-ce qu'une minute, je ne pense pas que j'aurais eu la force de continuer.

Alors que je ne suis plus qu'à une trentaine de mètres du mur, un fae m'interpelle de l'intérieur. Mon esprit est tout aussi engourdi que mon corps, car je n'arrive pas à saisir le sens de ses paroles. Ce n'est que lorsqu'une flèche se fiche dans le sol à mes pieds que je m'oblige à m'immobiliser et à réfléchir.

— Je suis McKenzie.

Je dois m'y reprendre à trois fois pour articuler cette phrase.

Personne ne me répond. Le silence se prolonge pendant de longues minutes. Je ne crie plus ni ne bouge de l'endroit où je me trouve. La flèche qu'ils ont tirée prouve que les faes doutent de ce qu'ils voient.

Enfin, la herse se met en branle. Des éclats de chaos fusent sur les bras de l'humain qui se baisse pour passer en dessous.

— Naito !

Sourire aux lèvres, je me rapproche malgré les faes qui dégainent leurs épées derrière lui. Il a réussi à s'échapper de Boulder. Je me suis fait du souci pour tant de choses que je ne m'étais même pas rendu compte que je m'inquiétais pour lui aussi.

— Ce n'est pas une illusion, dit-il tandis que je me jette à son cou.

Il chancelle, sans doute parce que j'ai du mal à tenir sur mes jambes.

Sans me lâcher les bras, il s'écarte pour m'examiner de la tête aux pieds.

— Que s'est-il passé ? Aren a dit t'avoir vue tomber, et il… Il ne va pas très bien.

Mon cœur cogne douloureusement dans ma poitrine, mais je suis aussi soulagée. Aren est vivant.

— Où est-il ?

— Au palais, dit Naito en me guidant sous le mur d'argent.

Il hèle plusieurs gardes du mur afin qu'ils nous suivent, et tandis que nous traversons la Cité, je lui explique où je me trouvais et où sont installés les survivants. Je ne sais pas où se situe l'endroit, bien entendu, seulement qu'ils sont dans les montagnes qui surplombent la ville et qu'ils sont menés par un fae du nom de Caelar.

Dès que nous entrons dans le palais, mes jambes se mettent à trembler. À présent que je suis en sécurité, c'est comme si elles s'étaient donné le droit de me lâcher. J'ai besoin de m'asseoir et de dormir, mais comme j'ai davantage besoin de voir Aren, je me force à marcher sans écouter les réclamations de mon corps. Je parviens à aller jusqu'aux trois marches qui mènent au jardin de sculptures avant que mes genoux se dérobent sous moi.

— Merde, McKenzie, dit Naito en me maintenant debout.

— Je vais bien.

— Non, tu ne vas pas bien. (Il me lâche mais garde le bras tendu, prêt à me rattraper si je tombe.) Va dans ta chambre. Je vais t'envoyer Aren.

Ça me semble une idée géniale, maintenant qu'il le dit et que je sais que je n'ai plus assez d'énergie pour chercher Aren moi-même. Au lieu de suivre Naito dans le jardin de sculptures, je tourne donc à gauche et reste sous l'arcade. Ce n'est que lorsque j'arrive dans l'aile résidentielle que je me souviens que je vais devoir monter pour rejoindre ma chambre. J'ignore comment je vais m'en sortir, mais je m'avance vers l'escalier.

Et m'arrête net.

Aren est là, assis sur une marche à mi-hauteur avec Sosch dans les bras. Les yeux d'Aren sont fermés. Le front appuyé contre celui du *kimki*, il murmure quelque chose que j'ai du mal à comprendre. Comme Sosch est devant lui, je ne distingue que la moitié de son visage, mais il est clair qu'il souffre, plus que je ne l'ai jamais vu souffrir jusqu'ici. Il a l'air défait, et sa façon de se tenir voûté me brise le cœur. Le cri qu'il a poussé en m'appelant près du complexe de

Nakano me revient en mémoire, et je comprends que je ne pourrai plus jamais le laisser souffrir comme ça.

— Aren, je lance en posant une main sur la rampe.

Il lève la tête.

Nos regards se croisent.

Il blêmit comme s'il venait de voir un revenant, et je rassemble toutes mes forces pour gravir la première marche. J'ai besoin de refermer la distance entre nous, de le toucher, le goûter, lui dire que je veux rester avec lui pour toujours.

Je gravis une autre marche.

Il repose Sosch. Alors que je ne l'aurais pas cru possible, il devient encore plus pâle. Je me demande même s'il respire, jusqu'à ce qu'il prenne enfin une longue et profonde inspiration.

Puis ça dégénère. Ce n'est pas du soulagement ou de l'allégresse que je lis sur son visage, mais de la fureur. Il lâche un juron en dégainant son épée, et c'est à ce moment-là que je comprends mon erreur. Les faes ne croient pas aux revenants ; ils croient aux illusions.

Merde.

Il fond sur moi avant que j'aie eu le temps de lui expliquer et empoigne mon tee-shirt. S'il était dans son état normal, il se rendrait compte que l'acte de me toucher aurait dû rompre l'illusion, mais il est en proie à une rage aveugle. Il ne m'écoute pas.

Au lieu d'essayer de me dégager, je me rapproche de lui et parviens à plaquer la main sur son cou. Dieu merci, mes éclats de chaos réagissent instantanément. Je vois l'étincelle de chaleur s'allumer dans ses yeux. Il s'immobilise.

— McKenzie ?

Il s'étrangle. Son regard exprime son trouble. Il m'a vue basculer dans le vide. Il m'a crue morte durant presque quarante-huit heures.

— Je ne suis pas une illusion, dis-je.

Il touche mon visage d'un geste tendre, hésitant.

— McKenzie. *Sidhe*, j'ai cru…

Il ne termine pas sa phrase. À la place, il m'embrasse avec une fougue qui me coupe le souffle, en murmurant mon nom inlassablement. Il fait courir ses mains sur mes épaules et le long de mes bras. Il les referme sur mes hanches, puis en plaque une dans mon dos, comme s'il doutait toujours de mon existence. Je pose la main sur sa nuque et l'embrasse plus fort pour lui prouver que je ne suis pas un rêve.

Je voudrais continuer à l'embrasser, à le toucher, mais Aren presse ses lèvres contre les miennes une dernière fois puis s'écarte d'un demi-pas. Il me regarde, presque comme s'il pensait que ses mains lui jouent des tours. Il lui faut s'assurer de ses yeux que je suis en vie à présent, et il m'examine en détail. Le soulagement que je cherchais plus tôt se manifeste dans son regard. Même s'il ne chasse pas totalement les ombres de sa douleur.

— Je t'ai vu au bord de la falaise, lui dis-je. Je t'ai entendu crier mon nom, et ça m'a tuée.

Je l'enlace et l'attire de nouveau près de moi pour poser la tête sur son épaule. Il est chaud et délicieusement ferme.

— J'ai essayé d'attirer ton attention, mais Tylan me tenait. Il…

Je lève la tête.

— Il m'a emmenée au campement des survivants. Il se trouve dans les montagnes de Corrist. (Je reprends mon souffle avant de poursuivre.) Je l'ai dit à Naito... Paige est là-bas. Un fae du nom de...

— Non, chut. (Il effleure mes lèvres d'un doigt.) À moins que les survivants ne projettent d'attaquer le palais dans l'heure, je ne veux pas entendre de rapport. Tu fais toujours passer le Royaume avant toi. C'est terminé, maintenant.

Sur ces mots, il me soulève dans ses bras. C'est soudain et inattendu, mais je m'accroche à lui d'instinct. Il gravit les dernières marches et me porte à ma chambre.

À ma salle de bains. Il ouvre le robinet d'un coup de pied, et la baignoire ronde et carrelée commence à se remplir. Lorsque Aren me repose, je me retiens au tuyau noir qui monte jusqu'au plafond. Il y a un réservoir d'eau là-haut. Un employé du palais le remplit à chaque fois qu'on le vide.

— Ne le prends pas mal, dit Aren en m'examinant, mais on croirait que tu as traversé la Désolation.

« Traverser la Désolation », une région du Royaume où aucun fae ne peut ouvrir de fissure, est une expression qui signifie en gros que je ne ressemble à rien, et le mot est faible. J'ai de la terre incrustée sous les ongles, les manches de mon tee-shirt gris sont déchirées et striées de taches brunes et noires, et les *edarratae* qui étincellent sur ma peau paraissent ternes sous l'épaisse couche de crasse. Je préfère ne pas penser à l'état dans lequel doivent être mes cheveux.

— Seigneur, pas étonnant que tu aies essayé de me tuer.

Je cesse de le toucher et m'écarte.

Avec un petit rire, il m'attire de nouveau près de lui.

— Je n'étais pas dans mon état normal. Même comme ça, j'ai envie de toi.

Un million d'éclats de chaos se bousculent dans mon ventre, et lorsqu'il m'embrasse cette fois, je perds la tête. Plus rien n'a d'importance en dehors de lui, de nous, de cette façon qu'il a de me faire sentir que je suis tout pour lui. Au cours de ce dernier mois, il est devenu tout pour moi.

Il m'enlève mon tee-shirt par la tête, prend mon visage entre ses mains et me dévore des yeux. Des *edarratae* bondissent frénétiquement de ma peau à la sienne, et je décide à cet instant-là que je ne le laisserai jamais partir.

— Je ne t'ai jamais dit à quel point ça a été difficile, murmure Aren dans mon cou. (Il dépose un baiser sur mon épaule nue, juste à droite de la bretelle de mon soutien-gorge.) De me retenir de te toucher à Cleveland.

Cleveland? Il y a trop de pensées qui tourbillonnent dans ma tête, trop de sensations qui m'ébranlent pour que je saisisse le sens de ses paroles.

— Tu m'avais fait peur. (Il glisse les mains entre nous et déboutonne mon pantalon.) Je n'étais pas certain que tu te réveillerais jusqu'à ce que je te plonge dans la baignoire.

— Ohh.

J'avais eu l'intention que ce « oh » soit silencieux, mais juste au moment où je comprends qu'il fait allusion au refuge où il m'a emmenée après l'Allemagne, il mordille le lobe de mon oreille. Mon corps entier s'embrase.

Je le sens sourire dans mon cou, et je succombe d'autant plus. Je n'imaginais pas ça possible, mais le rendre heureux me comble de bonheur, et je n'aspire qu'à le faire sourire.

Le faire sourire, gémir et trembler sous mes caresses.

C'est ce qui se produit quand je commence à déboucler sa ceinture. Il pose alors la main gauche sur la mienne, et me touche la joue de la droite.

— Là encore, ne le prends pas mal, dit-il d'une voix tendue. Mais je vais quitter cette pièce.

Sa façon de faire glisser mon pantalon sur mes hanches suggère le contraire. Je retire mes chaussures et le laisse me déshabiller, jusqu'à ce qu'il ne me reste plus que mon soutien-gorge et ma culotte. Il reste agenouillé devant moi assez longtemps pour que je cède à la tentation de passer la main dans ses cheveux déjà ébouriffés. J'aime comme ils sont sauvages, à son image.

— Aren, dis-je.

J'avais l'intention de l'encourager, de lui dire que tout va bien, que je ne l'arrêterai pas et que j'ai envie de lui, mais ma voix est aussi tendue que la sienne, et lorsqu'il fait courir ses mains sur mes cuisses, je ne parviens pas à articuler un mot de plus. Mes muscles tremblent. C'est à peine si je tiens debout.

Mais ensuite, il se redresse et me soulève vivement pour me mettre dans la baignoire.

La morsure de l'eau glacée sur mes mollets m'arrache un cri étouffé.

— *Sidhe*, marmonne-t-il. Désolé.

Une main sur ma hanche, il se penche pour plonger l'autre dans l'eau. Elle se réchauffe aussitôt.

Je hausse un sourcil lorsqu'il se relève, puis dis :

— C'est une façon comme une autre de me refroidir.

Ma remarque le fait rire, et mon cœur s'emballe à la vue de son sourire et à l'éclat de ses yeux argentés.

— Ouais, je… (Il se racle la gorge et me lâche la hanche.) Ça va aller ? Je resterais bien pour t'aider, mais je ne pourrai pas éviter de te toucher, et si je te touche une seconde de plus… Je crois que tu as davantage besoin de repos que de moi pour l'instant.

Ça, c'est très discutable.

— Je vais t'apporter quelque chose à manger.

Ou peut-être a-t-il raison. Maintenant qu'il en parle, mon estomac décide de me rappeler que je n'ai rien mangé depuis presque deux jours. Et ce n'est sans doute pas une mauvaise idée de me reposer avant que je… avant que nous…

Seigneur, j'ai vraiment envie d'être avec lui.

Il me décoche l'un de ses petits sourires en coin, et à son regard et sa posture, je sens à quel point ça lui coûte de s'en aller.

Et alors qu'il referme la porte de la salle de bains, je me rends compte que c'est encore une chose que j'adore chez lui. J'aime qu'il ait autant besoin de moi que moi de lui. Kyol m'a toujours donné l'impression que ça ne lui coûtait rien de me quitter…

Kyol.

Je manque de glisser dans la baignoire.

Il est le *garistyn*, le régicide. Je ne pense pas que Tylan mentait quand il disait que c'est l'une des raisons pour lesquelles les hauts nobles n'accordent pas leur soutien à Lena. Quelle qu'ait été leur opinion d'Atroth, ils n'apprécient pas qu'on l'ait tué. Je n'avais juste jamais pris conscience de l'étendue de leur mécontentement.

Les mains tremblantes, je me débarrasse de mes sous-vêtements. J'ignore si je tremble parce que je suis faible et affamée, ou si c'est parce que j'ai peur. J'essaie de me convaincre que Kyol ne risque rien. Lena a besoin de lui, et il est de son devoir de le protéger. Mais je le connais trop bien. Il est beaucoup trop noble pour laisser cette situation se prolonger longtemps. Il se rendra parce que c'est le mieux pour le Royaume, et parce qu'il culpabilise de ne pas avoir trouvé le moyen de sauver son roi.

À présent que je suis nue, je m'allonge dans la baignoire et laisse l'eau chaude me submerger. Si Kyol n'a pas déjà révélé qu'il est le *garistyn*, c'est uniquement parce que ce n'est pas le bon moment. Il attendra d'avoir la certitude que la couronne du Royaume est acquise à Lena. Puis il laissera les hauts nobles le tuer.

Je serre les poings. Je ne permettrai pas que ça se produise.

Chapitre 26

Je n'ai pas l'intention de m'endormir, mais sortir de la baignoire et enfiler un pantalon fae et un haut ample et doux me vide de mes dernières forces. Quand je m'étends sur mon lit, je sombre et suis aspirée dans deux séries différentes de rêves.

Les premiers sont mes rêves habituels. Ils sont sombres et terrifiants, et j'y retrouve bon nombre de mes ennemis. Le visage de Thrain est omniprésent, comme toujours. Il est le fae qui m'a entraînée dans ce monde. Il m'a fait du mal. Il a tout mis en œuvre pour que je le craigne. Mais j'en crains d'autres aussi, à présent. Micid, le *ther'rothi* capable d'arpenter l'Entre-Deux. Radath, le seigneur général du roi, qui aurait préféré me voir violée et brisée dans un *tjandel* que de me laisser l'aider à traquer les ennemis des faes de la Cour. Et il y a un troisième visage à présent, que j'ai du mal à distinguer parmi les ombres. J'essaie de le faire correspondre à celui de Caelar ou de Tylan. Je passe même en revue plusieurs autres impurs que j'ai traqués au fil des années, mais aucune de leurs silhouettes ne colle.

Je ne suis pas certaine que j'aurais survécu à la première série de rêves s'il n'y avait pas eu la seconde. Aren figure dans chacun d'eux, me tenant, me touchant, m'embrassant. Parfois nous sommes dans le Royaume, et mes éclairs blancs s'enroulent autour de nos corps. D'autres fois, nous sommes dans mon monde. Il me coupe le souffle contre un mur de briques à Londres, ou bien j'embrasse chacun de ses éclats de chaos sur le Las Vegas Strip. Et de temps à autre, nous nous retrouvons entre deux mondes et faisons l'amour tandis que nous disparaissons dans une bande de lumière blanche aveuglante.

Je m'accroche à chaque instant passé avec Aren aussi longtemps que possible, mais quelle que soit la série de rêves dans laquelle je suis piégée, je me tourne et me retourne dans mon lit jusqu'à ce que je sente un corps chaud me presser contre lui.

Aren chuchote à mon oreille pour que je me détende. Ce n'est qu'une fois enveloppée dans son odeur de cèdre et de cannelle que je parviens réellement à dormir.

Des heures plus tard, Aren s'agite.

Je me blottis plus près de lui. Je me sens bien, à mon aise. J'ai envie de ça tous les matins.

— Désolé, murmure-t-il. Je ne voulais pas te réveiller.

— Je suis réveillée depuis un moment.

Je lui prends la main et mêle mes doigts aux siens.

— Tu as dormi un moment, dit-il.

— Combien de temps ?

— Un peu plus d'une demi-journée. (Il me frotte la paume du pouce.) Tu as manqué le dîner et le petit déjeuner. Encore une heure et tu manqueras aussi le repas de midi.

Il enfouit le visage dans mes cheveux.

— Tu sens meilleur.

Je souris, puis roule sur le dos pour le regarder. Je ne l'ai pas vu si détendu et heureux depuis un moment, et sûrement pas depuis que nous occupons le palais. Le rôle du rebelle qui perturbe les plans du roi lui convenait mieux ; ce n'est pas tout à fait aussi simple de garder la reine potentielle du Royaume au pouvoir. Mais j'ai toujours su que ce n'était pas un conte de fées. Tout aurait été parfait dès l'instant où nous avons évincé le roi sinon.

J'emplis mes poumons de son odeur, puis fais courir mes doigts sur sa mâchoire volontaire. Je lui ai pardonné d'un baiser quand nous étions au complexe de Nakano. Quand j'étais prisonnière des survivants, j'ai pris conscience que j'aurais dû mettre des mots sur mes sentiments. J'aurais dû lui signifier clairement que je suis sienne pour toujours.

C'est donc ce que je fais à présent.

—Je suis tombée amoureuse de toi, lui dis-je.

Il hausse un sourcil et me décoche l'un de ses sourires en coin.

—À l'instant ?

—Non, il y a 16,6 secondes.

Je lui donne un petit coup à l'épaule. En riant, il m'attire plus près de lui.

—Je ne sais pas quand, dis-je. Peut-être quand tu m'as donné le collier de diamants.

—Ah, dit-il d'un air sérieux. J'ai toujours entendu dire qu'on pouvait appâter les humaines avec des cailloux qui brillent.

Mon sourire s'agrandit.

—Que tu es charmant, aujourd'hui.

—N'est-ce pas ?

Il dépose un baiser sur ma tempe. Je le sens frissonner lorsqu'un de mes éclats de chaos bondit sur ses lèvres.

Il s'assoit. Déglutit. L'argent de ses yeux est sombre et vaporeux.

— Tu devrais manger maintenant, dit-il, et sa voix rauque m'envoie une décharge de chaleur dans tout le corps. Tu vas avoir besoin d'énergie.

Je suppose d'abord qu'il veut dire que Lena va avoir besoin de mon don de double vue ou de mes talents de diseuse d'ombres, mais le regard qu'il fixe sur moi lorsqu'il porte ma main à ses lèvres me détrompe. Il me chatouille la paume du bout de la langue avant de me relâcher. Puis il prend un plateau de pain et de viande sur la table de chevet et le pose entre nous, comme si c'était la seule chose qui pouvait le tenir éloigné de moi.

La température de ma chambre grimpe soudain. Pour me détourner de la sensation délicieuse qui me tiraille le bas-ventre, je prends un morceau de pain et dis :

— Je suis étonnée que Lena ne soit pas en train de tambouriner à ma porte.

— Elle a rendez-vous avec Lorn, dit Aren. Tiens.

Il me tend un verre rempli d'un liquide rouge foncé.

— Du *cabus* ? je demande.

— Oui, *nalkin-shom*, dit-il avec un sourire en coin.

Je grimace en approchant le verre de mes lèvres, puis bois. Ça a vraiment un goût atroce, mais ça m'aidera à me sentir mieux.

— Lena a décidé de laisser Lorn revenir au palais ? je demande en reportant mon attention sur l'assiette pour déterminer quel aliment fera le mieux passer le goût du *cabus*.

Aren cale un oreiller entre mon dos et le mur.

— Pour un temps seulement. Il continue à causer des difficultés. Il nous aide de moins en moins chaque jour.

— Il préférerait coopérer avec une bande de joyeux drilles qu'avec une reine potentielle.

— Une bande de quoi ?

— Laisse tomber.

Je prends les pinces à côté de l'assiette. Elles sont en bois et ressemblent aux baguettes pour enfants des restaurants chinois, mais ce sont des couverts normaux pour les faes. Je m'en sers pour saisir le morceau de viande sombre et filandreuse posé au bord de l'assiette. Je crois que c'est de la *brive*. Si j'ai raison, c'est délicieux, même si ça n'a pas du tout l'air appétissant.

— Naito a parlé à Lena ? je demande.

Puis je manque de m'étouffer en avalant la chose filandreuse. Non, ce n'est pas de la *brive*.

— En effet, dit Aren.

Et j'oublie au ton de sa voix le goût horrible que j'ai dans la bouche. Il est raide et sur ses gardes, presque comme s'il s'attendait à ce que je l'agresse.

— Tu es au courant pour Caelar, dis-je.

Et pour Brene, j'ajoute pour moi-même. Aren crispe nerveusement la mâchoire, ce qui revient à confirmer mes dires.

Je lui adresse un sourire pincé, puis prends une tranche de fromage. Au bout de quelques secondes, Aren se détend un peu en comprenant que je n'ai pas l'intention de revenir sur son passé.

— Il a fait de cette guerre une affaire personnelle, dit Aren.

Je hoche la tête.

— C'est pour ça qu'il refuse de négocier avec Lena. Il veut ta mort.

Je prends une autre bouchée de la tranche de fromage à pâte molle, puis ajoute :

— Il pense que tu es le *garistyn*.

— Caelar t'a parlé de ça.

Sa voix est monocorde.

— En effet, dis-je sur le ton qu'Aren a employé plus tôt. Je ne laisserai pas Kyol mourir.

Il m'adresse un sourire mièvre.

— Je sais.

Il reprend le verre de *cabus* que j'avais mis de côté pour me le tendre, mais manque de le lâcher quand quelqu'un se met à marteler la porte. Il se lève aussitôt, et s'apprête à saisir l'épée appuyée contre le mur quand Trev lance :

— *Lena veut te voir.*

Aren laisse retomber la main sans toucher son épée. Il me regarde et ne dit rien. Quoi, il compte faire semblant de ne pas être là ?

Trev recommence à tambouriner.

— *Elle m'a ordonné d'enfoncer la porte si tu n'ouvres pas.*

Aren laisse échapper un soupir en maugréant.

— Elle veut sans doute en savoir plus au sujet des survivants, lui dis-je en reposant le plateau et en me levant.

Avec réticence, il attache sa ceinture autour de sa taille. Alors qu'il est sur le point de tendre la main vers la porte, il s'arrête et se retourne pour me regarder.

— Je sais que je ne peux pas t'interdire de nous aider, mais promets-moi d'être prudente.

— Promets-moi de ne pas être inconscient, je réplique.

— Je ne suis jamais inconscient.

Il sourit, mais ce n'est que pour masquer son inquiétude. Nous savons tous deux comme il serait facile de perdre l'autre.

Il ouvre la porte. Trev est là, le poing levé, prêt à frapper de nouveau.

— *Tu n'aurais pas pu la retarder ?* demande Aren.

— *Je l'ai retardée*, dit Trev d'un air presque offensé.

Je pense qu'Aren disait ça pour l'embêter, car il donne à Trev une tape fraternelle sur l'épaule en passant.

— *Avoir affaire à Lorn la rend irritable, je sais.*

— *Elle est dans la salle des miroirs*, nous lance Trev.

Aren lui répond d'un signe de la main, qu'il pose ensuite au creux de mes reins.

— Pars donc devant. Taltrayn va vouloir entendre ce que tu as à dire, et je veux que Naito soit là aussi. Je vais les emmener tous les deux à la salle.

Je hoche la tête, mais avant qu'il parte, je demande :

— Est-ce que Shane a fini par revenir ?

L'expression d'Aren me donne la réponse. Mon cœur se serre. Lena a chargé des rebelles de le retrouver, mais Londres est une ville immense. S'il n'est pas au portail ou près de la boîte de nuit, ils ne vont pas tomber sur lui par hasard.

— Je devrais partir à sa recherche, dis-je. Il a peut-être laissé un message à l'hôtel, ou pourrait être dans un hôpital de Londres.

Ou dans une morgue de Londres, mais je préfère ne pas m'attarder sur cette pensée.

Aren me prend la main et dépose un baiser au creux de ma paume.

— Je te ramènerai à Las Vegas une fois qu'on aura parlé à Lena.

Il me laisse sur ces mots, et je me rends seule à la salle des miroirs. Je n'y suis jamais entrée, mais je suis déjà passée devant une ou deux fois quand les portes étaient ouvertes. Atroth n'en autorisait l'accès qu'aux membres de son cercle privé, qui se limitait à quelques hauts nobles, son seigneur général, son maître d'armes et de rares autres faes privilégiés. Elle n'était en tout cas pas ouverte aux humains.

Elle se trouve au même étage que ma chambre, mais l'aile résidentielle du palais est coupée de l'aile nord, qui regroupe la salle du trône, les bureaux de l'administration et les appartements de Lena. Je dois descendre une volée de marches et emprunter un couloir parallèle au jardin de sculptures. Après avoir traversé l'antichambre qui passe devant la salle du trône, j'arrive à un autre escalier. Celui-là est travaillé, avec sa rampe en argent et ses marches en marbre blanc poli. Alors que je suis à mi-hauteur, je vois Lorn commencer à descendre.

— Ah, tu es donc bien vivante, dit-il, son visage s'éclairant de plaisir.

Du moins, je crois que c'est du plaisir. J'ai toujours du mal à savoir quand Lorn est sarcastique.

— J'ai toujours pensé que les humains étaient de petites choses fragiles, mais tu es vraiment résistante.

— Bonjour, Lorn, dis-je en m'écartant sur la droite pour le contourner.

— Il vaudrait peut-être mieux que tu reportes ton rendez-vous avec Lena, dit-il. Elle est d'humeur massacrante.

— Je suis sûre que tu t'es donné de la peine pour lui remonter le moral, je marmonne.

Il pose une main sur son cœur comme si je l'avais blessé.

— Bien sûr que oui. Je n'y peux rien si elle en attend autant de moi.

Je m'arrête sur la marche où il se trouve.

— Tu sais qui est le meneur des survivants ?

Il me décoche son sourire le plus charmeur.

— Je sais tout, ma chère.

Ou il fait semblant, du moins. Même si dans le cas présent, je pense qu'il sait vraiment. Si ce n'était pas le cas, je soupçonne qu'il essaierait de m'extorquer l'information. Pas étonnant que Lena soit en colère après lui. Il refuse de nous livrer les détails dont nous avons besoin pour mettre un terme à cette guerre. Qui sait ce qu'il nous cache encore.

— Au revoir, Lorn.

— Passe une excellente journée, *nalkin-shom*, me lance-t-il.

Je lève les yeux au ciel. J'aimerais apprécier Lorn, mais j'ai parfois du mal à croire qù'il a un cœur sous son masque d'indifférence.

Je gravis les dernières marches puis me rends à la salle des miroirs. Des centaines d'orbes en verre miniatures éclairent la pièce. Suspendus au plafond, ils diffusent leur lumière bleue et blanche sur toute la longueur de la pièce. Lena est la seule personne à l'intérieur. Elle se tient debout à côté d'une longue table en bois, les mains croisées derrière le dos. Elle ne regarde pas en direction de la porte, mais je pense qu'elle aperçoit mon minuscule reflet dans le miroir en face d'elle.

— Je te tuerai si tu fais du mal à Aren, dit-elle sans se retourner.

C'est une menace en l'air, mais je lui dis :

— Je ne lui ferai pas de mal.

Je suis sincère.

Un fae s'introduit dans la salle par un interstice rendu presque invisible du fait des miroirs aux cadres dorés qui ne sont pas loin d'occuper chaque centimètre carré des murs. Il apporte un plateau en argent avec deux bouteilles et un assortiment de fromages et de fruits. La plupart de ces derniers sont coupés en cubes et nappés d'une sorte de glaçage. Le fae pose le plateau, puis demande à Lena si elle désire autre chose. Sans lui adresser un regard, elle se contente de secouer la tête.

Après le départ du fae, je dis :

— Tu devrais être plus aimable avec le personnel de service.

Je m'attends à ce qu'elle me rétorque que les domestiques sont en dessous de son rang, ou me serve une autre remarque classique et détestable du noble qui méprise les petites gens, mais elle se laisse tomber dans un fauteuil.

— Je sais, dit-elle. (Elle relâche son souffle et se voûte.) Mon frère me manque.

Comme elle a les yeux rivés sur le plateau en argent, elle ne me voit pas écarquiller les miens. Elle me fait des confidences ? Comment suis-je censée réagir à ça ? Non seulement je suis nulle pour les discussions entre filles, mais c'est de Lena qu'il s'agit. En principe, elle me tolère uniquement parce qu'elle a besoin de mon don de double vue et de mes talents de diseuse d'ombres.

— Il saurait comment s'y prendre avec les hauts nobles, lui, dit-elle.

— Il ne serait pas confronté au problème de devoir les convaincre qu'une femme peut s'asseoir sur le trône d'argent.

— C'est vrai.

Elle lève la tête, et je crois lire du soulagement dans son regard. Je la comprends. C'est comme si elle passait chaque seconde de sa vie sur scène à présent. Elle ne peut pas se permettre de manquer d'assurance en public. Il faut que ses partisans aient foi en elle. Les hauts nobles ne doivent pas sentir sa détermination faiblir. Elle ne devrait même pas flancher devant moi, mais je ne la juge pas. Elle est épuisée.

— Les survivants t'ont laissée partir ? demande Lena en prenant un fruit en forme de pomme.

Je tire la chaise en face d'elle et m'assois.

— Paige m'a laissée partir.

— Naito nous a dit pour le sérum, dit-elle. Qu'il était mortel. Je suis désolée.

Mon estomac se noue. J'ai du mal à me faire à l'idée que Paige est mourante. Elle semblait en parfaite santé.

— Les survivants vont-ils se servir du sérum ? demande-t-elle.

— Paige dit que non. Ils savent qu'il est mortel à présent, eux aussi.

— Elle se fie à eux ?

Je hoche la tête.

— Et elle dit que ce ne sont pas les survivants qui ont tué les humains doués de double vue à Londres.

Lena redresse vivement la tête.

— Il est clair que ce n'est pas nous qui les avons tués.

— J'ai réfléchi…

Je reprends mon souffle, et espère que je ne cherche pas seulement à justifier le fait que Paige a sympathisé avec les survivants.

— Peut-être qu'une tierce personne est impliquée dans cette histoire. Peut-être que nous nous trompons de cible.

Le fruit qu'elle fait tourner dans sa main reflète la lumière bleue et blanche des orbes éclairés par magie et suspendus au-dessus de nos têtes.

— Serait-ce mal de le souhaiter ? Si un impur essayait de s'emparer du trône, je pense que je pourrais convaincre les hauts nobles de m'accorder leur soutien.

— Avant que je parte pour Londres, dis-je, tu m'as parlé d'un moyen de pression. Ça n'a pas fonctionné ?

Lena part d'un petit rire caustique.

— C'est moi qui ajourne le vote à présent, dit-elle en reposant le fruit comme si elle avait perdu l'appétit. Il me manque au moins une voix. Je pensais avoir l'appui du seigneur Hison après que tu as lu les ombres à Rhigh, mais il nous accuse d'avoir provoqué la rixe au portail.

— Ça a commencé bien avant qu'Aren et moi nous y rendions.

— C'est ce que j'ai dit à Hison, dit-elle. Mais les siens n'ont de cesse de parler de l'humaine qui peut invoquer la foudre et marcher sans crainte au milieu d'une foule de faes déchaînés.

— On dit que la *nalkin-shom* est intouchable.

C'est Aren qui s'avance dans la salle avec Naito.

Ça ne me fait vraiment pas rire.

— C'est ta faute.

— En majeure partie, dit-il avec un sourire insouciant.

C'est à la fois agaçant et terriblement séduisant.

Naito s'assoit près de Lena, mais Aren vient se placer de mon côté. Il prend l'une des deux bouteilles posées sur le plateau en argent au centre de la table et l'ouvre.

— Où est Taltrayn ? demande Lena.

— Au mur d'argent, dit Aren en saisissant l'un des verres vides. Quand il rentrera, l'un des soldats lui demandera de venir nous rejoindre.

— Il est au courant pour Caelar ? je demande en regardant Aren verser un liquide rouge dans le verre.

Encore du *cabus*, je suppose.

Lena croise les bras sur la table.

— Oui. J'ai parlé de Caelar quand je lui ai dit que tu étais toujours vivante.

« *Toujours vivante* ». Merde. Je me suis surtout inquiétée pour Aren quand les survivants m'ont capturée car c'est lui qui a vu l'illusion de ma mort, mais la nouvelle n'a pas dû laisser Kyol de marbre. Il m'a dit lui-même qu'il tient à moi et qu'il éprouve toujours le besoin de me protéger.

Aren repose la bouteille de *cabus* avec un petit bruit sec, puis fait glisser le verre dans ma direction sans lever les yeux de la table.

— Il a pu t'en apprendre plus sur Caelar ? je demande.

Lena me scrute un instant de ses yeux argentés avant de répondre.

— Taltrayn le respecte. Il dit que Caelar est calme, charismatique et calculateur. Mais nous détenons son point faible dans une pièce souterraine.

— Brene, dis-je, et je comprends la réflexion qu'a eue Paige avant de me quitter à présent. On devrait la laisser partir.

Lena hausse un sourcil.

— Tu veux parler à Caelar, non ? je demande. C'est une preuve de bonne foi. Dis-lui que tu laisseras partir Brene s'il accepte de te rencontrer.

— Brene a beau être *tor'um*, dit Lena, elle reste dangereuse. Elle sait se battre, et elle détient des informations au sujet des survivants.

— Des informations qu'elle ne nous livre pas, ajoute Aren à voix basse.

Les faes ne croient peut-être pas aux revenants, mais il y a des ombres dans son regard. Est-ce parce qu'il l'a rendue *tor'um* ? Ou parce qu'il n'a pas réussi à sauver le père de Lena ?

Je serre le verre de *cabus* entre mes deux mains.

— Taltrayn lui a posé des questions, me dit Aren. Personne ne lui fait de mal. Nous prenons soin d'elle.

Il a mal interprété mon inquiétude ; je n'étais pas en train de m'imaginer qu'ils maltraitaient Brene.

Lena pousse un soupir.

— Nous inspecterons de nouveau les montagnes.

— Ce n'est peut-être pas leur seul campement, avance Naito. (Il se penche pour prendre une tranche de fromage sur le plateau, puis la met dans sa bouche.) Et ils l'ont sans doute déserté dès qu'ils se sont aperçus de la fuite de McKenzie.

Je reste d'avis qu'ils devraient laisser Brene partir, mais je m'abstiens d'exprimer le fond de ma pensée une seconde fois. À la place, j'étudie la surface écarlate du verre de *cabus* que je tiens à la main, et quelque chose m'interpelle dans un coin de mon esprit.

Aren tire la chaise à ma droite et s'assoit.

— Nous devons convaincre Hison de voter pour toi. Une fois que tu seras nommée reine, les partisans de Caelar l'abandonneront. Il ne renoncera pas à sa guerre, mais il ne représentera plus une menace pour toi.

— Non, juste pour toi, dit Lena avec amertume.

J'ai toujours les yeux rivés sur mon *cabus*. Si je ne savais pas ce que c'était, je le prendrais pour du vin rouge.

— Tu es plus importante que moi, dit Aren. Sans compter que je suis parfaitement capable de me défendre seul.

— Il doit être tué ou capturé, réplique Lena. Je ne tolérerai pas qu'il complote la mort de mon maître d'armes.

La conversation se poursuit. Je sais que je devrais m'inquiéter de la sécurité d'Aren – et c'est le cas –, mais je reste sourde à leurs paroles. Sara tient une boutique de vin destinée aux gens qui ont des goûts de luxe. Lorn lui achète du vin. Il le ramène dans le Royaume pour le vendre.

— McKenzie ?

Aren fronce les sourcils. Il doit voir quelque chose sur mon visage.

Je regarde Lena.

— Comment m'avez-vous trouvée ?

— Que veux-tu dire ? demande-t-elle, perplexe.

— Vous m'avez trouvée sur mon campus. Comment avez-vous su que j'étais là ? Qui vous a appris mon nom ?

Les rares faes de la Cour qui connaissaient mon nom et savaient où je vivais sur Terre avaient tous l'entière confiance de Kyol et du roi Atroth. Quand les rebelles m'ont trouvée, nous étions surpris qu'ils soient parvenus à découvrir qui j'étais.

— Une lettre est arrivée, répond Aren. Elle nous révélait ton nom et celui de ton école.

— Elle était anonyme ? je demande.

Il hoche la tête.

— Comme la note anonyme qui t'a appris que j'étais à Nashville ?

De nouveau un hochement de tête.

— Et comme la lettre qui nous a informés que Paige était à Londres.

Mon cœur s'emballe.

— Nous recevons des dizaines de tuyaux chaque jour, ajoute Lena. C'est comme ça que nous obtenons la moitié de nos informations.

— La plupart des citoyens qui veulent nous aider ont peur des représailles en cas de victoire de l'autre camp, explique Aren.

— McKenzie, dit Lena, à quoi penses-tu ?

Il est clair qu'elle ne comprend pas où je veux en venir – les autres non plus, d'ailleurs –, mais plus j'y réfléchis, plus ça me paraît logique. Atroth était un roi puissant. Sethan avait de nombreux partisans, mais ils ne se manifestaient pas. Si nous sommes parvenus à assiéger le palais, c'est uniquement parce Kyol nous a aidés. Il nous a indiqué les brèches dans les défenses des faes de la Cour. Les rebelles se sont infiltrés à l'intérieur et ont assassiné quelques gardes ciblés afin de permettre à Lena de faire entrer un contingent entier de ses partisans. Les rebelles ont dû mener toutes leurs opérations dans l'ombre, car ils ne pouvaient pas rivaliser avec les faes de la Cour d'Atroth sur un champ de bataille. Ces dix dernières années, pas un seul fae n'a été de taille à se mesurer à eux, même les plus charismatiques.

— Kyol m'a juré qu'Atroth n'a jamais communiqué mon nom aux miliciens, leur dis-je. C'est peut-être effectivement le cas. Mais un autre s'en est chargé. C'est aussi lui qui s'est arrangé pour que Paige et moi nous retrouvions à Londres au même moment et soupçonnions le camp adverse d'avoir massacré les humains doués de double vue. Cet individu tire les ficelles et nous pousse à nous entre-tuer. À nous affaiblir mutuellement.

— Afin de pouvoir intervenir et de s'emparer du palais, dit Aren.

— À moins que ce soit simplement quelqu'un qui souhaite que la guerre dure. Elle lui est profitable. Ça l'amuse, même. Je pense qu'il s'agit de Lorn.

Un long silence accueille ma déclaration. Je baisse de nouveau les yeux sur mon verre de *cabus*. Je n'ai pas envie de croire qu'il s'agit de Lorn. J'aimerais mieux me dire qu'il est quelqu'un de bien malgré son égoïsme apparent, mais il ne nous a pas aidés depuis que nous occupons le palais. Même s'il se peut que je me méprenne sur son compte. Après tout, je me suis bien méprise sur celui de Kavok.

— Il a perdu Kelia dans cette guerre, dit Lena, brisant le silence. Ils étaient unis.

— Lorn a payé des faes pour la protéger, dit Aren. Elle aurait dû être en sécurité.

— Il voulait rompre l'union.

La voix de Naito est calme et glaciale. Figé dans une immobilité de marbre, il ne détourne pas un instant le regard du centre de la table. Je déteste le voir souffrir.

— Lorn t'a donné un tuyau anonyme pour que vous puissiez me retrouver à Nashville. C'est comme ça qu'il fonctionne. As-tu retrouvé la même écriture sur d'autres lettres que tu as reçues ?

— Je ne sais pas, dit-elle. Elles sont arrivées à plusieurs mois d'intervalle.

Évidemment, ça aurait été trop simple. Je balaie la salle du regard dans l'espoir de trouver l'inspiration, une idée qui prouverait de façon concluante que Lorn manipule les choses en coulisse, mais les miroirs ne me fournissent pas de réponses.

— J'ai traqué Aylen à Eksan, je murmure, surtout pour moi-même.

Elle était une « associée d'un associé », d'après Lorn. Ce n'est peut-être pas qu'une simple coïncidence qu'elle soit ressortie dans la ville où Tylan a été capturé.

— Ça ne prouve rien, dit Lena.

— Je sais.

Je laisse échapper un soupir et focalise mon attention sur le fae qui entre dans la salle. Il ne s'annonce pas. Ça ne me choque pas jusqu'à ce qu'il monte sur la table et s'avance vers nous. Lorsqu'il ne se trouve plus qu'à deux chaises de

Naito et à trois de Lena, je fronce les sourcils. Ni Lena ni Aren ne semblent avoir remarqué le fae, et Naito a toujours les yeux rivés sur la table.

Je ne comprends le problème que lorsqu'il tire son épée.

Chapitre 27

— Lena, bouge !

Mon cri fait bondir tout le monde, et c'est uniquement pour cette raison qu'elle échappe à la mort. La chaise de Naito bascule en arrière, manquant de peu le survivant. Le fae hésite assez longtemps pour que Lena dégaine son épée. Elle frappe à l'aveuglette et le manque complètement, mais Naito s'est saisi de sa chaise renversée.

Il la brandit tandis que Lena recule, qu'Aren saute sur la table et que j'attrape la bouteille pleine posée sur le plateau en argent.

Mais je n'ai pas besoin de me servir de mon arme improvisée. Aren sait où se trouve le survivant dès que Naito l'a frappé de sa chaise. Il se laisse glisser de la table, épée au poing.

La cuirasse en *jaedric* du survivant le protège de l'attaque. Alors qu'il fait face à Aren, Lena s'avance à gauche et plonge sa lame dans son ventre. Il pousse un cri et tombe à genoux, mais il vit toujours. Respire toujours.

— *Comment es-tu entré ici ?* demande Lena en retirant sa lame.

Le survivant presse la main sur son ventre, mais il ne peut pas arrêter le flot de sang qui coule entre ses doigts. En suffoquant, il secoue la tête.

Lena replonge sa lame dans la blessure du fae et lui arrache un hurlement.

La pièce bascule, et j'ai soudain la nausée. Lena lui demande de nouveau comment il est entré et quel est le plan des survivants, puis un cri monte du couloir à l'extérieur de la salle des miroirs. J'entends quelque chose se briser.

Je cours jusqu'aux portes ouvertes et m'avance sur le balcon qui surplombe le gigantesque hall d'entrée.

J'en ai le souffle coupé. Le sol de marbre lisse et poli est inondé de sang. Les survivants sont partout. Je ne comprends pas comment c'est possible. Nous sommes dans le palais d'Argent, protégés par les murs d'argent de Corrist. Il n'y a qu'en empruntant un *Sidhe Tol* que des faes pourraient s'introduire ici, mais Lena a posté des gardes devant chaque portail. Ça devrait être impossible qu'autant de faes débarquent ici en même temps.

À moins bien sûr que les survivants aient repris l'un des *Sidhe Tol.*

Alors que je m'éloigne de la balustrade, je remarque que les portes de la salle du trône à l'étage inférieur sont ouvertes. Kyol est là. Des survivants l'ont repéré, eux aussi. Ils se jettent sur lui pour l'attaquer…

Et il les tue presque sans y penser. Il a l'air soucieux, il cherche…

Il cherche Lena, je comprends.

— Kyol !

J'ignore comment il peut m'entendre avec le bruit de la bataille, mais il lève la tête. Il garde les yeux rivés sur moi pendant deux secondes, peut-être trois, puis il s'élance vers l'escalier qui mène à l'étage.

— Lena est ici, dis-je lorsqu'il me rejoint.

Alors que je m'attendais à ce qu'il entre aussitôt dans la salle des miroirs, il pose la main sur ma nuque et m'attire contre son torse.

Il me serre dans ses bras, et je jurerais le sentir trembler lorsqu'il appuie la tête contre la mienne. Seigneur, la nouvelle de ma mort présumée a vraiment dû l'ébranler. Il ne devrait pas me tenir comme ça – il devrait se précipiter au secours de Lena –, mais je reste contre lui quelques secondes avant de m'écarter pour scruter son visage.

— Je suis désolée, lui dis-je, même si je ne sais pas bien pourquoi.

Ce n'est pas comme si j'avais eu envie que les survivants me capturent. Mais je ne cherchais pas non plus à le faire souffrir.

Je sens sa poitrine se gonfler lorsqu'il prend son inspiration, puis il me relâche. Quels qu'aient été ses pensées ou ses sentiments au moment où il m'a attirée dans ses bras, son expression n'en trahit rien. Elle est aussi dure et imperturbable que la surface d'une pierre.

Après avoir jeté un rapide coup d'œil à la bataille qui fait rage en bas, il m'invite à entrer dans la salle des miroirs.

— Que fais-tu ici ?

La voix de Kyol résonne dans la pièce tandis que nous nous avançons vers Lena. Le survivant qu'elle interrogeait a disparu. Dans l'éther, je suppose.

— C'est privé, réplique-t-elle.

Lorsqu'il arrive à sa hauteur, il lui empoigne le bras et commence à l'entraîner vers l'interstice dans le mur par lequel le domestique est entré et sorti un peu plus tôt.

— Si tu avais été dans la salle du trône ou dans tes appartements, tu aurais déjà pu t'enfuir.

— M'enfuir ? (Elle se dégage d'un bond.) Je ne quitterai pas le palais.

— Si.

— Si je pars, je perds tout, dit-elle d'une voix cinglante.

Voyant Kyol tendre de nouveau la main vers elle, elle ajoute :

— Touche-moi encore une fois et je te tue.

Je pense qu'elle est sérieuse.

— Si tu meurs, rétorque-t-il, c'est la rébellion qui perd tout.

Elle dilate les narines. Avec un regard d'acier, elle serre la garde de son épée dans sa main droite puis lève la gauche. Elle tient une pierre d'ancrage à la forme irrégulière et d'un gris fumé opalin.

— Un survivant l'avait sur lui, dit-elle. Ça nous mènera à un *Sidhe Tol*. Un nouveau *Sidhe Tol*.

— Ils en ont trouvé un autre ? je demande, inquiète.

Le roi Atroth ne connaissait l'emplacement que de trois portails des ancêtres. Ces portails permettent aux faes d'ouvrir des fissures dans des endroits protégés par de l'argent. Ils sont situés dans mon monde, et je sais qu'Atroth avait chargé des faes de chercher les autres, mais quelle était la probabilité qu'ils en trouvent un maintenant ?

— Nous devons nous emparer du *Sidhe Tol*, dit-elle.

C'est un ordre, et à en juger d'après son ton inflexible et son port royal, elle s'attend à ce qu'on lui obéisse, et vite. Elle parle comme la fille d'un haut noble, ce qui la rend apparemment assez digne d'une reine pour que Kyol ne discute pas.

Il garde les yeux rivés sur Lena.

— Naito ira au *Sidhe Tol* avec Jorreb. (Il serre les dents.) Reste avec Lena, McKenzie. Veille à ce qu'aucun illusionniste ne l'assassine.

Sur ce, Kyol tourne les talons et quitte la salle.

— On dirait que les ordres ont été distribués, marmonne Aren.

Mais il ne part pas aussitôt. Il se tourne vers moi, m'attire dans ses bras et m'embrasse avant que j'aie pu me concentrer sur son visage. Je ressens davantage de choses dans ce baiser que je n'en ai jamais lues dans son expression : de l'affection, du désir, du respect. De la peur.

— N'oublie pas, chuchote-t-il en s'écartant légèrement. Sois prudente, s'il te plaît. Je refuse de te perdre de nouveau.

Naito part avec lui, me laissant seule avec Lena. Elle attend cinq secondes en tout et pour tout avant de se servir de son pied pour récupérer l'épée du survivant mort. Elle rattrape la garde au vol, puis me la tend avec un « suis-moi » abrupt.

Je regarde l'épée. C'est une arme gracile et élégante qui paraît légère, mais qui est en réalité meurtrière et lourde. La lame est un peu plus longue que mon bras, et la garde recouverte de *jaedric* conserve la marque des doigts du survivant. Comme ma main est plus petite que la sienne, j'ai du mal à la tenir correctement.

— Lena, on ne devrait pas…

Elle a déjà presque atteint les portes de la salle des miroirs.

— Lena, attends !

Je parviens à lui attraper le bras avant qu'elle s'avance sur le balcon.

— Tu ne peux pas quitter cette pièce.

Elle lève la tête et soutient mon regard de ses yeux argentés et froids.

— Tu préférerais que je laisse mourir les gens au lieu d'aller les soigner ?

— Ils se battent pour toi. J'aimerais mieux que tu restes en vie pour que leurs efforts ne soient pas vains.

— Je ne resterai pas ici, McKenzie.

Elle se dégage.

Je relâche mon souffle et la suis.

Elle a dû oublier que je suis humaine, car je n'arrive à la rattraper que lorsqu'elle s'arrête en haut de l'escalier pour regarder le combat. Son visage se durcit. Je pense savoir pourquoi : elle n'a pas l'habitude de voir autant de faes mutilés sur un champ de bataille. En général, ils s'échappent par une fissure lorsqu'ils sont trop mal en point. Ça leur est impossible ici. Les siens sont blessés. Si elle ne les aide pas, ils vont mourir sur place.

— Lena, dit Trev en gravissant les murs.

Lena s'avance dans l'escalier et dépasse Trev sans dire un mot. Il pose les yeux sur mon épée, et je jurerais qu'il les écarquille.

Génial, j'ai l'air aussi ridicule que je le pensais avec ce truc à la main.

— Reste avec nous, je lui ordonne tout en descendant les marches quatre à quatre pour tenter de rattraper Lena.

Elle tue un survivant avant qu'il ait eu le temps d'abattre son épée sur le rebelle qui est étendu à terre, blessé. Son âme d'ombre s'élève là où se trouvait son corps. Lena passe au travers, s'agenouille à côté du rebelle et pose les mains sur sa jambe lacérée.

Un autre fae se rapproche. Alors que je me demande si je vais être obligée de l'affronter, Trev engage le combat avec lui.

Dieu merci.

Je me retourne vers Lena, mais elle est déjà repartie. Bon sang. C'est à elle que Kyol aurait dû donner l'ordre de rester avec moi, pas l'inverse. Je n'arrive pas à la suivre, et je n'ai vraiment aucune envie de m'enfoncer au cœur de la bataille.

Au moment où je prends mon inspiration et m'apprête à la rejoindre, un cri à ma gauche attire mon attention.

C'est Jacia. Elle recule, déviant de justesse l'offensive d'un survivant. Dos à moi, le fae s'acharne sur elle et enchaîne les attaques. C'est à peine si Jacia parvient à le tenir à distance.

Et il est toujours dos à moi.

Elle va mourir si je ne l'aide pas.

Je ramène mon épée vers moi et m'avance à gauche du survivant afin d'avoir accès à la partie vulnérable de son corps entre les liens qui retiennent sa cuirasse. Pesant de tout mon poids en arrière, je le frappe.

La lame ne s'enfonce que de quelques centimètres, mais ces quelques centimètres font mal. Le fae se retourne en hurlant. Il fait le geste de brandir son épée pour m'attaquer, mais Jacia profite de ma diversion pour abattre son épée sur la gorge du survivant. Elle la tranche d'un coup net. Un jet de sang gicle dans l'air tandis que la tête et le corps retombent au sol.

Jacia me remercie d'un hochement de tête.

Elle me remercie de l'avoir aidée à tuer quelqu'un.

Je serre les dents et me détourne, mais j'ai perdu de vue Lena et Trev.

— Merde, je marmonne.

Il faut que je la retrouve. C'était elle que cherchait l'illusionniste de la salle des miroirs, et les survivants en comptent d'autres dans leurs rangs, dont Tylan. Il pourrait essayer de l'assassiner.

Penser à Tylan me rappelle Paige. Est-ce qu'elle et Lee sont ici ? Il n'y a pas d'autres humains dans le hall d'entrée, seulement des survivants et des rebelles qui ne songent qu'à s'entre-tuer. Paige est peut-être déjà retournée sur Terre.

Le cœur battant à tout rompre, je rejoins le mur puis le longe jusqu'à ce que j'arrive à un couloir qui mène à l'aile est du palais et au *veligh*, le front de mer. Puisque c'est là-bas que nous sommes le plus exposés aux attaques, Lena a pu décider de s'y rendre.

L'épée au poing, je m'efforce de me faire toute petite pour ne pas attirer l'attention. J'ai de la chance. Il y a plus de rebelles dans ce couloir que de survivants. Je parviens à sortir du palais sans avoir à me défendre.

Dehors, la situation est plus critique que je ne le pensais. Il semblerait que les survivants se soient fixé deux buts en débarquant ici : assassiner Lena et s'infiltrer par cette portion du mur d'argent.

Une trentaine de mètres environ séparent le palais du mur. Juste en face de moi, le revêtement en argent est tordu et fissuré autour d'un trou béant. Je distingue nettement l'intérieur du mur, constitué de blocs de pierre, d'escaliers en bois et de balcons permettant aux gardes de s'y poster. Il y a quelques jours seulement les survivants ont failli réussir à s'introduire par là. Ils ont mis le feu au pied du mur tout en le criblant de pierres de toutes tailles, certaines lancées à la main, d'autres catapultées par magie. Les rebelles les ont repoussés, mais ils n'ont pas eu le temps de réparer les dégâts.

À présent, les survivants s'attaquent au mur des deux côtés. Ils cherchent à abattre les poutres de l'échafaudage qui le soutient. Kyol et une dizaine d'autres rebelles essaient de les repousser.

Je serre la garde de mon épée dans mon poing et me plaque contre le mur du palais, scrutant la zone devant moi dans l'espoir de trouver Lena, Trev ou un moyen de leur venir en aide.

Je regarde de nouveau l'échafaudage. En équilibre précaire, il tremble et vacille. Est-ce que je pourrais intervenir ?

Alors que je m'écarte du mur et avance, songeant que je parviendrais peut-être à éloigner des faes de l'échafaudage, je repère quelque chose du coin de l'œil. Un survivant posté plus loin sur ma droite surveille la bataille, lui aussi. Il est en train de former une boule de feu dans sa main.

Ma terreur est telle que l'air se bloque dans mes poumons. Il va la lancer sur l'échafaudage. L'échafaudage ne va pas tenir le coup. Il va s'effondrer. Il va écraser Kyol et les autres rebelles, et ouvrir une gigantesque brèche dans le mur. Les survivants vont pouvoir se ruer à l'intérieur.

— Kyol ! je m'écrie, mais même s'il m'entendait, il ne pourrait pas ouvrir de fissure.

Il n'atteindrait pas le survivant à temps.

Le feu dans la main du fae vire au bleu.

Ma décision est déjà prise. Je me mets à courir. Si je n'arrive pas à temps, Kyol est mort, la moitié des rebelles et des survivants qui se trouvent ici sont morts, et il ne restera du mur est que des ruines.

Jamais je n'ai couru aussi vite, mais je n'atteindrai pas le fae. Il n'y a qu'une seule chose que je puisse faire. Si j'échoue, nous sommes tous morts. Si je réussis…

J'ai promis à Aren d'être prudente. Ça, ce n'est pas prudent. Je vais mourir.

La boule de feu quitte la main du fae, mais je parviens à me jeter entre elle et l'échafaudage.

Dans un souffle violent, les flammes magiques percutent mon épaule droite.

Le choc me submerge tandis que je suis projetée dans les airs. Je m'attendais à ce que les flammes soient intangibles, pas aussi solides qu'un boulet de canon. Mon dos heurte le bord de l'échafaudage et quelque chose – une côte ou ma clavicule – cède au niveau de ma poitrine. Je ne ressens la morsure du feu que lorsqu'un voile orange et rouge me brouille la vue. Puis une partie de mon esprit remarque que ma peau se consume. Mes cheveux, mes vêtements, les lacets de mes chaussures… tout est en feu.

Une autre partie de mon esprit s'aperçoit que je me suis écrasée contre une poutre qui soutenait le bord droit de l'échafaudage. Et une troisième partie de mon esprit – celle, minuscule et naïve, qui croit que j'ai une chance de m'en sortir – me scande de me laisser tomber et de me rouler par terre.

Je me laisse tomber et roule sur le dos. J'entends un craquement sonore et le mur trembler au-dessus de ma tête. Un morceau se détache. Je vois les blocs de pierre tomber vers moi, puis ma vision s'obscurcit.

Je devrais être morte. Je veux être morte. J'ai la jambe cassée, et mon genou est plié à un angle anormal près de ma poitrine.

—*Sidhe*, non. Non !

Je n'arrive pas à bouger.

—McKenzie. (Kyol se laisse tomber à côté de moi.) *Sidhe*, ne bouge pas.

Il répète mon nom tout en m'examinant de la tête aux pieds. Il tend la main comme s'il voulait me toucher, puis se reprend. Je lui en suis reconnaissante. Ma peau me fait mal. Tout me fait mal.

— *Trouvez Lena!* aboie-t-il en fae.

Je ferme les yeux et me concentre pour emplir mes poumons d'air. J'ai du mal avec ma gorge obstruée, mais Kyol essaie de me rassurer. Il fait de son mieux pour que je n'aie pas peur.

— Ça va aller, dit-il.

Il se trompe. Je ne peux pas survivre à ça.

Avec un effort, je parviens à soulever la main droite. Il la voit. Sans se soucier des cloques, il mêle ses doigts aux miens. Il y a soudain tant de choses que je voudrais dire. Lui dire. Je veux qu'il sache que je ne regrette pas les dix années que j'ai passées avec lui. Je ne regrette pas d'avoir lu les ombres pour lui. Je ne regrette pas d'avoir sacrifié ma famille, mes amis et ma vie humaine pour lui. Je ne regrette pas de l'avoir aimé.

J'ai besoin qu'il sache tout ça, mais ce qui est plus important encore, c'est la seule chose que je regrette : devoir quitter Aren. J'aurais voulu passer tellement plus de temps avec lui.

— Dis-lui, s'il te plaît.

Mes lèvres me font mal quand je parle. J'ai l'impression qu'elles sont sèches, craquelées. Brûlées.

Kyol se penche plus près. Je déglutis pour essayer d'humecter ma bouche.

— Dis-lui… (désespérant de me faire comprendre, je serre sa main jusqu'à ce qu'il se rapproche davantage) que je suis désolée d'avoir été imprudente, et…

Kyol me lâche la main.

— Non.

Non ?

— S'il te plaît, Kyol.

— Non, tonne-t-il. Je ne te laisserai pas mourir. Tu ne vas pas mourir.

Il y a tellement de douleur dans sa voix. Je déteste ça. Je déteste le faire souffrir. Je déteste penser à la souffrance que je vais infliger à Aren.

— Aren, je chuchote.

— Ça va aller, *kaesha*.

— *Kaesha*, je murmure.

Soudain, la douleur est multipliée par dix. Je hoquette et m'arc-boute pour m'éloigner du sol. Je ne peux plus le toucher, je ne peux plus rien toucher du tout.

Je pousse un nouveau cri, inspire profondément à plusieurs reprises jusqu'à ce que… Je me détends, ma respiration se stabilise, et je vais bien.

Je vais bien. Je sais que c'est le choc. Mon esprit ne peut pas encaisser la douleur. Il s'éteint. Je suis heureuse de ce répit qui me permet de dire à Kyol :

— Laisse-moi partir.

Il secoue la tête. Des larmes ruissellent sur son visage. Je ne l'avais jamais vu pleurer.

Je ne le verrai plus jamais pleurer.

— Ça va. Je ne souffre plus. Je n'ai pas peur.

— Je ne peux pas, McKenzie. Je ne peux pas. (Il s'étrangle.) Je t'aime. *Sidhe*, je sais que je n'ai aucun droit de te dire ça, mais c'est vrai. Je t'aimerai toujours.

J'essaie de lui dire que je comprends, mais je ne parviens qu'à articuler un marmonnement incohérent. Je ferme les yeux.

— Tu m'entends ? Dis…

Quelque chose. Kyol veut que je dise quelque chose. Je suis trop faible et j'ai trop froid pour faire plus que murmurer quelques syllabes, mais ça ne lui suffit pas. Il exige que je continue à parler. J'essaie. J'essaie jusqu'à ce que je sente mon cœur bondir dans ma poitrine et puis…

Chapitre 28

Il fait noir. Des lustres passent.

Mon cœur bat, mais je ne suis pas dans mon état normal. Comme un sentiment de trop-plein. J'ai vaguement conscience que quelqu'un se penche au-dessus de moi. Il me parle, exige que je réagisse.

Aren ?

Il veut que j'ouvre les yeux. Il répète mon nom, inlassablement.

— McKenzie.

Une voix différente rompt les ténèbres. La voix de Kyol. J'essaie de murmurer son nom, mais mes lèvres refusent de bouger.

— Ouvre les yeux, McKenzie.

Je sens de la peur et de l'espoir mêlés dans cet ordre. Ce sont des émotions si étranges, si contradictoires. J'ai besoin de voir son visage. Besoin de voir ses yeux, sa bouche. J'ai besoin de le voir.

Je me concentre, mets toute mon énergie et ma volonté dans la tâche monumentale qui consiste à ouvrir les yeux.

Ça marche. Je distingue l'étendue floue d'un plafond loin au-dessus de ma tête, puis une silhouette indistincte qui se penche vers moi.

Je cligne des yeux jusqu'à ce que les traits du visage inquiet d'Aren se précisent.

— Loués soient les *Sidhe*, murmure-t-il.

Puis il presse ses lèvres sur les miennes. Ma bouche me chatouille et des éclats de chaos étincellent entre nous tandis que nous nous embrassons. Je me rappelle son contact, son goût, son odeur, mais je n'y suis pas attentive. Il y a quelque chose d'anormal. Je n'arrive pas à me focaliser sur Aren parce que Kyol est blessé. Est-ce qu'il a été écrasé sous le mur, lui aussi ?

J'ai la poitrine comprimée. Je cède à la panique. J'ai besoin… j'ai besoin…

— Je suis là, McKenzie.

Je tourne la tête et l'aperçois, accroupi juste derrière moi. Nous sommes dans la petite pièce cachée dans le mur derrière le trône de Lena. La dernière fois que je suis venue, Atroth était encore roi. Je n'avais pas encore changé de camp.

Je roule sur le ventre pour mieux le voir. C'est une erreur. La douleur me transperce.

— McKenzie, dit Aren d'une voix inquiète. Ne bouge pas.

Je ne crois pas être totalement remise, mais il faut que je sache ce qui ne va pas avec Kyol. Il souffre plus qu'avant. Je le vois à son visage.

J'essaie de me redresser. Aren met les mains sur mes épaules pour m'immobiliser. Je ne lui prête pas attention et continue à lutter pour me relever, jusqu'à ce que Kyol pose une main sur la mienne.

— Repose-toi.

Ces simples mots suffisent à me détendre. Je suis trop faible pour supporter mon poids, de toute façon. Je laisse Aren me réinstaller. Avec précaution, il me rallonge sur le dos. Tout me fait mal. Mes os, mes articulations, ma peau. Des taches noires brouillent ma vue. J'ai besoin de dormir.

Je crois que c'est ce que je fais. Quand j'ouvre les yeux cette fois, je me sens plus stable. Je peux me focaliser sur Aren.

— La bataille ? je demande.

Le fait qu'on m'ait amenée dans cette pièce secrète plutôt que dans ma chambre pourrait vouloir dire qu'elle n'est pas terminée.

— L'essentiel du mur a tenu. Le nouveau *Sidhe Tol* est sécurisé.

Je respire de nouveau. Ça fait au moins une chose qui se sera bien passée aujourd'hui.

— Tu as une mine affreuse, dis-je à Aren.

Et c'est vrai. Il a les yeux injectés de sang, et le visage blafard à l'exception d'une tache rouge sur la joue.

— Avec tes blessures… (Aren s'étrangle.) Je ne sais pas comment tu as réussi à survivre jusqu'à ce que je te rejoigne.

— Tu m'as soignée ?

À cette question, je fronce les sourcils. Il se trouvait quelque part dans mon monde, occupé à se battre à côté d'un *Sidhe Tol*. Lena aurait dû être plus facile à trouver.

— Lena va bien ?

— Je suis réapparu directement au *veligh* après que nous nous sommes emparés du *Sidhe Tol*. Si je ne l'avais pas fait… (Il déglutit et se ressaisit.) Lena va bien. Elle ne va pas tarder à arriver.

Avec douceur, il écarte les cheveux de mon visage. C'est comme s'il avait peur de me casser. Il ne comprend pas comment je m'en suis sortie. Moi non plus. Quand je me suis jetée sur la trajectoire de la boule de feu, je savais que j'allais mourir. Je me souviens de l'impact, je me souviens que je brûlais.

Je me souviens de Kyol.

Je commence à tendre le cou pour essayer de le voir, mais il vient à côté de moi et m'épargne cette peine. J'examine son visage. Il porte un masque d'impassibilité parfaite. Je ne décèle aucune tension dans sa bouche ou aux coins de ses yeux. Mais quelque chose ne va pas. Je jurerais qu'il est… angoissé ?

— Qu'est-ce qu'il y a ? je lui demande.

Kyol ne répond pas. C'est bizarre. Même si quelque chose ne va pas et qu'il n'a pas envie de m'en parler, il me dirait qu'il va bien. Pourquoi ne me dit-il pas qu'il va bien ?

— Il va bien, McKenzie, dit Aren.

Il me touche le front. Je sens sa magie – je crois qu'il essaie d'enrayer ma migraine naissante –, mais je repousse sa main et m'assois.

Je comprends vite mon erreur. Aren m'a ramenée alors que j'étais aux portes de la mort, mais je ne vais pas bien pour autant. Des picotements se diffusent dans mes mains et mes pieds, comme s'ils avaient été anesthésiés et se réveillaient à peine, et mes muscles protestent. Je ferme les yeux et me penche en avant, certaine que je vais vomir.

— *Lena*, j'entends Aren dire. *Elle souffre, et je suis vidé. S'il te plaît.*

Elle lui répond quelque chose en fae, mais elle parle trop bas pour que je distingue ses paroles.

Tout à coup, elle est à côté de moi.

— Allonge-toi.

Je secoue la tête. Je n'ai pas envie de me rallonger. J'ai peur de ne plus jamais réussir à me relever si je le fais.

— Allonge-toi, dit-elle en posant la main sur ma poitrine.

Je n'ai pas la force de lui résister. Je retombe sur le dos.

Elle termine le travail commencé par Aren, ressoude mes os, rattache mes muscles et mes tendons, régénère ma peau. C'est douloureux, mais je reste muette. Je ne suis pas certaine d'avoir encore l'énergie de crier.

Je dois sombrer de nouveau dans l'inconscience. Lorsque je me réveille cette fois, je me sens mieux. Fatiguée, mais mieux.

Lena est toujours à genoux à côté de moi.

— Je suis contente que tu sois en vie, dis-je.

Ma voix est plus forte à présent.

— Je suis contente que tu le sois aussi, dit-elle.

Je crois vraiment qu'elle est sincère.

Elle s'écarte pour laisser Aren prendre sa place. Il mêle ses doigts aux miens, et je le sens trembler. Ça dure une seconde, et ce n'est pas à cause de mes *edarratae*. Bon sang, il frôle l'épuisement total à cause de moi, et je n'ai fait que penser à Kyol tout ce temps. C'est quoi mon problème ?

— Ça va ? je lui demande.

Il sourit. Puis il se penche pour m'embrasser.

Ce n'est que lorsque nos lèvres se touchent cette fois que j'acquière la certitude que je vais survivre. Il me retient dans ce monde. Je l'attire plus près de moi, et veille à ce qu'il sache que je le veux. Je l'aime. Soudain, je prends conscience qu'on nous regarde.

Kyol nous regarde.

Je m'écarte. Aren fronce les sourcils, soucieux.

— Qu'y a-t-il ?

— C'est… Kyol.

Le visage d'Aren n'exprime pas de peine ou de colère, juste de l'inquiétude. Nous tournons simultanément la tête vers le seigneur général de Lena.

Et c'est à ce moment-là qu'il perd contenance. Il se voûte, et ses yeux argentés se voilent… de douleur ? Pourquoi souffre-t-il à ce point ?

— Je suis désolé, dit-il. Je ne pouvais pas la laisser mourir. C'était la seule chose que je pouvais tenter.

À côté de moi, Aren se raidit.

— Qu'as-tu tenté ? demande Lena.

Kyol la regarde. Je ne pense pas avoir déjà vu une telle terreur dans ses yeux.

— Ça n'aurait pas dû marcher, dit-il.

— Qu'est-ce que tu as fait, Taltrayn ?

Elle lui parle d'une voix douce, presque réconfortante, comme si elle pouvait lui faciliter cette confession.

Il reporte son regard sur Aren.

— Je suis désolé, dit-il.

Une envie de meurtre passe dans les yeux d'Aren, palpable dans la façon dont il prend une lente inspiration et relâche son souffle lorsqu'il se lève.

— Tu ferais mieux de partir, Taltrayn, dit Lena d'une voix toujours calme et posée.

Kyol ne bouge pas. Ce n'est pas le cas d'Aren. Il referme la main sur la garde de son épée et s'avance d'un pas. Les muscles de ses avant-bras et de ses biceps tremblent. Il semble mener une lutte intérieure.

— Tout de suite, Taltrayn, dit Lena.

Kyol serre les dents. Il me regarde de nouveau, et ça me brise le cœur. Je dois me faire violence pour ne pas aller le rejoindre et le consoler.

Il tressaille, puis se dirige vers la sortie.

Aren se met en travers de son chemin.

— Si tu respires encore, chuchote-t-il, c'est uniquement parce que te tuer la tuerait aussi.

Je regarde Kyol partir, prise de nausée. Ce n'est pas juste parce que j'ai failli mourir aujourd'hui, ni parce que les soins qu'on m'a prodigués m'ont affaiblie. Plus rien n'a de sens à présent.

Je regarde Lena. Elle semble être la seule personne encore saine d'esprit dans cette pièce.

— Aren, dit-elle. Tu ferais mieux d'aller à ta chambre. Repose-toi.

— Je n'ai pas besoin de repos, crache-t-il.

Il a les yeux rivés sur la porte par laquelle Kyol est sorti.

— En ce cas, tu dois être en état de soigner les blessés restants, dit-elle. Va. Et ne t'approche pas de mon seigneur général.

— Aren, dis-je avant qu'il s'en aille.

Il regarde la porte ouverte. Sa façon de crisper la mâchoire révèle sa détermination. Je suis toujours assise. Je commence à me lever, consciente que je n'y arriverai pas seule et qu'il ne pourra pas s'empêcher de venir m'aider.

Je m'accroche aux bras qu'il me tend, mais lorsque je m'appuie contre lui, je sens sa raideur. Son expression est indéchiffrable.

Il déglutit.

— Nous en parlerons demain, McKenzie.

Je suis trop abasourdie pour le retenir quand il s'éloigne. Ses paroles sonnaient comme un adieu.

— Tu sens la présence de Taltrayn, dit Lena.

Elle n'ajoute rien de plus. Elle attend que je comprenne, mais j'ai déjà compris.

— C'est impossible, dis-je.

— Ça devrait l'être, oui.

Kyol a formé une union avec moi. Je le sens. Il traverse le jardin de sculptures, je crois. Je ne vois pas ce qu'il voit, et j'ignore quelles sont ses pensées, mais il s'apparente à une masse d'émotions confuses tout juste hors de ma portée. Et en ce moment, il est en colère et il souffre.

— Comment est-ce arrivé ? je chuchote.

— Tu voulais que ça arrive.

Je soutiens son regard.

— Je ne…

— Je ne dis pas que tu le voulais lui, mais une union ne peut pas se former sans le consentement des deux personnes. Il est clair que Kelia ne voulait pas Lorn. Ce qu'elle voulait, c'était faire du mal à Naito.

— Faire du mal à Naito ?

C'était avant qu'ils tombent amoureux, ça ?

Lena balaie ma question d'un revers de la main.

— Il faudra l'interroger directement à ce sujet. Mais dans ton cas, c'était peut-être juste parce que tu voulais vivre. L'union t'a reliée à Kyol, qui lui-même t'a reliée à ce monde. Il t'a permis de t'accrocher à la vie le temps qu'Aren arrive jusqu'à toi.

Je savais que l'union permet aux faes de mettre leur magie en commun et qu'elle rend les deux personnes plus fortes ; mais j'ignorais que grâce à elle, on pouvait retenir quelqu'un à l'article de la mort.

— S'il n'avait pas fait ce qu'il a fait, ou si l'union ne s'était pas établie, poursuit-elle, je ne doute pas que tu serais morte.

L'union ne s'établit pas toujours, je le sais. Les deux personnes doivent être compatibles sur certains plans, mais c'est là qu'est le hic. Je suis humaine, il est fae ; nous ne devrions pas être compatibles.

— Je suis la seule humaine à avoir formé une union avec un fae, alors ?

— *Sidhe*, dit Lena. Tu n'es pas exceptionnelle à ce point.

— Ce n'est pas ce que…

— Si Kavok était là, dit-elle en se dirigeant vers la sortie, je suis sûre qu'il adorerait te parler des autres. Il y a eu deux cas, si ma mémoire est bonne. Aucune des deux unions ne s'est bien terminée.

— Où vas-tu ? je demande alors qu'elle a presque atteint la porte.

Elle se retourne et m'adresse un sourire crispé.

— Le devoir m'appelle. Je vais convaincre les hauts nobles qu'une autre personne est derrière cette guerre. Ensuite, je ferai arrêter Lorn.

— Sans preuves tangibles ?

— La moitié du palais est sens dessus dessous. Ils vont s'attendre à ce que quelqu'un rétablisse l'ordre. Je ne leur donnerai le nom de Lorn que lorsque j'aurai la certitude de sa culpabilité. Les hauts nobles supposeront que je parle d'un impur. Ça incitera un certain nombre d'entre eux à changer d'avis.

Elle part sur ces mots, et je ne la retiens pas. Les émotions de Kyol se précisent et s'amplifient. J'ignore si c'est parce qu'il souffre davantage ou parce que j'ai acquis une conscience plus aiguë de notre lien, mais c'est perturbant, presque assez pour que le sens des paroles de Lena m'échappe.

Un certain nombre de nobles changeront d'avis… à son sujet. Elle pense qu'ils consentiront à ce qu'elle gouverne le Royaume à présent. En ce cas, cette guerre pourrait prendre fin. Les survivants n'ont pas de Descendant susceptible de lui disputer le trône. Leurs partisans les abandonneront ; Lena les récupérera. Certains d'entre eux poursuivront la lutte – Caelar, par exemple –, mais ils ne devraient plus pouvoir lancer des attaques comme celles de ces dernières semaines.

Le carnage va peut-être enfin cesser.

Un jour passe, puis deux, puis trois. Aren ne vient pas me trouver comme il me l'avait promis, et j'ai peur d'aller le chercher. J'ai peur d'avoir eu raison au sujet de l'adieu contenu dans ses dernières paroles. Comme je n'ai pas envie qu'il confirme mes craintes, je passe le temps en me remettant de mes blessures et en buvant du *cabus*.

Les hauts nobles consentent à ce que Lena gouverne provisoirement le Royaume. Ce n'est pas ce que nous espérions, mais elle garde la certitude qu'elle finira par devenir la première reine du Royaume. Elle a désormais le pouvoir de restaurer les provinces dissoutes par Atroth il y a des décennies, et puisqu'elle est techniquement la haute noble d'Adaris, elle pourra voter pour elle-même. De plus, les nobles des autres provinces dissoutes lui seront reconnaissants de ce qu'elle a fait pour eux. Elle bénéficiera de leur appui.

Le quatrième jour, je suis au bord de la rupture. Le lien qui m'unit à Kyol s'est renforcé, et sa douleur et sa tristesse me tuent. J'ignore si je sentirai moins sa présence dans mon monde, mais je ne peux rester dans le Royaume tant que je n'aurai pas trouvé le moyen de bloquer ses émotions. Surtout si je n'ai pas une sacrée bonne raison de rester.

Je me décide donc enfin à chercher Aren, en espérant qu'il soit cette raison. Il est sur le toit du palais, assis au bord, le regard perdu par-delà le mur d'argent et la mer Imyth. Je crois qu'il sait que je suis là, mais il ne dit rien.

Sans faire de bruit, je m'assois à côté de lui.

Les minutes passent. Je ne saurais pas dire combien au juste – dix, vingt, une demi-heure peut-être –, mais ce n'est qu'après que la lune a atteint son zénith puis largement décliné que je dis :

— Tu m'as manqué.

La lueur des étoiles souligne le profil d'Aren, et une brise fraîche et légère lui ébouriffe les cheveux. Le palais en dessous de lui et les montagnes de Corrist en toile de fond lui confèrent un charme exotique.

Il pose la main sur la mienne et la serre. L'espoir desserre un peu les nœuds de mon estomac. Je regarde mes *edarratae* zigzaguer le long de mon bras, mais lorsqu'ils atteignent Aren, il retire la main.

— Je ne vais pas y arriver, McKenzie.

Mon cœur se brise. C'est une douleur palpable dans ma poitrine, vive et un peu décentrée. Je n'ai aucun moyen de la cacher à Kyol. Je sens son inquiétude passer entre nous, puis je crois qu'il comprend que je ne suis pas blessée. Viennent ensuite sa culpabilité et sa tristesse. Je déglutis et tente de bloquer ses émotions.

— Tu renonces à nous ? je demande à Aren.

— Tu ne comprends pas, McKenzie. L'union… je ne peux pas rivaliser avec ça.

— Je ne te le demande pas.

Je me tourne vers lui et lui prends la main. Il serre les lèvres mais ne se dégage pas cette fois, même lorsqu'un éclair blanc bondit de ma peau sur la sienne.

— Je t'aime, Aren.

Il prend une inspiration. Je me rapproche jusqu'à être collée à lui. Il y a à peine plus de deux semaines, juste après la prise du palais, il est venu me voir à Las Vegas. Il m'a dit qu'il se battrait pour avoir la chance d'être avec moi, et j'ai choisi de lui donner cette chance. J'ai pris la bonne décision. Il a beau avoir un passé sombre, il a eu la force de le surmonter. Il est devenu quelqu'un de bien. Quelqu'un que je respecte. Et si c'est moi qui dois me battre pour lui à présent, je le ferai.

Je tends la main pour tourner son visage vers moi. Son affliction est visible, et je dois la chasser. Je presse mes lèvres sur les siennes. Il ne résiste pas. La sensation de sa bouche sur la mienne et le goût de son haleine forment un mélange exquis, exotique et familier à la fois. Lorsqu'il frissonne, mon baiser se fait plus appuyé. Je m'y jette corps et âme, occultant le fouillis d'émotions assis seul quelque part dans le palais.

Aren répète mon nom inlassablement tandis qu'il succombe. Il pose les mains sur mes hanches, m'éloigne du bord du toit et m'attire plus près de lui. Nous sommes à genoux, collés l'un contre l'autre sans le moindre espace entre nos corps, et je sens à quel point il me désire.

Les *edarratae* ont pris vie dans ma chair. Je pose les lèvres sur la courbe de la mâchoire d'Aren puis au creux de son cou, lui envoyant de petites décharges électriques à chaque baiser. Pourtant, sa tension demeure. Je fais courir mes mains sur ses biceps.

—Aren.

C'est un murmure presque inaudible, mais à peine ai-je prononcé son nom que je le perds. Il a toujours les mains sur mes hanches, mais au lieu de m'attirer vers lui, il me tient à distance.

Il met un centimètre entre nous; j'ai l'impression que c'est un gouffre.

—Je t'aime, dit-il. *Sidhe*, je t'aime, mais je n'y arriverai pas. Tu es à lui, McKenzie.

Ces derniers mots me font l'effet d'une agression physique. Je m'accroche toujours aux bras d'Aren, mais comme lui, j'ai cessé de l'attirer contre moi.

— Kelia n'était pas à Lorn, dis-je.

Ma voix me paraît glaciale.

— Kelia n'a jamais aimé Lorn.

Il me relâche pour se lever.

Je l'imite.

— Tu me tiens rigueur de mon passé.

Il n'a aucun droit de me dire à qui j'appartiens.

Il se tourne vers la mer Imyth.

— Tu devrais lui parler.

— C'est à toi que je veux parler.

— Il pourrait t'expliquer l'union, poursuit-il. Vous pourriez surmonter vos difficultés.

— Surmonter nos difficultés ? je demande, et je sens la froideur de ma voix se propager au reste de mon corps. Qu'est-ce que c'est censé vouloir dire, ça ?

Il regarde par-dessus mon épaule. Son visage est fermé.

— Tu es en train de me pousser dans ses bras.

— Je te donne la liberté de choisir, réplique-t-il. Il te faut du temps pour comprendre l'union, McKenzie.

— Tu m'as déjà donné tout le temps qu'il me fallait.

— S'il te plaît, va-t'en.

Il prononce ces mots comme s'il signait notre fin. Ma gorge se serre. Le palais d'Argent est à Lena, à présent. Aren et moi devrions être en train de fêter notre victoire. Nous devrions être dans les bras l'un de l'autre, nimbés d'éclairs et débordants d'amour. Nous devrions être en train de rire, pas de rompre. Mais sa façon de me tourner le dos et de fixer de nouveau les yeux sur l'océan a quelque chose d'irrévocable.

— C'est ta décision, Aren, dis-je tout bas. Pas la mienne.

Je n'ai pas envie de le laisser, mais c'est ce que je fais. Je quitte le toit pour me rendre… je ne sais où. Je m'attends presque à ce qu'Aren comprenne son erreur et me coure après. C'est ce qui devrait se produire. Il a risqué sa vie pour moi à maintes reprises, et il renonce à moi à cause de cette union ? Je ne l'ai pas souhaitée. Je n'ai pas souhaité être reliée à Kyol de cette façon.

Je déglutis lorsqu'une vague de douleur déferle sur moi. J'ai du mal à faire la part des choses entre ce qui vient de Kyol et ce qui vient de moi. Il m'a menti quand nous étions à Spier. Il m'a dit qu'il allait bien, qu'il acceptait et comprenait ma décision de le quitter, mais ce n'était pas vrai. Chaque instant passé près de moi, chaque instant que j'ai passé avec Aren… je l'ai fait souffrir tout ce temps.

Je me mords la lèvre inférieure et me concentre sur cette douleur-là plutôt que sur l'autre. Je ne suis pas prête à parler à Kyol pour le moment.

— McKenzie.

La voix de Naito m'arrache d'un état d'hébétude dans lequel je n'avais pas conscience d'avoir sombré, mais je ne suis plus sur le toit, ni même dans l'escalier qui mène au palais. Je suis dans le jardin de sculptures et Naito est à ma gauche, assis par terre et adossé à un pot de fleurs carré en ivoire.

Je m'avance vers lui et le gratifie d'un « salut » quand je me laisse tomber au sol à côté de lui.

— Tu vas bien ? demande-t-il.

C'est la question que tout le monde n'a pas arrêté de lui poser ces dernières semaines. Je lui réponds comme il le fait la plupart du temps, en haussant les épaules.

Il triture un trou effiloché dans son jean.

— Kelia disait que c'était plus facile d'occulter Lorn quand ils se trouvaient dans deux mondes différents.

« Kelia disait. » Il parle d'elle au passé. Et il y a une certaine résignation dans sa façon de prononcer son nom. Il souffre toujours, mais il est sur la voie de la guérison.

— Je suis désolée qu'on ne puisse pas la ramener, dis-je.

— On savait qu'il y avait un risque… (Il s'interrompt pour se racler la gorge.) Je pensais que ce serait moi qui mourrais. Elle est fae. Elle pouvait ouvrir une fissure en cas de souci.

J'entoure mes genoux de mes bras.

— Ça t'arrive de souhaiter n'être jamais venu dans ce monde ?

Il part d'un rire bref et sans gaieté.

— Si je n'étais pas venu dans le Royaume, je serais toujours l'un des pions de mon père.

Il ne regrette pas d'avoir tué Nakano. Tant mieux.

— Que vont faire les autres miliciens, maintenant ? je demande.

— Ce que font les membres de n'importe quelle secte lorsque leur meneur meure. Certains d'entre eux referont leur vie. Certains continueront à haïr et chasser les faes. Et apparemment, dans quelques mois, certains vont mourir.

— Paige a la tablette que j'ai récupérée au complexe. Elle va la donner à un ami à elle. Ils trouveront peut-être le moyen de survivre.

— Je l'espère, dit-il. Mon frère… On ne s'est jamais bien entendu. Mon père ne lui accordait aucun intérêt parce qu'il ne voyait pas les faes. Lee est parti dans une école il y a quelques années. Je ne sais pas pourquoi il est revenu à la maison. Il n'aurait pas dû.

Avec les faes et avec la vie en général, les choses qu'on n'aurait pas dû faire sont monnaie courante.

— Je te contacterai si j'ai des nouvelles de Paige, lui dis-je en me levant.

— Tu vas partir, alors ? demande-t-il en me regardant.

— Ouais. Pendant quelque temps, lui dis-je.

J'aimerais bien savoir combien de temps au juste.

Chapitre 29

Lena me ramène à ma suite à Las Vegas. Depuis qu'elle a été élue régente provisoire du Royaume, elle reçoit toutes les heures des requêtes de nobles, de marchands et de citoyens ordinaires. Je crois qu'elle est là parce qu'elle a besoin d'une pause, ne serait-ce que quelques minutes sans qu'on vienne frapper à sa porte pour lui rappeler ses obligations et les problèmes qu'elle doit gérer.

Elle pose au centre de la table basse la pierre d'ancrage dont nous nous sommes servies pour ressortir ici. Elle n'était encore jamais venue. Elle inspecte la fenêtre et le balcon, les photographies élégantes de la ville accrochées au mur – en noir et blanc à l'exception de quelques touches de rouge et de jaune –, et les appareils électroniques disséminés dans la pièce. Elle s'attarde sur l'écran plat posé à quelques pas d'elle. Il n'est pas allumé, mais ses *edarratae* réagissent au courant qui circule dans le câble. Je n'arrête pas de le débrancher ; les femmes de chambre repassent derrière et le rebranchent.

— Quels sont tes projets ? demande-t-elle en tournant le dos à la technologie.

Je pose une sacoche sur le canapé. Elle contient mon album photos et quelques autres bricoles. J'ai vidé la chambre que j'occupais au palais.

— Dormir, je réponds. M'inscrire à une université locale. Chercher du travail, peut-être. Un appartement.

Shane cherchait un endroit où nous pourrions vivre. Il disait avoir trouvé une maison à louer, mais je ne sais pas où. Aucun des faes que Lena a envoyés à Londres ne l'a vu.

— J'essaierais de découvrir ce qui est arrivé à Shane.

Et j'essaierai de trouver le moyen de sauver Paige, mais je m'abstiens de le dire tout haut. Si Paige et Lee restent en vie plus de six mois, les survivants sauront qu'ils ont résolu le problème du sérum. Caelar pourrait alors décider de le récréer et de s'en servir. Ce serait un problème pour la nouvelle Cour de Lena. Mais c'est un risque que je dois prendre, car pour moi la vie de Paige passe en premier.

Lena s'avance jusqu'à un bureau poussé contre le mur du fond. Il y a un téléphone et un guide touristique à spirales, ainsi qu'un bloc-notes et un stylo avec le nom de l'hôtel.

— Tu m'aideras si j'ai besoin de toi ? demande-t-elle.

— Naito est ton diseur d'ombres, lui dis-je. Tu ne devrais pas avoir besoin de moi.

Il y a une petite lampe fixée au mur à côté du bureau. Lena la tapote du doigt, regarde l'éclair bleu se diffuser sur sa main, la tapote de nouveau.

Elle laisse retomber le bras le long de son corps.

— Aren a pris la bonne décision. La force d'attraction d'une union s'exerce à un niveau intime. Ce serait une erreur que vous restiez ensemble alors que tu n'as pas encore compris l'influence profonde que ce lien a sur toi. D'ici un mois, tu ne voudras peut-être plus d'Aren.

Ma mâchoire me fait mal. Quand je me rends compte que je serre les dents, je me force à me détendre. Lena et Aren parlent de ça comme s'ils savaient ce que je ressens.

Ils n'ont jamais été unis à un autre fae. Ils se contentent de répéter des rumeurs et d'émettre des suppositions. Ils n'ont pas la moindre idée de ce que ça fait d'endurer les émotions de deux personnes à la fois. Celles de Kyol ne sont plus aussi intenses maintenant que nous sommes dans deux mondes différents, mais elles sont là. Je sais quand il est seul et qu'il souffre, quand il anesthésie ses pensées en se battant avec un autre fae. Je sais quand il pense à moi.

Il pense à moi en ce moment.

De la chaleur se diffuse dans ma poitrine. Ça ressemble à du désir.

— Et le *garistyn* ? je demande à Lena.

J'essaie d'avoir l'air de poser une question innocente, presque comme si elle me revenait après coup. La vérité, c'est que s'il y a le moindre risque que Kyol coure un danger, je sais que je retournerai dans le Royaume sans hésiter.

— Je devrais réussir à apaiser les hauts nobles en attendant que l'on trouve un impur à tuer.

— Tu penses que Lorn est innocent ? je demande.

— Nous… nous nous connaissons depuis longtemps, dit-elle en détournant le regard. Je n'ai pas envie que ce soit lui.

Je suis bien placée pour la comprendre. Peut-être que je me trompe au sujet d'une tierce personne manipulatrice. Dans ce cas, la guerre devrait bientôt être terminée. Caelar commence déjà à perdre des partisans. L'un d'eux ne tardera pas à le trahir.

Lena revient à l'instant présent et chasse les pensées qui l'absorbaient, puis elle demande :

— Si tu pars d'ici, tu laisseras un message à Naito ? J'aimerais savoir que tu vas bien.

Elle aimerait savoir où me joindre en cas de besoin.

— Ouais, dis-je. C'est faisable.

Elle m'adresse un petit sourire.

— Merci de nous avoir aidés, McKenzie. Je sais que ça n'a pas été facile de tourner le dos aux faes avec qui tu as travaillé si longtemps.

Sans attendre de réponse, elle quitte ce monde dans un éclair de lumière blanche. Les ombres dansent devant mes yeux après son départ, et l'envie de les dessiner me démange. Mais c'est officiel, j'ai pris ma retraite. J'entame une nouvelle vie à présent, la vie que j'aurais dû mener depuis le début. Vu que les faes ne feront plus appel à moi, je vais peut-être enfin réussir à trouver un boulot et à décrocher mon diplôme.

Je pose les yeux sur le bloc-notes et le stylo sur le bureau. Il suffirait de quelques lignes rapides et la courbe d'une ombre ici et là pour assouvir mon besoin de cartographier l'emplacement de Lena.

Je prends mon inspiration puis relâche mon souffle, résistant à la tentation. Je vais faire de mon mieux pour oublier le Royaume.

La suite est équipée d'un miniréfrigérateur dans la kitchenette. À l'intérieur, il y a un assortiment d'en-cas froids et de boissons. Je suis sûre que ça coûte un bras de consommer quoi que ce soit, mais je prends une canette de soda et l'ouvre. Je n'arrive pas à me rappeler la dernière fois que j'en ai bu.

Le réfrigérateur grince lorsque je le referme d'un coup de pied. En sirotant mon soda, je retourne dans la pièce à vivre. Je balaie la suite du regard, indécise. Que ferait une personne normale, maintenant ?

Elle se doucherait. Appellerait le service de chambre. Descendrait peut-être à l'un des casinos…

Un couinement interrompt mes pensées. C'est le même bruit que celui que j'ai entendu à l'instant, sauf qu'il ne provient pas du réfrigérateur mais du canapé.

Comme je suis derrière, je fais le tour en sachant déjà qui je vais trouver roulé en boule sur l'un des coussins.

Sosch. On dirait bien qu'il ne me laissera pas totalement oublier le Royaume, lui.

— On va me jeter de l'hôtel à cause de toi, lui dis-je.

Il me fixe de ses grands yeux bleus, l'air innocent.

Je le fais venir sur mes genoux après m'être laissée tomber à côté de lui. Sa fourrure vire à l'argenté. Je le gratte derrière les oreilles jusqu'à ce qu'il ronronne. Puis, pour la première fois depuis des lustres, je prends la télécommande et allume la télévision.

Achevé d'imprimer en mai 2013
Par CPI Brodard & Taupin - La Flèche (France)
N° d'impression : 72970
Dépôt légal : mai 2013
Imprimé en France
81120924-1